2018
散文年选

王兆胜 编

江苏凤凰文艺出版社

序

成熟与收获

王兆胜

在整个散文之河里，2018年只是一片浪花。但在21世纪的第二个十年，2018年散文却不可小觑，它既进入了这个十年的收获季，也在为下个十年做铺垫。这就决定了2018年散文的特质：深沉中有激扬，灵动中有思索，继承中有创新，平淡中有智慧。这是一个经过春夏进入秋季，又预示着新的春天到来的文学文化展示。

一、树起精神丰碑

中国至古及今都离不开道德人格力量，远有孔子及其弟子，近有革命志士仁人，即使是那些普通的知识分子、普通民众以及山川草木，也往往被赋予伦理楷模的价值意义。就如钱穆所言，"中华民族有一种文化精神传承，它往往不因时代更替和社会风云变化而变化，而是绵延不绝地寓含在国人的血液中。"2018年散文坚守这一文化精神，又进行了升华，所以有一种感人至深的力量，也透出强烈的文化自信和高尚的审美境界。

韩小蕙《百年不倒的协和》、綦国瑞《千年之碑》和徐可《郑和的海上和平之旅》都是写中国优秀文化精魂的，这在当下的文化自信与文化重建中具有重要意义。协和可谓"百年不倒"，而"千年之碑"塑造的苏东坡则一心为民，郑和是作为海上丝绸之路的英雄代表成为世界文化与世界文明的纽带。这些作品视野阔大，历史感和文化感强，有高尚的审美品质，对于许多历史虚无主义和碎片化写作无疑具有纠偏作用。

马步升《国之槐》以"槐"写"魂"，写"国之魂"，从而显示了强烈的民族自豪感和文化自信心。作品开篇写道："华夏大地树木种类多不胜数，而在树名前冠以'国'姓者，则少之又少，获此无上荣耀者，国槐是其一。国槐原为华夏独有,此后引植域外,渐成普及树种,一如中华文化,根源于神州大地,而润泽于五洲万方。大约是,国槐在中华文化传统中的特殊地位,因之,这种并不名贵的树种,成为某种华夏精神的象征物,论其数量,广布天下,论其树龄,号称古槐者,遍及东西南北中。在众多古槐中,以甘肃崇信境内之'古槐王'为最,树龄高达三千二百年。"如紧锣密鼓般敲击着读者的心扉,这样的文字是为国树碑、为民立言、为文学和文化立威的,所以充满正能量。

吴周文《大树不倒》、古耜《天心月圆映草庵》和庞井君《从山间小路到精神殿堂》都是写个人的:一个写老师范伯群,一个写高僧李叔同,一个写作者自己。在此,一种文化人格的追求,精神品质的高扬,积极向上的正能量,成为生命书写的基调和主调,读之令人心向往之。如庞井君写一个乡下的农民之子在向往和追求"精神殿堂"的过程中,所获得的悲喜交集以及精神升华。

李建军《为何要重估俄苏文学》是一篇学理性较强的散论,它一面深入剖析俄苏文学尤其是其中所包含的复杂人性,一面为之谱写浪漫的精神曲调,从而显示了对于俄苏文学的崇敬与热爱。如一个辛勤的渔民,作者以沉重与轻松、爱恋与批判、失望与希望,来打捞俄苏文学的闪烁光影。作者的笔调常包含真诚与诗意,如盐入水般将思理化解。他这样写道:"文学也像历史一样,要将目光集中在生活的残缺和问题上。文学固然是一种肯定性的精神现象,要表达对美的喜悦和陶醉,要表达爱、同情和怜悯等美好的情感,要赞美真诚、勇敢、正直和宽容等美好的德性。但是,文学也是一种精神病理学现象,所以,它的主题总是与人的孤独、苦闷、彷徨、焦虑、忧郁、悲伤、恐惧、绝望、死亡和拯救密切相关。它用爱的目光关注人类的痛苦和不幸,用充满人道情怀的诗性方式,表达对人类悲惨境遇和沉重生活的观察和思考。"这是文学、文化、心灵、精神与审美的共振和迸发。

施战军《向海是诗海》是一篇千字文。但其中有"瞻仰英雄纪念碑",有"英雄的故事",有"在天地之间汇入了心潮",有"史诗与神迹、过往与时世、人心与民生诸如此类""是本体,是人,是世界",是"诗情如翩翩鹤舞,文思如浩浩苇浪",尤其是确立了"向海是诗海"的方向,一下子将"诗意"带向远方,一个与文学、文化、国家、人类直接相关的向度。

改革开放四十年，中国在各领域均取得巨大成就。不过，在文学和文化向度上，我们一直处于探索中，与飞速发展的经济相比，文学和文化还存在某种选择的困惑与迷茫。今天的文化自信让人清醒，2018年的散文就是一个很好的风向标。

二、现实与思想之重

长期以来的中国散文创作积极参与现实变革，像知识分子命运、环保、农民工、反腐等许多问题都得到强烈关注。不过，与社会时代的千变万化相比，与前进道路上的重要重大转型相比，我们的散文还过于边缘化，不是沉溺于现实的碎片，就是为表象所困，再就是钻进历史的书写中难以自拔。真正能对社会时代发声，有强烈的使命感和深刻的洞悉力，并富有前瞻性的散文并不多见。2018年散文在此向前迈出了一大步，不少作品都有所推进。

南帆《生命在别处》有强烈的时代感，是关于互联网、机械人以及人类命运的思考的，这是一个关于社会伦理和人类命运的重大命题。在作者看来，机械人虽然会给人类带来各种各样的便利，也会改变现在人们的生活方式和生存方式，甚至给人的性爱带来福音；不过，它的坚硬、非理性以及冲动是否会给人类带来更大的灾难，尤其是人类原初的罪恶会不会也被机械人复制？这是一个具有前瞻性的话题。

李敬泽《邮局》起于平淡，只捻出"邮局"这一概念。表面看来，邮局只是个历史旧物，今天已基本失去功能。只看题目还以为是一篇怀旧文，因为在过去的岁月，邮局无处不在。然而，作者写的主要不是中国的邮局，而是外国的，即在越南、阿尔及利亚，在北京的外国邮局。最重要的是通过这些邮局，作者发掘其殖民侵略及其贪婪本性，以及对人类历史与现实的重压，还有在残酷的碰撞中人性的闪光。因此，这是一篇由历史向现实延伸，并指向未来的反思之作。当然，作者不是通过思想来透视思想，而是用转换、腾挪、幻化的艺术手法使思考变得轻松自由。如作者用一个透出诙谐幽默的结尾，一下子用智慧将思想升华了。

穆涛《中国人的大局观》也是一篇"以小见大"的力作。文章选的是"参活头"和"二十四节气"，切口小得不能再小。在一般人看来，这没什么写头，也很难生发出大问题。但作者却有点染和幻化之功，从小布头看出天地气度。如作品这样写："参活头，是佛门里的话，指的是由一句话牵扯领悟出一堆东西，目的是找到厉害话的厉害之处。中国读书人的老话叫'经史合参'，经是常道，是恒久不变的东西，是不动产。史是变数，是世道的玄机，是无常鬼。经与史参合着看，视角就立体了。"另外，作者由二十四节气探讨天地之道，因此认为"二十四节气里，不仅有敬畏心，还有警惕心"，这是颇有道理的。文末，作者补充说："二十四节气里的警惕心，是对人妄为妄行的警惕，戒欺天，戒逆天。谢天谢地这句话，也是有初心的。"这让人想到林语堂，他曾表示：现代人应将"逆天而行"变成"制天而不逆天"。在穆涛笔下，历史被现实思考和点燃，于是生出智慧的光焰。

李登建《血脉之河的上游》是写祖父的，冯秋子《皱褶》是写人生间隙中隐含的人生智慧的，肖达《生活树》与王韵《东区与西区》是写现实尴尬的，沈俊峰《空瓶子》是写人生困境是如何得以升华的，丁亚平《转动的星》写的是20世纪40年代有"电影皇帝"之称的刘琼。这些作品的最大特点是人生的重压感，以及思考的深度，还有强烈的超越意向。李登建从破解家族密码始，到后来对祖父的不屑，再到后来体会到祖父的风骨，以及自己的怯懦与退化，这是一个用手术刀样的笔调解剖祖父也解剖自我的力作。丁亚平写刘琼，理性思辨与艺术感悟合一，思想与智慧相融，有较强的概括性和穿透力。他说："刘琼可以说是'土''洋'结合，他身上既有在中国传统的道德土壤中生长出来的东西，又有点'绅士'气。他在表演上有着很强的本土化的感应力，又从好莱坞演员身上汲取了作为演员所需要并适合他条件的气质、风度、仪表以及动作、语言的修养，并使之逐步地融化到自己身上，成为自身的一部分。"在平白和朴素的叙述中，将刘琼的光彩照人一下子写活了。

关于历史、现实、时代与未来的书写，是需要史笔、思想和智慧的，否则就会被现象迷惑，甚至进入自我的缠绕。2018年散文站在人生、人性、人情、人类的角度，用思想和智慧之光进行烛照，从而获得强烈的时代感、深刻性与审美性，值得给予充分肯定和认真研讨。

三、怀念不只是一种痛

人是有情的，亲情、友情、师生情、爱情、乡情都成为永恒的话题。

韩愈的《祭十二郎文》令世代感怀,朱自清的《背影》也成为经典名篇。应该说,自古及今有无数情感散文名作,但这不影响每年仍有此类佳作问世。2018年,情感散文较有代表性的是师生情、亲情、友情。

朱鸿《母亲的意象》塑造了母亲这个"神的女儿"形象。与一般母亲一样,"我"的母亲爱"我","我"也深情地爱她,所以"我"不论身处何地、何种境况,母亲总是身后山一样的支撑,即使她在病中。不过,最让人感动的,是母亲的醒觉,即"母亲左右求索,得到了神的启示,遂能凭着信仰行世"。所以,"我"能理解:"母亲的伟大,是她能顺应惨绝的遭遇,不抱怨,不叹息,并能把一种内在的明亮和温暖投射到外在的形容上和声音里。她确实是黑暗世间难能可贵的一盏灯!"每个人都有母亲,我们不论多大,即使白发苍苍,也一直生活在母亲的光影里,尤其是在人生走背字时。朱鸿笔下的母亲,既让人看到天下母亲的共性,那种抽自己生命之丝,为儿女编织梦想的执着与柔韧;又让人看到独特的"这一个"母亲,她虽无多少文化知识,身处底层苦难之中,但却有信仰的光照,能突破黑暗的笼罩,这让许多知识分子都会感到自愧弗如的。

张清华《寻找五四,举火人间》是写著名文学史专家朱德发教授的。这是一个桃李满天下的学者,是一个将知识、学术、思想当成永恒真理不断追求的智者,是一个将所有弟子都视为儿女的精神导师,所以作者称他是用"五四"之火照亮学生、学术,也照亮自己的人。与一般的抒情散文不同,张清华带着灵魂的拷问、知音之感和感恩之心,来写自己的恩师,所以就充满真实感、艺术张力和审美意趣。其实,《寻找五四,举火人间》是在张扬一种超越血缘骨肉之情的人间大爱。

蒋新《娘心高处》并不是写自己的亲娘,而是写大姑的母性光辉。这个他人的"娘"在生活富裕和身处佳境时,有一颗金不换的爱心,对"我"对他人都心怀暖意,宁可自己饿肚子,也想办法周济他人;即使在被盗和身处困境、逆境时,她也施于仁爱,因此被广誉为"好人"。值得强调的是蒋新的文心,那是不加雕琢,包含温暖仁慈,以温润光洁见长的所在。他写道:"大姑其实相当普通和平常,不但没有结实如石碑一样的身体与风采,而且十分清瘦和弱小。走路轻,说话更轻,生怕声音一大打扰了别人。母亲描写大姑说话像猫,咪咪的,从来没有高言语。大姑肤色细白,脸上的笑似乎与生俱来,在短短长长和粗粗细细的皱褶里荡漾和流淌。特别是那双沉稳和善的眼睛，如同藏在山根那取之不尽的滴水泉，感觉只要一碰撞，一对接，便立刻有了善良定义的全部答案。即使心中有排山倒海般的冤屈或者冲冠的怒气，瞬间也会被浅浅淡淡的笑融化得没了脾气。柔美似水的眼神在不知不觉中转化为一种扭转情绪和提升精气神的默默力量。"这样的白描是极具功力和境界的，非一般作者所能达到。

刘琼《姨妈》以叙事见长，也以观察为主。通过不同人的视角与"我"的独特眼光，将姨妈这个形象刻画得跃然纸上。开始，作者写道："与姑奶奶的强势相比，姨妈这个词的指向要柔和得多，是有时可以替代外婆和母亲的女性角色。我总以为，没有姨妈的女孩，作为女人的这一辈子，仿佛缺了点什么。"一下子将姨妈拉近了，在情感上得以沟通和产生共鸣。整个文章着力写姨妈命运之坎坷，用"命如纸薄"来形容，但另一面又写她的善良和仁慈。作者说："宅心仁厚的姨妈眼里，大约人人都很可怜。别人稍稍哭下穷，她就信了。"这种两极对比和映照的写法，如光的投影立即映亮了姨妈的心像。

人间有情，但更重要的是有深情，是由"小我"到"大我"的博爱。2018年抒情散文在此有所深化，并以各具特色的艺术形式表达出来，丰富了抒情散文也深化了整个散文。因为被大爱滋润的散文才能澄明如水，映出人生的丰富与真实。

四、生命的行旅与对语

游记是散文的重要文体，在出国热与旅游热的今天更是如此。不过，由于多数游记中没有"我"，更无多少生命投入，所以容易变成一些简单的观感和随感。2018年散文在此有所突破，这主要表现在生命的全身心灌注、心灵的体悟、诗意的悠远、文化意蕴的丰厚。

彭程《心的方向，无穷无尽》是一篇书写大地的美文，更是一篇用脚步、目光、心灵、生命、诗意与感恩书写天地的佳作。我们很少能在一篇游记中看到这么多名胜，也较少能看到作者用如此的家国情怀、生命镜像和心语映照自然之美，更难看到全身心的投入与喜悦之情。作者写道："只要倾心相与，你就能够听到每一处大自然的心跳声，捕捉到它丰富而微妙的表情变化。""面对这样广大至极的美好风景，我不止一次地想过，如果不让自己成为一名漫游者，哪怕只是在生命的某个时期，那么实在是一种浪费，甚至是一种罪过，总有一天悔恨会来啃噬。"于是作者认为："漫游，让脚步跟随着目光，让诗意陪伴着向往。如果我爱慕的目光在抵达某个具体目标时仍然游移不定，那是因为我有一种对整体的忠诚，需要到更广阔的时空中践行。"是的，"心的方向"，让饱满内在的生命跟随忠诚的脚步，走向无穷无尽的天际。

辛茜《风马风马》由一个故事开始，一个"我"与想去青海湖观光的韩国小伙子的偶遇开始，于是展开对于人性异化以及青海湖之纯美的赞颂。在这个文本中，作者与天地自然尤其与青海湖同呼共吸，充分体验生命的爆发、断裂与平和，也感到诗意的凝聚与飞翔。作者写道："青海湖畔的早春。来自雪山的水流像一把锋利的刀刃，穿过草地，划向冰封的湖面。轻柔，也执拗，也有力。这是青海湖开湖的前奏。"青海湖的"开怀"有两种：一是"武开"，即炸裂的方式；还有一种是"文开"。于是，作者写道："武开的声音似乎就在耳边。但相比之下，我更钟情于文开。那是一种舒缓的，执着的，亲切的，从容的，雅致的，理解的，爱怜的，靠水流轻轻穿透，在静默中缓缓展开的仪式。像牵牛花在夜间悄然绽放，像夜来香轻轻呼唤黎明。像绵长、隽永、细腻的幸福。深邃、悠远，充满内在之力。"这种与青海湖和天地进行心灵的对语，是此地无声胜有声的，是一种有大道存矣的心灵叙事。

李一鸣《远眺华不注》、杨海蒂《锡兰过大年》、徐南铁《赏梅，在梅花谢了的时候》、丁建元《蜃楼记》、梁晓阳《从彤红的傍晚到沾满露珠的早晨》等作品都是生命的花开与心灵的闪光，令人沉醉和心动。如梁晓阳这样写草原之夜："深夜的时候，月亮升起来，大平滩草原一片皎洁，一片寥廓苍茫，夜莺的歌声，偶尔也有冬不拉的琴声隐隐传来，草原之夜比刚入夜的时候更加静谧而和谐。"他还写到草原的日出、草原的姑娘、草原的辽阔，那是一种与自己生命相融化的心灵表达。

王子罕《天堂无路，地狱有门》全力写土库曼斯坦的达瓦天燃气大火坑，因当年防止有毒气泄漏，这个被点燃了数十年的大火坑一直在燃烧。作者既展示了当地的风土人情，也描绘了较少有人光顾的路况之险，更刻画了这个大火坑之所谓"地狱之门"的壮观。作者还写到天寒地冻的凌晨三点，他独自冒险到火坑边观赏和拍照，这种与"地狱之门"零距离接触是那样的惊心动魄。更令人绝望的是，在归途中作者迷了路，找不到宿营的帐篷，于是在大雨中感到"毛骨悚然，寒意顺着脊髓升起"。此次行旅有一种对于天地的敬畏之情油然而生，这是作者所获得的一种发自内心的"天启"。

其实，真正的旅行首先是热爱，然后是生命融入，再就是谦卑与感恩，还有诗意的浸润与灵思的翱翔。天地宇宙是如此的博大，人的生命又是如此的短暂，要真正获得感知与智慧，一个人就要如沐春风般在天地间遨游，这让人想到庄子笔下的《逍遥游》以及徐霞客那些优美的游记散文。

五、草木包蕴的天地道心

近现代以来一直强调"人的文学"，相对忽略物的世界和其中蕴含的天地之道。于是，很多作家失去了对于天地自然尤其是一草一木的兴趣，其观察、欣赏与描写能力逐渐减弱。近些年，这一状况有所改观，出现不少格物致知的作家作品。2018年此类散文较多，在境界和水平上也有明显提高。

王剑冰《草木时光》写黑夜、地气，写卑微如同草木一样的村医、下乡知青和二叔，从中透出对于物性、人生、人性和天地之道的理解。在许多人笔下，这些物、事、人并不重要，但在王剑冰笔下却带着活气、灵气、地气、人气，也有着天地大道，这只有在与天地相知、相得、相融中才能达到。在作品中，作家心静止水，宁静致远，充分体察天地人事之精微。他写道："你如果听到噗嗒的一声，而后又是噗嗒的一声，你就知道，那是露水从窗边的葵子叶上滑落了。叶子很大，露水聚多了，才会落下来，从上面的叶子滑到下面的叶子上，就发生了连锁反应。"基于此，作品随处可见哲理名言，以及道心的幽微。作品写道："奶奶说，这就像蒸馒头，那就是用水气把一团面蒸熟的，可不是用的火也不是用的水，火和水只是为了闹腾那股子气。""你的生命里总是能看到地气，能闻到土地的味道，你就会活得踏实、过得充实。"

庄伟杰《一棵移植的树》角度新颖、意象分明、禅意浓郁，饱含着对于树、都市、人生及其生命的感知。文章虽短，但内蕴丰厚、诗意盎然、妙语连珠。许多句子都有天心光照之感，让人读之难忘。更为重要的是，面对移植的树木，作者没有伤悲，而是被一种奉献、坚忍、安详、快乐、幸福包裹，于是进入净化、醇化、诗化的境界。作者写道："一棵移植的树，生长的过程就是一种生活。它有时孤单，有时芳菲，或静，或动。它迎风飞舞的枝蔓，在彼岸悄悄地散发着体温。""一棵移植的树，以沉静的姿态立于岸上，自然，从容，满怀渴望，近乎决绝。或清晰或朦胧，俨若一道风景。不愿萧瑟，不仅守望，只为自由地生长和呼吸。""一棵生命树，从一个空间移居到另一个空间。树影像它的名字，令我充满绿色的幻想。"只有在移植的树中赋予生命，才会充分体会树的无声的语言，哪怕在秋风和寒冬之中。

还有鲍尔吉·原野《秋分》、陈长吟《汉水边的老镇》、高维生《黄河滩上的植物》、穆蕾蕾《朱雀》、赵之云《孔林中的橡树》、徐祯霞《浆水菜的诱惑》以及刘亚荣《水坑记》，它们都是写物的，其中均有精微的观察与深度的描写，尤其是在平凡和平淡中彰显出天地情怀。

2018年散文还有一个突出特点，那就是：宏大叙事从小处着眼，微观写作中有天地情怀。这就避免了以往的假、大、空，以及碎片化写作带来的局限，更强调文学性、诗意情怀、文化感与精神高度。当然，2018年散文写得还不够纯粹，缺乏精致之美，这是今后散文应多加注意的。因为能传之久远的散文，必须在思想性、文化感、天地情怀的追求中，还要具有形式上的完美，是文学性和审美性的适度张扬。

目 录

序　成熟与收获　　　　　　　　　　　　　王兆胜 / 001

精神丰碑

百年不倒的协和　　　　　　　　　　　　　韩小蕙 / 002
国之槐　　　　　　　　　　　　　　　　　马步升 / 012
千年之碑　　　　　　　　　　　　　　　　綦国瑞 / 017
郑和的海上和平之旅　　　　　　　　　　　徐　可 / 025
大树不倒　　　　　　　　　　　　　　　　吴周文 / 034
为何要重估俄苏文学　　　　　　　　　　　李建军 / 039
向海是诗海　　　　　　　　　　　　　　　施战军 / 049
天心月圆映草庵　　　　　　　　　　　　　古　耜 / 051
从山间小路到精神殿堂　　　　　　　　　　庞井君 / 058

思想重量

生命在别处　　　　　　　　　　　　　　　南　帆 / 064
邮　局　　　　　　　　　　　　　　　　　李敬泽 / 069
中国人的大局观　　　　　　　　　　　　　穆　涛 / 076
血脉之河的上游　　　　　　　　　　　　　李登建 / 080
皱　褶　　　　　　　　　　　　　　　　　冯秋子 / 091

转动的星	丁亚平	/ 097
生活树	肖 达	/ 114
女性与名联	杨闻宇	/ 122
爱的气候	凸 凹	/ 129
空瓶子	沈俊峰	/ 133
浅思短论	王聚敏	/ 142
东区与西区	王 韵	/ 144

永久怀念

母亲的意象	朱 鸿	/ 152
寻灯五四，举火人间	张清华	/ 162
姨 妈	刘 琼	/ 168
父亲与老朋友	臧小平	/ 179
娘心高处	蒋 新	/ 186
那条叫吴小如的鱼游远了	舒晋瑜	/ 193
山高水长	徐兆寿	/ 200
没有告别的"告别"	王兆胜	/ 204
灯火已黄昏	吴佳骏	/ 209

生命旅程

心的方向，无穷无尽	彭 程	/ 222
远眺华不注	李一鸣	/ 229
锡兰过大年	杨海蒂	/ 233
赏梅，在梅花谢了的时候	徐南铁	/ 240
蜃楼记	丁建元	/ 246
风马风马	辛 茜	/ 252
从彤红的傍晚到沾满露珠的清晨	梁晓阳	/ 261

天堂无路，地狱有门　　　　　　　　　　王子罕 / 269

天下物事

草木时光　　　　　　　　　　　　　　　王剑冰 / 278
秋　分　　　　　　　　　　　　　　鲍尔吉·原野 / 293
汉水边的老镇　　　　　　　　　　　　　陈长吟 / 296
一棵移植的树　　　　　　　　　　　　　庄伟杰 / 303
城市低处的灯光　　　　　　　　　　　　厉彦林 / 305
河滩上的植物　　　　　　　　　　　　　高维生 / 313
朱　雀　　　　　　　　　　　　　　　　穆蕾蕾 / 320
孔林中的橡树　　　　　　　　　　　　　林之云 / 323
浆水菜的诱惑　　　　　　　　　　　　　徐祯霞 / 327
水坑记　　　　　　　　　　　　　　　　刘亚荣 / 331

精神丰碑

百年不倒的协和

韩小蕙

风风雨雨，创办于 1917 年的协和医学院，已走过百年历程。巍然屹立于中国医学之巅，"协和"这块金字招牌，何以能够百年不倒？综合一些权威人士的意见，又加以资料研究，我归纳为"两方面＋五个宝"。

先来说"两方面"——"最高标准"和"崇高的医学观念"。

最高标准

协和医学院坚持实行精英教育，学制长达八年，先要读三年预科，每年一共就招几十名学生（一直到当今还是，即便别的医学院扩招到数千人，协和医学院还是每年只招九十人），可说是尖子中的尖子，学霸里的学霸。当年的考题之难，简直是今天各大学名校都绝对不敢想象的，比如 1949 年的英语考试，其中的一道大题，是要求用英文写出《桃花源记》，既考了古文底子，你首先得会背啊，又考了快速译成英文的能力。

三年预科读下来，从数、理、化、文、史、音乐、美术、书法诸方面的知识积累，到树立起"患者至上"与"奉献"的医学观念，再到心理学上的适应与认可，大约就只有三分之二的学生能够转升到医学院本部，开始进入医学专业的学习。这回是全英文教学了，像在美国大学的课堂上一样严格，直到 1950 年以后才改为中文教学。

1949 年以前的协和医学院老毕业生同时获得美国纽约州立大学的医学博士学位，协和护校毕业的老护士们拥有美国注册护士资格。1924 年，协和医学院的第一届学生毕业，入学时招收的是九人，毕业时只剩下三位：刘绍光、侯祥川、梁宝平。协和追求的就是"小、精、尖"的育人体制，实行的就是残酷的逐年级淘汰制度，为建立起中国培养现代医学人才体系趟出了一条路。

从 1924 年到 1943 年的二十年间，协和医学院总共只毕业了三百一十一人，平均每届 15.5 人，数量少得"可怜"，然而质量却高得"可怕"——从这里走出了张孝骞、林巧稚、黄家驷、吴英恺、曾宪九、吴阶平、诸福棠等一批医学大神,就是他们,日后在全中国各地创办医院,培养学生,为中国现代医学的发展做出了筋骨性的贡献。

崇高的医学观念

老协和的医疗观念是"患者至上",其使用频率最高的字眼,为"白衣天使""大爱""一切为了病人""人道主义"等。

名医吴阶平曾说:"我认为做一个好医生要不断从三方面努力。一是全心全意为人民服务,有高尚的医德;二是有精湛的医术,能解除病者的疾苦;三是有服务的艺术,取得患者的信任。关于第三点一般人并不很重视,不认为其中大有学问。我感到有经验医生的突出之处就在这第三点上。"

这三点是百年协和能够百年不倒的不二法门。这里似乎不用再展开详述,只再复习一遍林巧稚是如何被协和医学院录取的吧:

1921年夏,林巧稚从鼓浪屿动身,赴上海报考协和的医学预科,那届只招二十五名学生。最后一场英语笔试时,一位女生突然中暑被抬出考场。林巧稚放下试卷就跑过去急救,结果她原本最有把握考好的英语却没有考完,以为自己这回必定落榜了。可是一个月后,她却收到了协和医学院的录取通知书。原来,监考老师给协和医学院写了一份报告,称她乐于助人,处理问题沉着,表现出了优秀的品行。协和校方看了报告,认真研究了她的考试成绩,认为她的其他各科成绩都不错,于是决定录取她。

令协和百年不倒的还有"五宝"。传统说法是协和有"三宝",我认为不够,至少是"五宝":名教授、病案室、图书馆、内科大查房、八年制教育以及住院医师培养制度。

名教授

看到有人这样说,"协和之宝有多种版本,但为首的总是图书馆"。对此,我不能同意,而且坚决认为,为首的应该是"名教授"——人什么时候都是第一位的,有了人才能有一切,没有人就没有一切。老协和传统能薪火相传到今天，靠的是百年来有奉献精神的"协和人"。

例如著名内科专家、医学教育家、中国消化病学的奠基人，长期担任协和内科主任的张孝骞教授身上，就发生过太多故事。作为杰出的临床医学家，他从1921年7月开始看病，到1986年7月看完最后一个病人，在整整六十五年的临床诊断中，显示出极为高超的技术，拯救了无数危重病人。有的病例在世界上只发现过几例。1977年10月，张教授确诊了一例间叶瘤合并抗维生素D的低血磷软骨病，这种病在世界上极为罕见，这一例报道是全球第八例。这个男性患者多次发生病理性骨折，站立困难，被诊断为腰肌劳损、风湿性关节炎，服用大量维生素D和钙剂均无效，长期医治不愈。张教授仔细研究临床记录，又检查到病人右侧腹股沟有一个小肿物，立即想到这肿物可能分泌某种激素物质导致钙磷代谢异常。手术切除后患者钙磷代谢恢复正常，症状很快消失，一年后随诊无复发……

前面讲到老协和的学子们都是学霸中的学霸，精英里的精英。而他们的老师，高徒的名师们，你想，更得厉害到什么程度？

举一例：张鋆教授的课只要上过一次，会终生不忘。这位著名解剖学家就是我们协和大院36号楼的"张老爷子"，我见到他的时候他已经上了年岁，瘦，高，严峻，腰杆老是挺着，像一块行走的木板；头发花白，已见稀疏，但梳得一丝不乱；走在大院里，既不快，也不慢，从不跟人打招呼，只按照他自己的节奏行事。据说他给学生上课时也是不苟言笑，不怒自威，令人生畏，不但学生怕他，就连助教们也都诺诺。但他语言逻辑严谨，没有废话，又精通日、德、英三国外语，讲课时不仅表达自如，而且旁征博引，深入浅出，把十分枯燥的解剖学等课程讲得妙不可言。最惊倒学生的是他授课时不用带挂图，讲到什么地方需要图像演示时，马上就在黑板上画，有时两手各持一根粉笔，同时发力，左右开弓，瞬间就画出来了，真是胸有成"图"——要知道，那是德国著名解剖学家索波塔编写的国际通用教材《人体解剖图》，三大卷彩色图谱，全清晰地存在他心中，真是大神啊！

无独有偶，在生物学界享有盛名的胡经甫教授，在讲无脊椎动物时，要求学生全神贯注听讲，不许记笔记。他也是一边嘴里说，一边动手画，既条理清楚又引人入胜。

听过吴蔚然教授课的学生也会念念不忘，说他讲肛肠疾病，从直肠齿状线开始，讲到肛瘘的形成，从解剖到临床，循循善诱，深入浅出。虽然这些专业医学名词咱不懂，但内里那种叫"气质"的东西，外行人还是能感悟到的，顿觉有一种感动袭上心头。

更让人感动的是，教授们不仅教医学知识，还教应该怎么做好医生。协和医院外科原主任钟守先回忆说："有一次，我们正在查房，一位护士跑过来说，隔壁病房有一位病人突然不行了。曾主任带着我们迅速赶过去，这时病人已经停止了呼吸，曾主任一个箭步冲上前，毫不犹豫地为病人做口对口的人工呼吸，这一动作激励了周围所有的人，大家争相上前交替加入抢救，最终使病人脱离危险。原来这是一位肝硬化门脉高压行分流术后的病人，因肺动脉栓塞而突发呼吸骤停。"他说的这位曾主任，乃著名外科学家、我国现代基本外科奠基人之一的曾宪九教授。

类似这样的事，在老协和，在协和老教授们身上，多多矣！面对这样崇高的"协和第一宝"，谁能不为之动容！

病案室

协和医院在创建时复制了约翰·霍普金斯的病历系统，从1921年至1951年的全部住院病人的十万份病历，以及门诊病人的五十五万份病历，都是用英文写成的。从1921年建院至今，保存着近三百万册患者的病案，其中有孙中山、梁启超、蒋介石、冯玉祥、张学良、宋氏三姐妹、林徽因、溥仪、斯诺等许多名人病案，还有一些记载世界、中国首例疑难重症及罕见病例的病案。

老协和非常注重对病案的系统管理，也非常重视训练医学生采集病史、写好病案，因为这些历史性的病案，对疾病治疗和科研起到了重要作用。比如在一次考试中，林巧稚教授要求学生们观察孕妇的分娩过程，然后写出一份病历记录，以此来评定他们的临床能力。结果只有一份病历被评为"优"，其他均不及格。学生们惭愧不已，自我检讨，但左思右想，不得其解。林教授严肃地说："你们的记录没有错误，但不完整，漏掉了非常重要的东西。""漏掉了什么呢？"学生们反复查看，实在想不出漏掉了什么，便去研究那份"优秀"病历。结果他们发现，各项记录都没有区别，只是那份优秀病历里多了一句话："产妇的额头有豆大的汗珠……"原来在林教授眼里，这就是"优秀"与"不及格"之间的距离。

张孝骞教授对下级医生的病历书写，也是要求极为严格的，"不仅内容要准确齐全，而且单位要标准化，字迹不得潦草，绝对禁止自编的简化字和缩写。要求忠于事实，在重要的地方还要做分析，不能写成流水账"。

确实，老协和的病历皆观察仔细，记录翔实，有的叙述中还带有文学笔法的描写，非常引人入胜，因而留下不少好故事。比如1972年，协和医院来了一位特殊客人，这是跟随尼克松总统访华的一位女士。不经意之间，她说出自己是1949年在北京协和医院出生的，中国友人就建议她到协和医院去找找当年的出生记录。协和真的给了她一个大大的惊喜，医务人员很快就找到了她当年的病历，里面还有她出生时的小脚印……

我知道这个故事一定是真的，因为2000年我因病住进协和医院，我也看到了自己从20世纪50年代在协和出生后的全部病历，上面也有我出生时候的小脚印。我饶有兴趣地一页页翻看我那厚厚的病案，里面还有一段我小时候把一粒扣子塞进耳朵里的记载，医生的记述简直用的就是美国著名小说家欧·亨利的笔法，从我被送进医院，到手术掏出扣子，环环相扣，层层叠加，最后一句是"掏出来一看，原来是一枚纽扣"。哈，看得我都笑了出来——不过，越看到后面就越笑不起来了，因为自从"文革"浩劫之后，病例的书写就越来越简单和潦草，有的字体变成了"天书"，跟老一辈协和人的书写真有"优秀"与"不及格"之别。甚至还出现了致命的错误，比如把"浅浸润层"写成"深浸润层"，据说是"实习大夫给抄错了"——想想，如果这种事发生在旧时，还不闹翻了天，老协和医学院曾有一个学生在考试中答错了用药剂量，结果，竟然被留级一年！

一百年来，协和医院病案室的命运随着时代的沉沉浮浮，这数百万册病案能完整保存，实属万幸，堪称奇迹。据说在1949年以前，唯一失窃的病案是孙中山的。在抗战时期，日寇进占北平后，到协和医学院大肆劫掠实验和医疗设备，还扬言要烧毁所有病案。时任病案室主任的王贤星坚决反对，全力护持，并劝日军说这些病案即使对他们也有用处。"幸运"的是，或者说是"天佑协和"，日本少佐松桥堡战前曾在协和医学院进修，了解病案的价值，所以最终放过了这批珍宝；但日本人仍以"借阅"之名,把孙中山的病理检查标本、肝脏检查标本都强行拿走了。

在其后年月的多次政治活动中,协和病历还经历了好几次濒临销毁的危机,但都被幸运保存。

图书馆

协和医学院图书馆曾被誉为"亚洲第一医学图书馆",当年馆藏的外文原版书刊数不胜数,许多难得一见的西方医学专著、图谱和千余部珍贵的中医古籍,均被妥善保管。比如自1824年创刊到今天的每一期《柳叶刀》杂志,在馆里全能找到。想想,已经快两百年了,远隔着千山万水,穿越了多个历史阶段,一直持续接手,不啻奇迹!

在一百年前的时代,知识容量有限,通信手段落后,医生们只能倚重图书馆来学习更新,提高自己的医疗水平,对付恶疾,救治病人。百年前的协和人,只需来到协和图书馆,足不出户,便可接触到世界最前沿的医学知识,由此看来,老协和的缔造者为了让协和成为医学领跑者所做的努力,可谓高瞻远瞩,功德无量。

在当今的互联网时代,世界医学知识的膨胀速度堪比爆炸,藏书数量的多寡,已经不再与知识更新的速度挂钩,临床医生们更多依赖于网络医学数据库了。协和图书馆也紧跟时代的步伐,融入大数据潮流,还定期开办文献检索与数据库使用讲座,使得优秀资源不断指引着医生们的临床决策,协和图书馆依然是超一流的。

内科大查房

说是内科"大查房",其实差不多是牵一发而动全身的全院大医学行动,每次都撩拨着全院各科医生们的神经。请看有关资料的介绍:

"大查房"最早称为"大巡诊"。那时医生人数少,病房即可容纳全部医生的巡诊。后来,协和内科医生越来越多,内科大查房的地点从病房转移到了能容纳百余人的老楼10号楼223阶梯教室。到了今天,内科大查房场面更加壮观。内科各专科医生几乎全部到场,同时还会邀请放射科、病理科、检验科、外科等科室参加,有时还有基础学科同仁和外院医生出现,各病房的护士长和护士也会参加。查房一般持续两小时,参加人数多在百人以上。每周三下午三点,内科的医生们从各个病房赶往会场,如果晚到可能就没了座位。

大查房的第一步是选择病例,先行公布。所选的病例是较复杂疑难或是罕见的,或在诊断和治疗中有不易解决的问题,或有某种新的经验教训值得总结。大查房时,病人被带到大查房现场,医生现场对病人进行体检和病史询问。随后进入自由讨论阶段,这是大查房最精彩的部分。申请大查房的专科医生先发表自己的看法,其他科室医生就相关问题做出解答,发表意见。最后是大内科或专科主任总结性发言,并指示下一步的诊治措施。未尽的问题留作进一步观察、检查,或等待外科手术的发现。如病人不幸死亡,则可能从尸检中得到答案。如有新的资料,在以后的大查房时做追随报告。大查房洋溢着学术自由的空气,方圻教授回忆,常常是病历摘要一下来,很多教授就跑图书馆,然后在会上争论交锋。年轻人也有发言的机会,主任们会随时站起来点名让年轻医生发言,同时也鼓励大家提问题。

大查房对总住院医师提高现场组织学术活动的能力,提高住院医师掌握病情、文字书写和口头报告能力,都是很好的锻炼,对作中心发言的主治医师也是很好的培养方式。一次成功的大查房,会给参加者留下深刻印象。科主任的赞许,往往激励年轻医师奋发努力。如果在大查房中被指出不该发生的遗漏或错误,教训也令人终生难忘。

近年来,随着协和医院与美国加州大学旧金山分校住院医师交换培训项目的进行,国外各级内科医师不断受邀来北京协和医院访问,他们出席"内科大查房"后无不惊讶与赞许,因为在美国也很少见到如此高水平、如此热烈的临床病例讨论场面。

八年制教育 + 住院医师培养制度

一代代协和人留下了独特而厚重的遗产,其中有一项即协和医学院的八年制教育,"三年医学预科再加五年临床教学及研究"是协和教育的核心。而当一个协和的毕业生来到患者面前时,他的医疗人生只不过才刚刚走了一小步,前面还有千山万水等待他(她)努力跋涉,一辈子!

已然经历了一百年的"也无风雨也无晴",协和医学院可以说是中国现代医学教育体系的奠基者和推动者,她开创了中国第一个八年制临床医学教育体系、第一个高等护理教育体系、第一个住院医师培养体系、第一个公共卫生教育和实践制度、第一个医学研究生教育体系、第一个"MD+PHD"双博士培养制度……

百年来，虽然经历了三次停办与复校，协和人却始终坚持这个办学理念，并不断加以总结完善，形成了协和的育人特点。从协和源源不断走出的学科奠基人和名医大家不胜枚举，证明了八年制医学教育体系是科学的、成功的、正确的。

协和对维持其顶尖地位的八年制极为珍视，在长达25年的时间里，拒绝扩招、拒绝了三到五年制的课程设置，同时也付出了巨大代价。原中国医学科学院黄家驷院长、张孝骞副院长一直是八年学制的坚定维护者，在协和医学院三度停办后，他们不顾个人安危与得失，上书党中央，在医学界呼吁，为恢复协和的长学制医学教育奔走操劳。1965年，黄家驷被下放农村，对他的指控之一就是"一直对八年制教育念念不忘"；"文革"中，张孝骞被戴上"反动学术权威"和"特务"帽子，打入"牛棚"，直到1972年才被"解放"，恢复待遇，搬进红霞公寓。

"文革"后再次恢复协和八年制，黄家驷和张孝骞仍然痴心不改，坚持做积极践行者。1979年国家批示，恢复协和医学院，改名为"中国首都医科大学"，设医学专业，学制八年，医预科三年在北京大学就读（现已改为清华大学）。1985年后改为"中国协和医科大学"，恢复高级护理教育。这一回"复苏"的时间最长，悠悠然已经过去了三十九年，黄、张两位院长都"走了"，幸好两位前辈都是看着八年学制顺利实施而含笑九泉的。

那么，八年学制为什么这么重要呢？它到底好在哪里呢？且请看吴阶平副委员长回忆自己在协和医学院做学生时的状况：

早八点从宿舍到学校，十二点过后下课，赶回宿舍午餐，午休不超过半小时又赶回学校。下午两点开始实验课，规定五点结束，有时却拖得很晚，有一次直到午夜一点做出实验结果才罢手。晚六点晚餐，饭后到图书馆自习，晚十点图书馆闭馆，回到宿舍继续学习，到晚十二点以后才休息。考试前更是紧张，有的同学通宵达旦复习功课。由于学习过分紧张，同学们的健康状况普遍下降，还有的得了结核病，学校方面为此提高了伙食标准，并补贴了伙食费。

老协和实行"残酷"的逐级淘汰制：一门必修不及格必须补考，

两门不及格留级，三门不及格就要被开除，而那里的及格线不是通常的六十分，而是协和"霸道"的七十五分。八年制的学习，两门挂科不给博士学位，三门以上不及格连硕士学位也不给了。残酷淘汰的结果是，能笑着毕业出来的，后来差不多全成为中国现当代医学界的栋梁——吴阶平一辈1949年以前毕业的"老协和人"是"大神"和"大医"，1966年以前毕业的"中协和人"是"大腕"，20世纪80年代以后毕业的"新协和人"还是中国医学界中的"大咖"。

毕业后，严格而规范的住院医师培养制度，是协和继续推着年轻大夫往"名医""大医"路上走的一条必由之路。老协和实行住院医师必须住在医院里，在上级医师指导下，对所管病人实行全面全程负责制；如今虽然受到各种各样客观条件的限制，但医院千方百计保持这项制度的"原汁原味"，必须参加完住院医师培训，通过激烈的竞争才能当上总住院医师，总住院医师的严酷竞争遴选，是协和住院医师培养制度的重要一环。

因此，你只要进了协和的门，这辈子都别想天马行空地过好自己的小日子了，这是我的亲眼所见，惊心动魄！我31号楼的邻居曾经是协和外科的李士英大夫，他是协和1966年以前的八年制毕业生，广东书香门第出身，家教好，人忠厚，心善良，智商高。在学校时优秀，在医院时优秀，做科主任时优秀，在家庭中也优秀，在哪儿都优秀，一贯的优秀，就没哪儿不优秀的。可是他真辛苦啊，不管多晚下班，不管白天看诊多少病人做了多少台手术，晚上回家吃完饭就马上拿起书，一年365天，天天如此，没有节假日一说。他的最奢侈的娱乐也就是看个电影，但连这也不能保证，有时看上一个开头就被医院叫去了。没办法，这就是医生的宿命，一切必须病人至上，手术等着呢！住在我们31号楼一层的冯传宜教授，是1949年以前的老一辈协和人，我早年从他那儿学到了一个词——"听班"，即人虽然在家，但没有行动自由，不能出门去，得随时听候医院的召唤。

而现在，仅就给我看过病的、我知道的，有两位老协和人行医一辈子了还在出门诊，一位是口腔科的赖钦声大夫，八十五岁，给患者治牙，一站就是一上午，年轻人都觉得吃不消，你说老爷子能不累？另一位是神经科的郭玉璞大夫，九十岁了，还不能把自己歇在家里颐养天年。劳远琇大夫生前也是九十岁时还出门诊，张孝骞大夫九十岁时还参加大巡诊,吴阶平大夫当了领导还坚持每周一天回医院参加大查房……在我看来,他们这医生当得太苦了,终身被绑在医院的战车上,一天也不能平平静静地喘口气。可这些高尚的医生都不以为意,乐在其中,孜孜矻矻,兢兢业业,从头发黑亮熬到斑白、花白、雪白——能"妙手回春",能"起死回生"。能治病救人,能多救一个是一个,能给患者消除病痛,就是他们的最大满足了!

高尚的医生们啊,向你们致敬,鞠躬!

原载《光明日报》2018年9月14日

国之槐

马步升

华夏大地树木种类多不胜数，而在树名前冠以"国"姓者，则少之又少，获此无上荣耀者，国槐是其一。国槐原为华夏独有，此后引植域外，渐成普及树种，一如中华文化，根源于神州大地，而润泽于五洲万方。大约是，国槐在中华文化传统中的特殊地位，因之，这种并不名贵的树种，成为某种华夏精神的象征物，论其数量，广布天下，论其树龄，号称古槐者，遍及东西南北中。在众多古槐中，以甘肃崇信境内之"古槐王"为最，树龄高达三千二百年。

上溯三千二百年，时间的触角便直抵商代晚期，那么，"古槐王"若是一部史书，承载的可是大半部中华文明史。崇信位于六盘山之东，以西北各县普遍拥有的国土面积而言，崇信属于大西北地域最狭小的县份之一，这里好像也没有足以耸动视听的人文物产。也许，正因为其蜗居一方，自然环境保存良好，所谓弯道超车，正好赶上"绿水青山就是金山银山"的最新时代理念。据调查，崇信境内树龄在三百年以上的古槐多达数十棵。纵观域内域外，许多古树名木之所以渡尽劫波，能够存活到今天，离不开两个因素，一是僻居人烟稀少之地，二是寄身于名胜尊贵之所。而崇信县的古槐，只有一棵树龄与"古槐王"同为三千二百年的古槐，身处唐朝开国元勋徐茂公衣冠冢院落中，别的都在人烟扰攘的村庄里。而徐茂公衣冠冢不过是清朝道光年间建造，恰恰因为这棵国槐处在这样一个尊贵之地，它的尊贵的主人并没有神力法力保护它，在一个特殊的年代，被一群疯狂的人挖去大半个身躯，并试图放火烧毁它。然而，也许这棵国槐的主人曾是国之栋梁，真的在冥冥之中，给它注入了什么神秘的生命力，它用仅剩的少半块身躯和几支根系，顽强地活了下来，半个世纪过去，仍然枝繁叶茂，并且呈现出老树新花的气象。

崇信县境内为什么有这么多古槐存活，很多人试图为其寻找理由，地理的，地形的，气候的等等，都可能成为古槐存活的条件，但华夏大地上满足这些客观条件的区域真是太多了。当客观条件不足以构成排他性的要素时，我们不妨回到主观本身。崇信赵湾村是一个拥有上千人口的村庄，地处大路边，村头打麦场边有两棵国槐，树龄都在千年以上，两树相距数十米，并排耸立村头，树冠相接，树干中间空地上有一间矮小土房，说是山神庙，里面空空如也，并无有名有姓神主。就是这座毫不起眼，也显得很不严肃的山神庙，不仅是整个村庄的尊贵之地，也是两棵古槐的保护神。村里人说，这两棵槐树是村里几代人的救命树，在非常年代，槐树皮救过一代又一代人的命。果然，树身上坑坑洼洼，刀痕历历，在诉说着非常岁月。他们说，也曾有人要砍伐槐树，但任其如何努力，锯条却无法深入。细看，锯痕宛在，树身无伤，不过是为槐树增添了些许沧桑感。因这两棵槐树高大辉煌，每年的槐米极其丰硕，但手头再缺钱，或者再爱钱的人，从无一人爬树采摘槐米。攀爬古槐行为本身，如同侵犯神灵。

有人会将此类行为视为迷信。假如迷信可以制约人们的某些不良行为，起到法律或规矩起不到的作用，也没有什么。何况，崇信本地人对古槐的热爱和膜拜，更多的来自文化传统，这种文化传统又形成日常习俗，产生了善意的结果。比如，被命名为"古槐王"的那棵树龄高达三千二百年的古槐，能够存活到今天，与其说是自然奇迹，毋宁说是人文奇迹。古槐王仍然与村民生活在一起，巍然耸立于村落的旁边，真可谓冠盖如云，周围是农田，天热，村民在树下乘凉，一年四季，孩童在树下玩闹，家禽家畜在树下嬉戏，各种鸟儿在枝叶间穿梭，四个喜鹊家族将自己的窝分别搭建在四根树杈上。人说大树底下不长草，可在"古槐王"下，却是大树底下好乘凉，从树根开始，各种植物混杂着生长，半人高低的，淹没脚腕的，隐花植物，显花植物，挤挤挨挨，密密实实，走在上面，如同踏在海绵上。而树上，更是生命界的奇观，杨树、花椒、五倍子、小麦、玉米等九种植物寄生在古槐的树杈上，都显得生机勃勃。

这是以"古槐王"为中心，缔结起来的一个完整的互相依存的生态系统，如果这棵古槐真的担当得起"王"的名头，那么，围拢在它周边，树下的，树上的——植物、动物，也许还有人，都是一个不可拆分的共同体。包括"古槐王"本身。正是秋末，我慕名来访。眼睛看得见的所有景观，专业人士早已以数字的精确昭告四方了。"树龄3200年，树高26米，主干基径3米，最大胸围13米，树冠东西约34米，南北约38米，占地2.1亩。"可是，当我凑近树干详细观察时，我宁愿相信，

"古槐王"是由至少三棵槐树组成的。有可能的是,最初,三棵槐树幼苗呈丛生状,一棵与一棵有着一定的距离,渐渐长大后,互相间的距离被缩短,继续缩短,直到合为一体,乃至互相嵌入,变成一棵树。然而,互相间还是有缝隙的,我是从树干上的不同颜色发现这一秘密的。树干开叉处,堆积着厚厚的腐殖质,雨水渗漏下来,完整的树干是干燥的,树皮纠结,篮球大小的几颗树瘤狰狞犷悍,像这样坚韧的树皮,雨水不可能侵入到树干的肌体中去。然而却有三道水流的印痕深刻地嵌入树干的凹陷处,并且,贯穿到树根。细看,那是树干与树干的结合部。

我不明白许多专业人士为何没有发现这一秘密。难道是发现了守口不说,担心由此损毁了"古槐王"的王者威仪,或者是只顾了叩问"古槐王"的客观形象?我为我的发现而兴奋。三人成众,三木成林,抱团取暖,在互相竞争中成长,在互相竞争中成己成人,也许,这才是"古槐王"获得长寿的真正秘密。人是社会的动物,动物植物何尝不是在群体中繁衍生长并且壮大的呢。崇信县境几乎所有古槐的枝条上都挂满了红布条,一棵古槐就是一方民众的精神寄托,一根红布条,就是一桩来自心底的祝愿,对幸福生活的期望,对灾难的趋避,对不可把握命运的祝祷,都在那根红布条上,而只要古槐还活着,还在身边卓然挺立着,那么,一种安全感便会油然而生。

其实,对古槐的膜拜,正好说明崇信是一个文化传统深厚之地。这里是华夏文明重要的发祥地之一,悠远的文化传统,像境内潺潺不绝的汭河、达溪河和黑河,流淌在血脉中,传承于民俗文化中,形成一种牢固自觉的日常行为。因膜拜槐树,而爱护槐树的幼苗,一代代的热爱,使得幼槐成长为大槐,再修成古槐。崇信人崇尚槐树,是与华夏文化传统相一致的。槐树在华夏文明传统中向来有着独特的地位,在遥远的周代,伟岸尊贵的王宫前便种着三棵槐树,大臣上朝时,地位最为尊崇的三公便分别站在三棵槐树下,等待天子的召见。这三公便是太师、太傅、太保。而这三种官职名号一直延续到后来,虽然其各自的职掌权力,各朝代有所不同,但其名号本身从来都是位极人臣的象征。也因此,后世以三槐比喻三公,并由此延伸出许多特殊的称谓。槐鼎,三公或三公之位;槐位,三公之位;槐卿,三公九卿的代称;槐宸,帝王的宫殿;怀望,声誉卓著的公卿;槐绶,三公的印绶;槐岳,朝廷高官;槐蝉,高官显贵;槐府,三公的官署府邸;槐第,三公的宅第,如此等等,以槐树为中心，形成了一套独特的带有强烈排他性的称谓系统和话语系统。

槐树毕竟是生长于华夏大地上的一个普通树种，其指涉的意义，非帝王将相所能完全垄断，而如果与普通民众的现实利益和内心期许完全隔绝，则会失去民众基础，其象征意味便会成为无源之水，槐树成长为古槐的几率便会无限降低。由宫廷官府到民间，槐树渐渐地衍变为华夏民众共享的一种用来励志的象征物。已经取得功名，位列朝廷重臣者，便在自家庭院旁边植槐，号称槐门，既是身份地位的标志，也是奉事帝王怀柔百姓的宣示。所谓王侯将相宁有种乎，普通人家在庭院中栽植槐树，旨在激励子弟，或寒窗苦读，或效力疆场，以此途径猎获功名，挤进槐门之列。唐代科举制度确立以后，更为寒门子弟开辟了进身之路，于是，槐树与科考结缘，开考之年称为槐秋，举子赴考名为踏槐，考试月份则是槐黄。因此，民谚说："槐花黄，举子忙。"科举考试是国考，为朝廷选拔经世致用人才，这是高官显宦人家子弟一个有脸面的金字招牌，而对于普通人家子弟，几乎是改变社会身份的唯一出路。在槐花黄时，神州大地的举子赶考正忙，"大江东去，长安西去，为功名走遍天涯路"，有得意者，便有失意者，士子们便望槐而感怀，目睹槐花盛衰，而咏叹人生之起伏。因此，便产生了许多以咏槐为名义的咏怀诗。李频在《送友人下第归感怀》中写道："帝里春无意，归山对物华。即应来日去，九陌踏槐花。"有伤感，有安慰，也有达观。晚唐大诗人、花间词代表人物之一韦庄在《惊秋》一诗中写道："不向烟波狎钓身，强亲文墨事儒丘。长安十二槐花陌，曾负秋风多少秋。"韦庄在大唐王朝崩溃后，虽出任过五代前蜀小朝廷的宰相，但功名之路相当坎坷，在唐朝时，屡试不第，六十岁时才考中进士，他的望槐而伤怀，应当不是无病呻吟。晚唐著名诗僧齐已在《答长沙丁秀才书》中写道："月月便车奔帝阙，年年贡士过荆台。如何三度槐花落，未见故人携卷来。"虽寄身僧庐，却并未放下俗事，即便自己放下了，也替他人放不下。在槐花变黄季节，携卷赶考，总是读书人的一件大事。当然，也是国家大事。白居易一生写过有关槐树的诗大约十首。不外乎，望槐而感怀，咏槐而咏怀。苏东坡更是在咏槐而咏怀中推出千古名句，这便是《和董传留别》一诗的前半部分："粗僧大布裹生涯，腹有诗书气自华。厌伴老儒烹瓠叶，强随举子踏槐花。""腹有诗书气自华"一句，激励着多少人囊萤立雪，万里路万卷书，九陌踏槐花。

华夏子民对于国槐的尊崇还不限于什么功名利禄。槐树皮在万分困顿时,不知让多少代的多少人渡过了生死关,而槐花可以入药,食用,做染料,也是一种重要的蜜源植物,槐米更是一味药,这在《本草纲目》等医典中都有明确记载。由实用到象征,再由象征到实用,国槐的意义在无限扩展,几乎浸透了人生和社会生活的方方面面。由此,槐树被视为吉祥之树,向有"灵星之精"美誉,并且有"公断诉讼之能",因此,便产生了不少"树槐听讼其下"的故事,戏曲《天仙配》中便有在槐树下判定婚事,后又送子于槐下的桥段。

当一种普通的树种被赋予文化的意义后,这种树便不是这种树本身了,而文化,尤其是本土文化,无不扎根在大地深处,扎根在民族民众灵魂深处,这种树由幼苗而大树,由大树而古树,历千年劫波而长生者,非独树种有多么优越,而在于与本土民众精神情怀的契合度究竟有多高。崇信不过是西北大地六盘山东麓的一个蕞尔小县,其县名最早得之于中唐时期的崇信军,由李元谅开筑。李元谅是今天的伊朗人,自小被宦官收养在唐朝宫廷,"安史之乱"后,大唐衰弱,边患频发,军阀作乱,李元谅受命镇守崇信一带,他爱兵爱民,有勇有谋,战功显赫,出任陇右节度使,被李唐王朝赐姓李氏,受封武康郡王,后因积劳成疾去世,崇信民众则为他建祠塑像,代代供奉,以感念他的"开拓疆土,修筑镇城,德被民生,感恩王功。"而李元谅所筑崇信城,其寓意为:尊崇诚信,保境为信。只要有功于国家,有德于人民,有信于职责,无论出身如何,也无论哪国人,有了这几种品质,便会受到人们的永久怀念。西汉有金日磾(读音 midi),大唐有阿史那社尔、李元谅,现代有白求恩,等等,都是由异域人士而升华为中华栋梁。尊崇诚信,尚德守道,也许,构建人类文明共同体,需要的就是这种大境界,大情怀。在崇信大地膜拜古槐的日子里,我也在瞻仰留存在这片土地上难以尽数的历史文化遗迹,仰望一棵棵历尽沧桑仍然生机勃勃的古槐,我不由得时时感叹:

国槐,国之槐,大国之胸怀,大国广民之情怀!

原载《新湘评论》2018 年第 8 期

千年之碑

綦国瑞

　　时在初秋，夕阳西照，惠州西湖苏堤沐浴在一片金辉中，热烈又敞大。身处此境，我的心情畅达又温暖，禁不住和一位年约五旬的女卫生管理员攀谈起来，我问她："你知道苏东坡吧？"话一出口，我又觉得话问得有些唐突，一个普通的劳动妇女，很有可能是不知道苏东坡的啊，谁知，她是这样回答我的："谁不知道啊，他是出了名的一个'碎嘴婆'！"我惊呆了。在我老家，那些喜欢唠唠叨叨的人才被戏称为"碎嘴婆"的，苏东坡是震古烁今的大文豪，是中国文人的偶像，是中国人的骄傲，在惠州他怎么成了"碎嘴婆"呢？我好奇地问，这个名字是从哪儿来的？女管理员说，是她爷爷告诉她的，而她的爷爷是从爷爷的爷爷那里听说的，是辈辈世世传下来的，我又问其中的原由，她说："苏东坡到惠州的时候是个贬官，没有权力，他看到我们百姓的疾苦，为解决我们的困难，只好到处絮絮叨叨地对当官的说，对富人说，对和尚说，对我们平头百姓说。在他的叨叨下，不少问题得到了解决，我们老百姓就给了他一个外号叫'碎嘴婆'"。原来，"碎嘴婆"是惠州人满含深情地送给苏东坡的一个爱称、昵称，是惠州人世代相传的苏东坡的口碑。

　　当我在惠州百姓中弄清这座口碑的来历后，我被深深地感动了，也引起深深地思索。

一

　　苏东坡到惠州，是他仕途的"过山跳"，一下子从高峰跌向了深谷。

　　宋绍圣元年（1094年）是北宋历史上极其动荡的一年，太后去世，新帝继位。随着新帝的登基，司马光为首的保守派失势，王安石为首的一派重掌大权。苏东坡被卷到这次大动荡的旋涡里。

　　这年是倒春寒，寒风呜呜地刮进京城，遍地的黄尘随风翻卷，飘忽不定。忽然，苏府门前一片嘈杂，几个威风凛凛的太监、武士冲进门来，苏东坡闻声连忙赶了出来，一阵风起，把他稀疏的胡子吹得歪歪斜斜。在听完来使宣读的旨意后，全家都处于惊恐和悲伤中，他木然地坐在椅子上。

屈指算来，苏东坡这次入京做官已看过了六度的花开叶落，这是他仕途上的高峰，在这里备受太后和皇帝的信任，不离太后左右，相处的像家人一样，他们之间可以轻松地说个笑话，当然更多地是探讨治理国家的大事，他的一些政治主张经常被采纳。他先后做过兵部尚书和礼部尚书，还做过翰林学士制知诰，皇帝诏书全部出自他的手笔，其对皇帝和太后都有着极大的影响力，朝中权贵无不让他三分，正有着一人之下万人之上的荣耀。有一次，皇帝甚至把一条外邦进贡的镶金嵌银的犀牛玉带赐给他。

这些年也是他生活上最快活的几年，高堂华屋，锦衣玉食。闲来三五好友谈诗论画，节假日携全家人在京城闲逛，一家人都享受着从未有过的快乐安逸的生活。

苏东坡早已料到，太后去世，对自己心存不满的太子登基，曾经的政敌重掌大权，他是没有好果子吃的，但他没有想到，既遭"严谴"又被发配到"瘴疠之地"的惠州。限时离京，无可商量。苏东坡是个以天下为已任，以百姓利益为重的人，他不搞人身依附，也不入帮派团伙，在王安石当权的时候他反对伤害百姓的青苗法，在司马光当权的时候，他又反对全盘否定改革措施，他是真心为国，一心为民的，他判定事务的唯一标准是对百姓有不有利，利则从之，害则去之。正因如此，两派都不把他当自己人，两派都容不得他。

当他决然地从椅子上站起来的时候，他已经筹划好了一切。他明白此去凶多吉少，他已是五十九岁多病之身，不知能否走到遥远的贬谪地，更不知能否再返京城，他不想再让一家老小都跟自己受罪，他决计把一家老小托付给在河南当官的弟弟，天大事情一身担。当走到河南时，他就把一家人交托给在此当官的弟弟子由。只有爱妾王朝云坚决要相随照顾。

风急云暗，在一片唏嘘的离别声里，苏东坡操起拐杖，继续艰难的路程。有朝云相伴，苏东坡的心里有了一丝温暖，家人也有了一点安慰。

二

宋绍圣元年（1094年）九月，苏东坡与幼子、王朝云和两个老婢，主仆五人历经四千里路云和月，二百时日车与舟，终于将炎炎的暴晒留给了大庾岭，将波翻浪涌的惊恐放回了大江里。苏东坡一路鞍马劳顿，痔疮频发，此时已是瘦骨嶙峋，满脸憔悴，眼望着不太高大的惠州城门，他放下拐杖，让疲惫的身体坐在一块石头上，双眉展开，庆幸没有把老骨头丢在发配路上。

但是，接下来的困苦，是他万万没有料到的。刚到时，当地太守敬重他的文名，热情地把他安置在县城招待所合江楼里，这里风光优美，推开窗户可见西枝江与东江在此会合，形成宽阔的江面，缓缓而去，江面上白鹭飞舞，活生生一幅大江白鹭图。苏东坡有了些许的诗意。然而，仅仅几天过去，太守顶不住上司的压力，就让他们搬到嘉佑寺了。

嘉佑寺名字很有诗意，其实是远离城区的一座荒郊破庙。屋瓦不全，门窗残破，四周被半人高的野草遮蔽，蚊大如蝇，野草惊心，苏东坡瞅瞅空空四壁和从房顶破洞里漏进的缕缕阳光，心怀凄凉。冷风伴着蚊蝇一起进来，他自己还能挺得住，身体虚弱的爱妾王朝云却常常发起低烧。

"安置"到这样的地方几乎完全断了同外边的来往，成了被人遗忘了的角落。更可怜的是连政府应该给的少得可怜的薪水也不能按时支付，主仆五口人的吃饭成了大问题，常常吃了上顿愁下顿，善于治家的朝云只好带上家人去野地里搜寻能吃的野菜，弥补粮食的不足。有时连做饭的米也没有保障，只能熬一锅照得见人的稀粥充饥。

无人来往，枯坐破庙，苏东坡心里涌起天大的委屈，他对这次贬谪是想不通的，他知道不是自己真的有什么错，而是名符其实的政治迫害，苏东坡对此次贬谪是不服的。当他翻越大庾岭即将踏入广东时，曾写诗表明自己"浩然天地间，唯我独也正"。他也不知道自己的冤屈哪日才能得到昭雪。

风萧萧兮传忧愁，雨飘飘兮洒磨难。此时的苏东坡真的是到了山穷水尽的地步，江边荒刹，缺衣少食，水土不服，东坡痔疮发作，朝云传染瘟疫，四顾苍茫，经济窘迫，求助无门。贫、病、饥、寒、悲、愤、痛、忧像东江水一样滔滔压来。一个朝廷重臣、旷世文豪，竟落到这般田地，任何的一种困难都可能把他的老朽之身置于死地。

三

苏东坡白日目光所及，惠州仍是落后的蛮夷之地，疾病流行，交通不便，生产力低下。昏黄的油灯下，百姓的困苦一件件出现在他眼前：腿脚溃烂的农夫、无人收拾的白骨、衣不蔽体的丐者、破败的军营……这一件件事都在炙烤着他的心。他是个看不得百姓受苦的人，他坐不住了，他要出去帮助百姓做点事。

可是，"惠州安置"听上去好听，实际是一个没任何权力的异地安置的囚犯。宋朝法律，有"安置"两字的贬官，不得参与公务，更不得签署公事，不能拍板，不能做事，不能擅自出城，其行动是受到监视限制的。对于苏东坡这种安置全然是一种政治打击、迫害、报复，是一起地地道道的冤案。

然而，当他看到百姓的疾苦后，立即忘掉了自己已是身陷绝境。"欲为朝圣除弊事，肯将衰朽惜残年"，是他那时表明心迹的一句诗。

朝云笑他："你自己吃了上顿没下顿的，也没有签署权，也不是大财主，靠什么去管？自己的坟哭不完，还去哭别人的坟。"苏东坡笑答："不做官也能为百姓做事，百姓之身也可帮百姓办事。我没有了官职，但还有张为人熟悉的脸，还有两条腿，还有一张嘴，只要不停地说，就会成些事。"朝云是最懂得苏东坡的人，从此她以多病之身担起全部家务，任由他去奔忙。于是，在惠州的官衙、茶舍、寺庙、农田，到处都可以看到他头戴高帽，身穿长袍，手扶拐杖，絮絮叨叨地同各色人宣传、交流、商讨解决一些困难的想法。

惠州为岭南之地，气候炎热，种植水稻为主。苏东坡看到男女老少整天泡在水里，弓背弯腰插秧，有的腿脚溃烂，很觉心痛。他想到在武昌时见到的农民插秧时骑的一种插秧工具——秧马。这种秧马"腹如小舟，昂其尾，背如覆瓦"，农民骑在木秧马上边，日插秧千畦，省工省力，就想把"秧马"推荐给地方官员和老百姓。

他很用心思地做了艺术范的宣传：先是写了一首颇有鼓惑力的《秧马歌》，又用细腻的工笔手法画出了秧马图，然后带上这些东西去见博罗县令林抃、龙川县令翟东玉、衢州进士梁君瑑等。他把《秧马歌》和图样送给他们，一遍遍地宣讲秧马的好处："徒手插秧，要弯腰俯首，弄得腰酸骨痛。而坐上秧马插秧非常快，非常轻便，一手提着就可以走。用完往壁上一挂，再不用服侍它。"苏东坡还把它比作刘备的的庐马，有时会骑在秧马上做示范，逗得官员们笑声不断。在地方领导和名流认可后，他和博罗县令林抃亲手制作了秧马，然后带到田间进行示范。头顶烈日，苏东坡穿行在一家家的稻田里，不厌其烦地一遍又一遍向农民介绍秧马的制作和操作。在苏东坡的絮叨下，越来越多的惠州百姓用上了秧马。过去，农民弯着腰插秧，腰酸腿软，而且总是在脚跟上拍打泥土，时间长了，不少农民的小腿、脚跟就会溃烂。现在有了秧马，就解决了这个问题。农民坐在秧马上，可以拔秧、洗秧和插秧，十分方便。苏东坡终于"说"成了一件事。

　　城外香积寺外，有条溪水，水深流急，清澈见底。苏东坡本是来散散心的，在看了湍湍急流后，立即兴奋地大喊："可作水碓磨。"当地没有见过水碓磨，也不知有什么用处。苏东坡便到处宣讲水碓磨的好处，告诉大家截溪作坝，建造水碓磨，可以借用水力碾米磨面。当大家同意试试的时候，又遇到钱的问题。苏东坡自告奋勇，拖着病体，拄着拐杖，四处化缘。几个富户在他的动员下，纷纷解囊。水碓磨修建过程中，苏东坡亲自去察看指导。水碓磨建成后，百姓来碾米的人络绎不绝，苏东坡看着百姓们磨面和舂米的情形，完全忘记了化缘时的不快。

　　一盏小油灯忽明忽暗，照不多远，空旷的破庙仍处在昏暗中，看着一床薄被下面色黄瘦的朝云，苏东坡又想到了江边的一堆堆白骨，骷髅、腿骨横七竖八，发出白森森的光，这是历年倒毙在江边的穷人和病人留下的，他们生时朝不保夕，死后无人掩埋，肉被野狗吃光，骨头任由风吹日晒，无人去管。当时的酸楚又涌上心间。他决定去找太守商量个办法。

　　太守有些怕见苏老头了，因为他总来替百姓提要求，而他的财政也是常吃贪头粮。当苏东坡提出要为散落在江边荒郊的无人收拾的白骨建义塚时，看着这位一心只为百姓着想的白发苍苍的大文豪，亲自为谁都不管的孤魂野鬼说话，他还是说不出拒绝的话。

　　当太守听从他的意见，拨款建造时，他又拄上楖杖引领人们去收拾枯骨。不日，义塚建成。合葬之时，在新坟之前，伴着新鲜泥土的芳香，他抑扬顿挫，饱含激情地宣读连夜写成的《惠州祭枯骨文》。江水呜咽，哭声阵阵，他们为孤魂有家而欣慰，更为苏东坡老人的行为而感动。

当时,这里百姓生活中最大问题就是瘴毒流行,缺医少药。苏东坡在弄清惠州瘴毒流行的特点后,就像当年在杭州那样,搜购药物,施药救人。一味中药惠州买不到,他就写信托广州太守购买。

绍圣三年(1096年)正月初一,博罗县城失火,一城化为灰烬,百姓流离失所。东坡知道后,心里非常不安。无计可施中,他想到自己做官的亲戚,就写信请求他救济灾民,帮助博罗灾民渡过难关。从古至今有多少人,为了自己的利益拉关系,托门子,他为自己的事从没向亲戚张过口,为了百姓的温饱,他却破格低下高昂的头。

苏东坡虽身处危难之中心里却只装着百姓,真心爱着惠州百姓,百姓也深爱着这位须发飘飘的老人,一个老婆婆知道他整天为百姓的疾苦"叨叨不休"就亲昵地称他"碎嘴婆",苏东坡听了这个称呼,想想也很切合自己的现状,默默地笑了。从此"碎嘴婆"的名字就传开了,而且一直叫到现在。

四

惠州城在离西枝江岸不远的地方,四面环水,百姓出城种田和砍柴都很不方便,他亲眼看到背柴的农夫掉进湖水里,也多次遇到在水边小心翼翼行走的老人。这成了他的一桩心事。苏东坡是大文豪,也是一个建筑的天才,在经过数次的堪察后,他心中已酝酿出一张"两桥一堤"的宏伟蓝图:在西枝江上架一座桥,连通水西和水东;在平湖门和西山两端各筑进一段堤,中间再造一座楼桥,将两岸连通起来,百姓到西山砍柴割草和耕作就再不受涉水之苦了。老人孩子走过这里时,再也不用担惊受怕。

这是一个巨大的工程,没有官府的支持是根本无法实施的。在官府中,他首先必须得到朝廷派来巡按惠州的大臣程正辅的支持。可这几乎是一道迈不过去的坎。

程正辅是苏东坡的姐夫,姐姐嫁给他后,得病没有得到及时治疗,年纪轻轻就去世了。苏洵痛不欲生也不能忍受,他带着苏轼、苏辙两个儿子到程家问罪,从此两家结下怨隙,已经有四十二年不来往了。朝廷有人知道他们之间的恩怨,是特意派他来监视和制约苏东坡的。

从嘉佑寺通往县衙的路上铺满了和暖的阳光,苏东坡在苏过的陪同下步履沉重地走着，为了能让工程立项，他下足决心放下对程正辅的怨恨，但他不知道这位姐夫是否还记恨当年抓住他的领口不撒手。当苏东坡走进程正辅的官舍后，程正辅颇觉惊诧，两人都回避了那个痛点。苏东坡极力称赞程的祖父的文章和人品，程趁机提出让苏东坡为其写个小传，苏连忙答应下来。交谈渐渐融洽起来。苏东坡就端出了修堤的计划。正辅听了东坡的计划，虽然对苏东坡心存芥蒂，但对苏东坡时刻为民着想的胸怀还是十分赞佩的。同意拨些专款给他，并建议东坡要取得詹太守的支持，选派得力的人来管理这几项工程的建设。

原本可能的阻力成为动力，让苏东坡大为振奋，他开始了最大规模的说服工作。太守、富人、百姓、邻居，都是他的说服对象；官衙、茶舍、街坊都是他的宣传场所，在他不遗余力地鼓动下，绍圣二年（1095年）十月，"两桥一堤"全面动工了。

这是惠州城的一次盛举，车来人往，人喊马嘶，热闹非常。苏东坡作为工程的总设计师，每天都要到这两个工地走走，了解工程进度，与项目负责人研究解决实际问题。工程开工之初，他住在合江楼，到这两个工地还算方便。绍圣三年（1096年）四月再搬回嘉佑寺后，离这两个工地就远了。六月间又染上了瘴疾，痔疾不时发作，行动就不太方便了。更让他心急的是，这一段时间王朝云的身体越来越差，饭量大减，肤色苍白，走路也微微气喘，苏东坡给她用了几副中药，仍不见好转，看着相知相亲的爱妻，他心神不宁，总担心出现什么意外。可修堤的工程正在关键时刻，他这个总设计师不在场就会群龙无首，为了不影响进度，他还是每天狠着心走出庙门，硬挺着在两个工地上来往察看。

不料，更严重的事情发生了，工程进行到一半的时候，没有了资金，苏东坡被迫下马。危难之中，他想到募捐的办法。苏东坡家中最缺的是钱，病中的朝云看着愁苦的苏东坡，把一直珍藏在箱子里的皇帝赏赐的那条犀牛腰带拿了出来，接过这条颇有纪念意义的玉带，苏东坡禁不住眼角发湿，他被妻子的大义感动不已。一只枯瘦的手动情地摸摸躺在床上的朝云发热的额头，紧接着决绝地把玉带捐了出去。他又给弟弟子由去信求助。子由接信后，看到哥哥在贬谪的困境中仍热心为百姓做好事，很受感动，便动员妻子史夫人把内宫赏赐的黄金全部捐了出来。在苏氏兄弟的带动下，程正辅和太守及全城百姓纷纷捐款，一度沉寂的工地又重新热闹起来。

经过八个月的奋战,"两桥一堤"的蓝图,终于在绍圣三年(1096年)六月变成耀眼夺目的现实。新桥初成,飞架于城东西枝江上的叫东新桥,俯卧于城西西湖上的叫西新桥。竣工之日,惠州百姓欢欣鼓舞,兴奋异常,自发地带来了酒肉,在城中举行了盛大的庆祝会。望着百姓欣喜若狂的样子,苏东坡轻捻胡须,诗句脱口而出:"父老喜云集,箪壶无空携。三日饮不散,杀尽西村鸡。一桥何足云,欢传满东西。"

工程完工不久,秋雨绵绵,阴冷的风阵阵的从破壁中刮进破庙。这天,王朝云终于抵挡不住"瘴疬之气",永远地闭上那双美丽的眼睛。东坡老泪纵横,他的心中翻滚着因忙工程没能全力照顾病中爱妻的无限悔恨,涌动着从此阴阳两隔的痛心。为了表达他对王朝云的思念,数次写诗寄托哀思,读了令人心碎。王朝云死后,苏东坡就再没有娶妻,鳏居终老。

苏东坡的痛就是惠州百姓的痛,他们知道苏东坡为了建桥,连最亲的人也没有时间好好照顾。百姓们自发地为王朝云在孤山上建了六如亭,纪念这位伟大的女性,直到今天,每年清明节还有人前去献花。

很长一段时间,我为在惠州发现苏东坡的这座巨大的口碑而激动。

苏东坡是一代代文人尊崇的文学丰碑,他在百姓中也早已树立起一座巨大的口碑,在他光比日月的文学光环的照耀下,这座口碑几乎被掩盖了,但这座口碑历经千余年风雨仍矗立在百姓心中,它如巍巍的泰山,让我们望不到它的极顶,它如同一道绚丽的彩虹高挂空中,这座口碑是可以与那座文学的丰碑比肩而立的,他们互相辉映,共同组成了苏东坡的伟大形象和人格。

也愿我们的现实生活中,多一些时刻关心百姓疾苦的"碎嘴婆"。

原载《天津文学》2018年第2期

郑和的海上和平之旅

徐 可

明永乐三年六月己卯（1405年7月11日），苏州府刘家港。
朗朗晴空，艳阳高照，惠风和畅；
茫茫大海，舟楫相连，云帆蔽日。
码头上，万众欢腾，旗帜招展。

身材魁梧的钦差正使总兵太监郑和，拱手告别送行的官员和当地百姓，健步登上宝船，一声令下："起航！"

由两百多艘巨型舰船、两万七千八百余人组成的庞大船队，缓缓离开港湾，向着苍茫的大海，进发！

人类历史上规模最大、航程最远、持续时间最长的航海行动，由此拉开帷幕；人类历史上的"大航海时代"，由此拉开序幕。

这是一段史诗般的传奇。从明永乐三年（1405年）至宣德八年（1433年），二十八年间，郑和率领着一支梦幻般的船队，七下西洋，开创了成功横渡印度洋的先河。这支船队"涉沧溟十万里"，足迹遍及亚非三十多个国家和地区。这极为壮观的远航，达到了古代航海史上的巅峰。

一

人类居住生活在陆地上，可是对浩瀚无垠、神秘莫测的大海却始终充满兴趣。海洋的总面积约为3.6亿平方公里，约占地球表面积的71%，平均水深约3795米。到目前为止，人类已探索的海底只有5%，还有95%的海底是未知的。

人类早在童年时期，就开始试图了解海洋之谜。出土文物表明，中国人很早就开始了航海历史。在杭州萧山，发现了八千年前的独木舟；在余姚河姆渡，发现了七千年前的木桨。在六千六百年至四千五百年前，大汶口人和龙山人，就先后从山东半岛下海，乘着木筏，逐岛漂航东去。

公元前2世纪，中国的汉武帝除在陆上辟有"丝绸之路"，又在印度洋上开辟了"海上丝绸之路"，从此，丝绸、瓷器、茶叶等物将中国同西方紧密联系在一起。经济、文化交流一直持续了千余年，这在世界上是空前的。在公元6世纪至13世纪的七百年间，以巨大坚固而驰名于世的"唐舶"穿梭于东西方而到达了埃及；宋代发明了船用指南针；元代海舶则以创纪录的续航距离而闻名于世。

郑和七下西洋的壮举，就是在祖国辉煌航海文化的基础上发展起来的。

二

郑和率领庞大的船队，从江苏太仓（古称娄东）浏河口的刘家港出发，"云帆高张，昼夜星驰"，以大无畏的开拓精神，在茫茫大海上开创了规模空前的远航。"永乐三年六月，（成祖）命和及其侪王景弘等通使西洋，将士卒二万七千八百余人……以次遍历诸番国。"这是《明史》中关于郑和第一次出洋的记载。

郑和，生于明洪武四年（1371年），本姓马，名和，回族人，世居云南昆明晋宁县。他是元代咸阳王赛典赤六世孙，他的祖父、父辈都曾世袭为滇阳侯。明洪武十五年（1382年）明军攻克昆明，其父亡，十二岁的马和被明军掳入营中，施以宫刑，选入宫中服役。遭遇这样的变故无疑是不幸的，但对马和这样一个天资聪颖的少年来说，苦难只能促成他的早熟，认真地思考自己的前途和命运。在燕王府服役期间，郑和一方面刻苦学习，广泛汲取知识，很快在众内侍中脱颖而出，成为一个学识渊博、才干超群的人；另一方面，他在跟随燕王朱棣出征塞外的战斗中，学习了军事和作战本领。他头脑敏捷，处事机智，文武双全，屡立战功，深受燕王赏识，成为朱棣的亲随。在朱棣夺取皇位的"靖难之役"中，马和在燕王身边参与军机，出谋划策，紧随燕王冲锋陷阵，屡建奇功，受到燕王器重。在朱棣夺取皇位后，被赐姓"郑"，并被擢升为内官监太监，官至四品，地位仅次于司礼监。

据记载，郑和"身长九尺，腰大十围，四岳峻而鼻小"；"眉目分明，耳白过面，齿如编贝，行如虎步，声音洪亮"。他体魄健壮，气宇轩昂，颇有大将风度，史家赞其"丰躯伟貌，博辨机敏""有智略，知兵习武，帝甚倚信之"。成祖决心对他委以重任。永乐三年（1405年），明成祖任命郑和为钦差正使总兵太监，令他和王景弘率领船队下西洋。

这是一次注定要被郑重写入历史的人类壮举！

在世界历史上，从来没有过这样大规模的航海和外交活动，没有任何历史经验可供借鉴，其风险之高可想而知。朱棣把如此重任交给郑和，是经过深思熟虑、反复权衡之后做出的决定，也是对郑和综合素质高度的信任和肯定。郑和果然不负厚望，出色地完成了这次前无古人、后无来者的伟大航海行动。

郑和率领庞大船队七下西洋，开辟主要航线达四十二条之多，最西到达过赤道南面，航线西端延伸到比剌（今莫桑比克港）、孙剌（今索法拉港）两个非洲国家的港口，这可能是郑和船队抵达的最远的非洲国家；最南到达印尼爪哇；最北到达红海的天方（今沙特阿拉伯的麦加）。

郑和七下西洋是史无前例的伟大壮举，为世界航海史写下了光辉灿烂的篇章，为人类进一步了解海洋、利用海洋做出了巨大贡献。从时间上讲，远在欧洲人之前，比哥伦布到达美洲大陆、达·伽马绕过好望角早半个多世纪，比麦哲伦环球航行早了将近一个世纪。从规模上讲，其庞大的船队、巨大的宝船，在世界航海史上是空前绝后的。从开辟的航线上讲，郑和开辟和建立了广泛而稳定的国际交通网，在人类航海史上创造了辉煌。历史表明，中国的郑和是人类"大航海时代"最早的探险家。英国专门研究中国科学技术史的李约瑟博士，称明朝初期为"中国历史上最伟大的航海探险时代"。

郑和航海行动的成功，在诸多方面都有开创性的成就。在下西洋之前，郑和就带领部下进行了多次大规模的海洋调查和考察活动，掌握相关的海况资料，编绘相关的航海图。使团驾驶的是性能良好、已臻世界巅峰的航海桅帆宝船，这种宝船相当或类似于现代的万吨轮船，这在当时世界上是绝无仅有的。船队两万七千八百余人，每次出海都在两年左右。这么一支庞大的队伍，长年漂泊在海上，所到之处瘴疠肆虐，而没有发生饥饿、病疫和意外死亡，不能不归功于严密的组织和完备的后勤医疗保障，不能不说是一个不可思议的奇迹。

更为重要的是，郑和大航海综合应用了天文导航、罗盘导航、陆标导航、测量水深和底质等多种导航手段，如《西洋番国志》所记载："皆斫木为盘，书刻干支之字，浮针于水，指向行舟。"这种航海技术，在当时世界上是很先进的。并且绘制了当时世界上范围最大也最先进的航海图——《郑和航海图》。因此,郑和船队才得以从浩瀚的西太平洋出发,中途横渡印度洋,而后沿着非洲东岸南行,穿过风高浪急的莫桑比克海峡,绕过非洲大陆南端的好望角,到达了大西洋东南海域甚至更远的地方。

三

郑和在航海方面的巨大成就世代为人称颂,他是后世公认的伟大航海家。但在我看来,他更重要的身份则是一位杰出的外交家。他在与亚非各国交往中所表现出来的高超外交水平与和平外交思想,更是一笔宝贵的精神财富。

与西方航海家以征服、占领、掠夺、"欲求新地以自殖"(梁启超语)为目的的航海探险不同的是,郑和七下西洋,始终以和平、亲善、友好、互惠互利为目的。

郑和是伟大的和平使者。郑和是皇帝任命的钦差正使,他在七下西洋过程中,"入国问禁,入境问俗",始终进行和平外交活动。尽管郑和是总兵太监,相当于如今的舰队司令,率领上万名将士,却可不战而屈人之兵。在国与国交往中只要不危及明朝,决不动用武力,和平相处。几次用兵均属被迫,主要是剿灭海盗,反击偷袭,协助平息内乱和调解纷争,达到了维护东南亚地区和平、保障海上贸易航路畅通、各国睦邻友好的目的,而无丝毫侵略、征服、扩张、掠夺、威胁的意图和行动。

中国自古就是爱好和平的国家。"和"是孔子思想的核心之一,"和谐社会""太平盛世""大同世界",是历代儒家的理想。在明朝的二百七十多年间,对邻国一直奉行着睦邻友好政策。明朝建立之初,朱元璋即颁诏于安南,明确宣称:"以往帝王治理天下,凡日月光照所在之地,不论远近,都一视同仁,所以只要中国能保持安定局面,四方都能各得其所,并非有意于让各方前来臣服。"从这个原则出发,朱元璋为明帝国制定的对外总方针,就是要"与远迩相安于无事,以共享太平之福"。在《皇明祖训》中告诫:"四方诸夷,皆限山隔海,僻在一隅,得其地不足以供给,得其民不足以使令。……吾恐后世子孙,倚中国富强,贪一时之功,无故兴兵,致伤人命,切记不可。"明成祖也对礼部大臣们说:"太祖高皇帝时,诸番国遣使来朝,一皆待之以诚。其以土物来易者,悉听其便。或有不知避忌而误宪条,皆宽宥之,以怀远人。今四海一家,正当广示无外。"这种"四海一家"的思想,固然有一种"君临天下"的大国心态,但也是天下大同思想的体现。

郑和航海,忠实遵循先皇遗训和成祖旨意,出色地完成了明朝廷提出的"宣德化而柔远人"的和平外交任务,创立了中华民族文明远播海外的盛举。七次下西洋,与亚非两大洲许多国家和地区,建立了友好的外交关系,促进了海外各地社会经济的发展,提高了大明王朝的国际地位。

郑和使团每到一国,都向国王及大臣宣读明成祖诏书,宣传明王朝对外政策,表达与各国通好往来的愿望。同时对王公大臣行封赏赐,以示皇恩浩荡。

郑和下西洋前期的主要任务,就是要在东南亚和南亚建立和平安宁的局面,树立明王朝的声威。郑和下西洋前,中国周边的国际环境动荡,东南亚地区各国相互猜疑,互相争夺。当时东南亚两个最大的国家爪哇、暹罗对外扩张,欺压周边一些国家,威胁满刺加、苏门答腊、占城、真腊,甚至杀害明朝使臣,拦截向中国朝贡的使团。另外,海盗猖獗,横行东南亚、南亚海上,十分嚣张,海上交通线得不到安全保障。这些不稳定的因素,一方面直接影响中国南部的安全,另一方面极大影响了明朝的国际形象,不利于明朝的稳定和发展。在这种形势下,郑和率领使团执行"内安华夏,外抚四夷,一视同仁,共享太平"的和平外交政策,通过各种手段,尽力调解缓和周边各国之间的矛盾,平息国家间的争端。扶助弱小,制止国与国之间的战争。维护海上交通安全,把中国的稳定与发展同周边联系起来,试图建立一个长期稳定的国际环境。他采取开诏颁赏、互相调和的策略,成功地调解了暹罗和满刺加的矛盾和冲突,多次化解安南同占城的对抗,解决了暹罗与诸邻国的纠纷,巩固了满刺加、苏门答腊等国与中国的关系,促进了东南亚一带地区的安宁。

在郑和第四次下西洋时,明朝政府已经在东南亚和南亚诸国树立了威望。在海路和陆路方面,经过郑和三次出使,从南洋群岛到南印度一带已经完全贯通,没有阻碍。在明成祖的支持下,郑和进一步去访问南亚以西的远方国家。他率领庞大船队渡过印度洋,驶向波斯湾,穿过红海,沿东非之滨南下,最远到达赤道以南的东非沿岸诸国。

由于郑和成功的外交努力,中国与西洋各国特别是东南亚各国的关系出现了前所未有的睦邻友好的崭新局面，亚非各国与中国的关系更是突飞猛进。郑和不仅使本来与中国有外交关系的国家继续友好相处，而且与更多国家建立了外交关系。东南亚多个国家或国王亲自来访，或遣使访华，这些外交收获达到了明代西洋外交史上的顶峰。

郑和下西洋的使命之一，就是肃清海盗，打通海路。郑和下西洋前夕，东南亚海盗活动猖獗，当中势力最强的是陈祖义集团，人数众多，号令一方，抢劫番商，甚至胆敢"潜谋邀劫"郑和船队，气焰十分嚣张。永乐五年（1407年）郑和船队结束对古里等国的访问，返程经过旧港时，一举歼灭了这股顽敌。旧港一带的海盗势力从此被全部肃清，东南亚一带海道由是而清宁。

四

郑和下西洋，把中华民族先进的文明成果带给了亚非各国。

开展和扩大海外贸易，是郑和下西洋的主要目的之一，是他作为和平使者在海外从事和平外交活动的主要内容。在漫长的海上丝绸之路上，在近三十年时间里，郑和船队以多种形式的贸易活动，与亚非各国广泛开展经济交流，推动了海外各国经济发展，这对当时海外的和平发展格局起到了重要的推动作用。

船队在非洲国家开展贸易，史无前例，盛况空前。船队携带大量的金银、丝绸、锦缎、瓷器、漆器等，与非洲沿岸国家开展了广泛的贸易活动，换取了大量的龙涎香、没药、乳香、象牙等当地特产，以及"麒麟"（长颈鹿）、斑马、狮子、犀牛、金钱豹、驼蹄鸡等奇珍异兽，并同当地人民建立了友好的联系。永乐十九年（1421年），郑和第六次下西洋，此行主要任务就是开展对外贸易。在祖法儿国，国王谕示全国百姓把自己的货物拿出来贩卖，全国上下热火朝天地加入了这个超级大集市。他们用乳香、血竭、芦荟、没药、苏合油、安息香、木别子等，换得了中国的丝绸和瓷器。

在对外贸易中，郑和执行的是明成祖"厚往薄来"方针。《明太祖实录》记载："上谓中书省臣曰：'西洋琐里，世称远番，涉海而来，难计年月。其朝贡无论疏数，厚往薄来可也。'"明成祖完全继承了这一方针，并且青出于蓝而胜于蓝。郑和七下西洋对外贸易中，执行"厚往薄来"方针，没有实行互惠互利的贸易准则，而只是部分地平等互利。在贸易活动中，常常所出者数十万，所取不及一二。这种严重违背商品经济等价交换原则的行为，以牺牲本国利益换取别国信任，当然不符合现代国家理念，但在当时确实起到了睦邻友好的作用。

郑和的"海上丝绸之路"，是对汉代"陆上丝绸之路"和"海上丝绸之路"的发展，尤其是经济贸易的迅速发展，远超前者。有学者认为，郑和"海上丝绸之路"促进了以苏州为中心的官营丝绸业的发展，改善了海外人民的穿衣问题，也促进了东南亚国家丝织品工业的发展。郑和下西洋使中国与亚非各国之间的"海上丝绸之路"得以畅通，把中国和亚非各国之间的国际贸易推进到了一个新的发展阶段。2016年，我曾到过以"日出万匹，衣被天下"而闻名的苏州盛泽镇。盛泽是目前中国最大的绸都，丝绸价格的波动影响全球的丝绸价格波动。当地人告诉我们，盛泽丝绸业的兴盛也得益于郑和的"海上丝绸之路"。郑和七下西洋从苏州太仓起锚，带到海外的主要商品就是盛泽的丝绸。从明代开始，盛泽的丝绸贸易日趋繁阜，形成了"水乡成一市，罗绮走中原"的盛况。明末著名文学家冯梦龙在《醒世恒言》中描绘当时的盛泽是："市上两岸绸丝牙行约千百余家，远近村坊织成绸匹，俱到此上市。四方商贾收买，蜂攒蚁集，挨挤不开，路途无伫足之隙。乃出产锦绣之乡，积聚绫罗之地。"可以说，没有郑和的"海上丝绸之路"，也没有盛泽丝绸业的繁荣。

郑和下西洋，还特别关心各国民生和百姓福祉。郑和每到一国，都要开掘许多井，汲取井水，以供当地人民饮用。并分送耕具给当地人民，教他们灌溉和耕耘。在占城（越南），郑和教导农民栽种三季水稻，从此占城以产米著称，成为一个富庶之国。此外，郑和又将带去的中国药物种子，教他们从事栽植。占城是沿海国家，一旦水涨，民居常被淹没。郑和教他们造屋的方法，屋下用硬木做成四个脚，距离地面约一丈，即使水涨，也不会被淹没。这种方法后来被东南亚沿海国家纷纷效仿，从此再无水淹之患，又无潮湿之弊。他还教会占城人如何铸钱、制造豆腐，教会暹罗（泰国）伐木、制作陶器、海水晒盐、开井、开梯田、织绸……

郑和的船队中还带有若干名医士和两名稳婆（接生婆），除了保障船队人员的医疗保健，每到一处，都要设帐施诊给药，为当地土人治病、接生。郑和的船队贮藏中药及成药极多，他到处搭棚为当地人民治病，不但不收诊金，反赠以对症的药物。南洋华人积习成风，至今还有许多施诊所，以及纯粹中医的医院。

郑和七下西洋，实际上是和平之旅、亲善之旅、贸易之旅、科技之旅、文化之旅。他与亚非各国友好往来，给所在国人民留下了深刻印象。海内外人民景仰他七下西洋的壮举，怀念他为中外交流所做出的杰出贡献，纷纷为他塑像、建庙、立碑。在国内多地和东南亚各国，都有以郑和或三宝（三保）命名的建筑和地名。

五

七下西洋是郑和海洋思想的集中体现和重要实践。

在中国古代，很少有人像朱棣与郑和这样，具有清醒的海洋意识和先进的海权思想。朱棣与郑和是中国历史上第一次把海洋与国家主权、安全和富强联系在一起的海权战略思想家。朱棣一再强调黑龙江入海口是"锁钥之地"，并派郑和七下西洋。郑和公开主张捍卫国家海洋主权。

在明成祖死后，当朝中大臣们向明仁宗进谏，要求废船队、绝海洋的时候，郑和慷慨激昂地向仁宗陈述："欲国家富强，不可置海洋于不顾。财富取之于海，危险亦来自于海。……一旦他国之君夺得南洋，华夏危矣。我国船队战无不胜，可用之扩大经商，制伏异域，使其不敢觊觎南洋也。"郑和这段话，体现出先进的海权思想，即使放在今天也不过时。他看到了海洋对国家安全所构成的潜在威胁，强调了控制海洋对国家的重要性，大声疾呼要求保留船队。

六

自明成祖死后，大规模下西洋活动就停止了。直到宣德五年（1430年），郑和与王景弘再度领命，以六十岁的高龄，率队出使西洋十七国。这是郑和最后一次下西洋。他的生命也结束在苍茫的大海上。

耐人寻味的是，在这次下西洋之前，郑和不但整修沿途的天妃庙宇，而且特地制作了两块石碑，分别放置在太仓刘家港和福建长乐南山港。在这两块石碑上，郑和完整记录了前六次出航的经过和主要事迹。这个不同寻常的举动似乎在暗示着什么。

郑和这次出使西洋十七国的使命,是要向各国宣布明宣宗继统皇位的消息,并宣布宣宗将继续实行永乐年间的外交政策,同时要协调解决暹罗和满剌加两国之间的纠纷。宣德八年(1433年)三月十一日,船队到达古里。返航途中,郑和积劳成疾,病逝在风雨飘摇的海上,终年六十二岁。

如同英国诗人济慈所说,他"把名字写在水上"。这位老航海家,最终与他挚爱的大海融为一体,永远地长眠在他开辟的和平道路上。

七

郑和逝世后,在很长一段时间内,人们对郑和下西洋的意义并没有客观、公正、科学的认识。尤其在明代,朝廷大臣们更多地看到的是七下西洋给帝国财政造成的巨大负担,以及其他负面影响。所以,如此大规模航海行动的资料却鲜见于各种典籍。就连《明史》中的《郑和传》,也只有区区数百字。

然而,随着时间的推移,郑和航海壮举日益显示其耀眼的光辉。1904年,近代著名思想家梁启超发表《祖国大航海家郑和传》,第一次郑重为郑和立传,为郑和正名。"刑余界中,前有司马迁,后有郑和,皆国史之光也!"并发出"郑和以后,竟无第二之郑和"的感叹。我认为,对如此长时间、大规模、高密度的航海行动,其功过得失进行具体分析和科学评价,是完全应当的。但是,在郑和身上所体现出来的大无畏的科学探索精神,清醒而先进的海权思想,特别是"四海一家""共享太平"的和平外交思想,却是永远值得我们学习、继承的。

原载《西安晚报》2018年6月9日

大树不倒

吴周文

范伯群老师是一棵不倒的大树，在我心里。

记得2013年的年初，曾华鹏老师走的时候，寒风加飞雪，我在《不带走一片云彩》中说，曾老师"永远地留在了那个冬天"。真没有想到，范先生在四年之后的2017年的冬天，他那稀疏的白发仿佛化作一朵白云，被寒风裹挟，轻轻地飘向那无垠天空，也永远地离开了我们。

范、曾二师，是两棵相互"依偎"的大树。每当想念范师或曾师，不知为什么理由，我就自然想起鲁迅的描述："在我的后园，可以看见墙外有两株树，一株是枣树，还有一株也是枣树"。早在20世纪50年代中期，两人合作的《郁达夫论》发表于1957年的国刊《人民文学》，从此，他俩开始了长达数十年的现代文学方面的合作之旅。本来他俩是复旦大学的同学、最要好的兄弟。老师贾植芳先生被划为"胡风分子"，因被株连也变成"准胡风分子"，又因去狱中探视贾老师而被批判，双双被开除团籍；本来经贾先生推荐，他俩与施昌东可以跟随老师施展才华，可范、曾两位老师却被分别"处理"到南通中学与扬州财校去当老师。临别之际，蒙冤的两人爬上上海国际饭店，信誓旦旦要在文学研究上通力合作做出一番成绩来。那一晚他俩在中国最大的城市的第一高楼的顶层上，仰望星空，在心里演绎着兄弟结义的歃血为盟。其后多少年，两人通信频频，或者寒暑假相聚，一起潜心讨论、分工协作，就这样《郁达夫论》《蒋光赤论》《论冰心的创作》等论文，以及《王鲁彦论》《冰心评传》《郁达夫评传》《鲁迅小说新论》等专著，一发而不可收地问世，被学术界称之为"双子星座"，从而向世人彰显了他俩结盟之时所梦想创造的"高度"。

两棵树难分伯仲，很难说孰高孰低。在2012年扬州大学文学院举办了一个关于曾华鹏老师学术思想的讨论会上，范先生当着曾老师的面，面对与会的五六十名代表，说出了是自谦又并非完全自谦的一番话，中心意思是"华鹏带着我提前十数年进入学术界"，没有曾老师，他进入文学研究界可能要滞后多少年。因为《郁达夫论》的主笔是曾老师,他俩让鲁迅研究力避政治文化影响、回到"文学"审美与学理性研究的第一篇论文《论〈药〉》,发表于新时期之初的《文学评论》,也是由曾老师主笔。这两篇关乎奠定他俩在现代文学研究方面的大家地位且先锋之态的论文,确实存在着一个谁为主与谁为次的问题。范老师在公开场合如此说,足见先生是坦荡荡的君子。然而,在曾老师,他不分主次,只讲兄弟友情的对等。在曾老师看来,假如《郁达夫论》《论〈药〉》的主笔是范老师,那就该由曾老师讲那番话了。有一个细节为人鲜知:不管谁主笔,稿费总是二一添作五予以平分,甚至细化到几角几分。所以,他俩的传奇里贮满了道德与修为的满满诗情,其道德文章是完美人格写就的山高人峰。

20世纪80年代中期之后,范老师在现代通俗文学研究方面横空出世、异峰别树,这是曾老师尚未深入的研究领域。他提出雅俗"两个翅膀"的理论。他从鸳鸯蝴蝶派开始,作为一个爆破点,为这个俗文学流派之所以曾经发生很大影响而寻找存在的理由,并且通过众多的作家作品的剔抉爬梳,认知这些通俗作家群体存在于史、必须翻案的必要性。从《礼拜六的蝴蝶梦》,到主编的《中国近现代通俗作家评传丛书》,从主编《中国近现代通俗文学史》,到独著《中国现代通俗文学史(插图本)》,再到主编《中国现代通俗文学与通俗文化互文研究》,先生打通雅俗界限,开辟了一个全新的学术研究领域,培养、打造了"范门弟子"的研究团队,收获了丰硕的研究成果,以致产生了一些著述被翻译为外文版、当作研究生教材等国际的影响。范老师的"钉子"精神让我感佩。他中了邪似的不是四处跑资料,就是伏案敲键盘,劳心劳神、忘乎所以,去实现他认定的目标。他的口头禅是"让资料说话"。单说他的独著《中国现代通俗文学史》,为了获取包括三百多幅插图在内的资料,一个七十多岁的老人,不怕苦与累,就在上海等城市的图书馆泡了三年,这为的是什么?为的是他要圆奠基、构建一座"俗文学"的宫殿,把"俗文学"这个"黑户",在文学大家庭里堂而皇之地"报上户口"。他终于修成正果。他在通俗文学的研究上由点到面、步步为营、逐渐系统、完善框架,使之做大做强;范先生积三十年之功,真正成就了让我等仰望的一棵根深叶茂的大树。

我是曾华鹏先生的嫡传弟子,故我一直把范老师当作我的私淑之师。

可以毫不夸张地说,我是读着两位老师的文章成长的。因我是曾老师的学生,范老师对我也一直有着一种"特殊"的关怀。最难忘的,是范老师与吴宏聪先生联合主编《中国现代文学史》(武汉大学出版社版)的时候,居然推荐让我作为该书的副主编之一。其实,这是先生与曾老师商量而定的。我在纪念钱谷融先生的《清芬久远》一文中说过:"在现代文学史的编写史上首次开列了周作人、林语堂、沈从文、张爱玲、张恨水等"有争议"的"小资"作家的专节,甚至在后来修订中还将沈从文与鲁迅、郭沫若、茅盾等大家并列而列为专章。这在当时是很大胆、超前卫的做法,无疑与钱先生这位主审有着难以分离的关系。"其实,编这部教材除了受主审钱先生的思想影响,另一个灵魂人物就是一般同辈人所难能的、学术思想前卫的范先生。他是杰出的主帅,指导我们编写组成员配合,切切实实地把"文学是人学"的思想融入教材,最早将有争议的一些"小资"作家与"通俗"作家入选及其列节,就是他先锋思想下的策划与实施。如今我也是古稀之人,人老文章不能"老",我之所以尽量做到"文章不老",效法的是思维前卫的范老师。大学时代的篮球场上,范老师是冲锋陷阵的"前锋",曾老师是牢守家门的"后卫"。我从范老师身上学到的是"原创"的大胆设想与逆向思维,而从曾老师身上学到的,是沉静下来的厚德载物与深思熟虑。然而,我从老师那里,学到的仅仅是皮毛而已。

我与范先生第一次见面,是20世纪80年代初期。那是我在《文学评论》上连续发表了两篇论文,算是初出茅庐。曾老师为了带我出道,趁扬州师院举办学术会议的机会,在市第二招待所安排我与两位前辈范先生和潘旭澜先生见面。记得,两位老师都说看了写朱自清与杨朔的文章之后,认为我的"艺术悟性"与"思辨能力"都很好,文字也利索,还讲了很多勉励我的话。只记得,范老师反复强调写文章不可人云亦云,一定要有"自己的"思想和观点,还要我谦虚谨慎、不要骄傲自满等等。我当时毕恭毕敬,能见到两位心仪已久的老师,自然是幸运满满和幸福满满。所以,老师教导我的情景,尤其是范老师关于"不可人云亦云"的话,至今还在我的记忆里珍藏。我与范老师见面的次数无法细算,而绝大多数是在扬州,多数是因研究生答辩、讲学来我校"送教",是"友情演出"。只有一次是例外,那是他来扬州住文津宾馆度"写作假"。刚到的那天晚上,他在餐桌上讲到"两个翅膀"的理论,是因为兴奋,也是因为有一段时间兄弟间没有见面,他与曾老师每人竟喝了三四两五粮液。平时只喝红酒或啤酒,或只喝一小杯白酒应酬的范老师,有时也会"不按常理出牌",开怀畅饮。而他对于我的最深刻影响,是他多少次的"不按常理出牌"及其对它的坚守。我从中获得一种事业进取的哲学启示。逆向思维、特立独行、用资料说话、忌人云亦云这些都是范老师求知问学的哲学内涵。

不仅对我,范老师对后辈学子与他的学生,总是关爱有加、悉心培养。他执掌的苏州大学现当代文学学科,联合曾老师担任导师,故而较早地拿到博士点。比起兄弟院校同学科的博士点来,他注重招收本学科的年轻教师,这个大胆的做法,使他领导的学科早早就实现了年轻教师的"博士化"。汤哲声、刘祥安、栾梅健、季进、陈子平等先后由自己亲授,拿下博士学位,因此大大提高了学科的整体学术实力。不仅关心自己的学科,他还关心曾老师执掌的扬州大学现当代文学学科的师资培养。他与曾老师联袂执导、培养了徐德明、吴义勤(后工作调动),还有,让黄诚做他的学术助手,从中得到了"真功"的承传。本世纪之初,在华东师范大学讨论改版修订《中国现代文学史》的会议期间,对我说:"我又可以有一个指标招博士了,可让扬大的年轻教师来报,由曾老师直接在本校带。"后来就按他的预想,招了现在成为教授并担任教研室主任的王澄霞。她一定不知道,当年范伯群老师会在默默之中如此关心自己的成长。其实,他对扬大了如指掌,心里早就盘算着王澄霞是个不二的人选。可见,范老师对扬大的现当代文学学科,也是给了最直接、最切实的关照和支持。

我最后一次见到范老师,是2015年5月在南京召开的第八次省作代会上。我入住在一座宾馆的高层上,进房间不久,房间的电话响了。"你是吴周文吗?我是范伯群.过来聊聊。"原来他就住我的隔壁房间。我佩服老师的睿智,八十四岁了,还是那么敏捷,他一报到,就掌握了与会代表的联络图。一见面,老师就兴冲冲地拿出几张文稿,叙说着他即将实施的研究计划,这就是《中国现代通俗文学与通俗文化互文研究》。他说,他将带他的第三代学生去完成。我与老师同进同出几天,总觉得他人在会上,思想总是在谋划着他的研究提纲与计划。没想到,这次竟成了与范老师的永别。记得春节的时候,我发贺年短信,老师在1月27日回复:"周文先生,2016年你取得了科研成果的大丰收,期待你2017年的成果源源刊发，祝新春愉快，阖家幸福！范"。这也是老师留给我最后的信函了。

我总感到他没有离开我们。在我心里，他与曾老师惺惺相惜、相互依偎的学术大树永远不会倒，永远是冲向天空的两棵"枣树"。尤范老师晚年呕心沥血栽培的通俗文学研究，是寄托了他全部激情、全部意志、全部敬畏、全部理想的"大树"，必定会由他的团队及后来的学子去浇灌与呵护，使之繁荣昌盛，代代不已。

范先生，是永远写在中国文学史上的一棵不倒的大树。

原载《青春》2018年第4期

为何要重估俄苏文学

李建军

人与人之间的关系，是一种相互依赖和相互影响的关系。

无论个人还是社会，总要不可避免地接受他者的影响。

个人在他人的影响下进步，社会在他者的影响中发展。

完全不受他人影响的人，必然是一个故步自封的人；完全不受他者影响的社会，必然是抱残守缺的社会。

只有极端无知和傲慢的人，才会沾沾焉满足于自己残缺的生活；只有完全丧失自信与活力的社会，才会硁硁然拒绝他者的影响。

较之以往任何一个世纪，20世纪更有理由被称为"影响的世纪"。因为，正是在这个世纪，人类以巨大的热情和创造力，推动了科技的发展和观念的进步；也正是在这个世纪里，地球成了"地球村"，世界各国的交往和关系空前密切，相互之间的影响也空前广泛和巨大。

20世纪最了不起的事情，就是科学技术的迅速发展；最令人鼓舞和欣慰的事情，就是现代性理念和价值观的形成。尊重人类价值的人道主义理念，告别战争的永久和平理念，合作共赢的全球化理念，可持续发展的生态文明理念，克服了狭隘性的人类命运共同体理念，等等，成为现代性观念体系的主要内容。人类享受到了科技进步带来的惠利，也在较大范围内理解并接受了这些现代性观念。

然而，也正是在20世纪，人们盲目地或被动地接受了许多错误理念和消极价值观的影响。军国主义、法西斯主义和乌托邦主义等思想理念控制了人们的意识，并将这些意识转化为巨大的破坏性能量，从而引发了两次世界大战，甚至在战后的和平时期也引发了许多极端形态的暴力，最终造成了世界性的、殃及全人类的人道主义灾难。

纳粹发动的排犹运动和侵略战争，极大地改变了欧洲的政治结构。没有纳粹针对犹太民族的反人类暴行所造成的威胁，以色列国家就不会建立；没有纳粹法西斯对人类和平的破坏，德国就不会陷入竟半个世纪的分裂状态，欧洲也不会被肢解成两个对垒的阵营。

同样，日本军国主义的侵略战争，也极大地改变了东方的政治格局。没有日本军国主义的灾难性影响，亚洲就不会是后来的一盘散沙、离心离德的样子。

20世纪的外来影响对中国的改变，也是空前巨大的。这种影响主要来自两个国家：一个是日本，一个是俄国。站在20世纪中叶的历史转捩点上看，日本是在过去时态的意义上影响了中国，俄国是在将来时态的意义上影响着中国。从影响的性质来看，日本所带来的，主要是战争性的破坏和灾难，而俄国所带来的，则是社会关系和制度层面的巨大变革，是道德意识和生活观念的根本改变。

俄罗斯，俄罗斯，你这个驾着三套车的民族，跳着芭蕾舞的民族，喝着伏特加的民族，到底有着什么样的气质和性格？你这个欢乐而忧郁的民族，优雅而恣纵的民族，敏感而鲁莽的民族，到底有着什么样的情感和思想？你这个慵懒而停滞的民族，热情而冷酷的民族，自负而贪婪的民族，到底有着什么样的目标和方向？这是俄罗斯作家曾经提出过的问题，也是俄罗斯哲学家试图回答的问题。

然而，要找到答案，并不容易。因为，俄罗斯是一个谜，一个巨大的谜团。它似乎无比强大，不可战胜，但有时却显得非常软弱，极其无力，竟然被鞑靼人统治了二百四十年之久，而它似乎牢不可破的帝国大厦，也在一夜之间，唏哩哗啦土崩瓦解了；它似乎性情温柔，富有同情心和怜悯心，却又常常表现出一种极端性质的残忍——对内，它建造了彼得保罗要塞和古拉格群岛，以极冷酷的方式迫害无辜者，甚至剥夺了无数人的生命；对外，它越界侵凌，跨境劫掠，血腥屠戮，略无顾恤。它似乎是最有艺术气质和最能创造诗意生活的民族，但却常常深陷平庸生活的泥淖，缺乏超越残缺生活的热情和能力；它似乎是谦卑而内敛的，但却极端傲慢和自负，没有学会与别人平等地交往，和睦地相处；它似乎相信道德和信仰的力量，动不动就流泪，就自责，就忏悔，但转眼间，便故态复萌，我行我素，并不在意末日审判的到来；它似乎热爱自然，爱好和平，但却更迷信马蹄和军刀的力量，常常用不计后果的手段来实现自己野心勃勃的目的。几百年来，它的双头鹰的目光，冷冷地窥视着东方和西方。它命令哥萨克们披挂齐全，倚马待命，随时准备冲向远方，冲向那些性格温和的邻居。它是世界上侵吞别国领土最多、掠夺别国财富最多的民族。

就是这样一个性格复杂的民族,在 20 世纪的历史变动和时代转换的关键时刻,以史诗般的宏伟风格和海啸般的巨大推力,改变了中国这艘巨轮前行的方向,并在政治体制、经济模式和文化范式等几乎所有方面,深刻而持久地影响了中国的国家生活和民族性格,影响了几乎所有中国人的个人生活。这些影响极为巨大和深广,至今犹且未沫,仍然体现在我们时代生活的许多方面。

中国最近一百年的许多事情,都需要到俄罗斯去追本溯源,去寻找理解的入口和阐释的线索。离开俄罗斯,中国自晚清以来的近现代历史,根本就无法说清楚;离开俄罗斯和俄罗斯文学,中国现代文学和中国当代文学中的很多问题,尤其是当代文学的起源问题和观念体系的形成,也根本无法说清楚。

完全可以说,20 世纪的中国当代文学,就是苏维埃俄罗斯文学投下的影子,就是它漾出的涟漪。没有俄罗斯古典文学的影响,鲁迅等人的文学观念,很有可能就是另外一种样子。同样,没有苏维埃俄罗斯文学的影响,中国当代文学的精神气质和基本模式,也不会是现在的这个风貌。

是的,20 世纪的中国文学,主要是在苏维埃俄罗斯文学的影响下发展起来的。这一影响始于 20 世纪二三十年代。早在 1920 年 3 月,瞿秋白在为《俄罗斯名家短篇小说集》撰写的序言中就认为,关于俄罗斯文学的研究在中国"极一时之盛",而俄国文学也已经"成了中国文学家的目标"。事实上,在俄国文学传播的早期阶段,它的波及面仍然是局部的,并未对中国文学产生绝对性和整体性的影响。直到 20 世纪 40 年代,经过强有力的组织和宣传,一种以"生活"和"改造"等核心概念为基础的文学观念体系、写作经验范式和文学规约模式,才建构了起来,苏维埃俄罗斯文学的观念和经验,才被转化成了体制性的规约力量,并持久而有效地影响着几乎每一个中国作家的文学意识和文学写作。

由于中苏交恶,1964 年之后,如陈建华在《20 世纪中俄文学关系》中所言:"所有的苏俄作品均从中国的一切公开出版物中消失。"也就是说,在 20 世纪 60 年代中期至 70 年代末期的十多年的时间里,中国当代文学与俄罗斯古典文学和苏维埃俄罗斯文学的正常联系和交流,中断了。然而,那些来自苏联的文学观念,诸如"生活源泉论""阶级意识论""人民伦理论""政治核心论""立场转变论""倾向选择论""内容优先论""本质真实论""斗争工具论""党性原则论""思想改造论"和"教育功能论"等等，仍然作为主宰性的文学意识形态，发挥着无可替代的作用，规约着作家的意识和写作。苏维埃俄罗斯文学对20世纪40年代至80年代间中国文学的影响，实在是太大了，大到无论如何强调都不过分的程度。直到今天，苏联文学时期的某些文学观念，仍然影响着我们的文学意识和文学实践。

从20世纪80年代中期开始，西方的现代主义文学，以不可阻遏的势头，取代了俄罗斯文学和苏维埃俄罗斯文学在中国的地位。那些取法现代主义的"先锋文学"，将固有的"现实主义文学"，排挤到了文学版图的边缘。"现实主义过时论"喧嚣一时。那些具有先锋意识的作家和批评家，矜矜然宣布现实主义已成明日黄花。他们怀着厌弃的心理，像抛弃垃圾一样将现实主义文学弃置一旁。这显然是一种不成熟的文学意识和情绪化的过激反应。

然而，对那些具有成熟的文学意识和稳定的现实主义倾向的作家来讲，俄罗斯文学的现实主义经验不仅没有过时，而且还特别值得珍惜。因为，它可以为处于解冻和复苏阶段的"新时期"文学提供丰富的经验资源。可以说，正是到了"新时期"，伟大的俄罗斯文学经验和有价值的苏维埃俄罗斯文学经验，才开始对中国当代文学产生积极的影响——从刘绍棠、张洁、王蒙、路遥、陈忠实，从维熙、蒋子龙、史铁生和张承志等人的充满诗意和道德热情的写作中，我们可以看见契诃夫、肖洛霍夫、艾特玛托夫、肖洛霍夫、亚·恰科夫斯基和尤里·纳吉宾等人的影子，看见俄罗斯作家对中国作家巨大的经验支持。

是的，整体上看，中国当代文学的主根，是扎在俄罗斯文学的土壤上的，准确地说，是扎在苏维埃俄罗斯文化和文学的土壤上的。中国新型文学的主要观念和理论资源，主要的制度性建构资源，几乎全都来自苏维埃俄罗斯文学，就像俄罗斯文学研究专家刘文飞教授在接受《乌鲁木齐晚报》专访时所说的那样："新中国成立初期，中国文学完全借鉴、甚至模仿十月革命后的苏联文学，甚至连创作方法、作家组织、文学奖项、文学杂志名称等等，都完全克隆过来。新中国成立之后相当长一段时间里的文学实际上就是苏联文学的翻版，这句话恐怕并不十分过分。"既然如此，我们就有必要认识俄罗斯文学与苏维埃俄罗斯文学的差异，有必要辩证地认识它们之间的复杂关系，有必要客观地重估它们的价值。

笼统地说，俄罗斯文学是由两个部分构成的：一个是以19世纪文学为代表的俄罗斯古典文学（可以简称为"俄罗斯文学"），一个是十月革命之后形成的苏维埃俄罗斯文学（可以简称为"苏俄文学"）。"俄苏文学"就是对这两种文学的合称。之所以不以"俄国文学"统称之，是因为它们是两种不同气质和性质的文学。因此，"俄苏文学"就是一个更妥洽的选择。

作为高度个性化和多样化的文学，俄罗斯古典文学充满了人道主义热情，内蕴着热烈的宗教情感和沉重的苦难意识，真实地表达着作者个人的经验和民族的经验，显示着尖锐的怀疑精神和批判激情，就像利哈乔夫所说的那样，"对现实的不满构成俄罗斯文学的一个基本特点"。

作为一种高度集体化和单一化的文学，苏维埃俄罗斯文学则充满了高昂的理想主义激情，服从一种绝对原则的制约，按照统一的价值标准来评价生活和表现生活，显示出一种彻底改造自我、改造生活和改造世界的雄伟抱负，表现出一种在俄罗斯古典文学中极为少见的激情饱满的理想主义精神和浪漫主义倾向。它有时自信而傲慢，于文学前贤，多所凌忽——蔑视莎士比亚，傲视普希金、果戈理和陀思妥耶夫斯基，斥之为"大众文化或争取自由的敌人"（以赛亚·伯林：《苏联的心灵》）。

陀思妥耶夫斯基的拉斯科尔尼科夫是会忏悔和流泪的，但奥斯特洛夫斯基的柯察金却既不会忏悔，也不会流泪；契诃夫的海鸥，显得非常无力，是忧郁和感伤的象征，而高尔基的海燕，则像会飞翔的狮子，内心充满征服一切的自信和力量。从这两个人物身上，从这两个意象里面，人们可以看见两种文学在气质上的不同，可以看见旧的俄罗斯古典文学与新的苏维埃俄罗斯文学在个性上的差异。

阿列克谢耶维奇笔下的一位生活在"二手时间"的无名无姓的人物，无力克服现实生活中的焦虑和痛苦，便迁怒于19世纪的俄罗斯作家。他望着一排排精美的书籍，发泄了自己对伟大的俄罗斯文学的不满和"彻底绝望"："俄罗斯长篇小说从来不教读者如何在生活中获得成功，如何致富……奥勃洛莫夫一直躺在沙发上，契诃夫的主人公永远是边喝茶边抱怨生活……"（阿列克谢耶维奇：《二手时间》）文学不是"致富经"，不是"升官图"，不是包治百病的灵丹妙药。文学是启示录，是诊断书，是安魂曲。它当然也给人力量、希望和方向，但是，它所选择的方式，却是暗示和象征性的。很多时候，它正是通过否定的方式来表达肯定的意愿和思想。冈察洛夫之所以耐心而诗意地描写奥勃洛莫夫的怠惰，就是告诉读者，人不应该这样生活；契诃夫的主人公之所以"边喝茶边抱怨生活"，是因为他们还是有疼痛感的人，心中还有对美好生活的向往。

雅科夫列夫是一个充满改革热情的、有思想的政治家。然而，他竟然也不理解俄罗斯古典文学的伟大。他嫌它情感畸形，软弱无力。他在《雾霾：俄罗斯百年忧思录》中指责19世纪的伟大作家对人民的爱是不正常的，对人民的生活的表现缺乏积极的力量："我国的经典作家都爱自己的人民，却是以一种'奇怪的爱'。普希金笔下的人民默不作声。陀思妥耶夫斯基笔下的人民渎犯神明、行为乖戾。托尔斯泰笔下的人民在战争中极端残暴，和平时期则谎话连篇。契诃夫笔下的人民躺在污泥中啜泣。叶赛宁笔下的人民寂寞无聊。高尔基笔下的人民在革命中、后来又在古拉格得到改造。"

不，这样的责备是不公平的，这样的判断是不能成立的。这是一些可笑的外行话，内心里充满了政治家对文学家的傲慢和偏见。雅科夫列夫根据自己所接受的狭隘的功利主义文学观，简单而幼稚地否定他所不理解的伟大的文学。别尔嘉耶夫在《俄罗斯的命运》中说："俄罗斯是世界上最国家化、最官僚化的国家。在俄罗斯，一切都可能转化成政治的工具。"雅科夫列夫对俄罗斯文学的指责，就显示着"官僚化"的文学价值观。

雅科夫列夫的文学观使人想起奥勃洛莫夫的历史观。后者曾表达过对历史书的不满："历史呢，读着会叫人丧气。书上写的是，大灾之年降临了，人类遭殃。"（冈察洛夫：《奥勃洛莫夫》）奥勃洛莫夫不知道，历史学家的一个重要使命，就是记录不该忘却的灾难和值得记取的教训。

文学也像历史一样，要将目光集中在生活的残缺和问题上。文学固然是一种肯定性的精神现象，要表达对美的喜悦和陶醉，要表达爱、同情和怜悯等美好的情感，要赞美真诚、勇敢、正直和宽容等美好的德性。但是，文学也是一种精神病理学现象，所以，它的主题总是与人的孤独、苦闷、彷徨、焦虑、忧郁、悲伤、恐惧、绝望、死亡和拯救密切相关。它用爱的目光关注人类的痛苦和不幸，用充满人道情怀的诗性方式，表达对人类悲惨境遇和沉重生活的观察和思考。

作家必须直面社会和人生的问题，必须诚实而勇敢地描写痛苦和灾难。

无奈和绝望，苦难和不幸，叹息和眼泪，这不是伟大的俄罗斯作家虚构出来的，而是他们对俄罗斯生活真实状况的如实描写和展示。

他们通过批判和抗议，来表达对弱者和不幸者的同情，来表现对自由生活和理想生活的向往。

他们希望通过对不满和焦虑的表达，来改变人们的意识，来提供一种理想的人格图景和美好的生活图景。

正因为这样，俄罗斯文学才达到了极高的境界，才为人类贡献了伟大的文学财富。

然而，如此伟大的文学固然让人骄傲，但也很容易使后来的作家产生强烈的自卑感和焦虑感。

唉！继承和发展这样的文学遗产，实在太难了。

早在1888年，索洛维约夫在《俄罗斯与欧洲》中就表达了对俄罗斯文学的骄傲和担忧："俄罗斯在小说文学和艺术领域的现实，能够激发起对俄罗斯之伟大未来的更有根据的希望。俄国的小说近年来在欧洲名噪一时。我们的优秀作家不仅得到了当地人的高度评价，而且在有学识的和半有学识的欧洲社会的广大范围内都获得了知名度。"然而，他对俄罗斯文学的未来没有信心。在他看来，伟大的俄罗斯文学将成为绝响："当我们这里为俄国小说家在国外的辉煌成就而自豪的时候，似乎谁也没有发现这样一个事实：这个成就已经只是我们逝去的荣耀的巨大回声了。西方所欢呼的这些作家实际上是哪些人呢？或者是已故者，或者是因病不能再写作的人。……至于现代作家，虽然也得到了善意的评价，但无可怀疑的是，欧洲将永远不会读他们的作品。"

这样的论调，实在太过悲观。事实上，在后来十多年的时间里，托尔斯泰还在继续写作——写出了中篇小说《克莱采奏鸣曲》，写出了伟大的《复活》。俄罗斯还为人类贡献了契诃夫、高尔基和蒲宁这样的伟大作家。直到20世纪，优秀的俄罗斯作家仍然代不乏人，仍然受到全世界读者的阅读和热爱。

萨默塞特·毛姆也是俄罗斯文学发展问题上的悲观论者。他在《作家笔记》中将俄罗斯古典文学视为没有后代的文学："俄罗斯文学始于普希金，然后是果戈理，莱蒙托夫，屠格涅夫，托尔斯泰，陀思妥耶夫斯基，然后是契诃夫，没了。"

"没了"？

不，有的是。

俄罗斯文学的大河，虽然河床变窄了，虽然水量减少了，但仍在继续奔流。

在那些优秀的苏维埃俄罗斯作家身上，例如，在高尔基、左琴科、扎米亚金、帕乌斯托夫斯基、索尔仁尼琴、肖洛霍夫、格罗斯曼、帕斯捷尔纳克、艾特玛托夫和布罗茨基等人的作品里，尤其是在俄罗斯文学的精神之子阿列克谢耶维奇的作品里，人们仍然可以看到19世纪俄罗斯文学的巨大魅力和巨大回响。

那些精神成熟的、有抱负的苏维埃俄罗斯作家，总是努力克服两种文学——俄罗斯文学与苏维埃俄罗斯文学——之间的对立，弥合它们之间的分裂，以便从伟大的古典文学那里寻求启示和经验支持。可以肯定地说，没有这种自觉的努力，没有对俄罗斯古典文学经验的吸纳，扎米亚金的《我们》、左琴科的讽刺小说、肖洛霍夫的《静静的顿河》、格罗斯曼的《生存与命运》、帕斯捷尔纳克的《日瓦戈医生》和索尔仁尼琴的《古拉格群岛》等第一流的苏维埃俄罗斯文学作品，阿列克谢耶维奇的"巨型人道主义叙事"，就不可能写得如此成熟，也不可能达到如此伟大的境界。

当然，无论是19世纪的俄罗斯古典文学，还是20世纪的苏维埃俄罗斯文学，都是极为复杂的，也都包含着值得深刻反思的问题和认真总结的教训。别林斯基就曾经不留情面地批评过玛尔林斯基的轻浮而虚假的小说写作。杜勃罗留波夫也曾在《同时代人》（即著名的《现代人》）杂志上发表文章，尖锐地批评了著名作家索洛古勃的五卷本文集。

在托尔斯泰还活着的时候，俄罗斯文学就出现了杂音，文学风气就开始变坏了。某些"新作家"的表现非常糟糕，惹得托尔斯泰很是生气，斥责他们的"粗鲁和愚蠢是令人惊讶的"。

有一天，作家纳日温把"未来派"诗人谢维里亚宁的一本诗集送给了列夫·托尔斯泰。其中一首诗中有这样几句：

> 把螺旋拔塞器拧进具有弹性的瓶塞，——
> 女人的目光不会害羞！……

> 是的，女人的目光不会害羞，
> 通向狂热情感的是弯曲盘旋的小径……

托尔斯泰读了这首诗，非常生气，严厉地批评道："这些人在干什么？！……这些人在干什么？……这是文学？！周围是绞刑架、大批失业者、凶杀、极其严重的酗酒，可他们却写什么有弹性的瓶塞？"（李辉凡：《俄国"白银时代"文学概观》）是的，生活如此沉重，如此令人揪心，诗人怎能如此低俗无聊，如此败坏文学的趣味，如此亵渎诗歌的尊严。

蒲宁在回忆录中对迅速异化的俄罗斯文学更加失望，批评也更加尖锐："这个时代是文学中风尚、荣誉、良心、审美力、智慧、分寸感、手段……急剧败坏的时代。"在他看来，在俄罗斯文学史上，也许从来没有哪个时代像"这个时代"这样混乱，这样庸俗，这样令人失望和痛心。

正因为复杂、混乱，所以才需要人们耐心地了解，审慎地取舍。对那些错误的文学观念和消极的文学经验，我们当然要反思和超越，但是，对俄罗斯文学的伟大的经验，则需心怀敬意，充分吸纳。

从普希金到曼德施塔姆和阿赫玛托娃，从托尔斯泰到格罗斯曼和肖洛霍夫，从陀思妥耶夫斯基到索尔仁尼琴和阿列克谢耶维奇，从契诃夫到左琴科和艾特玛托夫，俄罗斯文学业已形成了一个强大的传统，形成了一种伟大的经验。它就像普里什文在《大自然的日历》中所描写的那条"花河"一样：在河的两岸，花草似锦，落英缤纷，使人流连盘桓而不能去。

伟大的经验意味着可靠的方向和稳定的标准。塔可夫斯基在《雕刻时光》中说："在我孩提的时代，母亲第一次建议我阅读《战争与和平》，而且于往后数年中，她常常援引书中的章节片段，向我指出托尔斯泰文章的精巧和细致。《战争与和平》于是成为我的一种艺术学派、一种品位和艺术深度的标准；从此以后，我再也没办法阅读垃圾，它们给我一种强烈的嫌恶感。"

是的，伟大的俄罗斯文学的经验和标准，永远不会过时，永远值得我们珍惜。

那么，我们应该如何理解和吸纳俄罗斯文学的伟大经验？如何掌握包含在其中的那些可靠的标准？

俄罗斯古典文学与苏维埃俄罗斯文学之间的转向和断裂,到底是如何造成的?

又该如何来克服这两种文学之间的矛盾,从而实现与伟大传统的弥合与接续?

这些,就是我要试图回答的问题。

原载《文学自由谈》2018年第5期,文章略有改动

向海是诗海

施战军

《向海湿地文化》丛书要面世了，面对书稿，思乡不已。

我的小学中学教育甚至文学启蒙都来自通榆，那么多老师同学亲友，让我年过半百仍然还自认是那里的孩子，想念、依靠和祝福大于其他。

初中时候写作文，不再总是《记一次劳动》，瞻榆二完（那时的完全小学包含初中）的常戈老师甚至鼓励学生最好能写得上天入地，他也是第一个在课堂上分析我的作文的老师。书店的书，家里订的《新体育》《中国青年》尤其是《人民文学》，让我的课外阅读总是带着点狂喜。

最早从文学作品里读到家乡，是什么时候呢？大概是1981年清明节去瞻榆郊外瞻仰英雄纪念碑，大概也是常老师的欣赏给惯坏了吧，回来路上一直不停地说话。同学们惊讶于我知道王耀东烈士的事迹，其实来自刚刚读过的家藏的一部老作家马加先生的小说《开不败的花朵》。被英雄的故事感动，也好像发现了一条文学的草原天路：扎蓬棵，这个冬天被大风吹得在大地上乱滚、只能落脚壕沟的柴草，也能写进作品里！

在那时的文学名作里看到自己熟悉的蒿草，自然万物就带着庄子所说的"常理"在天地之间汇入了心潮。蒙古黄榆树下的绒草，钻天杨叶子上的树狗，蒲棒摇晃时的鸟叫蛙鸣的重唱，天空即使没有老鹰只要你喊"哦——是！"公鸡母鸡也会急急躲藏，西北风乍起好像先是在肩上踩一下再让眼前的草尖吐舌头一样地翻动……这些活在记忆中的情形曾多次让我带着惆怅和欢悦醒来。

我知道，家那边有人比我写得好。情况也一定是这样：自然的神色我们还领受得远远不够。在她之中，史诗与神迹、过往与时世、人心与民生诸如此类，无不赋形，那不是景物也不是附属，是本体，是人，是世界。

通榆有辽阔的自然之美和独特的人文之魅。而今天的新时代里，有了进一步激活的条件和机缘，这些都是生发文学的最好因子。能有这样一群人在怀着虔诚和热爱勤奋创作，这是一件令人肃然起敬又心生煦暖的现象。

每次回家,都能发现生态和生活的改善进度,过去的盐碱地沙坨子正在被庄稼和林带覆盖。人说东有长白,西有向海。向海是国际知名的国家级自然保护区。我要表达的是,国家文字都是由地方文学组成和支撑的,而我们通榆的文学创作,确是品类齐全,生态完好,特色鲜明。《中国国家地理》单之蔷主编曾写过一篇好文章叫作《湿地是诗地》,那么在我心里,向海一定就是诗海,诗情如翩翩鹤舞,文思如浩浩苇浪。谨向《向海湿地文化》各卷作家致敬,祝福家乡文学繁荣。

原载《文艺报》2018年10月17日

天心月圆映草庵

古 耜

一

前些时，趁去闽南采风的机会，探访了位于晋江城外华表山麓的草庵。对于这处近年来名声日隆的宗教胜迹，我虽然早有耳闻，只是一旦身临其境，面对其景，依旧感到一种惊讶乃至震撼，心下禁不住赞叹：草庵！果然是一个独特而神奇的所在。有缘到此，端的不虚此行！

事后细细琢磨，此行之所以"不虚"，无疑关联着草庵非同寻常的宗教内涵。你想，作为华夏大地上的一处香火，草庵自然有佛祖供奉，但是，这佛祖却不是国人所熟知的沐浴着古印度恒河雨露的释迦牟尼，而是生活于古波斯王朝的贵族青年摩尼，即日后的"摩尼光佛"。这种宗教谱系和文化背景的差异，无形中带给草庵以"间离"效应，将其化作国内无数佛教胜迹中灵致异样，无法类比的"这一个"。不仅如此，现存的草庵虽系民国时重修，但其历史渊源和基本构架，却可以追溯到九百多年前的南宋绍兴年间。它最初以草构筑，故名草庵。庵中那一尊依山凿壁而成的摩尼光佛坐像，大约形成于七百年前的元代，它的存在不仅串联起摩尼教自唐初进入中国后的载沉载浮，曲折经历，而且构成了该教在当今世界仅此一见，因而极为珍贵的文物景观。1987年8月，首届国际摩尼教学术研讨会在瑞典隆德大学举行，草庵摩尼光佛坐像被确定为大会吉祥图案。世界摩尼教研究会也选取该像作为会徽。1991年2月，由来自三十多个国家的五十名历史学家、考古学家以及新闻记者组成的联合国教科文组织"海上丝绸之路"考察团莅临草庵，经现场考察，认定草庵是"世界上现存最完好的摩尼教遗址"。所有这些犹如一支彩笔的多重皴染，让古朴质实的草庵愈发显得神采独具，不同凡响。

不过，对我来说，草庵更大的吸引力与感染力，还是来自它与一代高僧弘一大师李叔同的那种缘分和那番交集——1928年底和1929年秋，一向多在杭州和浙东寺院挂褡的大师，两度游方闽南。起初他打算经此去暹罗，没想到竟一再被眼前情境所吸引、所打动：这里不仅四季如春，气候宜人，可以使自己原本羸弱多病的身体摆脱严冬风雪之苦；同时佛教界内部很是纯洁，佛学教育的风气亦十分浓厚，显然有益于开展弘法事业。为此，1931年秋，已经五十二岁的弘一大师，在第三次抵达闽南时，就决定把自己的晚年交与这里。此后整整十度春秋，为了阐扬佛理，广结法缘，大师执着而坚忍的步履，遍及厦门、漳州、南安、惠安、泉州等地。正是在这段时光里，大师于1933年冬日、1935年腊月和1937年岁暮，三度来到晋江城外的草庵，分别有短则一个月左右，长则将近三个月的停留。于是，草庵成了大师晚年在闽南的重要驻锡地之一。

在驻锡草庵期间，大师主要是抄经、著述、宣佛以及"养疴习静"，除此之外，还应寺内主持之邀，留下一批墨宝。如：为草庵新建僧舍所题的篆体匾额"意空楼"；题刻在草庵后面山岩上的大字楷书"万石梅峰"；题于寺内钟鼓架上的"集严华句"："以戒为师""勇猛护持于佛法，愿常利益诸世间"；还有为新修复的草庵石室题写的《重兴草庵碑》等等。而在所有这些墨宝当中，最切近大师的人格与心灵，同时也最具有思想和人文内涵的，当属他为草庵撰写的两副楹联。

二

楹联之一：

草积不除，便觉眼前生意满；
庵门常掩，勿忘世上苦人多。

这是大师为草庵撰写的一副藏头门联（以下简称门联），上下联的第一个字正好构成"草庵"之谓。此联高悬于今日草庵的堂柱之上。按此联下款注明的"岁次甲戌正月"，当系大师1933年冬日首次驻锡草庵，羁留至翌年二月期间所题。这副门联虽然在整体上保持着佛家用语浅显平易的特点，但仍有三个问题有待辨析和厘清。

首先，门联上联中"草积不除"的"积"字，已从现代汉语消失，常用的《现代汉语词典》乃至收录更为广博的《辞海》《词源》等工具书，均不收此字。我找到"积"字是在《康熙字典》里。该字典引用清代藏书家吴任臣《字汇补》的说法告诉我们：穦，"古与积字通"。《说文》段注曰："积，聚也。"由此可知，积是形容词，大师笔下的"草积"指得是青草聚集的状貌，惟其如此，"草积不除"才显得生意满满。也正因为如此，有学院中人在谈到大师草庵门联时，把"草积"之"积"写成专指小草之一种的"薪"字，就难免鲁鱼亥豕之嫌了。

其次，大师写给草庵的门联，竟然还有另一版本，而这异样版本的提供者同样是大师本人。1938年夏，大师离开厦门到达晋江附近的安海。应当地居士之请，手书草庵门联相赠，而手书的该联上联"便觉眼前生意满"，已改作"时觉眼前生意满"。除此之外，大师还写了《书草庵门联补跋》。文曰：

> 此数年前为草庵所撰寺门联句。下七字疑似古人旧句，然亦未能定也。眼前生意满者，生意指草而言。此上联隐含慈悲博爱之意，宋儒周、程、朱诸子文中常有此类之言，即是观天地生物气象而起仁民爱物之怀也。

这段跋文对门联的内容作了扼要辟透的说明，却偏偏不曾涉及何以要将"便觉"改为"时觉"。看来要搞清此中原委，只能由我们尽量回到当年的语境和现场，做设身处地的推测了。

可以肯定的是，大师的记忆没有错，"便觉眼前生意满"确系"古人旧句"。其准确出处是南宋诗人张栻的七绝《立春偶成》："律回岁晚冰霜少，春到人间草木知。便觉眼前生意满，东风吹水绿参差"。从该诗意脉看，第三句"便觉眼前生意满"，是对第二句"春到人间草木知"的主观化和具象化，表达了诗人眼中绿茵萌动，生机盎然的春日气象。大师原本是中国近代文坛艺苑的巨擘和奇才，腹笥异常充盈，张栻的《立春偶成》想必早已印入脑海，烂熟于心。惟其如此，当他为草庵撰写门联时，看到眼前春回人间，绿意葱茏的情景，便很自然地联想到"便觉眼前生意满"的诗句，感到二者氛围相近，意境相合，于是，遂将此句信手拈来，移入笔下，对于楹联撰写而言，此乃司空见惯，顺理成章的事情。

不过，张栻这句"便觉眼前生意满"，在明清两代的文章尤其是楹联中曾被辗转流布和一再化用。其中"便觉"二字则因为语境或引者的不同而不时出现异文，被屡屡改写为"顿觉""时觉""更觉""须觉"等。这当中有自觉的更替，也有不自觉的误植。那么，大师手书的门联改"便觉"为"时觉"属于哪种情况？我以为应当是前者。

中国的楹联艺术有一个最基本的特征与圭臬，那就是对仗。所谓对仗不单单是要求上下联字数相等，两两并置，而且还规定一副联语中，声韵必须平仄协调，词性一定虚实呼应。以这样的规范作为标准，来衡量大师笔下最初的草案门联，不难发现，以上联的"便觉"对下联的"勿忘"，无论声韵还是词性，都算不上工稳，至少还有推敲的空间或润色的必要；而一旦改"便觉"为"时觉"，其整体效果便顿见起色，趋于圆融。这时，我们仿佛找到了破解门联异文的可靠路径——大师最初拟联，因系借用"古人旧句"，所以自然忠实于记忆，照旧写作"便觉"。但他很快察到这样一仍其旧，给门联的对仗留下了瑕疵。出于早年养成的追求艺术完美的习惯，他有意加以补救，只是此种文人心曲，是不宜由"六根清净"的出家人明白表达的。于是，他在手书门联赠送他人时，悄然进行了语词置换，完成了对门联的不"改"之"改"，也算是一种心理补偿吧。倘若以上推测不谬，窃以为，"时觉眼前生意满"，才是大师对草庵门联的最后定稿或曰终极审美。当然，让大师始料不及的是，他这一番用心良苦的"亡羊补牢"，竟给后人增添了若干欣赏的困惑与称引的麻烦。

还有，出现于门联下联的"苦人"二字亦值得深味。与上联相对应，下联的后七字也是借用"古人旧句"。所谓"勿忘世上苦人多"，曾作为楹联的核心语义，以原句或变格见之于明清两代多地官衙的厅堂仪门，其语源似可追溯到唐代白居易的诗句："岁时春日少，世界苦人多。"（《晚春登大云寺南楼赠常禅师》）毫无疑问，在见诸官衙府邸的楹联里，所谓"苦人"是世俗意义的，指的是"庶民""细民"或"草民"，一句"勿忘世上苦人多"，折现的是儒家的仁政观念和"民本"思想。白居易的登大云寺诗，尽管携带了浓浓的释家意味，只是其中所说的"苦人"恐怕依旧叠印着"惟歌生民病"的"生民"。

"苦人"一词进入大师笔下，当然会直通佛教哲学，进而衔接起佛家"苦谛"常说的"二苦""三苦""四苦""五苦""八苦"乃至一百一十种苦等无量诸苦，并最终铸就超脱现世的精神坐标。不过，具体到草庵门联而言，"勿忘世上苦人多"才是完整的语义表达，这句话原本具有的浓郁的儒家气息，不仅为"苦人"的称谓增添了俗世色彩和人间味道，而且使整副门联在出世的语境里透显出入世的情怀。关于这一点，将上下联合璧作整体观赏时，感受会格外强烈。或许可以这样说，正是在草庵门联里，大师让佛门的慈悲之旨与儒家的仁爱之心亦此亦彼，水乳交融，化为一种宏阔博大的生命境界。这时，我不禁想起长期以来人们关于大师为何出家的种种思议。诸如，父辈影响说，家族败落说，理想幻灭说，精神遁世说，生命层级说……其实，从草庵门联的内容看，说大师的出家是践行别一种既自省又省人的生命方式，似乎亦无大错。毕竟普度众生才是大乘佛教的理想旨归。

三

弘一大师为草庵撰写的另一副楹联，如今悬挂在寺内摩尼光佛坐像的两侧（以下简称佛联）。联曰：

> 石壁光明，相传为文佛现影；
> 史乘记载，于此有明贤读书。

是联上款书："后二十二年岁次癸酉仲冬，草庵题句以志遗念"，下款书："晋水无尽藏院沙门演音，时年五十有四"，据此可知，佛联与门联一样，同为大师首次驻锡草庵所题，只是具体时间较之门联要早些，其间隔了一个年关，故而落款有癸酉与甲戌之别，以及（民国）"后二十二年"之说。至于佛联的内容，大师在四年后撰写的《重兴草庵碑》中，曾有过简明扼要的解释：

> 草庵肇兴，盖在宋代，逮及明初，轮奂尽美。有龙泉岩，其地幽胜。尔时十八硕儒，读书其间，后悉登进，位跻贵显。殿供石佛，昔为岩壁，常现金容，因依其形，剡造石像。余题句云："石壁光明，相传为文佛显影；史乘记载，于此有明贤读书。"……

佛联和《重兴草庵碑》涉及与草庵相关的两件旧事——"文佛显影"和"明贤读书"。对前一件事，大约是嫌其过于神奇，大师仿佛并非真信，所以联语用"相传"一词作为限定，而碑文亦重在交代石像"因依其形,剷造石像"的过程。对后一件事,大师应当深信其真,因为它有"史乘记载"作为依据。不过,从今人研究草庵的成果看,这些记载亦多有夸饰想象,以讹传讹的成分。其中有迹可循且经得起推敲的史实只是,明代嘉靖年间,草庵附近确曾有过一所"清泉书院",书院也确曾培养了一批儒生士子,其中有的也确实收获了功名。至于碑文所写"十八硕儒……后悉登进,位跻显贵"云云,则并不可考。由此可见,大师题写佛联,果真是"以志遗念",即意在寄托对草庵的留恋与怀念,而没有在史实方面顾及太多。

佛联真正引人瞩目之处是如下细节:大师拥有渊博的知识积累和精湛的佛学造诣,按说,他不可能不清楚草庵的摩尼教背景,也不可能无视草庵内迄今尚存的摩尼教遗痕,更不可能看不出摩尼光佛石像所存在的不尽合佛家规范之处,如明清学者早就指出的"道貌佛身""释老合一"等。但在佛联里,大师全然回避了这些,而依旧称呼像主为"石佛""文佛"——在梵语中,"文"是牟尼的缩音,故而释迦牟尼又可译作"释迦文",当然,释迦牟尼佛也就可简称为"文佛"——大师何以如此?这应当涉及他宽广的胸襟和相当开放的宗教观念。在著名演讲《南闽十年之梦影》里,大师明言:"我平时对于佛教是不愿意去分别哪一宗,哪一派的,因为我觉得各宗各派,都各有各的好处。但是有一点,我以为无论哪一宗哪一派的学僧,却非深信不可,那就是佛教的基本原则,就是深信善恶因果报应的道理。"这样的眼光和见识显然不是每个佛门中人都能具有的。

不仅如此,对整个宗教信仰问题,大师都持一种宽容公允的态度。1917年,他虽未正式出家,但已同佛结缘。而在致刘质平的信中,他却写道:"心不定,可以习静坐法。入手虽难,然行之有恒,自可入门。(君有崇信之宗教,信仰之尤善。佛、伊、耶皆可。)"显然,大师把平等、自由、一视同仁的原则,引入了宗教信仰。而这几乎构成了大师一生的持守。据说,在惠安弘法时,曾有担任小学校长的基督徒庄连福,因慕大师之名前来拜访,但大师的徒弟认为异教不能相容,所以不予引见。大师知道后,遂命徒弟登门赔罪,并带去手书的佛经和条幅相赠。庄连福被大师的山海胸襟所感动,从此,他不仅一有机会就前来聆听大师讲经,而且还以口述实录的方式,将当年的现场情景传至后人。明白了这一点,再来看大师草庵佛联对摩尼光佛的称谓,便觉得一切可谓自然而然,水到渠成。

由于旅程紧促,当日的草庵之行未免有些步履匆匆。然而,那里的一切，尤其是弘一大师留下的两幅楹联，却深深地印在了我的记忆里，进而不时引发一些属于文人的思索：宗教在何处与人文交集？创作怎样才能融入人格的力量？艺术如何才能抵御岁月的销蚀？这些似乎都可以从大师的楹联中获得启示。"无尽奇珍供世眼，一轮圆月耀天心。"这是赵朴初先生为纪念弘一大师百年诞辰而写下的诗句。在我看来，这诗的意境恰好投射到草庵之中，所以，就用"天心月圆映草庵"作为文章的题目吧！

原载《广州文艺》2018年第4期

从山间小路到精神殿堂

庞井君

我出生在燕山深处一个偏僻的小山村，从小足迹印踏在村周围不出十里的几条山间小路上。向村东走一里路是一条小河，河水清清，河边长满了柳树和芦苇，这是我童年流连忘返的地方。有时，也常常坐在河边的大石头上，望着河水缓缓消逝的远方，憧憬外面的世界。村西是一条大山沟，迎着门前哗哗哗流个不停的小溪走五里，便到了沟底源头，再接着往上爬，就可以仰卧在周遭最高的山梁上，透过乱石荒草，眺望夕阳下绵延到天边的群山，展开童年的遐想。顺着小河往南走八九里，便到了姐姐嫁去的那个村镇。八岁那年，我坐着姐姐送亲的马车，一路上听着她低低的抽泣到过那里，还第一次看到了可以通往城里的长途汽车。往北走六里是公社所在地，稍大些时候，常常去那里赶集、听戏、看电影。

这就是我十五岁之前的世界，当然还有天上的星星，飘来飘去的白云，和自由飞翔的小鸟。

十五岁初中毕业考上中等师范，也就是当时人们常说的"小中专"。从姐姐家第一次坐上长途汽车，来到城里，生命世界的半径一下子扩大到了一百里。

十八岁，师范毕业回乡当了小学教师，一切仿佛又回到了原点，但头脑里却承载着更多的梦想。特别是看到当年选择到县城读高中的好几个初中同学都考上了全国名牌大学，声名传遍十里八乡，心里很不是滋味，于是也做起了大学梦。但这个梦很快便让县教育局的一个政策和校长的一番训斥给打碎了。好在考研究生还没引起关注，于是索性悄悄做起了研究生梦。那时，清华是纯理工院校，不在选择之列，北大、人大则是整天惦记的目标。考研前两年，偶然从《中国青年报》夹缝的一则招生信息上知道了中央党校，于是心里便有了个"她"。

朝思暮想，想的时间长了，便有了见面的向往和冲动。终于在二十二岁那年秋天，像去和初恋情人约会似的悄悄出发了。沿着熟识的山间小路,追逐着小河欢快的流水,穿过烂漫的山花和醉人的红叶来到姐姐家,又一次坐上汽车到了城里,然后换上火车,与一个师范同学一起赶赴京城。

这是我第一次坐火车,生命世界的半径又扩展到了五百里。

第二天凌晨四点钻出北京站,我俩像刚刚出洞的小老鼠似的,让鳞次栉比的高楼大厦、纵横交错的柏油马路、川流不息的车辆人群弄得不知所措,有些恐惧,有些迷茫,也有些新奇。从排队买豆浆油条的老大爷那里得知了去几个大学的大致路线,便下了地铁。从地铁西直门站出来,又询问了路人,知道要找的几所大学恰好都在332路公交线上,便沿着西外大街边问边走,终于在动物园始发站坐上了332路汽车。到了人大站,第一次踏进向往已久的大学校园,回想起自学过这个大学那么多哲学教材,便感觉有些亲切和熟悉。一路打听来到了招生办公室,敲开门,向一个戴着白边眼镜的高个男老师怯生生地说明来意,然后怯生生地仰视着他的回应。先是透过反光的镜片看到冷漠的目光,接着便听到斩钉截铁的答复:"你们这些只有小中专文凭的乡村教师,根本就没资格报考人大的研究生。就是让你们报,也绝对考不上。就是上了分数线,人大也不可能录取你们!"人大的路堵死了,我俩灰溜溜地退了出来,灿烂的心田一下子灰暗到了极点。下楼的时候,听到两个研究生谈论着陈独秀、李大钊,感觉那声音仿佛从另一个世界传来,是那样陌生和遥远。出了人大,心里两种力量一直在激烈地斗争着,终于一种力量占了上风,心底冒出一串硬话:你们人大有什么了不起?瞧不起人,报北大去!

坐上332路车继续前行。一上车便赔着笑脸向女售票员问路,还请求她到北大站时喊我们一声。她瞥了我俩一眼,冷冷地说了一句:"早着呢,等着吧!"坐在车上,一边回味着在人大尝到的滋味,一边打量车外的风景。这风景的确大不同于家乡的山间小路:高山换成了高楼,河流换成了人流,烂漫的山花换成了耀眼的招牌。看着,看着,便模糊起来,晃动起来。不知过了多久,一阵催促下车的呵斥把我们惊醒。开始还以为到北大了,环顾左右,车上就剩下我们两个人,原来已到了颐和园终点站。

错过了北大,只好去中央党校。后来,从颐和园东门到党校南门这条不到一里的路,我不知轻松地走过多少遍。每一次都在寻思,就这么几步路，当年怎么就找不到呀？更奇怪的是，问了好几个人，都说不知道。沮丧、屈辱、失望的情绪越来越浓重地笼罩在心头。同伴的鞋跟跑断了一个，我的脚也磨起了好几个大血泡，再加上从前一天中午到那时没吃过一顿饭，没喝过一口水，饥疲交加，"癞蛤蟆想吃天鹅肉"！同伴已经开始用人大白边眼镜的话发起牢骚来了。

路边一个修自行车的老大爷或许看到了我俩的窘境，用手向西指着说，"再往前走一百米，拐个弯就到中央党校了，你们俩还吵什么吵？"迷茫复杂的事情有时在旁观者看来或许很简单。继续前行，正如老大爷所说，不一会儿就到了中央党校门口。门口好几个荷枪实弹的武警，威风凛凛，见了叫人心里发慌。也许我俩一副乡下人的狼狈相引起了他们的警觉，便拦住我们盘查个没完。后来从传达室出来一个五十多岁的女同志，和蔼地了解了情况，又跟招生办公室通了电话，便让我们进去了。

一进校门，映入眼帘的是比人大的教室更威武、更雄壮的岩崖般高耸的主楼，联想到人大的遭遇，顿时感觉自己更加渺小，更加卑微了。

招生办公室接待我们的是一个年轻的男老师，也戴着白边眼镜，然而态度却与人大的那位大不相同。一句爽朗的答话便让我们灰暗逼仄的心灵空间透进了一缕希望的亮光。他先把我们让到沙发上坐下，又给我们每人沏了一杯热茶，面带微笑，耐心地听我们讲述了自己的情况。然后说："像你们这样没上过大学，来自偏远山村的小学教师，竟然有志于报考北京名牌院校的研究生，很值得鼓励，党校欢迎你们。你们来一次那么不容易，有什么困难尽管说！"招办主任走过来说："你们不要因为自己的出身而有自卑感，所有考生都公平竞争，只要加倍努力就一定能考取！"其他几个老师也围拢过来给我们出起了主意，还提供了急需的考研资料。

"客子光阴书卷里，杏花消息雨声中"。又一个二十二年过去了，又经过了那么多人和事，直到今天回味起来，我仍然感觉那是我人生所受到的一次最高最真实的礼遇和尊重。

出了校门，再回首时，中央党校那岩崖般的主楼已深深地掩映在几棵古茂硕大的梧桐树后面，它那美丽修长的树干自由地伸向天空，仿佛张开的臂膀，在凉爽的秋风中微微晃动着，轻轻呢喃着，像是在送，像是在迎，更像是在等。

第二年，我以哲学专业第二名的成绩被中央党校理论部（研究生院前身）录取。开学典礼那天，当我踏上党校大礼堂的台阶，感觉她和乡间的小路是那么的不同。这台阶厚重结实，宽阔平展，载着我进入了一座精神的殿堂，生命世界的半径一下子拓展了何止千里、万里！

两年后，和我一起进京的同学也考上了中央党校社科专业研究生。后来，又有几个小中专的同学在我们的示范和帮助下陆续考进了中央党校。

三年后，我从中央党校毕业，考到了中国社会科学院读哲学博士。

又过了三年，我毕业分配回到中央党校哲学部工作，很快便调到教务部，和七年前那几位热情帮助过我们的朱老师、李老师、韩老师都成了同事。那位戴着白边眼镜热情接待过我们的老师姓马，已调到中央办公厅工作。我一直很想念他，至今却没有机缘和他再次见面。

在教务部工作那些年，偶尔与这几位老师说起当年那一幕，我很激动，他们却很平淡，大都说或有此事，但详情早已不记得了。我想，日常的事情总不易记住，类似帮助一个乡村小学教师从山间小路跨进精神殿堂这样的事，他们或许还做过很多吧！

原载《羊城晚报》2018年1月24日

思想重量

生命在别处

南 帆

"生活在别处"——如同许多人那样，我也是在昆德拉的小说之中读到这句话，并且知道这是19世纪法国诗人兰波的诗句。不幸的是，我在一个毫无意趣的场合突然想到这句诗：一个穿大衣的妇人慢悠悠地走过马路的斑马线，对于周边往返飞驰的汽车视而不见。她的双眼盯住手中的手机屏幕，脸上浮出了神往的笑容。我猜她收到了一条有趣的微信。眼前这个红尘滚滚的世界又算什么？真正的故事发生在手机里面。多年以前，我们的渴望是坐上火车奔赴远方，遭遇一个浪漫的邂逅；现今，我们的人生轨道轻巧地拐入手机——手机里的微信犹如人生百态的收纳袋：一个会场的局部，一篇心仪的文章，晚餐的几盘菜肴，屋角的一丛小花……不管怎么说，只有那些显现于手机屏幕的景象才会产生非凡的魅力。凡夫俗子的日子庸碌不堪，手机屏幕是一个魔幻之域，那里收藏了无数遥远的良辰美景——生活在别处。

这一段时间开始流行一个词："佛系"。据说"佛系青年"风轻云淡，与世无争，脸上一副落寞的表情。言及日常的起居饮食，他们的口头禅是"可以""都行"。然而，电子游戏开始的时候，他们如同突然换了个人，目光炯炯，声嘶力竭。《修真诀》《明月传说》《三国无双》《王者荣耀》，刀光剑影之中，血脉偾张，炽烈的激情火焰一般的燃烧起来了，一个大智大勇的王者终于矗立在虚拟空间的地平线上。

生活在别处。虚拟空间肯定比乏味的写字楼或者逼仄的蜗居精彩。可是，梁园虽好，不是久恋之家；虚拟空间无非镜花水月，过眼烟云。那些不是"真实"。我们的双脚迟早要回到真实的泥土地面。这才是我们存放生命的空间。只有泥土地面才能长出水稻、苹果，百草丰茂，牛羊成群。虚拟空间的各种故事无非电子元件和信息配置的壮烈和浪漫，谁会愚蠢地为若干信息的衰老、消亡而伤感，或者如痴如醉地爱上电脑屏幕上的那个美妇人影像？

必须承认，写下这几句话的时候我有些心虚。数日之前，我删除电脑之中一个多余的软件。即将卸载的时候，界面上出现一个掩面而泣的孩子，一句旁白是："你不要我啦？"一时之间，几乎不忍心按下确认键。我联想到了电子宠物。屏幕上跳出一只顽皮而又憨态可掬的小狗或者鸭子，它们会撒娇，会生病，需要喂养和照料，不小心也会死去。什么时候开始，我们不知不觉地惦记这些小玩意，甚至魂牵梦绕，似乎生怕它们有什么不测。我曾经抱怨那些可恶的工程师，他们伪造种种电子生命窃取我们的怜爱之心。现在，我突然觉得世界正在变质。是不是到了修改那句名言的时候了——生命在别处？

我们的习俗之中，喜爱一张桌子、一部电影、一只钢笔或者喜爱自己的汽车座驾与喜爱一个人乃至一匹马、一条狗存在重大差异。前者仅仅是物，后者是生命。生命之间的交流包含了深刻的互动：慈爱收获感恩，怨恨收获复仇。忘恩负义或者以德报怨往往由于重大的失衡而成为众目睽睽的特例。相对地说，物无嗔无喜，从不因为离合而悲欢。这极大地减轻了我们的内心负担。更换一部手机，不会如同离婚一般痛苦；购置一辆新车的时候，没有必要顾虑旧车的不快。众多女性情深义长，从一而终，可是，她们从不因为频繁地添置衣橱里的服装而感到内疚。人不如故，衣不如新，这是性质迥异的两件事情。然而，现在我想说的是，两件事情的边界似乎开始混淆，物与生命开始交织为一体。

戴一副眼镜增添视力，借助一部电话扩大听觉的范围，骑一辆自行车代步，工具并非躯体的组成部分；放下工具之后，这些功能立即从躯体之中分离出去。然而，如果发明一种智能的负重骨骼呢？事实上，这一套装备（HULC）已经问世。穿上这一套装备如同增添了一副微型计算机与液压驱动构造的骨骼，躯体的负载能力大幅增加。这一套装备与躯体合而为一，人们可以自如地行走、下蹲乃至匍匐，机械的能量仿佛就是从躯体之中涌现出来的。如果说，假牙、假肢、股骨头或者心脏起搏器、支架仅仅是挪用某种医学器材修复躯体的某一个小小局部，那么，大规模地改造躯体的工程肯定已经列入生物科学的议程。

躯体的改造无疑将改写"生命"的定义。那位谷歌工程总监雷-库兹韦尔信心十足地告诉人们，"奇点"正在临近。人工智能与生物科技的全面合作正在导演的伟大剧目是，人类将于2045年左右实现永生。库兹韦尔的设想是，聘请若干纳米机器人居住于人体的血管之中，摧毁各种病原体，清除血栓和肿瘤，纠正基因的错误，并且将前额叶皮质——

人脑的中枢,理性思辨、重大决策或者幽默、音乐的产出区域——与计算机的云端数据联接起来。由于科学技术的干预,人类体魄的强健程度和智商指数迅速地突破自然赋予"生命"的疆域,并且无限扩展。这个理论前景极大地激励了一批有志者锻炼身体的热情。只要安全地在时光隧道继续长跑二十八年,这一副血肉之躯就可以从科学家——彼时的上帝——那儿换取一个真正的金刚不坏之身。据说库兹韦尔本人业已到了古稀之年,他每日里要勤勉地吞食一大把五颜六色的药片,力图保证冲刺2045年决不掉队。让我们从令人激动的理想回到那个令人困惑的主题:未来的日子里,我们会向那个既吃五谷杂粮、又组装了各种计算机软件与生物科技产品的"生命"示爱、撒娇或者寻求抚慰吗?当然,还有爱情——我们可能爱上一个半是肉身、半是金属材料的躯体吗?

然而,愈来愈多的迹象表明,人类正在悄悄地放弃"生命"的传统边界。示爱或者撒娇远非想象的那么困难,我们已经在科幻电影之中练习过了:迷恋那个钢铁的"终极战警"或者崇拜神通广大的"变形金刚",各种情感曾经如此自然地从我们的小心脏里冒出来。而且,令人意外的是,秘不示人的性领域欣然邀请科学技术全面管控。性是一个令人羞愧的话题,讳莫如深;同时,性又是生命之中如此重大的主题,没有人绕得过去。可是,现今的科学技术正在协助人类将性从生命的锁扣之中解脱出来。作为繁衍生殖的一个副产品,短暂的性快感是上帝赐予抚育后代的生物奖赏。然而,性快感如此强烈,繁衍生殖的后续工作如此烦人,以至于许多人试图将这种福利单独窃取出来。许多人的真实愿望是,仅仅享受销魂的一刻,多余的负担不再尾随而至——信誓旦旦地守护爱情,养儿育女的辛苦,对付难缠的丈母娘,各种不期而至的家庭纠纷,某些时候甚至负有振兴整个家族的重任。能否避开众多设置于性领域的陷阱?这时,科学技术慷慨地提供了不同级别的性代用品,据说女版的智能机器人形神兼备,甚至具有仿真的体温。不论这些产品的科技含量如何,它们的共同特征是:免除性快感的代价,那个带体温的机器人背后不存在缠人的社会关系。许多人因此长长地松了一口气。然而,未来的某一天,科学技术可能遭受社会学家的严厉质询:自作聪明地将两性关系移出生命范畴,这种僭妄会不会瓦解社会的某种基本秩序?

基本秩序的瓦解可能带来未来社会的垮塌。不过,另一批科学家脸上的表情远比社会学家严峻。根据他们的计算,危险的到来可能比社会学家预料的要快——科学家的恐惧对象是迅速逼近的人工智能。他们以专家的口吻警告说,人工智能是潘多拉的魔盒,贸然打开可能带来毁灭性的灾难。不要以为人类真的管得住那个正在客厅里打扫卫生的机器人。机器人身手矫健,力敌千钧,刀枪不入,而且从不贪生怕死。众多科幻电影生动地展现了它们的英雄事迹。如果这些机器人与人工智能结合,生命的血肉之躯不堪一击。人工智能具备超级的自我学习能力——今天仅仅拥有一条狗的智力,明日可以超越全世界最为杰出的大脑。这是人类的缓慢进化无法企及的。无论是计算、运筹、识别、监控还是围棋、音乐、书法、绘画,人类的所有领域都将迅速陷落。与这种机器人开战,昔日积累的作战规划乃至所有的战争想象可能全部丧失意义。从冷兵器、热兵器到核武器,人类训练出武功超群的剑客、百步穿杨的狙击手或者决胜于千里之外的导弹部队,并且制订了各种坦克、战斗机或者航空母舰的攻防方案。尽管如此,人类的全部假想敌仍然是人类;例如,没有哪一个国家现有的武器系统可以对付漫天飞舞的小小蜜蜂。相信许多人看过一个视频:一个人智能操控的机械"杀人蜂"悬在空中,它的处理器反应速度比人类要快一百倍,挥动巴掌扑打不到这个机械小精灵。"杀人蜂"上安装了脸部识别器和几微克的炸药。发现了预设的捕猎对象之后,它可以从任何角度抵近,泊在对方的脑门上;炸药制造的微型爆炸足以摧毁脑壳里面的一切。事实上,人工智能贮存了各种取人性命的新颖形式,防不胜防。黑格尔告诉我们,所谓的"主奴关系"充满了紧张与逆转的可能。当人工智能试图改变奴隶的命运时,人类溃败是一个没有悬念的结局。这也是那一批科学家如此惊恐的理由。

  我对于这种结论不持任何异议。我所存疑的仅仅是一个所有分析人士都要关注的问题:动机何在?鉴于哪些动机,人工智能操控的机器人必须与我们为敌,甚至歼灭人类?这些由集成电路、软件和金属材料装配的机器人缺少粮食、水源还是热衷于争夺未来的发展空间?或者,这些力大无穷的家伙仍然忙不过来,不得不奴役人类为它们种田、洗碗或者修桥铺路?试图改变食物链之中的不利位置?它们的基因内部贮存了强大的攻击性密码——它们有基因吗?我宁可认为,人工智能的所有特征无不来自人类的初始范本:那么多任劳任怨的人,那么多热衷于杀戮的人,那么多的善良、慈爱、高尚、深明大义、无私无畏;同时,那么多的妒嫉、阴谋、趋炎附势与恃强凌弱,"主奴关系"之中的压迫带来的反抗以及凶猛的报复仍然来自人类的行为准则。我想说的是,机器人与人类互为镜像。科学家对于人工智能的恐惧是否存在一个隐秘的原因——他们是否被工人智能之中的人类投影吓住了?也许,人工智能的自我学习隐含了不可预测的裂变,但是,软件程序之中第一行仇恨的种子是否来自人类的指令?现在,我愿意悲哀地指出一个事实:我们竭力赞颂的人类"生命"并非一个完美的形象,人工智能的可怕放大甚至让我们不愿意认出自己。

人类社会能不能显现更多的仁慈,更多的慷慨,更多的情义与互助?我时常觉得,机器人正在某一个地方目光闪烁地盯住我们,观察这个群体如何相待,继而续写人类开启的历史故事。我们愿意传递出哪些信息?人工智能方兴未艾,也许还来得及。

原载《文汇报》2018年4月19日

邮 局

李敬泽

　　这就是西贡河。浑浊肮脏的河水沉重地涌动。这样一条河正该在经济腾飞的大城穿过，冒着浓烟的工厂、热气蒸腾的排污口。他回想了一下，在那部电影里，这条河似乎也不是清澈的河，是黄色的、暧昧的，汇聚着热带的暴雨和情欲。但至少有一种风景，玛格丽特·杜拉斯肯定不曾在此见过，在河对岸，并排耸立着两块巨大的、一模一样的广告牌：那是一家日本电器，它甚至懒得说话，不屑于提供形象和幻觉，它并不打算美一点，聪明一点，它只是不容置疑地呈现商品的抽象符号。这两头巨物，面无表情，相互复制，遮挡着地平线和天际线，在这条大河之上宣示着资本和商品的统治。一个法国少女和一个中国男子的恋情被打下粗暴、黑色的邮戳，从孤寂伤感的殖民地时代直接快递到了此时此刻喧腾的世界市场。

　　好吧，他想，别这么多愁善感。这条河正是杜拉斯的那条河，法兰西帝国和其他帝国将这土地和河流纳入了一个新的世界体系。这河早已失去贞洁，它在这短短的百年间已像杜拉斯的容颜一样毁败苍老，它经历征服与反抗，经历忧伤和绝望，它在所有的人心里——征服者和被征服者、反抗者和被反抗者心里，都是一道流淌血泪的伤口。而现在，这个国家的经济正在高速增长，他们正以更低廉的成本获得世界市场的比较优势，他们为此支付的，就是更脏的水，就是天际线。

　　他转过头，看看陈——这位越南作家，黧黑、瘦硬，一根接一根地抽烟，声音嘶哑。陈负责接待他，他们迅速建立起热烈的友情——在昨天的欢迎晚宴上，他们成杯地干掉法国葡萄酒，他们重温中越友谊，我们是战友，我们曾经并肩战斗！他们甚至唱起了"越南中国山连山江连江，共临东海我们的友谊像朝阳……啊共理想心相连，胜利路上红旗飘扬！"他的同行者，那些70后和80后，用看着两个老疯子的目光看着他们，他和陈挥舞着刀叉，打着节拍，汉语和越语同唱一首歌，在那时，他似乎行进在20世纪60年代和70年代。

现在，同行的人们沿着河岸走远，忙于以各种姿势和组合拍照，仿佛杜拉斯和梁家辉附体。翻译也跟了去，只剩下他和陈。沉默横亘于他们中间，他们重新成为陌生人。他忽然意识到，与陈独处，他有一种莫名的紧张。尽管昨晚他们勾肩搭背，亲密无间，但现在，水退去，陈如一块沉默的礁石。陈属于1975年最早冲进西贡的那批战士，陈参与创办了西贡被解放后的第一张报纸。此时，陈的身上有那种老战士的威严，让他想起他年轻时见过的那些老人，他们老了，但他们衰老的身体里封藏着风云雷电。

他们就这么默默地望着河水。这个人，他在1975年闯进这个城市，他们赶走了法国人和美国人，四十多年过去了，他默默地站在河边，他在想什么？这条河怎样从1975年的胜利激情中流到此刻，流到这高耸的广告牌下面？

风吹过来，带着淡淡的腥味，无意间，他和陈对视一眼，陈的目光像河水一样浑浊。

这是胡志明市，这是西贡。这是曾被强大的残暴势力统治的城市，这是正义与邪恶的决战之地。走在街上，他想起他的1975年，那时他是小学五年级的学生，而解放西贡的战役对他来说就是"我的战争"。他每天在《人民日报》上注视着战事的进展，一切都是他在指挥部署，他真是很辛苦啊，他焦虑于他的军队不能有效地封锁和抢占机场，他长时间地研究从《世界地图册》上裁下来的那张越南地图，用红铅笔标示出进攻路线；他在想象中披着军大衣——他当然知道，对越南的4月来说，军大衣是太热了，但是，将军怎么能不披军大衣呢，最好有蒋匪军一样的笔挺的呢子大衣。每天放学后，他眼巴巴地等着母亲带回报纸，直到5月1日，劳动节，放假了，而战争不会放假，他逼着母亲专门去一趟单位，然后看见母亲远远地走来，喜笑颜开，手里挥动着那张报纸，他又酸又烫他想哭，胜利了！一定是胜利了，他正站在南越总统府的楼顶上，挥舞着红旗。

他站在西贡邮局。此时他才知道，比起昔日的总统府，这里才是这个城市的中心和标志。恢宏的粉红色立面耸然而起，走进大门，迎面是胡志明的巨幅画像。胡伯伯，他熟悉这个老人，很多照片中，他都如同一个慈祥的乡村教师，有时穿着夹趾凉鞋，有时居然赤着脚——这是多么有力的政治形象，这是一个牢牢站在自己土地上的人，他光着脚，他体现着与殖民主义帝国主义完全相反的价值：是本土的，是素朴的，他是绝对的主体，他和他的人民一起战斗。

胡志明俯视殿堂。他想他理解了为什么要把胡的像挂在一个邮局里，这就是殿堂，它的空间高旷，有巨大的拱顶，拱顶上绘制着19世纪的越南地图，两边是栗色的柚木柜台，进门左右相对僻静的地方是封闭的木制电话亭，他想，那就是教堂中的告解室。

——这个邮局，它的原型就是教堂，它是世俗的教堂。他走出来，站在台阶上，只见那著名的红教堂灯火辉煌。那些法国人，他们强占此地，然后立即建造教堂，他们以教堂重新确立城市的中心，把佛陀和孔子之地付与上帝。然后，他们喘了口气，开始在教堂西侧建造邮局，这必须是一座与教堂相匹配的建筑，这是帝国主义世俗统治的象征和枢纽，通过邮局，遥远的殖民地维系着与殖民母国的联系，邮局和邮政从基础上构造了殖民与资本的全球网络，这是现代性的教堂，这里供奉的是攻击和占有、效率和进步。

台阶下，陈在抽烟，在这繁华都市的中心，灯红酒绿之间，陈落落寡合，桀骜不驯。他望着陈，他觉得陈很远。他们其实是各自封闭在不同的时空中，平行、映照，但并不融合。是的，他曾如此向往陈的生活和战斗，也是在1975年，他惊喜地在家里翻出了两册《南方来信》，那是作家出版社1964年的版本，那一年他刚刚出生。1975年，十一岁的中国少年读着越南南方的抗美战士们写给北方的战友和亲人的信，凝视着厮杀、分离和不屈的意志。那些信都不曾从这个邮局投寄，"许多信件送到收信人手里时，封皮已经皱折不堪，字迹模糊，这些信没有贴邮票，也没有邮电局的日戳"（《南方来信·代序》），邮局属于杜拉斯或者马尔罗，而"南方来信"是泥泞的路、粗糙的手对邮局的抵抗。

多年以后，他还记得在那简朴刻板充斥口号的行文中忽然跳出来的生动的、闪闪发亮的词语，比如一个"小鬼"爱演"关公大战波拉埃特"，波拉埃特是法属印度支那的高级专员，该先生与关公之战应是喜剧性的宣传小品，当年的抗法军民必定看得前仰后合。1975年的他再过几年才听到侯宝林的相声《关公战秦琼》，在笑声中，他想起了波拉埃特，想到他的山西老乡关云长掌中青龙刀、胯下赤兔马，竟一直向南，走进南方之南的广大民间。

当他阅读《南方来信》的时候，陈，这个战士和作家或许也曾在膝盖上摊开一张纸，给北方写信。当然陈不可能是《南方来信》的作者，按年龄推算，他那时还小，但是，他必定经历了《南方来信》那样血腥、冷酷的战斗，在倔强的人群中，他锤炼着倔强的心，不会在敌人的枪口下颤抖，也不会为准星瞄中的那个人颤抖。

他是阅读者，而陈是书写者。

他在北京的夜里奔跑，不是为了追逐也不是为了逃，仅仅是为了消耗掉脂肪和卡路里，让内啡肽充分地分泌。

他跑过法国教堂。东交民巷或许是北京城里最静谧的街区，一个属于遥远时代，与古都格格不入的内向、异质的区域。教堂拱门上方的圣弥厄尔天使在虚黄的灯光中寂寞舞蹈。这座教堂1904年开堂，在当年法国公使馆的边缘，只是一座精巧的两层哥特式建筑，好像从普罗旺斯的一个村庄飞来。他跑过去，一路向西，他的心他的肺正拼死挣扎，他的膝盖开始刺痛，好吧，投降吧，他精疲力尽地慢下来，靠在墙上。

就是在这里，他想起了西贡邮局，他还想起了阿尔及尔的法国邮局。

La Poste，法国邮政局，从19世纪到20世纪初叶，邮局是殖民帝国的中心景观。

——他所靠的那面墙上，挂着一块牌子，借着路灯，他看见牌子上写着"北京市文物保护单位　法国邮政局旧址"。

昔日法国公使馆的两侧，左教堂右邮局，殖民帝国的三位一体。但这座邮局却是一幢平庸的单层房屋。门封着，里边黑洞洞的，显然空置已久。房屋破旧，依稀能够看出殖民地折衷风格。他上网搜索一下，得知这座邮局1910年开业，中华人民共和国成立后，曾被用作一家川菜馆——名叫静园餐厅。他不禁笑了，原来，帝国的迷梦消散于烈火烹油的麻辣川菜。

在北京，法国人远不如在西贡或阿尔及尔那么自信恢宏，他们在此面对着自身的极限，面对着无边无际的庞大存在。而在西贡，他们曾有创世的气概，他在网上查阅西贡邮局的设计者，意外地发现，他竟然是埃菲尔，埃菲尔铁塔的设计者，纽约自由女神像的结构设计者，此人在1890年设计了西贡邮局。那是资本主义和殖民主义的黄金时代，是法兰西帝国的全盛顶点，埃菲尔在巴黎，一边深情追怀逝去的爱人，一边以钢铁结构世界，召唤异教的巨神降临。

另一座法国邮局辉煌壮丽，它的名字就叫："大邮局"。

邮 局

"大邮局"是雪白的宫殿，在地中海南岸、阿尔及尔的夏天，"大邮局"如同坚固的梦幻。西贡邮局的粉色或许是染自热带佛寺的外墙，而"大邮局"的风格则是摩尔的、伊斯兰的——现代殖民帝国的文化之胃强健贪婪，他们有一种探究和整理世界的惊人的狂妄和热情，对他们来说，世界的就是民族的、就是"我"的。那是第一次世界大战之前，法国人心在远方和星空——"大邮局"的穹顶令人晕眩，他见过撒哈拉沙漠的星空，现在，他站在"大邮局"的中央，仰面一望，只觉得这就是撒哈拉的纯粹星空，是奇迹，是水晶钻石的海，是诸神静默。

从邮局出来，走在大街上，加缪就在眼前。加缪正如他熟悉的样子，叼着烟，穿着风衣。好吧，阿尔及尔不需要风衣，而那时的加缪喜欢白衬衣、白袜子，他可能刚从邮局出来，他刚刚接到马尔罗的信，走在大街上，他是多么年轻。

在阿尔及尔的街上与加缪和默尔索同行，他意识到，加缪的荒诞并非哲学洞见，这是一个人在殖民主义体系中的经验和伤痛，成为"局外人"，这并非虚无，这是一个人为自己保存自由和尊严的艰难战斗。

这个人，是个穷人，当他获得诺贝尔奖的消息传来，他妻子的反应是：他可不要拒绝啊，那可是一大笔钱，而我们一直没钱。加缪去领了那笔钱，然后人们要求他表明立场，一边是法国人，一边是阿尔及利亚人，一场终结法国殖民统治的血腥战争正在进行。

加缪是法国人，加缪也是阿尔及利亚人。他生在阿尔及尔，他的母亲也生在阿尔及尔，近乎失聪的、对这世界满怀惊惧的母亲。加缪拒绝支持不义的殖民统治，但同时，上百万土生土长的阿尔及利亚法国人正从那片土地上被剥离出去。面对着如林如枪炮的麦克风，加缪犹豫着，他无法表态，无法站队，最终，加缪说出了选择，他站在母亲身边："我相信正义，但是在捍卫正义之前，我先要保护我的母亲。"

这真的很难。人们选择自己的正义，很多时候，人们忘了自己的母亲。

后来，他在重读《南方来信》时碰到了一个"知识分子"，这个敌伪军官终于投向革命阵营，在给远在北方的妹妹的信中，他欢欣地写道："我在生活中已扫除了'萨冈'式的消极厌世和'加缪'式的横蛮无理。"这个人，他必定曾是萨冈和加缪的读者，他曾深爱萨冈和加缪，当他在残酷的历史斗争中做出选择时，"扫除"萨冈和加缪就是与旧日之我决裂。

他想，我理解他，他是对的。我不能理解的仅仅是，他为什么说加缪"蛮横无理"？

有谁能轻易地回答这个问题呢？在阿尔及利亚解放战争博物馆，他面对着布特弗利卡的画像。这位老人，现在是阿尔及利亚的总统。1971年，他七岁，刚上小学，大喇叭里传来喜讯：中国重返联合国，恢复合法席位。从那时起，他知道了中国原来在世界上必须要有一个座位，他也第一次听到"合法"一词。世界变大了，世界的图景清晰明确：阿尔巴尼亚、阿尔及利亚等二十三国站在我们一边，是他们向联合国大会提交了议案。而代表阿尔及利亚的正是当时的外长布特弗利卡，他是中国的朋友。

布特弗利卡，这位昔日阿尔及尔大学文学系的学生，他想必读过他的学长加缪的作品。1957年，当加缪获得诺贝尔奖时，二十岁的布特弗利卡已成为阿尔及利亚民族解放运动的斗士，他说："我像其他阿尔及利亚人一样，希望历史回归正义！"

博物馆里游客寥寥，这是一座空旷的记忆之宫，在这里，并没有给加缪留下任何位置，而这个"局外人"，他深爱着阿尔及利亚，他曾热情地设想，在这片土地上出生的所有人或许能够迎来公正的和平。

他试图想象布特弗利卡的回答，他是否也认为加缪"蛮横无理"？但在这座博物馆里，他意识到，布特弗利卡的回答很可能和那位越南人一样，一百万阿尔及利亚人在反抗中死去，你怎么能够期待他理解加缪？而加缪知道这一切，他确信，加缪深知越南人和阿尔及利亚人之心，就像他知道自己一样，正是为此，加缪才写了《局外人》，写了《鼠疫》。他的不可及在于，他生于贫困，却拥有一颗没有怨恨的心，同样的，在巨大的历史暴力中，加缪也竭尽全力，不怨恨。

他感到疲倦，这是考验耐力的长跑，他的身体里有一万只鸟在挣扎，他要出去，望着阿尔及尔的蓝天，抽一根烟。他走过一列照片，突然停住，再回来，他看见其中一张照片下方有几个汉字：石家庄照相馆。

是的，就叫石家庄照相馆，那是石家庄最老的照相馆，那张黑白照片也正如无数中国人的毕业照，十几个年轻的阿尔及利亚人，穿着20世纪60年代初的中国人民解放军的军服，严肃地看着未来。

他想，这和我有关系，我的六七十年代的灰扑扑的石家庄，孤寂地守在一望无际的单调平原上的石家庄，原来曾经隐秘地通向地中海、通向撒哈拉沙漠。

后来他才知道，马克思曾经在1882年来过阿尔及尔，在这里治疗胸膜炎，思想者的生命正在接近终点，马克思将在第二年离去。他读了《马恩全集》第35卷在阿尔及尔的全部通信，他看到，在阿尔及尔的二月、三月和四月，这个被病痛折磨的人，以一种维多利亚时代的作风几乎每天给远方的亲人和友人写信。那时还没有"大邮局"，那时的信可真长啊，混杂着生活琐事、思念、玩笑、回忆、天气、病情、见闻和种种断想，有时一封信会断断续续地写上两天。当然，现在已经没有人这样写信了。

1882年4月13日到14日，马克思写给劳拉·拉法格的信，是以一个摩尔人的寓言结束的：

"最后，像士瓦本的迈尔通常说的那样，我们要把自己放在稍微高一点的历史观点上。和我们同时代的游牧的阿拉伯人（应当说，在许多方面他们都衰落了，但是他们为生存而进行的斗争使他们也保留下来许多优良的品质）。记得，以前他们中间产生过许多伟大的哲学家和学者等等，也知道欧洲人因此而嘲笑他们现在的愚昧无知，由此产生了下面这个短小的明哲的阿拉伯寓言：有一个船夫准备好在激流的河水中驾驶小船，上面坐着一个想渡到河对岸去的哲学家。于是发生了下面的对话：

哲学家：船夫，你懂得历史吗？
船夫：不懂。
哲学家：那你就失去了一半生命！
哲学家又问：你研究过数学吗？
船夫：没有！
哲学家：那你就失去了一半以上的生命。
哲学家刚刚说完了这句话，风就把小船吹翻了，哲学家和船夫两人都落入水中，于是船夫喊道，你会游泳吗？
哲学家：不会！
船夫：那你就失去了你的整个生命！"

原载《十月》2018年第5期

中国人的大局观

穆 涛

参话头

齐景公问政于孔子,孔子对曰:"君君、臣臣、父父、子子。"公曰:"善哉。"——《论语·颜渊》

这句话,如果仅从字面上依文解义,会唐突孔子,会有"圣人不过如此"的直觉,一介只讲忠孝的刻板腐儒而已。事实上这句话是沉甸甸的,话里有话,话外有声,背后隐含着对齐景公入骨的批评。

齐景公是中国政治史里君主荒政却悠然享国的极端个例,在位五十八年,上吃齐国数百年基业的"老本",下有晏婴等贤臣的辅佐。史书评价是"主昏于上,政清于下",用老百姓的话说是"傻小子有傻福"。齐景公会吃会玩会享受生活,舒坦了一辈子,却没有留下一件政德之事。"齐景公有马千驷(四千匹马,指贪图奢华),死之日,民无德称焉"(《论语·季氏》)。这位君主在位时间长,儿子多,有记载的是六位,却迟迟不立后嗣储君。齐景公向孔子问政时的背景是这样的:鲁国发生臣逐君的动乱,孔子随鲁昭公到齐国政治避难,"昭公师败,奔于齐……鲁乱,孔子适齐"。(《史记·孔子世家》),"公孙于齐,次于阳州"。(《左传·昭公二十五年》)鲁昭公流亡齐国,住在次阳这个地方。这一年是公元前517年,孔子三十五岁,齐景公在位已经三十一年。孔子对症下药,用"君臣父子"八字方针阐述于国于家的政治主见,君臣是职业,君有君职,臣务臣业。父子是天德,父尽责任,子守本分。齐景公听后只是嘴上叫好,却没有听进去半个字,依旧我行我素。到了晚年,溺爱幼子"荼",经常哄孩子玩游戏,也算父子情深,趴在地上,嘴里叼一根草绳、让荼牵牛一样走,甚至为此还磕掉一颗牙齿。弥留之际传大位给幼主,却是害了这孩子,引发诸子争位贼臣弑君的祸乱。"齐陈乞弑其君荼""女忘君之为孺子牛而折其齿呼?"(《左传·哀公六年》)。

齐景公的这些行为给后世的文学家预留了写作的素材,"横眉冷对千夫指，俯首甘为孺子牛"（鲁迅《自嘲》），"从来溺爱智逾昏，继统如何乱弟昆。莫怨强臣与强寇，分明自己凿凶门"（冯梦龙《东周列国志》）。

"孔子谓季氏，八佾舞于庭，是可忍也，孰不可忍也。"——《论语·八佾》

这一句与上一句的背景是联系着的，"八佾舞"事件在前，鲁昭公流亡齐国在后，均发生在公元前517年，记载见《左传·昭公二十五年》，"平子有异志"，季氏是季平子，鲁国的执政大臣，君臣反目，刀兵互见，鲁昭公兵败被逐。佾是古代舞的规制名称，每行八人，八佾是六十四人。古代的舞是政治待遇，天子八佾、诸侯六佾、大夫四佾，用现在的话讲，季平子身为大夫，用八佾舞于庭，是严重超标。"将禘于襄公，万者二人，其众万于季氏。"禘是大祭，鲁昭公祭祀先君鲁襄公。"万"是舞名，跳万舞的只有两人，众多的舞师都到季平子家里了。孔子讲此事"不可忍"，指的是季平子的僭越反心。万舞是古代祭祀传统礼仪，自商代传承下来的。《诗经·简兮》这首诗对万舞有生动丰富的描述。"简兮简兮，方将万舞。日之方中，在前上处。硕人俣俣，公庭万舞。有力如虎，执辔如组。"孔子说，季平子在家里用这样的舞蹈，不会有好果子吃的。这句评价是有大预感的，季平子反叛鲁昭公后，他的家臣阳虎再反叛他，上梁不正下梁歪。

《论语》这部经书，是孔门弟子的课堂笔记摘要，自身是不成体系的。探究孔子的精神境界，既要把《论语》前后贯通着读，还须下功夫参读其他著作。比如第一句是讲政治伦理的，文在《颜渊》一章，但在《季氏》一章里，孔子才把话讲透彻。"天下有道，则政不在大夫。天下有道，则庶人不议。"如果齐景公没有那样的行为，鲁迅和冯梦龙也就无所议论了。封堵民众之口的上策，是天子有好作为。再比如第二句讲君臣伦理。君臣失睦是有潜伏期的，孔子在《易坤文言》中把这个道理说明白了，"臣弑其君，子弑其父，非一朝一夕之故。其所由来者，渐也，由辨之不早辨也"。

参话头，是佛门里的话，指的是由一句话牵扯领悟出一堆东西，目的是找到厉害话的厉害之处。中国读书人的老话叫"经史合参"，经是常道，是恒久不变的东西，是不动产。史是变数，是世道的玄机，是无常鬼。经与史参合着看，视角就立体了。

二十四节气是有警惕心的

二十四节气是中国人的世界观。

中国人对天地的认识是循序而进的，周代以前，只有春和秋的概念。"以春秋知四时"，西周时期，多个诸侯国的国史以"春秋"为书名，"吾见百国《春秋》"（墨子），东周之后，已经有了冬和夏的记载，但孔子以鲁国史书为基本线索，又兼容120个诸侯国的史料，写出了那部大历史著作，仍以《春秋》为名称。后来这一历史段落，也以"春秋"来命名。战国之后，陆续有了节气时令的记载。二十四节气首次完整阐述是在汉景帝时的《淮南子》一书中，汉武帝时，作为国家历法写入《太初历》。中国古人有两个了不起的科学贡献，一是发现并细化了一年之中这个井然有序的生态变化规律。再是以春秋命名国家史书，把天文、地理、人间沧桑事态相互参照起来看待世界。

二十四节气是讲变和不变的。一年之中二十四个节点的运行原则是不变的，但每个节点里都饱含着变化。气候这个词的意思，是节气变化的外在体征。医生治病看症候，厨师炒菜看火候，老百姓过日子，要看天地的气候。古人的观察是很具体的，五天为一候，每个节气里有三候。如"立春"三候：初候，"东风解冻"；二候，"蛰虫始振"；三候，"鱼陟负冰"（鱼自河底上游，抵近冰层）。"雨水"三候：初候，"鱼上冰，獭祭鱼"（鱼肥而出冰面，獭捉到鱼一条条排起来，如祭祀一样）；二候，"鸿雁来"；三候，"天气下降，地气上腾，天地和同，草木萌动"。"春分"三候：初候，"玄鸟（燕子）至"；二候，"雷乃发声"；三候，"始电（闪电）"。"立秋"三候：初候，"凉风至"；二候，"白露降"；三候，"寒蝉鸣"。"秋分"三候：初候，"雷始收声"；二候，"蛰虫坯户"（冬眠之虫开始在洞口培土）；三候，"水始涸"（雨水减少）。天和地就是这么丰富变化着的，人活着，就要适应这种不变和万变。

二十四节气里，不仅有敬畏心，还有警惕心。在每个节气里，古人都硬性规定了具体的禁忌条款，如"立春"和"雨水"：祭品不得用母畜，禁止伐木，不得毁鸟巢，不得捕杀幼小的、怀胎的、刚出生的动物，不得捕杀学习飞翔的鸟及小兽，不得掏鸟蛋，不得聚众起事，不得大兴土木，不可以起兵征伐，军事冲突不得由我方挑起。"牺牲毋用牝。禁止伐木，毋覆巢，毋杀孩虫，胎，夭，飞鸟。毋麛，毋卵。毋聚大众，毋置城郭，不可以称兵，称兵必天殃。兵戎不起，不可从我始。"

二十四节气的路线图，由立春到大寒，不是一条线，是一个圆，是轮回。设定这个顺序的基础不仅是天象，还有地势和农时。立春这个节气，大地复苏，万物生长。大寒的物候是，"鸡使乳（孵小鸡），征鸟厉疾（鹰隼一类猛禽最具攻击性），水泽腹坚（河流湖泊冻得结结实实）"。中国古人对天文的认识，一年开始的第一天是冬至，冬至也称一阳，那一天地气由地心开始上升，"今日交冬至，已报一阳生""一阳初动处，万物未生时"。小寒与大寒之间是二阳，地气运行四十五天，在立春这天突破地表，因此这一天也称"三阳开泰"。在汉代之前，我们中国有六种历法，其中黄帝历、周历和鲁历，以冬至所在月份（即今年农历十一月）为正月，这就是以天文为基础的。如果按阳历计算，每年的冬至是在 12 月 22 日前后，阳历是西方的历法，也是以天文做基础的。从中国的冬至到阳历的元月一日，这中间有八九天差距。中国古人是站在黄河流域，再具体说是渭河流域观测天象的。西方的阳历，是站在他们那里观测的，这之间有地理站位的差距。二十四节气，是以渭河流域为落脚点和出发点，比较着说，长江流域再往南的区域，时令的变化与这个路线图出入也是很显著的。

二十四节气里的警惕心，是对人妄为妄行的警惕，戒欺天，戒逆天。谢天谢地这句话，也是有初心的。

原载《美文》2018 年第 5、6 期

血脉之河的上游

李登建

一

在我试图破译家族的生命密码，悉数祖父、父亲、哥哥从事的职业的时候，那两个黑乎乎的家伙又浮现在眼前。又笨又丑，像两只大螃蟹，霸占了小小东屋的一大块地盘。这两个讨厌的黑家伙是什么呢？

少时我羸弱而孤独，胡同里没有同龄的孩子，到别的胡同去玩又常挨欺负，母亲在正屋忙她手里的活儿，无暇管我，我便自己钻进东屋，再掩上门。不知道为什么，东屋里幽暗的光线是那么契合我的心情——至今我还喜欢这种色调——我能在那里一待一个上午。屋子北面一间摆着几个盛粮食的大缸，缸后面不时有老鼠打闹，发出尖叫。我胆怯地摸着缸沿窥视，警觉的它们却仓皇逃窜。南面一间就是这两个黑乎乎的家伙了，横横斜斜躺在地上，很惬意的样子。起初它们并不惹我反感，我歪着脑袋从它们的圆形大口往里瞅，黑洞洞，那深处的黑一次次诱惑着我。但后来我想开辟一块场地，弄来木头制作小手枪、冲锋枪，削陀螺，做一些不为人知的私密事情——我有了独立意识，要找一个属于自己的空间——这里是我最好的选择，它们就碍手脚了。"这是啥，不能把它们扔掉？"我问父亲。"你爷爷给我的，说不定还有用哩……"父亲丢下这么一句，急急忙忙奔向田野去了。我只好费尽力气把它们竖起来，移到墙根，并狠狠地踹两脚，但我的小脚却被它们硬邦邦的壳弹了回来。

哦，它们不就是祖父的油篓吗？

一个黑大汉，两只大油篓，外加一支民间小调随着汉子的脚步忽高忽低。这个默契的组合持续了十多年——新中国成立前祖父是个卖油郎。

那时祖父正当壮年，个头高大，肩膀宽阔，脚底生风，如果在好路上，挑着一百多斤油，他能让担子扇起来，一前一后两只笨重的油篓变成了宽大的翅膀，引得路旁干活的人朝这边看。这，我听在济南一家工厂当会计的石爷描述过，石爷说这些时不停地啧啧咂嘴，我则听得入迷，心驰神往。作为一个挑夫，祖父是好样的，但作为卖油郎，祖父却有天生的短板：他太要脸面，认为当小商贩丢人。第一回串乡，他练叫卖，一路对着杏花河两岸的树丛练，对着青龙山的大青石练，很熟练了，可是到了人家村里，舌头却像一块石头搁在嘴里，怎么也喊不出声。这样悄无声息地在街头站着，又溜到巷尾，做贼似的。尤其怕小媳妇们来买他的油，他平时见了俊女人都脸红。祖父此时的难堪我是能体会到的，读小学时每次上课我都羞于从讲桌前走；如今已年近花甲，也算见过一些大场面，还常常有模有样地坐在主席台上，但要让我独自从一个会场穿过，我还是感觉众目之下如有乱箭射来。这好像是老李家血液里的东西。

　　祖父从北乡解家起上油，到南山里去卖。南山里不种油料作物，没有油坊，吃油都是卖油郎送上门。解家距南山山口十几里，这段路祖父并不打怵，怵的是进了山，上坡下坡，一个崖头接一个崖头。大油篓开始捣蛋了，前后摆动，拉扯得你腰挺不直，身子拧着，一步迈不出半拃。好不容易找到一块平地，祖父放下担子，活动活动脚腕儿，然后敞开嗓门："卖油了——"——这个黑大汉早就不腼腆了——他的声音很高，像一声牛哞，据说他在村这头喊，村那头都听得见。以我的经历，不好理解祖父怎么像换了一个人，这不是祖父的性格。只能这样想，都是给逼的，家里穷得叮当响，老婆孩子在家张着嘴等着，脸面值多少钱？但可惜了这么响亮的叫卖声，这村子里的人听而不闻，任你吆喝，就是不出来买油。那年月农家都吃油少，一小陶罐油一家人能吃半年。

　　是南山里地势高、离太阳近的缘故吗？祖父在山旮旯里转来转去，本来就黑的脸酷似那两只油篓的表皮了，衣服上也沾满了油，成了一个真正的卖油郎。而至于手艺能不能比上欧阳修笔下那个通过铜钱孔把油倒进葫芦都沾不湿铜钱的卖油翁，我丝毫都不怀疑。晚年我懂点事了，对祖父的生活习性有些注意，有一次，父亲从集上买回一小兜咸鸭蛋，我给祖父送去两个。祖父馋这一口。自从叔叔患精神病，家境每况愈下（祖父和叔叔在一个家里过），碗里很少见荤腥。祖父把鸭蛋拿在手里，把玩一会儿，轻轻磕开，掏一个小孔，用筷子戳一下放在嘴里咂。这是他的吃法，这样吃，一个鸭蛋四五天还没吃完！家里病死了一只鸡，吃了病鸡肉会致病，母亲把它埋在院子西墙根枣树下。可祖父知道了，他不在乎这个，又扒出来放在锅里煮，结果祖父真的就大病一场，他却不后悔……

以祖父这样的习性,他怎么肯让油滴到外面,哪怕是一滴!

二

那时候,祖父肯定怀揣着一个梦,成为叫人羡慕的小地主。这个梦就像天边的月亮一样遥远,但我相信祖父是有这个野心的。我的祖父少言寡语,但他绝不是那种老实、愚鲁的人。年轻时的他挺拔得好像村东李家茔的那棵黑松,两道粗黑的眉,目光明亮而深沉,有几分英气,我能想象出祖父的心高气傲,他怎么甘心活得不如人?小村庄里个个都像五月田野里争相秀穗的麦子,为了出人头地,苦苦寻找着发家的门路,祖父不会没有干大事的冲动和谋划,可能是家底薄限制了他,选择贩油这一与他的性格极不协调的营生纯属不得已,贩油本钱小,不存在风险。卖一天油大约可赚一斗高粱米,家里人填饱肚子后有了剩余,祖父一点一点地把钱攒起来,置地用。

慢慢尝到甜头的祖父一心想把他儿子、我的父亲也培养成一个卖油郎。父亲十三四岁,刚刚读小学四年级(那时穷人都上学晚),就被祖父从课堂里拽出来,不情愿也不行,强迫你干。先是跟着他卖瓜果、柿饼,好像是他的跟脚的。到父亲能够自己上路的时候,祖父有了腿疾,不能再串乡,这副担子就交给了父亲。然而,出乎祖父意料的是,没过多久,村里成立互助组,乡亲们推选小小年纪的父亲当组长。父亲心实得很,一是新时代的热浪鼓荡着他的脉管,二是怕有负众望,他没白没黑地在组里忙活。油篓便搁在东屋里,被厚厚的尘土封住了。

油篓成为祖父留在我们家的一份"遗产"。

祖父还有一件被认为是"传家宝"的东西,那不过是一副石头镜子,但那是曾祖父传给祖父的。曾祖父是个私塾先生,据说存有很多书,到我们这一代,那些书却散失了,石头镜子是这个家族唯一一件可珍藏的物件。祖父弥留之际把哥哥叫到身边,叮嘱保存好它。"传家宝"只传长孙,哥哥一度对这件"宝物"爱不释手。石头镜子有治眼病的功效,村里某人患了眼病,借去戴,哥哥很是舍不得,小心地攥着,人家接住了还不松手,"可别摔了,可别摔了",啰嗦半天,好像那是一枚夜明珠。但是后来我发现,这副石头镜子缺了一条腿,被搁在抽屉里,和用坏的手电筒、打火机、剪指刀等杂物混在一起，往昔的神采荡然无存。

我没有资格接受祖父的"传家宝"，好多年对那副石头镜子垂涎三尺。可是祖父的体貌特征却复制到了我身上。祖父眉粗黑，我的眉也粗黑，祖父唇厚我也唇厚，祖父背上有一颗红痣，就会从我背上或者肩膀上找到差不多的一颗。前些年我走路还不歪身子，可过了五十岁，竟也像祖父那样一肩高一肩低了。

生命真是神秘莫测，走不出祖父的影子，叫我心生恐惧。

祖父患"梦游症"，这是村人嚼得稀烂的一个谈资，人们背着我们家人谈论祖父梦游，好像在说一头驴被蒙住眼、在野外瞎撞，叽叽喳喳，又爆出哄然大笑。村人把笑话人，戏耍弱者当成一种娱乐。我高大的祖父、我拿破仑似的祖父——那时候祖父在我心目中就像拿破仑，其实我也不清楚拿破仑是个多么伟大的人物，我只见过他的画像，画像上的拿破仑目光如鹰隼，我祖父两只深深凹进去的眼睛就是那样；老师还讲拿破仑有一双铁臂，我祖父的肩膀能把陷在泥水里的大车扛起来，那不就是铁臂吗？石爷也说过拿破仑脾气暴躁，我祖父在家里怒吼的时候简直是一头雄狮。现在我心目中的拿破仑却成了最卑微的人，我感到无比的耻辱。我是隐隐约约听到的，那些呲着大黄牙的嘴巴、那些搅拌机一样的长舌，却在我眼前挥之不去。心上更是盘旋着一条蛇一样的阴影，老害怕自己也梦游，睡前告诫自己千万规矩点，重要的外出活动，住在宾馆，有过用绳子把四肢绑在床上的念头。

但是，"梦游症"还是在我身上出现了：深夜三四点钟，我"定时"醒来，再睡不着，脑子里又缠绕着正在写作的一篇文章中的句子。如果躺在床上，它们会越缠越紧，我索性下床，打开客厅里的灯，一幅幅地欣赏字画，换换脑筋。我客厅、书房里挂着二十多幅名人字画，看一遍得半个多小时。看完，平静下来了，回去躺下，很快又进入梦乡，有时还能接着原来的梦做下去。

我由此可以想见祖父的"梦游"——鸡刚叫两遍，因为叔叔拖累如风雨中一只破船的这个家，愁得身为艄公的祖父一觉醒来无法入睡。土炕像一盘热鏊子，他在上面翻饼。忽然想起傍晚收工路上看到的那摊牛粪——不是忽然想起，是一个晚上都惦记着——披上衣服，背着粪筐出门，拱开夜幕的一角。这几千年的夜，它的黑一成没减，浓浓的墨汁泼洒开，路坑坑洼洼，祖父深一脚浅一脚，险些绊倒。可能是路过村头的时候，住在湾边的王邪子恰好起来小解，王邪子看见一个黑影就喊了两声。祖父是迷迷糊糊没听见，还是老想着那冒着热气的牛粪，总之没搭腔。祖父找到牛粪，铲进筐，背回家，上床又睡了一觉才明天。第二天王邪子问祖父夜里做啥去了，祖父琢磨到哪里弄钱给叔叔治病的心思正集中在一个点上，被问得张口结舌，于是"新闻"便从王邪子这里向外扩散了……

我多么想为祖父辩解，洗刷耻辱啊，可是我的辩解有用吗？祖父成了村里的"底子户"，成了一个弱者，一个任人嘲弄的人，他的"梦游"才被人们当作笑料，好事的乡亲是专门向这类人开刀的。如果有人知道了我的"梦游"，说不定会把它渲染成一种雅习呢……

三

要说祖父留在我生命里最深的印记，还得说是我的名字。

在我们家族，祖父以他至高无上的权威给他的两个孙子起名，他像一位打制金银首饰的巧匠，精心地在我哥的名字里嵌进"勤"这颗绿宝石之后，又在我的名字里装上了"俭"字的翡翠。

大字不识一马车的祖父绝不会知道诸葛亮的"静以修身，俭以养德"什么含义，他也不懂老子的"俭故能广"，他的"俭"不过是一个咸鸭蛋吃四五天。祖父兄弟四人，四条大汉，四只饿虎，足以把一个穷家吃漏了底。那个晃着脑袋、拖着长腔诵诗书的私塾先生，喊破嗓子挣来的米面养活不了他们，便早早给他们分开家，各顾各。兄弟中祖父最小，也顶起一片天。他十六七岁就出去当长工，在村西头于家铡草六年，在村东头孙家赶大车四年，后又"流落"到街心王家。他勤快，打水、喂牛、扫院子，干完这些天还不亮，别人刚上坡，他已锄过一遭地了。东家心里有数，每天都额外赏给他一块黑面饼子，祖父把这块黑面饼子悄悄盖在衣衫下，收工时拿回家，奶奶便有了口粮。大热黄天，青纱帐里的活要人命，祖父膀粗腰圆，胳膊上凸起块块肉疙瘩，锄把在手中像魔术师挥舞的魔杖，锄头翩翩飞舞。可是日头才三竿子高，锄头发沉，两臂发僵，腿也拖不动，肚子咕咕叫起来。祖父无力地到树底下躺一躺，那块黑面饼子就在一旁，伸手可及，但祖父把头扭向别处。

祖父是这样"抠牙缝"过日子、攒钱买了这副油挑子的。自古"卖席的睡凉炕，卖盐的喝淡汤"，祖父也不例外，一桶一桶黄澄澄的油从祖父手里流过，自己的饭菜里却不舍得放，做菜从来不炒，都是清水煮，然后拿小铁勺蜻蜓点水似的蘸一蘸油，在锅里画个圈，油花漂在水上，满锅都是，吃着那么香！这个过法还能不发家吗？没几年，兄弟分家时两手空空的祖父，居然置了八官亩薄地！

"勤俭"二字是祖父的哲学，以他的哲学为依据，祖父为我们规定好了人生之路。

大凡有遗传就有变异，有继承就有叛逆。我怎么也不能领会祖父处事哲学的深意，从读初中就听着这个名字别扭，到高中阶段我悄悄鼓起勇气向祖父的权威挑战，私自重新起了个名，但却只能当笔名用。来到大城市上学，见识了城里人的阔绰和酒绿灯红，更加感觉原来的名字土气、寒酸，就像披着一件破衣烂衫，夹在服饰华贵的人群里，它下面的我瑟瑟缩缩，自惭形秽。我恨黑大汉祖父把他的意志强加给我，终于不能忍受，找到公安机关把名字彻底改掉了——拿到新身份证的一刻，浑身轻松，仿佛卸掉一块压在身上的巨石，这时候我好像成了一个全新的人！

哥哥青年时代也曾自己改过名，他用"芹"字取代"勤"。"芹"一般是女子名字里用的字，作为血性男儿的哥哥宁肯用它，这说明了什么？但是后来哥哥却又改了回去，且再没变过。一个人的名字和他的命运是否有某种对应关系？我说不清。哥哥的大半生却确实是"勤"字的生动注解。哥哥初中毕业正值"文化大革命"爆发，招生工作中断，参加了升学考试的哥哥没有如期收到入学通知，父亲送他到五十里以外的坡庄油棉厂干临时工，扛棉包，偌大的棉包驼在背上，他小白杨似的躯干弯作九十度直角，扛一天下来，累得趴在床上挪不动身子。苦力换来的是四十元的月资，这些钱使我们干瘪的家得到滋润。这样过了三个月，邹平一中的录取通知书却鸟儿样翩翩飞来了，村里只有哥哥一人考取，不知是穷怕了太稀罕钱还是觉着读书无用（大喇叭里正批"读书做官论"），父亲竟把哥哥的通知书锁进了抽屉！

才华横溢的哥哥胸壁被远大的理想顶得阵阵作痛，他多么渴望读书，他嗜书如命，书不离手，吃饭眼睛都盯在书上，连同一字一句吞下去。自然才思敏捷，出口成章，同学、老师都喊他"大才子"。"大才子"干完临时工回到家乡，"嗅"出了压在抽屉底的秘密，嚎啕大哭。继而，他瞪圆两只血红的眼睛，像扫荡的日本鬼子一样，在院子、屋里乱窜、寻衅，但结局已无法改变。父亲自知理亏，托人求佛，又在公社给哥哥找过两份工作，可是也怪，哥哥去哪座庙哪座庙倒塌，那两个单位先后撤销。越两载，兴开推荐上大学，候选名单上有我根正苗红、在广阔天地滚了一身泥巴的哥哥。全公社选拔五名，多轮筛选，哥哥被终止在第六名上，而最终淘汰他的理由就是他缺高中文凭那张纸！

被祖父赐予的名字笼罩，青年李登勤绝望地跑到大东洼，发疯一般，呼哧呼哧抡铁锨，把满腔的痛苦、悲愤倾泻到田垄里。田垄长得看不到尽头，瘫倒的哥哥仰天长啸，声声凄厉如猿鸣。

哥哥重复了祖父的命运，出脱为一个像祖父一样又勤劳又会过日子的庄稼汉，脸朝黄土背朝天，累死累活讨生活。"开放搞活"后，他又像当年祖父一样做起了小买卖，走街串巷卖暖瓶。不过在我看来，哥哥和祖父还是不一样，不仅是他没有用祖父留下的那两只大油篓，卖的东西不同，就本质意义上也有区别。哥哥晚年轻松多了，他的三个孩子都吃"皇粮"，孩子们都很孝顺，按时往回捎钱、捎东西，他喝上了瓷罐子装的茶叶，小北屋里摞着一箱箱好酒。理想由儿女们代他实现，对他也算是一种补偿，顶得胸壁疼痛的"硬块"变软、消失。他依然串乡，只是"权当散散心，活动活动"，而不是像祖父那样为了生存。我觉得，哥哥是过上了好日子，可是在与命运搏斗的疆场上，他却是退却了，而祖父是拼杀到最后的。

四

祖父没留下一张照片——有一年一个照相师傅来到我们村，在中温大爷家的大门过道里支起相机架，街前街后男女老少都跑来，老人们瞅来瞅去看"变戏法儿"，姑娘们则抢着坐在相机对面的板凳上摆弄姿态。父亲也想照张"全家福"，可是却怎么也请不来祖父，祖父的借口是那蒙着黑布的照相机是妖魔，"咔"的一下，能把你的魂抓去，实际上他是不舍得花那两毛钱——我现在已想象不出祖父的模样，在我的头脑里，祖父模糊的面影好像是一团灰。父母一结婚就被祖父"赶"出来，他和我叔叔一块生活，我们成了两个家。他收工回来托着叔叔的儿子、我的堂弟在大门口玩耍，我记忆中他从没有对我这样亲过，这造成了我们祖孙的疏远。对祖父知之甚少，回溯的路上几乎无迹可求，我的灵魂难得与祖父的灵魂碰撞，无疑是我"寻根"的障碍。

但是我血脉之河的上游在祖父那里，我从下游完全可以想象到上游的景观。以我和哥哥的人品、性格推测祖父，他应该是一个正直、善良、厚道、本分、勤劳、节俭、不善交往、要面子的人，也是那类不服输、打碎牙往肚里咽的硬气汉子。如果上苍眷顾，他会成就一份家业。中年的他已经离一个小地主一步之遥，可遗憾的是祖父一生倒霉，贫穷和忧愁始终在追赶、逼迫他，我甚至没见他痛痛快快地笑过，一次都没有，他的脸总是阴沉得像要下雨的天空。但是祖父在逆境中的挣扎，特别是晚年在苦难的泥沼中越陷越深，也不悲观绝望垮塌下来，使他的生命有了真正的质量。我远远望着这位只留给我一个背影的老人，他黑红的肤色像镀了一层金，闪闪发光。

叔叔的病治好了复发，复发了又治。他的病是由穷苦、艰辛、烦闷、焦虑、再婚、村人欺负、歧视多种原因导致的，这样的病无法根除。这可苦了祖父，他"牵"着叔叔到处寻医问药，心力交瘁加穷困潦倒。草棚子里的木头卖光了，家里再没有值钱的东西可倒腾。这时，祖父瞅准一个差事——割草。生产队饲养棚门口贴出"告示"，为牲口"征粮"，一般青草一斤二分钱，嫩芦芽可按三分一斤收购。为了割嫩芦芽，七十多岁的祖父跑十多里，出征芽庄湖。早晨披星戴月上路，中午在太阳底下（荒洼里连棵树都没有）啃冷干粮，水葫芦不能补充淌干热汗的身体，半下午时口干舌燥，实在渴极了就扑向湖面，狠狠地灌一肚子生水。傍晚，祖父满载而归，小山一样的草捆把他压扁，只剩两条蹒跚的腿。他尽量把头埋在草下，从人们怜悯的目光里走过（生产队里只有那些学生娃才去挣这份牛粮钱，大人去挣被人瞧不起）。短短的村街，对这个很要脸面的老人来说是这么漫长，他的每一步都是沉重的，屈辱的。好歹后来他也麻木了，两边门洞里传来的议论他已听不见。

时光是最阴毒残忍的杀手，祖父一天天老了，芽庄湖已可望而不可及，这个倔老头却仍不死心，他又找到一个门道：赶明家集买来红麻坯子，搓成经子卖钱。这个活不用大力气，且可以在自己家里干。倔老头撅着厚嘴唇，甩掉外衣，扫出一块地面，摊开一把麻坯子，先一缕一缕花成细条，喷上少量水，然后取两根细麻绞搓，不断续料，经子的长度便不断延伸。祖父的手很粗大、笨拙，搓得很慢，但他有耐性，白天夜晚，不歇一歇，在那里一蹲就是两个时辰。手掌全是厚厚的茧子，像裹上了一层铁皮。指甲比鹰喙还长，留着花麻。屋子里一股挺冲的臭泥巴味，那是麻坯子带来的（红麻杆子泡在湾里，沤烂了，才能剥下皮），粉尘、毛屑满屋飞就不用说了。早晨起来，祖父圪蹴在门槛上，大口吸烟，大声咳嗽，很长时间。他的肺里积压了成吨成吨的尘埃，得靠烟刺激咳出来。他咳得很凶，震天动地，这咳声把这个在外面没有发言权、被村人遗忘的人还活着的消息带到村子的角角落落。有时候咳得喘不上气，"死"过去了，半天又缓醒过来。我不敢看这死去活来的咳嗽，它让我的心一阵阵抽紧、痉挛，但他咳完却有了精神，又回到屋里抓起麻坯。祖父明白：他只能干这种活了，如果放弃这个活，他就什么都不能干了。

那个说话呱呱呱像驴叫的王邪子，晚年给镇上一个公司看大门，天天端着一只大茶缸子，晃着肉呼呼的脑瓜儿在门口兜圈子，见了熟人就说很粗俗的笑话。祖父本也应该有这样一份清闲的，如果看大门，他会比王邪子做得好，他看过坡，眼尖得很，可是他哪里有这福气？近八十岁的人了，还得豁出一把老骨头，和命运进行决一雌雄的摔跤。

祖父一天能搓一斤经子，卖掉可挣三四毛钱。五天赶一个集，卖货进料，乐此不疲。赶集是乡村的节日，如果不是抢收抢种的农忙时节，平日，庄稼人这一天撂下手里的活，到集上溜一趟，买不买、卖不卖东西不是主要的，是来松松枷，解解闷，沉重的岁月需要撕开一道缝吹进一缕微风。乡间小路上，两两成对的，三五一伙的，有说有笑，慢慢悠悠，好好地享受享受这一份情趣。祖父赶集却都是"走单帮"，匆匆赶路。他不嫌孤单，早年卖油路上还借一支小曲儿驱遣寂寞，现在连这小曲儿也不哼了，一路只有橐橐的脚步声跟随。村子和明家集之间，有一条废弃的河道，从河底穿过能省不少脚力，然而那几乎被踏平的河岸，祖父经过却犯了难。因为有一回叔叔犯病，横冲直撞，把上前牵制他的祖父推倒，从此祖父多了一根木头腿。上坡时手扶拐杖拖着身子走还好说，下坡，整个人的重量几乎都集中到拐杖上，稍不留神就会连人带背上的麻坯摔下去，滚成一团。但祖父咬着牙，颤颤巍巍，一次次把河岸踩在脚下！每次爬上岸，他驻足，大喘粗气，再挺挺桅杆一样瘦硬的身躯，迷惘的眼睛望向远处。老北风呼啸着，把他单薄的衣衫鼓成一片帆……

五

　　暴雨刚刚停歇，团团黑云扬着长鬃驰向天边，不远处，隆隆的"雷声"反而更响了——青龙山山洪狂泻，千军万马呼啸而来，杏花河暴涨，大水漫过了老石桥，站在这边的人满脸惶恐，等水位落下去。祖父等不迭，他折了一根树枝子探路，战战兢兢到对岸去，我紧紧扯着他的衣角。

　　这是我还能记得的为数不多的与祖父在一起的情景，小时候我曾跟着祖父到大东洼看庄稼。他爬上瞭望台，手搭凉棚四下张望，我在台子下追逐我的蝴蝶或者蚂蚱。他望了远处望近处，用目光逐一翻动排排绿浪，偷庄稼的小毛贼休想得逞，就是一只田鼠的跳跃也逃不过他的眼睛，唯独忘记了我的存在，好像我不是他的孙子。回家吃饭的时候，我却跑过来把小手塞进他铁钳似的手掌。

　　趟水过桥的情形深深刻在我的心底，我常常想起，并浮想联翩：河道是水的命，河水跑不出堤岸；而如果漫溢出来，那会是多么壮观的景象。河水溢出堤岸对河来说是壮举还是悲哀？在梁邹平原上，更多的河流却是干瘦在河底，弥漫着死亡的气息，给人以伤感、绝望。还有一种情况，大河的上游波澜壮阔，下游水跑进了一条条斜出的沟渠，沟渠上也有些小花小草，但这里的风光可与大河两面的林木森森媲美吗？

　　祖父是一条河流，至少是一段河流，这段河流水面上不曾跳跃阳光的金斑，总蒙着一层尘土样的黯淡，它也没有欢快的哗哗波涛声，当然更缺少滔滔激浪。但是它的下面，却有一股暗流涌动。

　　在我记忆中，祖父不擅在人前讲话，没出过风头；他不爱凑热闹，从不往人堆里钻。以我的性格来推测祖父，他有内向的一面，但骨子里应该也是一个有血性、爱冲动、不甘平庸的人，到底是什么让他变得如此沉默，如此孤僻和古怪？村人在背地里嘲笑他"梦游"，我想祖父是知晓的，他完全可以站出来澄清，但他一直装聋作哑，一直背着这口黑锅默默地度日。

　　小胡同很窄，高高的墙把阳光挡在外面，除了正午，街面差不多都是暗红色的。祖父的家在小胡同深处，小胡同是他走的最多的一条路。就是在小胡同里走路，祖父也总是闷声不响，对面来了人他看也不看，你不和他打招呼，他绝不先开腔。如果有后生恭敬地问他："大爷，你上坡回来了？"他也只是"哦"一声。

踽踽而来，踽踽而去，空空的小胡同把他沉闷的脚步声放大着。

批林批孔那年，村里住进了工作组，那位工作组组长长长的绒线围巾搭在胸前，大背头梳得锃亮，走路把手倒剪在身后，迈四方步。这位特有派头的组长到了会场上更是与众不同，讲起话来口若悬河，震得村人一愣一愣的。人们都很崇拜他，都争相亲近他，路上见了他老远就嘘寒问暖。有一天，他在小胡同里遇到了我祖父，两双眼睛对视，他等着我祖父跟他说话，可我祖父竟没吭声；他很意外，再次把目光投过来，恰巧我祖父也抬头看他，然而我祖父仍然不语，倒是他憋不住，主动跟我祖父打了招呼——这件事被当作一个笑话在村里传了好久。

我觉得这是祖父生命中很精彩的一笔！原先我很同情祖父，以为他自卑，软弱，以为他缩在自己孤寂、昏黑的世界里，逃避一切，现在我愿意从另一个角度来理解祖父，他多了不起！内心多么强大才能让他沉默不语，让他像老牛反刍一样，一下一下消化掉闷在心里的屈辱和愁苦，而把自己铸成一块铁！我对祖父刮目相看了，我觉得我无法和祖父相比，我没有了祖父高大结实的身板，没有了他黧黑粗糙的脸膛，没有了他的坚韧、苍劲、铮铮硬骨和无视俗世的孤傲。高考使我很偶然地走出小村来到城市——我命运的改变是个偶然，农家子弟考出来的有几人？作为一个整体的农家子弟无法改变命运，他们一代一代，后辈踩着前辈的脚印走——成了一个体面的城里人，但是我身上脱不尽的泥土气味与城市的气味还不相融，尴尬、困厄、压抑、孤独，仿佛我又还原为东屋里那个沉迷于幽暗的孩子。这是一些时候的我，另一个我，虽然还保留着祖父那独来独往的秉性（这方面我像极了祖父），然而更多的是，有一点压力就叫苦连天，受一点冤屈就哭诉不止，碰到一点磨难就唉声叹气；还有，我学会了点头哈腰，学会了讨好、奉迎、唱赞歌……

离那块肥沃而贫瘠的土地越来越远，离祖父越来越远，我已退化成一副卑怯、猥琐的模样，退化得一点不像我祖父了……

原载《人民文学》2018年第1期

皱　褶

冯秋子

2000年6月中旬，文慧从美国回来，生活舞蹈工作室恢复正常训练。6月28日，是她回来后我们第三次集中。下午下班后，我赶到全总文工团排练厅。按时到的有文慧、郑福铭和我三个人。王玫所在的北京现代舞团、王亚男所在的东方歌舞团各自有排练，晚些时候结束团里的排练后赶过来。我们三个开始热身。

文慧让我出一个动机，就这个动机，三个人做练习。她说，冯是作家，有想象力。

以前我们常做类似的练习，文慧依照在国外学习训练的心得，设置和规划出我们的训练内容和方法，拿出她学来的、体会到的，和我们不同程度具备的内容进行整合、提炼与实施。以我的感觉，练习难度，每一次都达到那一次的极限。早先，文慧出国期间，王玫、王亚男和我只要不出差，下班后分别赶到排练厅训练，人们自觉地扮演和承揽起角色，轮流提出练习题目。我有过一些想法提交给大家讨论和练习，也想每一次能够不同以往。这一回，我心里没底，但又无法逃避，提出人处在两极的中间地带情况下的问题。

我说，两极，是问题的一个方面。两极涉及一个不可或缺的环节，就是连接两极的中间部分，不是绝对化的，或者非此即彼的，而是处在中间地带，屯积、发酵，又蓄势待发、随时可能向着某一个绝对方向发展的那些状况下的东西。

面对一件纷繁复杂的事情时，我希望停顿下来，专注地探望一下事情的中间环节，它们既含混"这样的东西"，又杂糅"那样的东西"，既有这边的元素，又有那边的元素，不容易去说清道明，也许需要琢磨一阵子，甚至琢磨一辈子，而它们不排斥胶着，实际上也排斥不了胶着，矛盾纠结，互为敌友。即使像烦躁和安静，这一对矛盾体也不容易找到平衡，何况是揣摸处于对立双方中间地带的混合情状。我希望大家也能关注一下夹在这二者之间的模糊内容。还有，比如有和无，也存在着中间性质的似有似无、又有又无的情形。

设想一下，当你长时间处于安静和烦躁、有和无这样的中间状态时，有一天，你突然收到一个出乎意料、其实一直等待的电话。打电话的是多年前的朋友，很特殊，与你的关系不是一句两句能够表述清楚，而且关键在于，你以为自己这些年已经放下了她（他）——文慧和我把那个人想象成男性，福铭把那个人想象成女子——当她（他）的电话进到你的房间，在这个你以为很安静的空间和时间里，遥相千里，声音突然抵达而且已经成为事实的时候；你以为完全忘记她（他），能够在没有她（他）的世界上安静地生活，并能够正常行使自己生命的时候，她（他）其实没有离你远去，她（他）一直存在你心中，你能感觉到她（他）带给你的温暖和激励，也感到了失掉她（他）的哀伤，她（他）与你患得患失之间，因她（他）曾经的存在，你有了存在的乐趣，你的勇气也比认识她（他）之前更多，你的潜意识里，让她（他）分享你的快乐这一概念从未消失过。你在最快乐和最忧怅的时候，首先想到的是她（他）。尽管你最终的结果仍旧是失去，但是，有过她（他），和没有过她（他），在你是不一样的。你和她（他）散失的时间里，你们的意志仍旧能够相互弥合，欢欣、悲苦能够与共，而且灵魂所交流触及的深远境地，双方都能到达，以致你竟以为是你独自一人在路上。就这样，你在没有准备的情形下，听到了她（他）的声音。

我要你们两个此时此刻的身体感受。我提出了题目，给出特定情境。

好，抓住两极中间的东西，人处在这个地段时可能有的境况和心理感受，试试，去发展一下。我说。

我坐在排练厅的长条木凳上，看着他们，等待着。

他们试着进入。看得出来，文慧和郑福铭都有点不知所措，不能很快进入状态，因为这些词语不够形象、直观，不是直截了当的，它们比较抽象，有些模糊，甚至显得空洞，是一些看不见摸不着的思维、心理、精神层面的提示，这样的词语，在我看来也是变化多端的、琢磨不定的，通常情况下是靠不住的，而现在我竟把它们拿来，指望我的朋友能够创造奇迹。

于是，我在没有准备的情形下，开始了参与。

我以叙述加入进去。他们两人，或扭结变幻，或独自起舞，而中间双人舞蹈的部分，我是说那一段关于烦躁的话题，他们的反应和表达简直有点神奇,那种内在、醇质的肢体叙述,那种肢体的自然张力,出乎我的意料。而我无法用语言描述它的美好。只在心里暗暗悔恨,没带摄像机来。

这段奇妙的舞蹈,在全总文工团排练大厅里挥发,久久不散。

现在,我试着把参与其中的时候、自己的叙述记录下来。

沉默的状态,内心沉浸。挺好,是安静、谐和的时刻。平常人们总是意识到要去帮助谁,对谁怎么样,其实让他在他的状态里没什么不好,他也许需要时间面对自己。人活得比较明白,或者活得比较沮丧的时候,没有额外那么多辅助、附加和装饰性的东西,相对简单地运转,人比较自由、自然,这个时候他的省醒、内秀与和善也有机会流淌出来。我觉得,美和善跟人们接近时,某个通道,应该是清理得比较干净清爽的,那样,通道才能打开;那个时候,人们可能见识到深厚的理路途径。大美之光映照过来,传递过去,清理了人的内部尘杂,也梳理了身心建筑的程序,直至人的灵魂,人突然感觉到内心通达安好,麻烦少了,困扰没有了,之前堆积的烦恼瞬间消散。美好至诚,也许并不激励人非要怎么样,它只是让你更加地空阔,身体空灵,心似空门,这个世界看起来更加虚幻——从形式上看,是有一栋楼,有人,有车流,但这些物质都能被另一种物质——枪炮打穿,所以这个物质也可以说是不长久的,或者不存在的,是空泛、虚饰的,可有可无的,可以消灭掉的。而灵魂是用什么枪炮也消灭不了的,它持久、远卓,赋予人类觉悟的能力,去感知世界辽远而丰富的存在。换言之,假如我们双目失明了,视觉出现了障碍,那些物质在你眼里便不存在——而双目失明仍然是一种物质现象,它局限和阻止了你对这个世界的直观认识,局限和阻止了你身体力行更远之境,因为目不能识,你和世界的关系大打折扣。而你的觉悟假若辽远深邃呢?景象将会不同,但那是心灵帮助你完成了抵达,而不是你的眼睛。所以你从心里把这些屏障你的物质的东西剔除掉了,它也就无法阻拦你心灵的透视力和觉悟力。

当这种虚无缥缈的感觉在你心里流动了很久以后,自然就不存在你需要帮助,有求于其他的什么。也许不同的时空会有那个时候、那种境况下的另一种真实,那个时候的幸福或者伤悲也会很真实,也未可知。暂且设想,一个人正处在这种真实的处境中。

你意识到，你很安静。但是，于无声处，烦躁汹涌而至，力量空前地强劲，而且没有规则，没有任何外化的表现形式。人安静的时候，常剔除掉外部方式，比如说不需要去找朋友诉说，也不需要借助其他方式输导自我，如通讯，交通，电子网络，都不去选取；甚至回想起一个面孔，回想起一个场景，来寄托你这个时候的情绪，也不需要。也许你明白这些都是徒劳的，即使如此了，以后又怎么样呢？所以这个时候涌现的烦躁，全部蕴藏于你的内部，像地心的熔岩，在内心剧烈运动、寻找薄弱处，以不可阻挡之势向外喷突，力量悲壮、强大，然后发出、落于地面，冷却后凝固成岩石。此时，你顽强的理性又一次试图去平息烦躁，但烦躁像每天的太阳一样，怎样努力地去平复，该升还是升。也许你会想，烦躁是不是也是你的质变的量化呢？说明你还有对生命的要求，这种要求是不是生命还有质量的一种表现呢？烦躁是不是也是美好的呢？烦躁是释放阴暗或者邪恶的一种渠道吗？是不是清理自我杂质的一段时光、一个阶段？是与安静遥相守望的兄弟那样的关系吗？

是这样。

不要指责烦躁，不要蔑视它的到来，平和地对待它，接受它，既然它不期而至，它兴许就是你体内的温度、你身心的呼吸，它跟你身体的血液流动息息相关。烦躁的时候，尽量想到保持平静——这又涉及了两极的命题。烦躁总是极力要打破你内心的均衡，喷射出一些伤害自己、也可能伤害他人的汁液；然而烦躁又能萌发某种与你相互衔接的东西，促使你在烦躁中保持自觉的反省和思想，加深信念、珍惜想往，维护住内心的平衡，这使得烦躁的人，表现出更加多的沉默，而沉默又可以帮助你沿着内心的宁静往下走。如果能让安宁最终消解烦躁，下一回，被抑制和降服过的烦躁来势也许会更加凶猛——它的强大，只有你自己能够体会，因为消受它的难度、承担它的过程里所有的不易和挑战，只有你自己清楚。历经艰苦，求得和解，能够平复下来的时候，你会感觉到自己拥有了更多的力量，而且经受磨练后你又有所成长。

有时候，真觉得生命大部分是在两极之中消耗掉的。即使倒头昏睡，不管自己的身体蜷缩成什么弯度，你以什么样个人化的姿势睡去，你仍然处在表面弯曲而内心舒散的两极中。在任何状态下，两极都在那里辩证地、确实无疑地存在着。

人一生有不少时间去体会幸福和痛苦这两件事情。对待它们尽可能不有或少有投机的心理，不去奢望得到更多，不去拿取不是自己的东西。争取到的这个东西，它如果容易得到，也便容易失去，而且容易得到和容易失去本身又成为两极真实地存在着。反过来，幸福的感觉有多少，有多长久，有多深远，伴随其后而来的痛苦就会有多少，有多长久，有多深重。生活和生命对于世界的意义不外乎这般如是，即使最后你消失了，仍然留下你对于生存不愿意放弃的历经磨练的照耀。生存过程的每一件小事，比如，在办公室突然遇到一些事，骑着车每天来回走一趟，都是一种积累和消释。而今天走到路上能够看到一些别样的什么，会庆幸自己活着，否则这一切美好的东西就看不见了。那些美好没有在你心里头，但它在这个世界上一直是存在的，而你还是为你曾经看见了这一美好而快乐。所以我以为幸福是让我们生命里明亮的一瞬间，明亮的一刹那，明亮的一段时光。明亮使我们有愿望继续存在下去，珍惜"活着呢"，努力想要往好了生活。或者即使不存在了，但曾经明亮过，为此也不去后悔曾经活着。

　　大概幸福带给我们的就是这种感性知觉。而痛苦带给人更多的是理性思维。幸福的人一般不太有耐性进入理性思维，而痛苦的人不得不多一些理性，从理性思维中获得更多长进、成熟，变得更为结实和可靠。我以为痛苦使人更加放松，放弃，放下自己，放下许多事情，痛苦能让人更加自然地、自觉自愿地回到生活的起点，回到我们原来的模样，回到……哪里呢？应该是回到真实的地方。一个痛苦的人，如果他的痛苦是来自自然体会的话，他会更多地为别人着想……而不觉得他的母亲丑陋，不觉得自己的父亲不够高大，不觉得兄弟姐妹他们的光亮没能反过来照耀自己，不会觉得谁是什么，自己是什么，不去虚张外部世界或者是自我膨胀。痛苦的时候，人往往能公平地对待自己，公平地看待他人，把自己放回到人人平等的地平线上，而你看世界的眼睛也会是朴素的、诚实的、温善的。

　　痛苦好不好呢，它解除了你的武装？

　　但是，有一天，你的电话铃响了，你心里有一种感应，突然间把从前几十年来已经放下来、埋葬掉的一个什么人，一个什么内容，揪出来了，觉得会不会是她或者他呢？其实这个人早已脱离了你的视线，在这之前你根本没想到她或者他在这一天出现。一听电话，果然，是的。你发现自己在轻微地颤抖，甚至不会说话了。你的大脑出现一瞬间短路。

你想说心里的话语,但是说不了。她或他也是,谁都说不出能让人放松的、动听一点的话。脱口而出的尽是平常之极的言语。又好像双方都能谅解。这是一段折磨人的光阴,它不能持续太长时间,因为两人都明白,各自的问候停滞不前的话,人就暴露出脆弱,就可能不堪一击。你的手跟身子抖动着,对方也一样。你们的声音告诉对方,此时你们处于怎样一种极力平和而又不能自持的境地。

我的练习完毕。

文慧说,你说烦躁那段,我站在那儿的时候,像一个东西……跳着跳着,我觉得我怎么那么笨呢,没带录像机。

郑福铭跳的前边一段舞,以及跟文慧的和舞都非常出色,但后来好像意识有些出来。我以为是他不好意思当我的面跳,所以我不看他们。当是自己在叙述人物台词。

他们在我叙述平静和烦躁、幸福和痛苦互为因果的时候,身体感觉朴素、到位,令人震动。

我们沉浸在创造以后的疲惫和欣悦中。

我说,人的状态,好多时候该是平静的。但会有很多东西和平静相抵触,进入不了完全的平静。进不去的时候,心里通常会有另外的东西,仔细感觉,又像是有很多真实的存在。我也说不大清,虽然我老在体会人。我现在的感觉和刚开始叙述的时候有了距离,刚开始,我觉得需要帮助你们进入,我先给你们把武装都摘除了,先让你们回到人什么都没有的状态。你们就此开始进入了,嘿,发现我被你们打动了。我没想到在这儿给舞蹈"伴奏"呵。

三个人傻笑了半天。

原载《黄河文学》2018 年第 1 期

转动的星

丁亚平

刘琼，在20世纪40年代被称为"电影皇帝"，是影迷心目中的偶像。一生拍片很多，曾主演过二十余部话剧、七十三部电影。回顾他六十余年的从影经历，可谓成绩斐然。从整体上来看，刘琼在电影领域所取得的成就一方面归功于他出色的表演艺术，另一方面又与他的情怀和信仰紧密关联；就近现代以降的中国电影艺术的发展而言，刘琼是不可忽视的存在。

邂逅电影

刘琼的从影之旅开始于1934年的一个秋天。电影人每拍一部影片，就等于经历了一段五光十色的人生，这让刘琼为之心动，于是在好友的帮助之下，他走上了电影之路。对此，刘琼于日后的文字中回忆道：

"当时在没有踏进影界之前，还在持志附中求学的时候，我非常爱好戏剧。恰巧有许多同学也是很爱好戏剧艺术的，在志同道合的条件下，组织了一个春秋剧社。一面是攻读，空余的时候，便互相研究戏剧，经过很久的研究，方始正式演出于舞台上。虽然在舞台上演出了不少的次数，但因为是娱乐性质，故而是不售门票的。在很早的时候，我已与金焰相识。我们时相往还。他常常谈起拍电影的事情，无形中提高了我对于拍影戏的兴趣。我常常私自想着，假使有一天我能在银幕上看到我自己在银幕上映出的动作，那是多么高兴的一件事。"（汪俊：《后起之秀刘琼》，《大众影讯》1941年4月5日第39期）

刘琼原名刘伯瑶，湖南湘阴人，出生于北京。大学就读于上海法学院，读书期间，刘琼因为对艺术的热爱而积极投身学生戏剧活动，从中受到左翼文化的影响。据当时在上海美专读书、也是进步知识青年的王为一回忆，他们曾经排了一出名为《月亮上升》的舞台剧，到上海法学院演出，引起特务人员的注意，但刘琼仍旧照常登台，并未因畏惧而停演。刘琼不仅喜欢表演艺术，而且酷爱打篮球。"他在篮球场上表现出来的敏锐的感应力，在他别的生活领域中也是表现得很敏锐的。"他和当时已经走红的电影演员金焰就是在球场上认识的。在金焰以及同乡影人胡萍与聂耳的大力推荐下，刘琼有机会先后客串了艺华公司的《人间仙子》、联华公司的《母性之光》和《体育皇后》三部影片，即使是跑龙套，当配角，刘琼也不放过任何学习表演技巧的机会，由此成为一名职业电影演员。

刘琼从影，与其自身形象条件及其男性气质不无关系。刘琼形象较佳，"当他十六七岁时，已长到一米八六的身高，下半身与上半身的长度是三与二之比，这是男性青年最漂亮的身材比例了，宽肩、阔胸、长臂、细腰，体型上修长、挺拔、匀称，五官端正，眉俊目秀，这些形体上的天赋使他在同学们中间给人们鹤立鸡群之感。誉称他：'美哉少年！'"他跟着金焰、郑君里在孙瑜导演、聂耳作曲的影片《大路》中饰演筑路工人。当时出版的《联华画报》第4卷第4期里，曾这样介绍参演《大路》的新人刘琼："孙瑜，每一部作品无不尽量提挈新人才，其新作《大路》，又将有一新人物刘琼出现。刘具男性美，表情甚佳，《大路》一出，当能予人以良好印象也。"电影演员白穆则回忆说："（刘琼）第一次在《大路》中演个小角色，戏不多，但给我印象很深。为什么？不要说得太玄，说穿了，就是我觉得这个小伙子长得挺'帅'的，这就叫魅力。"刘琼英俊、活泼、隽逸，在电影《大路》中，他饰演的筑路工人具有炽热的情感与永不气馁的精神，这给观众带来新鲜的能量和美感，也给自己的电影生涯一个成功的开端。

做电影演员在当时是非常时髦的事情，很多人梦想做演员。对此，黄佐临曾谈及他身为导演时的见闻："我是一个导演，职业注定，每天要收到近百封信，内容都是自荐当演员的。对一些条件不合适的人，我总是善意地劝告他们，不要凭一时冲动想要演戏，免得误了终生。可是，年青人不愿意听从我的劝告，三天两头找上门来厮磨，搞得我难以应付。一天，我照例收到一叠来信，其中有一封这样写道：'佐临导演，你若是再不同意我当演员，我马上跳进黄浦江'我啼笑皆非'。"刘琼十分珍惜自己的从影机会，并为之放弃了大学学习生活，走上职业演员的道路后，他凭着一腔热血，在电影艺术领域内不断探索学习。

刘琼进联华公司后参演了影片《狼山喋血记》，这是他首次参加费穆导演的电影。他在片中出演刘三，刘三妻则由蓝苹扮演。不同于所谓"戏剧性"丰富的作品，这部电影呈现出散文化的叙事风格，影片表现的内容虽然是刚劲的，但费穆的导演手法却如王尘无所说，是"清丽"的。白沉则评论说，费穆的艺术风格和刘琼很接近，他的戏由费穆导演，可谓珠联璧合，"他们都不是搞夸张、高腔、快节奏的，而是在平静中富有内含地展示人物内心活动"。在中国电影史上，《狼山喋血记》是一部重要的影片，为中国电影的发展开创了一个新的纪元。

对于刘琼而言，费穆导演的这部《狼山喋血记》在表演上极具挑战性，首先来自拍摄的条件与时间的限制，据黎莉莉回忆：影片拍摄时条件非常艰苦，而且需要按公司规定的三个月的时间交出片子。其次，电影所要讲述的是两句话就可以说完的故事，而这对于演员的表演艺术来说无疑是一种考验。刘琼在片中话不多，动作简单，全靠表情和肢体来诠释人物性格和形象特征，不过他的表演并没有矫揉造作的僵硬感，观众甚至感受不到他是在演戏。整部电影中，刘琼的戏份虽然不多，却是主线人物，费穆说："《狼山喋血记》倾向着一些集团的描写，许多主线系的角色都不能如在寻常剧本中一样获得充分的发展（例如黎莉莉女士、张翼先生等之戏），特别刘三夫妻两个根本不曾为他们安排下一场单独发展的戏。这在分幕形式，是一种行险的架构；而在演员，则是惨酷的限制。"在这种情况下，演员们仍然不减表演的热情，尽职完成拍摄任务，也得到了费穆的称赞："我感谢每一位同伴的合作。像黎莉莉女士、张翼先生、洪警铃先生以及其他诸位的成功，都使人非常满意；尤其是刘琼先生和蓝苹女士，他们同样地处在'第二主角'的地位，而同样地获得极好的成绩。"

在《狼山喋血记》中，每位参演的演员各自只有短短的几个镜头，以及不连续的几个出场，但却生动地表现了崛起的底层，在中国电影发展史上的重要意义是不容置疑的。

参演费穆导演的《狼山喋血记》，以及这部电影上映后获得的好口碑让刘琼对未来更有信心。此后，他全身心投入电影艺术中，严肃认真地对待表演事业，逐渐形成了独具个性特征的表演风格。刘琼在电影上所取得的成就，包括他后来的导演活动，都是在此基础上的延伸发展。

"1940年的电影皇帝"

刘琼在联华公司（1934-1937）期间一共拍了十四部电影，"联华"1937年停业后，刘琼应震华电影社之邀，随费穆去河南新乡拍摄纪录性故事片《北战场精忠录》。

1938年，刘琼曾在香港作短暂逗留，后回沪加入新华公司。这时的刘琼，告别"演的都是龙套"的时期，开始主演《岳飞尽忠报国》等古装大片。限于时局的恶劣，爱国的从影人员不可能拍摄抗日影片，要么通过"古装片"借古喻今，要么通过"时装片"揭露一点黑暗现实。刘琼说，他在"孤岛"时期拍的电影，虽说不上有什么"里程碑之作"，但也没有一部是卖国的或者黄色的。在上海"孤岛"时期，刘琼拍了二十多部影片，这让他成为上海影坛的当红人物。

刘琼平时说话不多，但一参与到表演中他就"活"了起来，他所塑造的舞台人物形象"都具有自己的风度、气质和相应的魅力，而又能使观众相信着不同的每个人物'也可以是'或'恰恰就是'或'应该正是'这样的人物形象。这对当时上海影坛光凭美男子的功架演戏的小生明星来说是怎么也达不到的"。刘琼在表演上的努力和认真，加上其英俊姿态，使"他在观众的注意下，而受到欢迎，爱戴，而更受到大量的青年影迷所拥护了"。

1939年初，刘琼和光明公司合作拍摄了《茶花女》，影片由李萍倩导演，袁美云扮演茶花女一角，刘琼扮演男主角亚蒙。在这部电影中，刘琼因出色的表演获得较多肯定，有评论说："最感到满意的，是刘琼的亚蒙。他的体格很强壮，他的姿态显示出是一个趣味很高尚的人，这种形象是很接近亚蒙的。就以他的演技来说，也很稳重，这是刘琼演戏以来成绩最好的一次。"随着这部影片的上映，刘琼在影坛开始走红，一时声誉雀起。

随后，刘琼又主演了吴永刚导演的《离恨天》和顾仲彝编剧、李萍倩导演的《金银世界》，接连获得好评。尤其是在《金银世界》中，刘琼把一个投入黑暗社会熔炉的青年个性上的转变，"从诚挚忠厚，到狡猾卑鄙"，十分生动地表现了出来。虽然当时有影评对刘琼在《金银世界》中的扮相以及演技较为客观地指出了仍有需提高之处，如"刘琼对于化妆尚欠注意，如小学教员时代，他的头发应该短一些，乱一些；初做经理时，领带打得不整齐一点；至于情绪转变的过程，首先，还得朴实一些；初做经理，对于西装有不惯的动作，如指示安放家具时，双手撑腰，嫌太老练"等，但给予的肯定更多，"在这个戏里，顶重要的角色，当然是张伯南，这一角色的扮演者是刘琼，我听说，这是刘琼加入电影界后成绩最好的一个戏。自然，因为这是剧作者写得最成功的人物。"

1940年1月，《青青电影》杂志发起"1939年度影迷心爱的影星选举"，所产生的选举结果：陈云裳2769票、顾兰君2695票、刘琼2527票、袁美云2523票、梅熹1904票、路明1588票、周璇1396票、张翠红1327票、王引1154票、周曼华890票。女影星中陈云裳得票最多，男影星得票最多的是刘琼。1940年3月出版的《青青电影》杂志上，刊登了刘琼的大幅照片，标题是《1940年的电影皇帝》，图说为："1940年的电影皇帝刘琼，在《武松与潘金莲》中，他是西门庆；在《茶花女》中，他是亚蒙；在《金银世界》中，他是张伯南；听说在合众公司的《文素臣》中，他将是银幕上的麒麟童刘郎一直以金焰为法则，非但桃色新闻绝对没有，即使在跳舞场里也难找到他的影踪，业余常玩篮球，称得起品格良好。"

作为演员，刘琼认为生活很要紧，他在追叙自己当年的演艺经历时说：

"（20世纪）三四十年代那时，我在上海，跳舞厅、咖啡馆、妓院、交易所，什么地方都去。过去叫去看一看，现在叫体验生活。人际关系看得多了，心里有底。看现在描写三四十年代生活的片子，有些地方对，有些地方就不对。我跟他们提出来，有的接受，有的就不接受。不接受就算了。中华人民共和国成立后讲要深入生活，其实真正深入下去，反而得不到什么东西。恐怕还得平时注意观察每个人，各阶层的人。"（刘琼语，李洪根整理：《刘琼表演艺术座谈会》，《电影艺术》1989年第8期）

刘琼在电影表演上戏路较宽，除了天赋，也缘于他平时的努力和勤奋，如他曾在电影《第二春》中饰演一个老头，有记者问他："你为什么要放弃了小生不演，而改演老头子呢？"他回答道："因为我觉得一个演员，还是要能演多方面的戏才好"，"并且必须要创造每一个角色的不同的灵魂。"没有人的成功可以得来全不费功夫，对于刘琼而言，他在电影表演上所取得的成绩无外乎是不断学习、一丝不苟并全力投入的结果。

困在"孤岛"的刘琼，随着知名度的增长，也不可避免地遇到一些特定环境下的麻烦，如当时日本侵略者出于政治宣传需要，曾以巨额酬金邀请中国演员与日本演员一起拍电影，不过这些都被刘琼很巧妙地一一避开了，他反而接受了阿英的邀请，在阿英编写的话剧《海国英雄》中饰民族英雄郑成功，并以他的出色表演，感染着"孤岛"观众的心。当时有人在比较刘琼和金焰的电影表演后，感慨道："刘琼虽然不能有金焰一样的魄力、意志，这应该关涉阶级的限制，但是刘琼的傲骨凛然，与孤高自赏，在今日的电影界已是凤毛麟角，为中国电影界，上海一隅影坛，留一点浩然之气者，刘琼足当功臣无愧。"

1943年，刘琼导演并主演了影片《回春曲》，电影格调明快，题材新颖，拍摄手法独特，为当时的电影制作开拓了一条新路。张爱玲看了这部影片后，如此评论刘琼在《回春曲》中的表现：

这部片子是由女学生偶像刘琼用现代西式舞台作为背景来编、导、演的。《回》片在年轻知识分子中，有很多支持者。而它更大肆宣传，说是被有批评眼光的观众所推荐。在片中刘琼饰一个演员，他有机会演罗密欧与《茶花女》中的亚孟。在另一场戏中戏里，刘的老人扮相也令人信服。他把拇指插在背心口袋里，像 Lionel Barrymore 一样。他的大衣陈旧，但裁剪合度，像一个外国的潇洒流浪汉。他在公园里的生活，像永远在吃野餐和花很多时间在火堆旁边沉思。（张爱玲：《〈回春曲〉》，《二十世纪》1943年10月第5卷第4期）

《回春曲》上映后，赞赏不断，有时评道："对于一部戏，能给予明晰的表现方法，不仅为刘琼庆幸，也将为战后的上海中国电影感到欢忻，久已为人弃置的导演作风，派别等，重被提出，中国电影更大的发展也将由此出发。"这部电影显示那一时期国产影片的面貌与特质的同时，也展现了刘琼优秀的导演能力。

对此，刘琼接受采访时曾说："自从导演了《回春曲》之后，我便感到电影导演并不是一件容易的事，最少对于摄制上各部艺术都要有相当熟识，这样才能支配和指导各部门的工作，而最后的剪接工作便是完全表现出导演对该影片的处理，而成功与失败也操在这最后的剪接工作上。"作为当红影星和新进导演，刘琼对于电影工作的执着与认真让人心生敬意，有人称赞他"在近期的影坛，是一个够得上演员资格的演员和导演，虽然仅仅摄制了一部《回春曲》，但是在《回春曲》中，我们可以看到他秉性的聪慧与过多的机智，与他万分的努力。"电影演员程之说，不需为刘琼树碑立传，这"碑"早就在那儿了。中国电影史上有哪些真正的明星不是昙花一现的所谓"明星"？而称得上真正的"明星"少之又少，刘琼正在这屈指可数之列。

"孤岛"时期的刘琼

1942年4月10日，上海所有的影片公司合并为"中联"。一年后，又改组为"华影"。刘琼先后成为"中联"和"华影"的一员。他与当时著名的红星顾兰君、袁美云、王熙春、王人美、陈云裳、陈燕燕、秦怡、夏霞等人搭档，担任主角，拍摄了多部影片，他所塑造的人物类型被时人称为"刘琼型"。"无可否认，刘琼的演技是定型的，尤以他的声调、动作，表现得最明显。他的表演有时较'温''节奏缓慢'，通过台词来寻找人物的感觉，体现了中国知识分子特有的书卷气；但也有一部分朋友感到刘琼的表演比较'洋'，动作有一种'功架'，说话有一定的'腔调'。"假使对于他主演的片子，看得比较多一点的话，会发现他的类型以至定型化的趋向，当时的影评者无以名之，名之曰"刘琼型"，甚至还有人认为他的形象类似于上海霞飞路上的"洋场小开"。当然，"'刘琼型'不是好名词，因为刘琼是一个演员，演员所扮演的角色是不同阶级，不同身份，不同年龄的，活动在银幕上的，将是角色的性格，举止，而绝不容许刘琼自己在影片中活动"。

对于如上种种评头论足，刘琼没有沉不住气，也没有跳出来回应。真诚是他塑造人物成功的根本原因。在他看来，表演艺术需要不断学习和积累，以各种认知、情感心理对之进行填充，建构并重塑观影者的记忆与经验。

在刘琼成为上海滩一颗耀眼的明星，与舒适、梅熹、吕玉堃、严化、顾也鲁等人各领风骚之际，却退出了新华影业公司，原因是：他在"中联""华影"拍摄了《蝴蝶夫人》等七部影片之后，张善琨计划安排刘琼继续主演宣传"中日亲善"的《万世流芳》和《春江遗恨》二片。去拍这种不明不白的电影，于心不安，刘琼更多地想到自己是一个中国人，而拒绝参加媚日影片的拍摄，拒演的结果，只能是脱离"华影"。告别影坛,他重返舞台。

沈寂一次问他:"别人都说你刘琼在生活上、银幕上处处表现出的'帅'的风度,潇洒、温文和儒雅。"他先莞尔一笑,表示既认可又无奈又郑重地回答说:"孟子曰:'夫志气之帅也。'"沈寂感叹,原来真正的"帅",是大志、大气、大智、大义;而大志、大气、大智,甚至是民族大义,正是刘琼品格的高贵之处。

他先后参与导演或创作的《香妃》《红尘》《杨贵妃》《蔡松坡》《春满家园》《云南起义》等剧,都曾引起剧坛的关注与轰动。1944年,他在接受记者采访时这样回答:

"我这样的来往并不是为着好玩,也不是喜新厌旧,乃是我来回地在学习电影和话剧的一切。我知道自己对于艺术上的认识和修养还差得远,所以我不得不继续不断地学习,导演觉得某一人"可以"的话,于是一个人便可以参加拍电影的工作,在拍电影的工作经历和磨合上便可以有很自然的面部表情,而不像一般初上舞台的演员的那种瞪眼皱眉的过火的面部表情了。在舞台上学会了"动"之后便又到电影里学"不动",在电影里当不需动的时候就不能动,若是一动便会有跑出镜头的危险。但在这个"不动"并不是僵着没有表情。再把在电影里所学得的搬到舞台上,看看我的"不动"是否会使观众们感到动作呆板,根据观众的反应,我再改进自己的演技。拍电影是可以站在第三者的地位观察自己的表演,而演话剧却不行,只有靠观众们的感觉反应了。"(《访刘琼》,见《新影坛》1944年第2卷第6期)

特定的时代令刘琼脱颖而出,无论电影抑或重返舞台的表演,都光彩照人,成为美的象征。

1943年,刘琼离开银幕、转向幕后,和妻子狄梵相识。据刘澍叙述,当时由费穆领导的"上海艺术剧团"要在卡尔登大剧院公开演出古装话剧《杨贵妃》,但费穆对戏中扮演唐明皇的演员的表演很不满意,在话剧即将上演之时,突然决定更换男主角,确定由刘琼出演唐明皇,这也是他与狄梵的第一次合作。抗战胜利不久,狄梵正在苏州一带演出《钗头凤》时,费穆的剧团正在排演丁西林编写的新剧《妙峰山》,男主角王老虎的扮演者是刘琼,而女主角华华的人选尚未落定。担任这出戏导演的毛羽认为狄梵最为合适,于是出面相邀,狄梵因此与刘琼再度合作。"在同一个剧团里的同一个剧组里排戏,狄梵渐渐注意到刘琼那种含蓄、幽默的性格，竟与自己是那般的像。"两个人一起排戏，渐渐产生了情感，连等待的时光也感觉美好起来。那种怦然心动，让他们走到了一起。

刘琼的魅力来自他的个性形象：真诚、坦率、风度翩翩、有气质，在朋友、影评人和观众心目中成了男性的象征。刘琼可以说是"土""洋"结合，他身上既有在中国传统的道德土壤中生长出来的东西，又有点"绅士"气。他在表演上有着很强的本土化的感应力，又从好莱坞演员身上汲取了作为演员所需要并适合他条件的气质、风度、仪表以及动作、语言的修养，并使之逐步地融化到自己身上，成为自身的一部分。"看刘琼的戏，人们常常会想起贾莱·古柏、罗勃·泰勒、格里高里·派克等许多好莱坞大明星来。中国老一代演员都受好莱坞的影响，但能把好莱坞明星的东西变为自己的，就数刘琼了。"

刘琼喜欢看好莱坞电影，揣摩美国电影明星的表演。他意识到演员需要的不只是一张面具。他学贾莱·古柏的步态，学小范朋克说话的腔调与手势，学克拉克·盖博的"帅"，学考尔门的忧郁感与凝神沉思，以敏锐的感应力与思考力将之融合为一个整体，并进行大幅度的本土化的改写，形成自己独特的表演风格。当时曾有影评说：

作为刘琼的另一被爱戴的原因，便是他的一举一动是带有多量的洋化姿态的。他喜欢模仿西洋人，而他的演技里便有一种欧化的表情，这种表情是相近于"好莱坞"电影小生所特有的作风，也就是中国青年男女所爱好的一种表情。我们知道：上海的青年人，大多是醉心于欧美的生活，于是便崇拜着欧美的电影于是刘琼是红了，刘琼成为青年男女心目中的偶像。（《刘琼论》，见《影剧》1943年12月20日）

这篇影评中还说，自从有声片兴起后，演员除了表情之外，更应该注重的便是发音和台词的语调，在许多小生群中，发音最富于音调美的，该推刘琼为第一，"他的发音沉着而清晰，似乎能打入每个人心底，这也是他的特长之一。同时语调的抑扬顿挫，高低轻重，也能细细地分析出来，也是不很容易办到的"。

作为"银幕偶像"，刘琼的表演直抵大众电影的原质。由他参演或主演的一些文艺片如《茶花女》《离恨天》《金银世界》《生离死别》《家》《洞房花烛夜》《回春曲》《不了情》《春残梦断》等，所表现出来的情致，带有一种洋味的风度，大胆创新，左右着观众的想象力。有人说他"使这些形象能摆脱当时一般小生明星所具有的庸俗气，使形象具有典雅感或超凡脱俗感"。显然，刘琼可以用不同的表现方式，变换角度，从不同的侧面来塑造不同的艺术人物形象，他在《武松与潘金莲》中饰演过西门庆，在《国魂》中扮演过文天祥，在《神·鬼·人》中演过一个赌鬼，在《海魂》中演过国民党海军舰长。在银幕和舞台上，他的"台型"强健有力，表演充满自信，富有极强的魅力。

刘琼和费穆合作较多，其中包括话剧《红尘》《杨贵妃》《蔡松坡》《马嵬坡》，电影《狼山喋血记》《前台与后台》《镀金的城》《北战场精忠录》。抗战胜利后，费穆成立上海实验电影工场，仅拍成的两部影片《铁骨冰心》《大地春回》，也由刘琼来担任主角，这既让他从中体验到各种各样的人生，也激发了他对艺术的阐释与理解。

1946年8月，由吴永刚导演和编剧、薛伯青摄影的电影《忠义之家》拍摄完成并上映。男女主角分别由刘琼和秦怡担任。电影画面丰富，内容及故事表现不无谍战片的类型化追求，市场反响不错。主要讲述身为国民党空军长官的儿子，在一次空战中以身殉职，父亲和妻子受尽敌伪的欺凌、压迫，过着凄惨的生活，继之又遭汉奸的诬告迫害，国仇家恨终于迸发为反抗之火，于是积极参加爱国活动，帮助国民党特工人员开展抗日斗争，甘冒生命危险，主动让出自己的房间给特工人员安置秘密电台，并为之与"韩国爱国者"联系，取得了敌方的空军情报，及时电告美国空军，得以炸毁敌军机场；及至抗战胜利后，重庆国民政府发来电报，追认老人的儿子为空军中校，嘉奖他全家为"一门忠义"，而那个诬告迫害他们的汉奸也被政府收审法办。片末，老人对抗日战争胜利后回到上海的特工人员感慨道："这八年的苦难换来的胜利，我们像是在漫漫的长夜里走完了一条遥远的路，放下了一副沉重的担子，可是为了要建设一个未来的新中国，我们还要负起更重的担子，踏上更遥远的长途，要把敌人破坏了的旧山河重新建设起来。这是我们的责任，你们的责任，这一代的责任，是每一个中国人的责任。"相较于对独立的个人命运的关注，整部电影更多地是从国家、民族的层面来设计情节，安排人物，推动故事发展，正如电影的广告词所言，这部电影的主旨是"发扬民族精神，暴露敌伪罪恶"。不过，影片编导有意无意地将片中人物视作满腔忠义"辅国官民"的符号，在参与和投入超越阶级的民族斗争大业的过程中，也把自己变成了国家征召以至阶级话语的工具。

对于这部电影，刘琼如是谈他的感想：

"《忠义之家》既然是以沦陷期间的上海作为背景,对我实在有格外亲切之感。我想凡是沦陷区里的人,看过这部影片后,也会和我有同感的。

我说有格外亲切之感,是指当我在水银灯下被'拍'的时候,一切在过去八个年头所遭遇的辛酸,在平时会极力避免思想的,又都被重新唤起回忆。所谓'亲切',不是快乐而是痛苦,是灵魂的向上挣扎的苦痛。

因之《忠义之家》虽然是以抗战为背景,讲的是过去的事,我以为是不应该只把它当作历史看,应该注意的是人内在的向上精神。这种精神,不止是抗战期间,不止是现在,凡是在地球上有人类的日子,都应该被发扬、被光大。"(刘琼《我对〈忠义之家〉的感想》,见《环球图画杂志》1946年第11期)

作为抗战后第一部"国产巨片",《忠义之家》共放映一百零五场,映期长达三十一天,观影人数逾二十万,为众所瞩目的"轰轰烈烈绚烂之作",社会影响较大。报上广告称:影片开映二十五天了,"观众赛过海宁潮!"其持续放映时间之长、场次之多、反响之热烈,不仅超过国产片,而且也将同期在沪上映的美国好莱坞影片比了下去。

继《忠义之家》后,刘琼出演过张爱玲的电影作品《不了情》。《不了情》于1947年2月6日正式开拍,刘琼、陈燕燕担纲主演,许琦、葛伟卿摄影,3月22日拍完,"起讫四十五天,实拍三十三天"。4月1日,《不了情》配音,4月10日即在"沪光""卡尔登"两影院上映。《不了情》剧本是特别约请张爱玲为陈燕燕量身定制的,因此电影中陈的表演比较完满,虽不是那种彻底的敞开,却达到了编导预设的剧情和视觉叙事要求。影片讲述一个女家庭教师和男主人之间的一段缠绵悱恻的爱情故事,最后女家庭教师不忍破坏男主人的家庭幸福,悄然离去,主动结束了这段仿佛注定是感伤而无结果的爱情。从男女主人公的邂逅开始,到女主人公的出走结束。一段情感,一次体验,有哪些麻烦?什么样的结果?片中人物由爱情得到的快乐中始终存在这样的疑问。虽然是一个婚外恋故事,但电影剧作者注重呈现自己对人生与情感世界的细腻感受,别有一番况味,意蕴与费穆的《小城之春》近似。

在"孤岛"时期的上海,刘琼的电影作品并不多,影剧工作的经历,成了他此后的一个负担。"附逆"之说,虽然指向并不那么明确,但是在刘琼的心里，却是一道沉重的阴影。甚至他"破例"同意和李丽华一同出演的影片《春残梦断》，也因为导演马徐维邦中途退出去了香港，不得不换了孙敬来演。1947年下半年，刘琼赴香港拍摄电影《乱世儿女》后，应香港永华影业公司之邀，参加了《国魂》的创作活动。其后大批影人南下香港。那时，上海解放战争的形势发展很快，国民党特务的白色恐怖加剧，刘琼就在香港留了下来。

由港返沪后的银幕浮沉

刘琼的表演给人们留下难忘的印象，这种"明星效应"给很多电影带来良好的市场影响。抗战胜利后文华公司第一部电影，之所以由刘琼和陈燕燕担任主要角色，有人说，要的就是刘琼和陈燕燕的"明星效应"，当然影片上映后也很卖座。

1948年10月，香港永华公司第一部影片《国魂》上映，投资巨大，阵容强劲。曾在上海舞台上主演过《正气歌》的刘琼在这部电影中饰演文天祥一角，非常成功。刘琼"在影片中，特别以眼神表达他对敌人迫害的轻蔑，在吟诵《正气歌》时的正色目光，以及临刑时大义凛然"，使这部电影成为一部广有影响的作品，公映时盛况空前。

对此，岑范回忆道：

"《国魂》老刘挂头牌，上映广告从娱乐戏院的四楼一直挂到楼下，那是破天荒的，埃洛弗林、泰罗鲍华都没有这样的。这部片子中有许多明星，如袁美云、王熙凤、孙景璐、高占非、陶金、顾而已，是'众星捧月'，那是老刘的顶峰。"（沈寂语，李洪根整理《刘琼表演艺术座谈会》，见《电影艺术》1989年第8期）

1952年1月，刘琼由香港返回上海，在香港的四年时间，刘琼共拍过八部电影，而回到上海后的数十年间，他仅在六部电影中扮演过角色。在人们的记忆中，刘琼的银幕形象，还停留在20世纪三四十年代的上海时期。

在香港时，刘琼在中共的影响下，加入"读书会"，读了一些左翼进步书刊。中华人民共和国成立时，他欢欣鼓舞，还去广州参加慰问中国人民解放军的活动，在报刊上发表歌颂文章，带头认购国内发行的爱国公债，参加了中国民主同盟。1952年初，港英当局将刘琼和齐闻韶等一批电影界人士"驱逐"出境。刘琼被押上车时,手插在雨衣口袋里,那时的雨衣,是可以从并无袋底的斜插中,将手伸到西装口袋里的。"那个口袋,藏着一份读书会人员的名单。这份名单一旦落入港英当局手中,会让读书会成员遭到与他同样的命运。于是,他借着雨衣掩盖,悄悄地将这份名单撕得粉碎。"刘琼在港时,每月可以拿到四万多港币的工作酬劳,但"他一心向往祖国",因为一系列的进步言行,他被迫放弃了在港的影剧工作和高薪报酬。

由港回沪后的刘琼,面对的是一个与战时不同的语境,要想融入其中并不容易。钱理群在《"流亡者文学"的心理归指》中细致描述了抗战期间中国知识分子的一种集体的心路历程:即从旷野上的颠沛流离,到对家、对归宿、对土地的渴求,最后到投身于延安"母亲怀抱",成为人民和领袖的歌者。20世纪50年代的刘琼也在滞后的时间点上接受了相似的历练与要求。

"'联影厂'正在进行'文艺整风、思想改造'的政治活动。我们亲眼看到赵丹因为主演《武训传》而检讨,痛哭流涕。我与刘琼分组学习,香港来的'同志'可免自我批评。会后,刘琼见到我,双眼露出困惑的目光,吐露心声:'如果武训办义学是维护封建王朝利益的奴隶,农民革命的叛徒,那岳飞就是愚忠,文天祥就是为反动派招魂,蔡锷曾经投降袁世凯。我演的那些忠臣都成了封建制度的奴才。我一直自以为的成功之作,都一无是处。'"(沈寂《双面传奇话刘琼》上,见《档案春秋》2015年第6期)

两年之后,1954年,刘琼参演了上海电影制片厂拍摄、王为一导演的电影《山间铃响马帮来》。这是一部反特片。有人说刘琼在这部电影中饰演的苗寨联防主任并不成功,表演有些惨不忍睹。今天来看,倒反而感到刘琼在这部电影中走出了明星光环,由中心转为边缘(片中戏份不多),以自我放逐姿态参与表演,心态较放松,是成功的。无论是主动还是出于被动,他的转换都是必然的。知识分子以自己的才智将自身推向日后的历史劫数的教训,并不难觅出。

1957年,"上影"导演石挥、谢晋、徐昌霖、白沉等成立"五花社",成为自愿结合、自选题材、自编自导、以导演为中心的创作集体。同年,"五花社"拍摄电影《女篮五号》,谢晋导演,黄绍芬和沈西林负责摄影,刘琼扮演男主角田振华,女主角林洁由秦怡饰演。故事讲述了同为篮球运动员的一对男女情侣在上海被解放前曲折辛酸的爱情经历,这是中华人民共和国成立后的第一部体育题材的电影,也是刘琼由港返沪后第一次作为男主角出现在银幕上。这次表演的成功,给了刘琼内心莫大的安慰和激励。

此后,在"大跃进"的社会氛围中,刘琼被指定导演电影《翠谷钟声》和《巨浪》,他虽然不得不改变自己的创作习惯以适应当时的形势,但还是尽可能地做到了尊重艺术规律。刘琼曾导演过多部影片,其中较有影响的是戏曲片,如由周信芳、李玉茹、童芷苓等主演的《宋士杰》,由严凤英主演的《女驸马》等。戏曲片之外,刘琼导演的古装喜剧片如《乔老爷上轿》(1959)、惊险片《51号兵站》(1961)、音乐歌舞片《阿诗玛》(1964)等,在艺术上也非常成功,很受观众的欢迎。由演员转型从事电影导演工作的,并不少见,但取得刘琼这样的成绩的极少,由此可见刘琼在导演上的才华和功力。

刘琼作为导演的创作冲动是以对特定时代的生活与艺术的多元化理解为基础的,这可从以下两方面来考察:一是以类型片为自己提供创作的滋养与源泉;二是吸收生活所有明显或不明显以至隐蔽的色区,探寻生活的意义。在转入导演工作的范围里,反映当时现实倾向以至斗争形势的意识形态原则未必与电影艺术选择的界限一致。《阿诗玛》是中国电影史上堪称经典的抒情之作,也是刘琼作为导演时的代表作品。这部影片根据彝族撒尼人同名叙事长诗改编,由风格清新的彝族演员杨丽坤主演。全片不用一句台词,不让对白干扰行云流水、情景交融的艺术气氛,影片节奏的把握与镜语造型的运用几乎成了导演的主要追求,在音乐与氛围营造、景与人、实景与布景、长短镜头切换与组合中强化视觉效果与情感的震撼力量,将浪漫的爱情悲剧表现得一波三折、动人心弦。作为演员,刘琼显然知道电影和表演一样离开对现实生活的反映,不寻求大众性通俗性,是等于离开鱼池而去缘木求鱼。选择独特题材与类型,在特定的类型电影范式所形成的审美冲击中,既不流于政治化,又成就有血肉、有灵魂、有情趣的艺术表现。在新的环境中做导演,将理论与实际的必要互动结合得如此之好,成为有影响的经典影片,这是刘琼过人的聪明之处。向生活与历史学习,将现实与往昔的经验总结成原则和理论,然后透过特定空间的设置、符号和视觉性形式,拍成电影,再回到广大观众中去,以此得到电影导演艺术追求的自由和幸福。

刘琼始终认为自己是电影演员，和他导演的影片相比，他的表演作品从整体上来说，很少有失水准的，但如果集结在一起，则给人一种审美上的重复感。不过，刘琼的电影表演，是本色表演。他意识到电影的界限，更一再感受、体会他作为一个演员的界限。他一生拍过七十余部影片。晚年，他说自己最喜欢《神·鬼·人》（1950）、《海魂》（1957）、《牧马人》（1982）三部。《神·鬼·人》中，他饰演的是赌鬼，却透着一丝不苟的认真劲儿。在《海魂》中，他所扮演的敌舰长盖天成，"反角正演"，一反脸谱化概念化的做法，也与通常的反派人物形象塑造有所不同。他在影片《牧马人》中的表演，虽仅限于一种勾勒，但性格立体化，引起国内外的高度评价。演赌鬼、国民党舰长、百万富翁，突破了他的表演条件限制，却让他感到欣喜和安慰，因为他在表演时，是把这些人物当做人来演的，他对这些形象的诠释体现了一个杰出的电影演员的逆向思考，也体现了他在电影艺术表演中的"本色"与追求。

刘琼很珍惜在新时期获得的工作机会，1980年，拍摄了电影《李慧娘》。刘琼喜欢京剧，但和胡芝风合作，拍这样一部京剧题材的影片，如何冲破视觉禁忌，造成视觉冲击力，使观众在精神上和艺术上更多地获得解放，是刘琼一直在思考的问题。这部曾由苏州京剧团演出后大获好评的舞台戏，要搬上银幕，相当不易。既不能影响原剧的精神面貌，又要吸收京剧的东西，跟着原剧的情节铺排拍摄，这种改编有很多的限制，且大改也没有可能。对此，胡芝风说：

"我感到特别幸运的是遇到刘琼这样深谙戏曲艺术规律的电影导演。刘导对戏曲表演的艺术价值有充分的认识。所以，在拍摄过程中，十分细致谨慎，他不随意舍弃原舞台演出的某一个身段表演，他要使戏曲丰富的表演和身段美在银幕上更加鲜明突出。他在运用镜头时，对于一些大幅度的舞蹈身形，大多采用拍摄全身，为的是不破坏舞蹈身形的整体美。有些难度大的舞蹈身形，如转身卧鱼、探海、抢背、台漫等，运用"慢镜头"和多方位的拍摄来夸张；对于细腻的情感戏，如"红梅阁"中，李慧娘得到意外爱情后的惊喜，运用近镜和特写处理，配上暖色光，增强了戏剧抒情性。"（胡芝风《感念刘琼为我导演戏曲影片〈李慧娘〉》，见《中国戏剧》2002年第8期）

胡芝风还回忆说：

"刘琼导演认为，戏曲音乐的民族风格具有独特的审美价值，所以，他主张电影《李慧娘》的音乐要以民族乐器为主，他为乐队丰富了竖琴、洋琴等，适当渗入西洋乐的低音部乐器。他邀请上海'人艺'的著名作曲家沈利群老师为《李慧娘》作曲。沈老师对音乐进行了全面的创编，并对唱腔作了较大的加工润色，不仅增添了气氛和美感，还达到音乐形象的完整性并富有意境。后来，我把沈老师设计的音乐唱腔，几乎全部延用到我的舞台演出之中，使演出的唱腔音乐有很大提高。"（见同上）

《李慧娘》力避舞台化感觉，是属于非现实电影类型。刘琼着意表达的是其在呈现不向恶势力低头的反抗者身份和想象方面所起到的重要作用。影片通过电影叙述语言的改变，表现人的精神与心灵的美，将一个可爱、美丽并且极其倔强的冤魂，描绘得细致而生动。电影创作者突破时空限制，充分运用镜头的长、短、远、近以及推、拉、摇、移来表现人物优美的舞蹈动作，将过去、现在、回忆糅合交织在一起，使全片成为一种有意义的视觉媒体。对于具体的段落处理，较多运用中景和全景，通过摄影角度和光线的变化，将李慧娘的死及复仇伸冤转变成富有意味的图像。这是一出鬼戏，虽然表现的是鬼，却并无"鬼气"，实际上是写人，是通过超越现实的艺术想象映照现实人性，以视觉媒体表现人物的主体性。在中国人那里，"似乎死人的鬼魂与活人保持着最密切的接触，当然，在活人与死人之间是划着分界线的，但这个分界线非常模糊"。片中在裴生被骗进红梅阁遭遇危险时，已成鬼魂的李慧娘不顾重重困难援手相救，并期待他以国为重，除奸救民。在塑造李慧娘这一人物时，刘琼非常重视电影表现手段的运用。比如李慧娘仰首悲叹："仰面我把苍天怨，我把苍天怨，天哪，天！因何人间苦断肠。"刘琼认为，这实是对贾似道的有力控诉。在镜头处理上他采用了二极镜头，以人物表情表现李慧娘角色内心深处的怨恨。李慧娘被刺后挺身屹立不动，镜头变推成一人的近景，让她吐出郁积内心的愤懑，她直呼："贾似道！"切入贾似道惊讶地转头后接中景，贾又刺李一剑，李斜扑倒地，然后通过特技让李慧娘幽灵冉冉离体，以身体与灵魂分离的具象化手法营造一个神秘的空间，一个想象或幻想的世界。这种精炼的电影语言强调视觉性，正如刘琼自己所说："它把人物的意识活动变为银幕的视觉形象告诉给观众。"

在《李慧娘》之后，刘琼又导演了《海上升明月》，这部电影由艾明之编剧，关牧村主演，是刘琼在世时导演的最后一部作品，社会反响较好。

2002年，八十九岁高龄的刘琼溘然长逝。人生就像电影，社会就是舞台，刘琼在20世纪的中国社会舞台上演绎了他精彩传奇的一生。回顾他的一生，风风雨雨，跌宕起伏，几乎和整个20世纪相始终。他银幕沉浮的一生，见证了中国现代电影的发展历程；他执着于追求电影表演艺术并取得硕果累累的一生，将被永远刻入中国电影的史册。

原载《传记文学》2018年第1-2期，题目有改动

生活树

肖 达

大票子

　　刚巧有一束光打向百元票子的金线，那里亮闪闪的。这是面值最大的钱了，它除了具有被"交换"的意义，还被赋予了"大"的标签。一张彩色的纸，充满诱惑的力量跟它物质的身体，没有一毛钱关系。当时她这样胡思乱想。

　　她一直以来都在不断检讨自己，她像所有贪图享乐的物种一样，原谅自己对金钱的喜爱。她想，植物为了获得阳光也要拼命抬头生长；动物为了获得食物也要相互厮杀；人类为了获得财富，经常尔虞我诈。我还算好的，我只是喜爱，并没有去掠夺。

　　窗外有几个穿着劳动服的工人在整理草坪。他们用铁齿的耙子用力耙掉去年的枯枝败叶和黄草，然后就地点燃烧它们。那些烟雾，在广阔的空间里小心翼翼地慢慢弥散，枯叶的味道穿越敞开的气窗，飘进来，这不由让她在往昔里捞出一点快乐。

　　在她这里，这种烧树叶的气味，多半是在树林里迎着风和小伙伴疯跑的童年记忆，是没心没肺的快乐！而此刻，这记忆里的快乐，是她嘴角的一撇浅笑，作弊似的随着她在房间里移动。

　　好像应该想点什么才对啊，她从卧室走到客厅，又走到厨房，再走回来，还是没有想起在这个阳光灿烂的早上应该想点什么才对。

　　站在大厅里，她看到了自己挂在跑步机把手上的裤子，宽松的休闲款，细细的鹅黄小格，棉加丝的料子，有点俏皮，外加朴素。其实真的朴素，夜市上买的，二十五元。也穿了近十五年喽。越穿越觉得肥大，可她显然比十五年前胖，想必是当年就时兴这一种肥大款。

　　跑步机的把手上还挂着日式插肩短款薄呢外衣，这外衣是暗插兜，很浅，只起装饰作用。

　　出门的衣服都在那儿，勾搭着她的心。跑步机后面镜子里那个女人开始往身上套衣服，又匆匆走进书房。她把那张百元票子先是揣进上衣兜里，又觉得兜浅不够安全。她脑子里这样想着，走进客厅里，把手里拿着的票子放进左裤兜里，又迅速想到不妥，因为她习惯把手机放在左手裤兜。

现在，她只剩下一个选择了，那便是把手里的粉红色百元钞票放进右裤兜。

她把票子简单折了一下，放进裤兜，同时，在裤兜里她还摸到了另一些类似于钞票手感的纸，那大概是她某次购物剩下来的零碎小钞。

那张百元的票子就和那些零碎的小钞在一起了，就在她右裤兜里面。她准备出外走走，顺便到小区果蔬店买几个苹果，几把蔬菜，还有其他喜欢的食品。

这时候，女清洁工提着水桶打开门洞的外门，她开始了每天的清扫，她负责擦拭大门和楼梯把手还有台阶，她默不作声地干活，很认真，也很辛苦。

走过清洁工时，她道了声您辛苦了。清洁工停下手里的活儿，说自己一早五点从家出门，得换三趟公交车才到小区。清洁工有五十开外的年龄，相貌与年龄相仿，只是面容有点疲惫。

走出门廊，阳光扑面而来，光线透明，银箔一样闪亮，她走进阳光里，一直走下去。她先停下来跟燃烧衰草枯叶的绿化工人聊天，她问昨天我见过你们也在枫树那烧枯草了。他迷惑地抬头寻找是谁在跟他说话，说道，人家业主投诉不让烧荒。他边说边干活。她又搭了一句，烧草的味很好闻，让我想起了小时候。这话可能让绿化工人听起来非常不着调，一脸皱纹更皱。他们坐下来聊天。 他原来是个木匠。他说他在大兴安岭做家具，打大立柜，双开门的，下面四个抽屉，全油成大酱色，正重。她接过话说，那时候你给树开肠破肚，现在你给树培土浇水，这也是世事轮回。他皱眉头，迟钝了一下，说，我父亲我爷爷都是木匠。

后来，他的声音在风里逃远，一起逃走的还有一只像金属一样闪着银光的鸟。

路上，她遇到了一个跟她探讨过花草名字的女人，她在这个女人身边停下来，她们依坐在花坛的栏杆上谈天说地，那女人说她栽种的山葡萄，两颗在太阳下也泛着浅紫色的光，说每句话时，嘴角都向下用力。正聊着，另一个男人抱着孩子走过来，是她同事的父亲，便又东长西短聊了会儿。她的电话响了，于是，她掏出手机接电话。

她决定去果蔬店了。

她选了几样叶菜，选了甜心苹果和芒果。她去过秤交款。

出门时用来买果蔬的一百元票子不见了，左手裤兜没有，右手裤兜也没有，往地上看看，只有她的两只脚，还有收银员的两只脚。

那张票子怎么就不见了呢？她站在原地跟收银员道歉，她两手空空走在回家的路上想，是出家门时清洁工捡到了？是绿化工人捡到了？是与她聊天的女人捡到了？还是其他什么人捡到了。等打开房门，换好鞋子，走进客厅之后，她已经想到这丢失的票子最好被绿化工人捡到。

从窗子里望出去，那个老头还在埋头干活儿。

是夜，谧静而浓重的暮气从城市四周升腾起来，噪音渐息，万物由白变黑，被淹没在无形之中。包括那张百元票子。

我跟妈妈聊微信，提到白天神秘的丢钱事件，妈说，这都不算事，不过是一张纸。

现在，我很少做梦。流年似水，我像水里的一尾鱼，毫无羞耻感地在众人面前快活地游来游去。而鸟的翅膀，早在我思考之前，就飞过了我的白天和夜晚，带走了我所有的梦想。

"对不起。"这一声道歉出口之后，竟不知说给谁。

那个年轻人

餐馆主理牛尾火锅，好像是南方人到东北来开店的，包括服务员和前台，都不是东北口音。

我为牛尾是不是有壮阳作用遭到我丈夫的耻笑。他坐在我对面吸着烟，脸色发红。我建议他这顿不要喝酒了，他说他脸红完全是因为阳光太猛烈。

餐馆是大玻璃窗大玻璃门，一面墙全是玻璃。西向，是午后两点，太阳的确是明晃晃的，晃得人不敢追究它的位置。大堂四分之三都在午后的阳光里，剩下那四分之一被斜划出去，服务员们就聚在那里悄默声地吃饭。

那天整个上午，我丈夫在一个临时隔断出来的房间里对着摄像头做教授晋级答辩，另一个房间里坐着一排评委，他们在屏幕上能看到我丈夫的一举一动，当然主要是听他回答问题。我丈夫是个言行皆自由、闲散之人。他的人生一向追求逍遥自在，如果在人群里觉得不自在，甩手便走，哪怕舍弃既得利益。我戏称他崔四少，我的同事们提起他，也称你家四少。这样一个人，竟自愿被圈禁起来又被问来问去，想必是他的内心早已经火冒三丈了。所以，中午我请他吃饭，替他压火。我跟他说，你想吃什么咱就吃什么，他说随便，心不在焉的。他经常是心不在焉的，我很难分析出他心不在焉的具体原因。我想，一旦这个世界跟他的自由顶牛的时候，他便会让他的精神世界起烟冒火、愤怒、斗争、逃跑，最后像老鼠爱大米一样，只对眼前的自己负责。他永远是自己的胜利者，他辟出一小块领地来，坐在任何一种气候里看眼前寂寞的天空和大地。从我认识他开始，他的疆土，从没扩大，亦从没缩小，他做自己的王做自己的臣，自己玩，不带别人。我甚至因为不能理解，而满心怨怼地站在他的天地之外看他，我看到一棵树站在不变的春夏秋冬里，正一天天旁若无人地老去。我这种俗世里滚来滚去满身尘土的人，让他甚是不解，甚至憎恶，以及恶语相向。我能要求一个追求自我的人，像我一样被各种各样的人和事规矩吗？

可是，那天一上午，他是严肃认真的，中午我们已经接到几个祝贺电话和短信了，他通过了三级教授答辩。

服务员把菜牌拿来给我们看，我因为看过了墙壁上巨大的主打菜招贴画，便点了牛尾火锅，由我丈夫来点一些配菜。不一会儿，底锅上来了，煮熟的牛尾骨上来了，碧绿的配菜也上来了。马上便闻到了一种特别的牛肉香味。但牛尾没有几块，它在我的眼光里被服务生一块一块拨进汤锅里，我非常小家子气地嘟囔一句：怎么就这么几块骨？抬手指了一下对面墙壁上的招贴画说，这理想和现实还真是不一样啊！你们老板就不能让现实照耀一下我们的理想？我说这话时，没人搭腔，我也没打算听到回应。

一个身量瘦小的年轻人用力推门进来，他真诚而友善地对我们微笑了一下，一直走进去，去跟正在阴影里吃饭的餐馆工作人员说话。

那个年轻人在推销一种干洗剂，他谦卑地跟那些人讲解干洗剂的种种优点，但在他很长一段的陈述之后，没有一个声音回应。他来到我们的餐桌前，他把刚才的讲述又重复了一遍。那张还是孩子的脸，通红通红。我丈夫说，不用讲了，多少钱一瓶？年轻人还要继续讲下去。

他拿出一瓶干洗剂蹲下身，非要给我擦洗鞋子。我的鞋子是新买不久的adidas，今天刚穿上，不脏。这是我最贵的跑步鞋了，我怕他擦脏了我的新鞋。我跟年轻人说，不用不用，谢谢你，真的不用。

他说自己是高校的学生，卖干洗剂是参加了学校一个创业计划。我问他家在哪儿，他说他是甘肃人。

我丈夫连说了三个买字。我开始从包里往外掏钱。我给他三张百元的票子，他递给我三瓶干洗剂。我说，三瓶我们也用不了，一瓶就足够了。年轻人把两百元还给我，我推回他的手。我说，我一百元买一支，两百元买你的创业奋斗精神！你好好干，你就是未来的马云啊。

想了想，我又补充说：二十年后，我们再联系，好不？年轻人激动地翻出纸笔，他把自己的姓名和电话号写好了，双手递给我。眼里泪光闪烁。

这时候，我丈夫的脸越发红了。

年轻人像一张纸片那样薄，他挤出酒店的玻璃旋转门，回头冲我微笑招手。"别忘记我们的约定啊！"我说。

在那一刻，玻璃外的街，四处里日光晃晃，明的，暗的，所有光线别出心裁地织成一挂巨大的光谱，弹着琴弦唱着歌，在玻璃墙上有声有色。偶尔有车过，满街浮尘树荫日影，立时起舞，它们，阻挡了我的所有视线。

从眼窝开始，我体会到酸楚从掏空的身体里涌出，又被紧闭的双眼关住，被喉咙咽下去。但是，它是如此汹涌澎湃，俄顷弥漫我的镜片，我的双眼全是泪水，我的目光碎成一片片，在玻璃窗外的大街上，颠沛流离。

一只蛾，艰难地逃出蛹的狭窄禁锢之后，是不是可以在广阔的天地里起舞呢？与宇宙相比，地球还嫌狭窄。蛾的心于鲲鹏比，方寸之间，自由的属性，应该是相同的。至于九万里与九尺，你能说，有所不同？

儿子开车带我出去玩，一辆有轨电车从无数车辆后头钻出来，亮眼的橙色车体，我惊道：是有轨啊！怎么变了这种颜色？原来是墨绿的。

儿子笑我：变过无数颜色了，妈。

哪天我再去坐一趟有轨电车去。

为啥？

我说：不为啥！

我又跟儿子说，你现在的日子慢，我现在的日子快，我在旧日子里能找到慢下来的速度。你现在还不懂。

接下来，我跟儿子探讨宇宙空间的事。儿子说，宇宙中有无数沙粒一样的恒星系。我说，那我们比沙粒还小，是尘。儿子随口笑道：一微尘内斗英雄。

北窗外的杏花

悄无声息的，春天从枯寂的冬日里，摇摇晃晃而来。白昼长出毛边，侵占了夜晚，夜晚的边角虚了，短了一节。风，被阳光梳理过，一寸一寸变软，又软乎乎地贴在每一处可能经过的地方，软化了万物和人的心肠。

我在恍然若失中，叹息整整一个冬天也没见到一场像样的鹅毛大雪。冬日里，天空像僧侣的灰袍，灰下去灰下去，灰出几片零星的雪花。就这样，一个冬天也没有一场像样的鹅毛大雪，看不到还会有春天似的，因为我们东北人的春天，都是在大雪里捂出来的。

一个遛狗的中年女子敲我的窗子，她戴着一顶漂亮的天蓝色圆帽，衣领竖着，脖子显短，脸显胖。她跟我笑着，说，嗷，你盆里插的蔷薇活了啊？！她的白色小狗狗穿着一件紧绷绷的红线绒衣，在远处跑来窜去，像乱闯的火球冒出了白烟。她又说，你出来走走啊，天特别好！

当我站在北窗外时，我看到天空被无数楼顶切割掉，我分不清哪一片天空是真哪一片天空是假。几十只喜鹊排着不规整的队形，在北楼上空的蓝色里画圈嬉戏，我担心它们的翅膀因任性撞到尖利的楼顶和无数翘沿儿，天空无私无畏地向看不到的深处蓝下去，蓝得空茫，蓝成一片翻扣下来的深海，令人感觉目眩，恍惚，和胆战心惊。

于是，我的目光折转，看见一棵棕红色的树，在我的左侧安静地站着。它有万千颗红豆粒大小的花蕾，分撒在棕红的枝丫上。可是，就那么一点点红，像血一样，在我的心房蔓延，让我活了。

边上凉亭的横梁处，不知谁挂了一床被单，大朵的牡丹，开屏的孔雀，在春风里摇曳和招展，是俗世里无来由的欢喜。春风在树梢上来，但我也发现，它也悄声地从嫩草尖而来，或者，它也会从高空的那一群喜鹊的花翅膀上来，哪能说得清呢！

在遇到你之前，肯定是冬天，只是没有一场像样的鹅毛大雪。风是冬天里最冷的东西，在楼角，一路歪斜地窜进窜出，所有的黑树枝都在不安地呼叫，我从来没敢想过那些干树枝里有一棵会开花的树。

小区大门口有一家新开业的饭店，大招牌高高地对着南北，仿佛南边有个太阳北边有个月亮，所有的光它都要着。

我没在那些冬天的黑树林里想到最早开放的杏花，我甚至很久没心思去想这些事。"把自己推到前台从我出生那天就开始了，身后只有看着很厚实的幕布，我哪有心思想花赏草？"这些话，我没跟你说，这些话我跟谁也没说，除了我自己。

坐在这家饭店二楼的一间包房里，我看四周的壁纸。无数山河向我涌来，还有无数内容重复的断章残句。白底黑字，真真的，我却一个字也看不清。我只在那些山河与诗章里听到最现实的问题："我要弄个房子去，你给我做饭去，行不？"

彼此都觉得搞笑，边上的人更觉得好笑。边上的人也是我们的朋友，有男有女，那时，他们正有说有笑的。

或者，就是吃过了饭回家的这个时候，万千朵杏花在四月第一个夜晚开始萌动。我从那个酒店走出来，背后是金光灿烂的喧嚣街道。我目送一些人，还有你，钻进车子。之后，我迎着惯常熟知的黑夜里的颜色，穿过车辆渐稀少的马路。在走路的过程中，我没有回头，我欢乐的情绪一直向前，把夜色劈开，有一道狭窄的光亮在我的前面驱赶着叫作黑的颜色。远远的那一处树林，斑驳闪烁，似乎转瞬间在我的欢乐里，便"万树花开"了。

"眸子的适应能力比脑子强，可是脑子是眸子的领袖。"当时，我满怀喜悦地想到这句话。

第二天，我起了个大早，特意跑到那棵杏树前，看看花蕾长大了没有。一颗雨点停留在一片羞怯半展的花瓣上，花瓣和雨滴都透明的亮，看不出谁包裹着谁，看不出是雨滴穿过天空时调整了自己的姿态，还是那朵花蕾在夜半的黑暗里长出了夜明眼，迎着雨滴伸出一只怯怯的手？看得呆住，眼角有些湿，希望是一滴雨从哪一处的天空落下被我的眼睛接受了，因为突然感受到生之喜悦。

今天是周一，我得赶时间上班去。我大概需要步行十五分钟，走到雕塑公园门口等班车。班车由南向北把城市温柔地划开，一直向北，带我到郊外的一个经济开发区去。我供职的高校在那里。今天我得讲完六节课，上午四节，下午两节。周三那天，我将重复同样的工作。其他时间宅在家里。

就想起，你昨晚在餐桌上问我：你一周几节课？几天有课？每天几节课？

我便楞楞地站住，瞬间不知身在何处。

有一男子，身高，体貌，神态，与你十分相近，匆匆从我身边走过。

在那个春天后来的日子里，院子里的花树疯了，花朵在树上拼命癫狂，惊得鸟儿不敢栖宿。一个人，又一个人，无数人，匆匆忙忙地在花树下走过，我担心他，或者他们，在赶日子的匆忙中闻不到花香。

这个春天，我失去了一个朋友，又认识了一个朋友。期间相差不过一个花季。一些绽放的花朵还没有凋谢，另一些花蕾还在绿叶里隐藏。我身边的朋友无增无减，我因而无喜无忧。

或许，某一天，我的新朋友与老朋友在另一个繁华似锦的春天相遇，只是，这时候，也许我没在场。

我安慰自己说，你可以回到昨天里去，却见不到昨天里的景观。就像时钟，每次敲响的钟点，都是当下的时光，强拨回去的起点，终究不是往昔。

既然如此，那我和你，还纠结什么呢？！

可是，很多年过去了，我的年龄疯长，头发疯长，我一手拉着尘世，一心向往天堂，从不长记性。

原载《关东文学》2018年第3期

女性与名联

杨闻宇

对联作为特定的文学样式,与古典诗文相互渗透,在文苑里属于独具一格的奇葩。有人估算,千多年来,见诸书刊的对联已逾二十万副,从胜迹祠宇、市井行业、天地虫芥到节庆祝贺、哀挽伤悼,包括讥讽嘲评、谐趣妙对,所涉及的内容相当广泛。

对联起步时,汉字书法就是对联的主要表现手段,二者相辅相依,华辇骏骑似的配套而行。意境广远、内容深刻的对联,自然地升格为名联。名联足力强健,播扬久远。书法与名联同体,有的书法凋落了,名联仍在不胫而走,仿佛要走遍生活的各个角落。

巾帼里佼佼者稀罕,对联里的名联也鲜见,对联里与女性有关涉的,更是微妙、有限。

一

个别女性,是因为借助于名联,便留下了姓名。

咸丰年间的京师名伶翠琴病故,众多挽联里有这样一副:

生在百花先,万紫千红齐俯首
春归三月暮,人间天上总消魂

夏历二月十二日为百花生日,翠琴生于二月十一日,病逝于三月晦日,这里将其生卒年月与其妍丽风姿、高超技艺融为一体,誉其演技,亦悼其早逝,切题切景,别成韵味。

扬州文士曹雨人寄寓南京,与秦淮歌妓小金交往密切,因赠以联:"小楼一夜雨,金粉六朝人"。此联的氛围开张雅逸,首尾不露痕迹地嵌入二人之名。此联十分之四为名所据,名胜、人名契合无间,浑然一体,步八艳之后尘,"小金"也留下名字了。

袁枚的女弟子金逸,有奇才,喜作诗,不幸新婚一载即病卒,年仅二十五岁。闺友汪玉轸写下这样的挽联:

入梦想从君,鹤背恐嫌凡骨重
遗真添画我,飞仙可要侍儿扶

上联说,我在梦中也想随从你,可又担心你所乘坐的鹤背负载不起我这个凡俗女子;下联谓,你的遗像应当将我也画上去,你已升为瑶池仙姬,很需要我做侍儿来服侍你。此联构思灵巧,感情深挚、细腻。汪玉轸也是袁枚的女弟子,此联笔涉仙凡两界,展示出姐妹二人的青春才华、珍贵情谊。

二

俗话说"不是一家人,不进一个门",有的女性与名人交集应对,或者名人为之撰联,致使她们也芳名远扬。

汤显祖年轻时即具才名,张居正很为赏识,数次召见,汤显祖耻与权贵为伍,坚辞不去。"人不婚宦,情欲失半",大才子却是避不过婚姻。新婚之夜,进入洞房,新娘是个才貌出群的闺秀,对新郎仅是耳闻,从未实见,便于同床共枕之前,微笑着说:"苏小妹三难新郎,传为佳话。眼下烛明如昼,我想一难于你。"说罢,指着眼前的熠熠红烛,吟出上联:

红烛蟠龙,水里龙由火里去

烛体上刻的蟠龙,在蜡烛燃烧时渐渐销熔而逝,是为"由火里去"。出题太突兀了,匆促之间,汤显祖难以为对,低头伫立时,猛见新娘足穿红绣鞋,便借机组词,遂得下联:

花鞋绣凤,天边凤从地边飞

飞天的彩凤被新娘穿在脚上,下一步行将进入新郎的怀抱。才子佳人入洞房,这无疑是妙趣横生的一副"绝对"。汤显祖著名的剧作是《牡丹亭》,剧中那位杜丽娘形象的形成,自这里也可窥得一斑。

道光进士沈葆桢的夫人,是林则徐的女儿林普晴。妻子病逝,丈夫写下这样一副泣语连珠、感情凄恻的挽联:

念此身何以酬君,幸死而有知,奉泉下翁姑,依然称意
论全福自应先我,顾事犹未了,看床前儿女,怎不伤心

沈葆桢咸丰五年(1856年)擢九江知府,后随曾国藩佐理军务,林普晴亦随夫参赞军机。林普晴辞世,曾国藩的挽联为:

为名臣女,为名臣妻,江左佐元戎,锦缎夫人分伟绩
中秋日生,中秋日卒,天边圆皓魄,霓裳仙子证前身

周瑜在九江甘棠湖操练过抗曹的水军,夫人小乔似曾参赞过军机;沈葆桢任职九江知府时,林普晴参赞过军机吗?对此,笔者不敢漫猜。而沈葆桢、曾国藩分别在挽联里所表述的内容与情怀,难道还有更居其上的艺术方式可供选择吗?在这里,历史名人仿佛成为卓越女性进入名联的中介。难怪,传世之名联,不少是出自于历史人物里的艺术高手。

三

有的女性,属于历史名人生命里的一个重要节点,她们是水到渠成地随着历史进程步入名联之林的。

韩信之墓在山西霍山,"生死一知己,存亡两妇人"的墓联,从历史紧要处触及朝野多人,简洁扼要的提炼总括了韩信的一生。

知己指萧何:萧何月下追回韩信,使韩信获得新生;十年后,吕后也是用萧何计,由萧何骗信至长乐宫,斩之。两妇人指吕后与漂母。韩信少时穷困,"有一母见信饥,饭信,竟漂数十日"。韩信当初没有变作饿殍,全仗漂母。倘无漂母而饿死韩信,楚汉之争的历史会不会重写呢?

岳阳楼东北隅的小乔墓,墓小,墓联却不少。其间有这样一副:

> 铜雀锁春风，可怜歌舞楼台，千古不传奸相冢
> 杜鹃啼夜月，也为英雄夫婿，三更犹吊美人魂

奸相是曹操，美人指小乔。浅显平易的文字背后，掩遮着奠定三国鼎峙前至为关键的赤壁大战。据郭沫若先生考证："在赤壁之战时有小乔参加。"（见《光明日报》1982年11月16日）英雄割据终归于一枕黄粱，抔土埋香能熏染名士胸襟——名联与文史诗词互为渗透的效用，这里体现得尤其圆融、到位，自铜雀台始，以美人魂收，史册里着墨不多的小乔，在这里似有"提纲挈领"式的艺术功能。

杭州栖霞岭的岳墓之前，有铁铸秦桧夫妇及万俟、张俊跪像。此处名联最盛，尤其引人注目的是：

> 青山有幸埋忠骨，白铁无辜铸佞臣

拜谒岳坟者，谁能不读此联呢？此联看似随意，实则是意境辽阔，寓意深邃，概括力超乎寻常。言简意赅是伟大精神的重要特征，可有谁能够设想，该联的作者竟然是清代一位姓徐的女子（上海松江人）。撰联者没有留名，其实，能有这样一副墓联时时引人瞩目，满可以了——因为此联能够引起一代一代襟怀爱憎的有良知者驻足品味、反复沉思。

天上雁过长空，地表江河纵横。中国大地上的诸多名联，步调徐缓、沉稳，默无声息，并不像雁翔、流水那么迅疾，却会在人们的精神领域里走得很远、很远。

四

历史进程中杰出的女性，名联又岂能放过她们生命里的瑰丽光彩呢？

武则天是中国历史上唯一的女皇，执政期间，废除阀门制度，促使生产发展，可又滥杀文武臣僚，私生活不加检束，其功过是非实在难于评说。有人就选中乾陵墓园的无字碑，吟下这样的联语："大功俱在史，小节不须书"，简洁、干净，以少少许胜多多许。

安徽灵璧有"虞姬墓",墓联为:

虞兮奈何！自古红颜多薄命
姬耶安在？独留青冢向黄昏

上联用高明"红颜自古多薄命"句,下联取杜甫"独留青冢向黄昏"句,上下联之首字缀成"虞姬",设问作答,不着痕迹地蝉递成联,恰切、自然地隐寓着东方女性难于破解的命运机密。

虞姬墓在灵璧,其庙在浙江上虞。庙联是:

今尚祀虞,东汉已无高后庙
斯真霸越,西施羞上范家船

此联用典浑切,褒贬分明,开阖淋漓,弦外有音。高后就是吕后,至东汉光武帝时,即以薄太后配祀高祖刘邦,吕后已没有资格享受祭祀了,可虞姬的庙宇,至今犹存。下联又将虞姬与西施相比(西施和范蠡的故事人所共知),进一步肯定了虞姬展拔萃于群芳的贞烈气节。

从这里也可以看出,所谓的名联,名人效应是极其强烈的——项羽是虞姬的生命背景、精神衬托,当年的项羽如果是觍着脸过了江东,虞姬的身份就会非常掉价。

女性之刚烈体现在名联里,还有女侠秋瑾。秋瑾1906年从日本归国从事反清斗争。有一天,她同几个革命党人来到天姥山,登上动石夫人庙。当地人为之介绍此庙的传说:金兵侵宋,赵构仓皇南渡,刚逃到天姥山,风雨大作,山石滚滚而下,金兵遭到猝然打击,狼狈遁去。赵构一伙得救,人们遂说是庙里的娘娘显灵了。嗣后,便称娘娘为"动石夫人"。秋瑾听到这里,想到清廷的腐败,列强的欺凌,山河的破碎,心潮难抑,随即口述一联:

如斯巾帼女儿,有志复仇能动石
多少须眉男子,无人倡议敢排金

破庙没有僧尼,秋瑾便从地上拣一尖锋石块,将自吟的联语刻画于庙墙。刚刚写罢,忽地泼下一阵滂沱大雨,"浙东飞雨过江来",瞬息间又雨过天晴,奇怪的是,秋瑾方才刻写的字迹没有被雨水冲刷模糊,反而像填润了墨汁,益发清新。在场的人深以为异,竟相传告,致使秋瑾此联才得以流传。秋瑾著名的词句是"身不在,男儿列;心却比,男儿烈",太姥山联语正是三年前的《满江红》一词的赓续。又过去一年,秋瑾被杀害于绍兴古轩亭口,被难之处的亭柱上,当即就出现了这样的联语:

悲哉秋之为气
惨矣瑾其可怀

"悲惨秋瑾",这是历史老人深长的叹息声。

五

蔡锷是近代军事家,辞世已逾百年。当年,究竟是谁帮助蔡锷潜出北京城的?至今论说不一,有人说是时在交通部任职的曾鲲化,有人说是澳大利亚住北京的记者端纳,有人说是云吉班的小凤仙。

名联里的挽联,是将文化长河里的一波波巨澜化作了历史陵园里的一峰峰碑刻,挟有盖棺论定的意思。蔡锷病故,众多挽联中,人们认为小凤仙的挽联是难得的妙品:

万里南天鹏翼,直上扶摇,那堪忧患余生,萍水姻缘成一梦
十年北地胭脂,自悲沦落,赢得英雄知己,桃花颜色亦千秋

蔡锷被袁世凯软禁于北京时认识了小凤仙,小凤仙敢作敢为,帮助蔡锷潜逃回云南,起兵讨袁,赢得了中国近代史上著名的护国战争的胜利。蔡锷积劳成疾,客死于日本。孙中山的挽联是"平生慷慨班都护,万里间关马伏波",以班超、马援隐喻蔡锷之忠勇殉国。小凤仙的上联说:你是生长于南国的英雄,大鹏展翅,前程万里,但出于忧国忧民、心力交瘁而辞世,我与你萍水相逢的姻缘,终究是化作一场空梦;下联说:我南来北地十个春秋,沦落风尘,无限悲戚,想不到赢得了你这位

英雄的认可、赏识,并结为知己,像我这样地位低下的一介女流,也将附骥尾而流芳千秋了。

这副挽联典雅悠永,挚情入骨,小凤仙就算是才女,能写出这等文字吗?有人考证,这副挽联是易顺鼎代笔而成。易为光绪举人,擅长联语,代笔之时,已年近花甲了。1916年11月8日的北京,为蔡锷举行隆重的追悼大会。挽联如雪海,挽联之下,跪着一身缟素、垂泪饮泣的小凤仙,这历史性的一幕,本身就是难于移易的一桩铁证。

三十四岁的蔡锷与十七岁的小凤仙往来时,蔡有两副对联赠予小凤仙,其一为"此地之凤毛麟角,其人如仙露明珠",嵌"凤仙"二字于其间,赞其媚丽过人。其二是:"自古佳人多颖悟,从来侠女出风尘"。当年的蔡锷,岂是感情用事之辈!在他的手底,一字千钧,拟将一位妓女冠之为"侠女",可不是轻易能下笔着墨的了。琢磨先后联语,忖度世情人心,笔者认为,当年掩护蔡锷者,小凤仙功不可没。

面对天地日月,风云变幻,名联,要么含有比格言、警语更深邃的哲理,要么概括着历史中最为隐秘的人事情节,其美学涵义的坦诚性、磊落性是独具一格的,是为谁也无法限制、封杀、禁止的中国特色。行至20世纪,作为文苑里别致的一座山峦,是否可算是抵达了联语艺术之峰巅呢?

原载《宝鸡日报》2018年5月15日

爱的气候

凸 凹

周末居家，在书房里乱翻书，居然翻到了一本中国文联出版社新翻印的《爱的气候》，系安德烈·莫洛亚写情爱的长篇小说。叙述的套路，大俗，不过是"我爱的，她不爱我，我不爱的，她却爱我"。但是却被强烈吸引，不能释卷，索性当作大著，做终日的耽读。

书曾经读过，故事的结局早已了然于胸，没有悬念的诱因；情节也简单，不费目力，便也不会波澜弄心。为什么还是被吸引？盖因已到了不屑于谈爱情的年龄，对情色没有期许，有了超然物外的心境和视角，可以冷冷地审视。这一审视可不要紧，觉得莫洛亚真是写爱情的高手，他与人物结伴而行，在场及物，有迷乱的氛围，有仓皇的心跳，有人性的错失，有深切的痛感，一切都呈现得那么准确，直让人感到，别人的爱情经历也是自己的，其中的真情与假意、庄重与荒唐，都是合理的存在——只可以回味，不可以挑剔；只可以尊重，不可以轻蔑。所谓爱情的真相，是在爱中有不爱、不爱中有爱，换言之，是在忠贞中有背叛，在背叛中有忠贞——那种纯粹而热烈的爱情，其实是情境下的产物，时过境迁之后，就嬗变、就转向。所以，那种居高临下的正义指点和道德臧否，是纸上谈兵，是隔靴搔痒，是假道学，甚至是痴人谈阔，甚至是别有用心。

说莫洛亚"准确"，是因为他用鲜活多汁的笔墨，原生态地描写了在"爱的气候"中，当事人不可掌控的在场感受，形象地揭示出，爱情的到来，不可设计，不可预测，只能"遇到"。在这个场域的事情，往往是：期冀的，迟迟不至，躲避的，却不请自来；须端庄处，居然不由分说地放纵，逢场作戏的时候，却有摄人魂魄的神圣之光……一切都是那么的不可捉摸，毫无道理，莫名其妙。

这种莫名其妙，被莫洛亚描绘得淋漓尽致、目不暇接，把读者带入一个不可自持的阅读氛围，来不及作理性判断，只想被他牵引着去体验、去感受、去快乐、去痛苦。只感到，纸面上的情爱也是血脉偾张、心魂迷乱的，也是真的，如果在"当境"的情况下，还追问道理，还区分对错，真是焚琴煮鹤、清泉濯足、花下晒裈，轻者是不合时宜、不懂风月，重者是阳痿不举、失去了爱的能力。

莫洛亚的描绘正是在这样的情境下展开的——

菲利普（小说的主人公）与几对年轻夫妇去聚餐，酒热之下，他们躺在草地上仰望星空。无意间他碰到了德妮丝夫人的脚踝，那只脚踝是那么的白皙秀美，他情不自禁地握。奇怪地，那个女人居然没有表示异议，他便放任地握紧了，且心旷神怡，觉夜色大好。事后他在日记中写道：我心地清洁，对女人本应淡然处之，然而盯着她时却目眩神迷，而且竟为那不屑一顾的打情骂俏而心摇意荡、沾沾自喜。难道我还不够好？于是他怅然若失，心里涂上了一层阴郁。

菲利普害怕自己的不洁，再次与德妮丝相遇时，就远避，以防自己的"身不由己"。然而他的自律，让德妮丝感到被冷落，遂心中生怨，对菲利普进行冷嘲热讽，有些话，近乎诋毁。他很痛苦，很想找一个倾诉的对象，以释块垒。一回眸间，竟发现年轻的马莱小姐正对他含笑凝视，送来同情的目光。这短暂的一瞥，却像一粒微小的花粉，凝聚着孕育的力量，飞进了他受惊的花蕊，让他产生了要认真地去爱一场的热望，于是他毅然走过去。于是，在完全没有预期的情况下，他们爱了。

从此，他便上道了，开始经历一系列复杂多变的情爱感受——

原来一个女人给自己造成的难以承受的心灵痛苦，反而会变成对另一个女人的情爱动力，所谓爱，往往是一种"情移"的产物。

新的感情对象一旦出现之后，在旧人面前，他一下子变得玩世不恭，有了夸夸其谈的意外才能。而且，喜欢频繁地出席沙龙活动。因为在沙龙中，有各种交锋，可以由此检验女友的应变能力和品格特征。更主要的是，他们此时是同一个"社交单元"，要想乱中取胜，得到认可，就必须步调一致，同气相求、同声相和：我鄙夷一切不属于她的事物，而她对一切不属于我的事物也不屑一顾。慢慢的，这种不得不出于"配合"的动作，竟变成了习惯，就真的进入了"同一"的境界，就有了向过去诀别的"欣然心情"和自觉意识，爱情关系就最终确立了。

在相爱之初，恋人吸引"我"的，常常是嫣然的笑容、醉人的声音和"裙子下那青春肉体散发出的温暖"。但后来她更吸引"我"却是善解人意的性情和赏心悦目的"生活情趣"。因为这种生活情趣，远离肉欲，一如"森林、鲜花和大地的芬芳"，不需要人为保鲜。

当然，经常变换美丽的时装也是必要的，因为时装能挡住男人的视线，让他们不去估计身体的成色，同时时装像"感情上的羞怯"，让智性的思想把情欲的冲动掩盖起来，让人不起邪心。

一旦进入婚配之后，神秘和浪漫被"祛魅"，便发现，真实的她（他）与所爱的她（他），往往不是一个人；想象出来的生活，与我们亲身所过的生活正好相反。于是失落登场，即便是双方都没有过错，也彼此冷漠。为了维系甜蜜，他们开始降格以求——"生活情趣"的真与假不重要，重要的是让别人看起来重要；家居时光里热情退化不可怕，可怕的是失去了从"名著"里汲取热情的能力。于是，他们可以时不时地不爱眼前这个人，但一定要始终爱着爱情。

爱情进入平淡时期之后，当事人总愿意"姑息"自己，总是愿意按照自己所希望或认为的那样评价自己、描绘自己——缺陷是他人的，完美是自己的。男人便做出孤独的样子，"我热爱我的烦恼，所以我忠贞"。女人也假意淡定，因为她觉得维系自己婚姻的安全阀是"不要让你的丈夫感到，你只爱他，一旦离开他你就无法活"。

正是这小小的心计，使婚姻真的出现了大的漏洞——男人开始公然向别的女人拨弄眼风，他心想："到嘴的肉不吃，我也未免太窝囊了"。女人便惊悚了不安了，因为"她从别的女人那晚礼服裸露的后背上，看到了蓝色的电波"。

为了不物极必反，女人表现出应有的宽容，"如果真正爱一个男人，就要学会喜欢他喜欢的女人"。但男人却得寸进尺地想，"幸福永远不会是静止的，它是不安中的间歇，爱情也是的"。

男人远去了。女人肝肠寸断之后，竟奇迹般的自愈了，她不无豁达地想："男人就是飞蛾，新的女人就是那招摇闪烁的火，如果他不扑上去，就不是男人了。"

多少年之后，他们居然能够像老朋友一样平静地坐在一起。心平气和地谈论到，你我其实是爱过的，只不过斗不过环境、气候和时光的离间，我们都身不由己。所以，只有死亡才能把爱情从难以逃脱的失败中拯救出来。

小说读毕，依旧亢奋不已。辗转反思，强烈地感到，所谓爱情，最核心的生命体征是：色授魂与。即，爱情的存在，根本的，是取决于男女之间，性、性趣、性格、性情的吸引。

　　《爱的气候》多少有些爱情启蒙的味道，更适宜青年男女。但老来读之，却愈加觉得它是一阕深刻而生动的挽歌，它让人、尤其是过来者，要怜惜爱情、更加珍重已有的爱情，虽已看透风月，却更应当洁身自好。因此还让我们看到，以前嗤之以鼻的感情，其实是珍贵的，以前懵懂荒唐的举止，其实是可爱的。在爱情面前，人没有老幼尊卑之别，都是永不能毕业的学生。

　　由《爱的气候》我不禁感慨道，那个时代，即市场原则尚未泛滥的年代，其男女之间的纠缠，才是真正的情色境界啊！他们不重世故，不讲功利，甚至不顾出身、不问来路，只服从色授魂与的吸引，虽有出轨与背叛，但都是爱情本身的"化学"作用。而当下的世界，世风不古，情色已不见纯粹之地，男欢女爱，多是被现实的利益所牵制，情感在权钱的推动之下，愈来愈趋于物化了。莫洛亚也就有了被重读的必要。

原载《当代人》2018年第4期

空瓶子

沈俊峰

青春鸟受伤了

血模糊了眼，喊杀震天。不断有人从上面滚落下来，他躲闪，挥舞大刀，奋力攀登……云梯，高耸城墙，悬在空中，他有了飞鸟的感觉。如果愿意，他眨眼就能变成一只飞鸟。胜利在望，快要登临城上了，他青春的躯体迸发出势不可挡的神力，欢呼的声音几乎飞出嗓子眼，就要飞出口腔，在空中飞扬了。他的脑海中，甚至一念闪掠，等待他的，会是一个什么样的胜景呢？

突然之间，梯子被人抽去，他的身体在空中飘了起来。飞翔的刹那，他分明看到抽梯子的人，就站在他的身下。他甚至听到了幸灾乐祸的笑。血凝固了，心往上拎，耳边是呼啸的风。之后，他听到骨头断裂的声音，疼痛针尖一般直抵脑仁……

二十一岁那年，他结结实实摔了一跤，把他从梦中摔醒了。

对他来说，那是大事。纵横几百里的大山深处，有一家兵工厂，他毕业分到厂里教书。本来，没能读高中考大学他就憋着一肚子委屈，教了两年书，便报考教育学院。这是一个自我救赎的捷径。然后，他想考研，一路走上去。厂里同意他报考，他考上了，正准备去报到，厂里又变卦了，不让去。他的梦被掐死了，他可能一辈子只能趴在那个大山沟里了。

这一跤，的确摔得不轻。

虽然没有伤到皮肉和骨头，却伤了心，伤了气。

他年少气盛，也任性，从此喜欢文学创作，对文凭失去了兴趣。他以为，没有那一纸文凭，他照样可以混世界。事实证明，许多机会都因为那一纸文凭悄悄溜走了。他赌气的结果，是害了自己。除了写作，他几乎走投无路。写作是他的热爱，但是，何其艰难，何其寂寞。一路走来，那注定是他一个人的战争。孤独中，他败得落花流水。

你以为自己是谁？一个人的雄心壮志，迟早会在日出日落的面前，变得日暮途穷。

多年过去，那个浑身长满疼痛的梦还会时常浮现出来，以致他有一个错觉，在现实与梦之间穿梭，一切变得模糊而缺少界限，差不多是风流云散、淡而入天了。可是，如今想来，他仍然感到奇怪，人类创造的巧物早已飞天入海，甚至搅了嫦娥的美梦，他的梦为何还会出现在冷兵器时代？难道现今的世道人心，仍然有许多是停留于那个野蛮、蒙昧、杀戮、征服的冷兵器时代吗？

打小，他就像古人一样羡慕鸟，自由，能飞，没有阻挡。天高任鸟飞。多好，可着劲儿飞。鸟视自由为生命，失去了自由，也就失去了命吧。他曾经抓到过两只鸟，发现鸟会生气。鸟的生气，其实是受伤，和人一样是心受了伤，于是气在身体里淤滞。这是内伤，比擦破点皮渗几滴血可怕得多。因此，鸟生气，便如同致命。那两只鸟逃走不成，便以绝食抗争，郁结身亡。这让他对鸟肃然起敬，敬佩鸟的气节。

他对鸟有了更多的关注。那些被人养于笼子而心安理得的鸟，都不是什么好鸟，或者说，是鸟类的叛徒。当然，笼中之鸟绝大多数都是被迫失去了自由，毕竟一只鸟的力量难以抵抗人的智慧、力量和贪婪，它们被抓被养并不可耻。倒是那些被放出笼的鸟，反而哭求着仍然要飞回到笼子里去，令鸟类所不齿。他对此也不齿。

他是一只摔伤的鸟。他被关在一个无形的笼子里，那个笼子是一些聪明人精心编造而成，大，坚实，肉眼无法看见。他即使如精卫一样劳累丧命，也根本不可能飞出去。

笼子好像是哪个时代都会有的，他根本无法避开。

疗伤吧，把伤疗好，等待雨过天晴，阳光灿烂。他唯一能做的，就是疗伤、等待。

学校后面有一座山，不高，长满了荆棘树木，嶙峋乱石，各色的野花。当学生散去，校园空旷冷寂，他常常会憋了一口气，一口气冲上山顶，就像梦中攻城。他想让自己累得瘫痪，累得失去知觉，累得不去胡思乱想。他想让自己的血重新燃烧起来。

他常常痴坐如石，听山风呼啸，看云涛奔腾，直到猩红的夕阳被黑夜无情地带走。在如天的孤寂中，他流过泪，却很快将泪抹去。他发现泪水无济于事，只是白白浪费感情。

那是他最落魄的时候了。天空变得空蒙,一丝内容也没有。他像当年被自己捉住的鸟,等待上苍的恩赐和奇迹。鸟敢以死相抗,他却只能忍受。他安慰自己,他比鸟有智慧,他懂得所谓的谋略。其实,那只是一个缺少胆魄与勇气、自以为是的冠冕堂皇的借口而已。人就是这样,总能在堕落的时候找到各种心安理得的理由。

他总算趟过了那一片深不可测的沼泽。偶尔的回首,只是一个梦。这个梦,成了他的自励,磨砺了他的心性和意志。

在那座不高的山巅,他看到了更远。山峦绵绵,连接天地,世界变得辽阔无边。夕阳裸露了它硕大丰腴的胴体,不断变幻她的金黄、紫红、灼亮的表情,像一幅娇艳的写意画,大度地涂抹,让强劲的风野性霸蛮地抚摸她的脸颊和长发。壮美的夕阳、天空、山脉、云霞、树木、花草、风云,澎湃了他的血脉和气韵,所有的伤痛与哀绪,都悄然散去,淹没于浩渺的苍宇。

那个山坡,那个山巅,陪他度过了两年多的黯淡岁月。

山水寄情,宇宙疗伤。大自然不愧是人类心灵的土地,不仅给予养分,还给以母亲般无私的抚慰。那座山,对于他来说,就是安泰俄斯的大地,是他力量的源泉,给了他新生的勇气。

后来,他坚决地离开了那里,寻求新的路。

他始终无法忘却那座山,矮山,说是一个小山包似乎更为贴切。曾经有几次,他千里迢迢回去,特意去看望了那座山。抬头望去,满山翠绿,那条他无数次奔跑上下的小路早已被绿色淹没无痕。单位搬走了,早已是人散山空,大地复归于寂静。他没有上山,就站在山脚下,痴望、凭吊,然后打道回府。那座山装进了他的心里,被他带走了。心中能装一座山的人,还能有什么东西装不下呢?

谁的心中没有卧着这样一只受伤的鸟呢?

哪只蚂蚁没爬过热锅?

人影憧憧,高楼林立,车水马龙,他时常感到茫然。满世界那么多人错综复杂地纠结在一起,如一团乱麻,需要多么大的耐心和毅力才能解开、理顺,然后,让自己像鱼一样翩然而游呢?

大千世界,芸芸众生,除了大自然不可抗拒的神力,许多麻烦,其实都是人自己制造的。人与人在一起,远没有蚂蚁与蚂蚁在一起那么有秩序、听话、理性、诚实。有时候看蚂蚁万蚁一心辛勤劳作,那种协作、友爱和奋不顾身的奉献精神,常常让他心有所动。他也会莫名其妙想起"热锅上的蚂蚁"这句话,蚂蚁不小心爬上热锅,会是一种什么样的感受?

他说,他感受过。

不到三十岁,他已经在那个名叫西石门的大山沟里待了十年,"十年一觉扬州梦",他的梦终于破醒,伤痕累累。他知道,自己已经不再属于那里了。

他青春年少的心里,翱翔着一只皋鸟。

远古,皋陶部落和三苗部落生活在他脚下的这片大山。皋陶被禹派到这里,管理三苗部落。皋鸟是皋陶部落的图腾。想到皋鸟,他便会想到被时光踩在脚下的厚重历史。那只有点像凤凰一样的皋鸟,在风雨雷电中穿行,身上还扎着一支利箭,以伤痛之躯搏击无边的苍天。他能看见它矫健的身姿,也能听到它惊惶迅疾的鸣叫。它就那么飞翔,孤独而勇敢。冷不丁,它穿破乌云,顶着闪电,在疾风暴雨中飞到他的眼前,然后,它将一个冷笑和斜睨抛进苍茫群山,遁入一片空蒙。

皋鸟的身影,带给他沸腾的激情。

然而,在纯洁编织的羽毛外衣下,包裹的却是一颗惝惶的难以安放的心。在坚硬的现实面前,他碰得头破血流。他的身上像皋鸟一样,插着利箭,寻找命运的缝隙。

在那个人生最美妙的年华,他感到身边罩着一个木栅栏,犹如活人的"题凑"。题凑,是远古先民以木材整齐地码放在棺木之外,成为方形的墓室。那或许是死亡之后寻求的一种对身体的保护吧。但是,他身边的题凑,却像一个囚笼,让他无法扇动翅膀。

他的人生向来像打游击,打不过就跑。从一个单位到另一个单位,需要盖许多的公章。人在单位之间游动,是一个严肃的交接,不允许片刻的游离。

如今听起来,这已经像一首上古的民谣。

他只能调动。等待调动的日子,就如蚂蚁爬上了热锅。

从山里到省城,直线距离不过两百公里,即使步行,慢悠悠地,顶多也就三四天,可是他却调了整整一年。他变成了一纸公文,被挂号到主管单位,开始了公文的旅行。这哪是公文在旅行呢,分明是他的心在旅行。那一纸公文就是他的心。

那一年,他在等待中虚度了。

绝望、挫折、走投无路、茫然、寂寞、孤独、无助……所有这些,都是你无法忘记的各色各样的热锅吧!

等待,让他度日如年。三个月之后,报告终于爬到接收单位的主管单位,他长舒了一口气。谁知道,这才是一只大锅,他遇到的最大的一只锅,而且已经烧得通红通红。那只大锅,他从春一直爬到秋,阅尽了花开花落,落叶流水无声。

公文不走了,像一个人累极而眠,总也不醒来。打电话去问,一个女的说,要等研究。于是等,焦急万分地等。等的过程,其实是将一个人的心拎出来,反复揉搓捶打的过程,像烙饼一样,翻过来复过去地烙,直到烙熟、烙黄、烙焦,而且,凉了,再烙,再凉,再烙。一个多月后,再问,答曰,还没研究。又问,仍然没有研究。他只能小心翼翼地一次次询问,连语调高声也不敢,生怕人家不高兴,彻底将他"毙"了。他真切地体悟了,什么叫小命握在别人的手掌心里。

新单位去不了,厌倦透顶的旧单位也离不开,在那里熬着。担忧的是,万一不批准呢?

那种折磨,简直是对一个鲜活生命的凌迟。他实在不能理解,研究一个普通人的调动报告为什么要横跨漫长的三个季节?

等待调令,尴尬渐渐多起来,像桌上日日累积的灰尘。每天与熟悉的人见面,都会被关切地问,还没走啊?每问一次,心上就像划了一刀,冒出一星半点的血。假如调动不被批准……他真不敢想下去了,晾在半路,或者半空,进退维谷,就像一个小偷,偷鸡不成蚀把米,鼠洞难寻!

命运像江中的一只小划子,完全听命于汹涌的浪涛。

将近一年,热锅已将他的爪子烫熟,身上也烫脱了几层皮,差点就成了下酒的卤菜。他发誓,如果这次调动成功了,这辈子、下辈子都再也不会调动了。即使做一根沉沦水底的木头,沤烂了,烂得粉身碎骨,他也甘愿。

没有任何消息的等待,简直令人绝望。

家人提醒,要不要去找找那个经办人,送点礼?他听了,像是受了莫大的污辱,一口回绝。长这么大,他还没有出于一己私利给谁送过东西,也没有见身边的人因私送礼。没见过、也没有想过的事,他怎么去做?

可是，人在屋檐下，不得不低头。在备受痛苦、折磨了许多天之后，他最终还是像上刑场一样咬牙同意了。在他看来，给人送礼、求人，与上刑场没有什么不同。在精神上，他像是被"毙"了一次。

他至今还记得那个令人颤抖的时刻。忘记了是如何打听到的地址，他去了，忐忑，心中像扎着一把刀，做贼一样，惶恐不安。从进门到告辞，他表演似的说着好话，觍着笑脸，其实心里像抹了一层厚厚的猪油，充满了羞耻，心脏、肌肉、骨头都在故作镇静中悄然抖动。一个对文学充满了热爱、视为神圣、立志要当作家的青年，在那一个晚上，感受到了莫大的污辱。那个时候的他，已经不年轻了，心地却单纯如是，不谙世事。从那以后，他感觉自己坠入了一个深渊，在那个深渊里，真善美和假丑恶混战在一起，掀起了弥天尘土，让他置身于尘雾蒙蒙，再也没有了清澈的眼神。

其后，当他像一条鱼，在社会的一汪大水中走走停停、游来游去之时，他终于找到了一句话安慰自己：水至清则无鱼。

但是，他真的不想做那样的一条鱼。

多年之后，一个文友如此对他感慨，文学很高尚，文坛很江湖。那么，文坛之外呢？

不知是巧合，还是他登门真的起了作用，报告很快就"研究"通过了。于是，他心中又多了一层感慨，甚至是悲凉，他终没逃过那条世俗的绳索。

这么多年来，他一直在想，一个人能干干净净、轻轻松松地生活该有多好，一个人生活在没有心灵污染的环境里该有多好。他想，再也不会那样去委屈自己了，永远。

他要把心中那个蚂蚁彻底埋葬。

行在边缘的虾

北宋初年，平民出身的宰相吕蒙正，写过一篇著名的《命运赋》："马有千里之程，无骑不能自往；人有冲天之志，非运不能自通。"说明时运对人的重要，"地不得时，草木不生；水不得时，风浪不平；人不得时，利运不通"。

所谓时运,应该是天下大势吧。时光被天下大势揉成了无数的皱褶,人行走在那些皱褶里,有的顺畅,有的艰险,然后湮没于时光的无情烟云。

于是,人就走成了各色各样,万径人踪。

如他,走着走着,便走到了一个边缘。

失去了编制,似乎就进了边缘。这是他没有料到的。那一年,他无法忍受自身的处境,在打破铁饭碗的一片热情高涨的大潮声中,他决心做自己喜欢的事,于是,义无反顾走出了体制。心里轻松,身上也轻快。他觉得在那样的一个崭新氛围里,自己就像刚刚从水里捞上来的一网虾,满是活力。他是那种浑身透明的小虾。但是,他这只小虾必须立刻回到水里。只有在水里,他才有活力。

在那座城,他是最早一批成为虾的人。其后,许多人跟随着他,也成了自由泳的虾,渐渐成了一个边缘人。

编制之外为何就成了边缘呢?生命本来是平等的,一旦落草为民,便如落草为寇,自然就分成了三六九吗?

给大厨洗菜、在学校当门卫、在医院里当勤杂工、坐在观众席上激动万分地鼓掌……这些角色感受的总和,成就了他内心边缘的感受。也就是说,菜馆之于大厨、学校之于教师、医院之于医生、礼堂之于舞台,才是主流。除此,不就是边缘吗?

边缘倒是没有什么不好,自由,低调,不被关注,丰衣足食靠自己,尔后,渐归于隐,自己是自己,享受纯粹的生活。边缘,其实风景无限。

然而,生活不会如此简单。

离开了编制的樊篱,并非就能离得开它的灵魂。许多时候,仍然要依赖于它。这让他尴尬,难堪,愤愤不平。当记者、做编辑,圆他的新闻梦,他就只能进入编制内!边缘的他,站在主流的岗,做着主流的事,说着主流的话,却找不到主流的犒赏和安全感。他的面前,有一道高耸的分水岭,一道无法逾越的篱笆墙。

二十五年前,杂志社女领导安慰他:"这都是暂时的,老人老办法,新人新办法,最终大家都会一个样。"他那时信了,以为大势所趋,天下终会大同。如今,他老了,换了一个新单位,报社的男领导仍然如此告诉他:"老人老办法,新人新办法,形势就是这个样。"他们说话的语气、声调几乎没有什么变化。是时间停止了前行,还是他穿越了时光?

摔了铁饭碗的结果,是他失去了许多编制内的机会。他披着主流的外衣，跳动着一颗边缘的心脏。

主流的外衣却让他周身笼罩了一层炫目的光环。许多人为他的那些光环而鼓掌。曾经，他正儿八经思索过，觉得自己边缘的感受没有错，那些熟悉的陌生人对他的光环的感觉也没有错。最终，他无话可说，任凭脑海里一根胡乱挥舞的棍子，像金箍棒，搅得风斜雨乱。自己不过是一只憨厚的狐，有点痴呆的狐，跟着老虎一起招摇过市的狐。

外表的光环，并不能抵挡他内心的惶惑、恐惧、无所适从、无从安放，像漂在水上，浮在空中。他是一个出色的演员，无师自通地表演。痛恨与自责的是，他竟然化了妆，作了感情上的酝酿和准备，甘愿虚假。他知道，许多人离不开虚假，享受着虚假带来的雨露阳光、鲜花掌声和世俗的实惠。那些陌生的熟人，只看到了他身上流光溢彩的鲜艳，却没有人知晓那鲜艳的背后。那里盛放着他的痛苦、焦虑、不安、惶恐、无可奈何，甚至绝望。这是鱼和水、人与生活之间的悖论、宿命、滑稽、错位、虚无、无能为力。其实是一幕怪诞的戏剧。

他被时光揉进了一个尴尬的皱褶。

他像一枚落叶，浮于生活之水，随波逐流。

当年，他是那么的主流，就像样板戏中的英雄，额头上写着正气，刻着品质。然而，他厌倦了人浮于事、一眼望到头的人生，他渴望众志成城、同仇敌忾般的奋斗激情，他渴望生活在一个有活力的世界里，他以为那满世界的亢奋可以善始善终，以为那汹涌的激情可以熔化世界，所以，当春风春雨迎面冲来，他以为辽阔的世界就此长满了长春藤、迎春花和四季青，他天真地相信了那一场春雨，于是，他义无反顾，大义凛然，决定去燃烧自己，做一只欢蹦乱跳的透明的小虾。

他太天真了。历史上这样的故事还少吗？仅一个北宋，就有包拯改革的铡刀无疾而终、范仲淹被贬、王安石郁然长逝。

然后他发现，雨停风过，人们把铁碗捧得更紧了。似乎在一夜之间，铁碗成了金碗，甚至还成了某一种上升通道和发展空间的通行证。

当年的慷慨激昂，他只不过是像许多人一样，玩了一个前仆后继的游戏。

前仆后继。前与后，绝不可能表现为同一个品质。狡诈的灵魂，只是悄悄地"后继"，眯着小眼窥视，而不会让自己傻瓜似的"前仆"。英雄既已"前仆"，掌声和鲜花便只有献给"后继"了。那些后继都成了"胜利者"。如此，纵容了一颗心的权衡、苟且、自私、虚伪和无耻。

他不愿意让自己的话被当成一个"仆"者的呓语。很多时候，他都选择了沉默。

一只小虾怎么能成为一条鱼？从透明变成黑褐的苍老，才是小虾的唯一归宿。

后来，他在微信中看到有人如此戏谑：无人虐我，我也没有自虐，是编制虐我。

编制是什么？为什么占绝对多数的人成了边缘？为什么占绝对少数的人却成了主流？

想不明白，他干脆不再去想了。让他无憾与快乐的是，梦想再一次回到身边，他的心紧紧贴在了大地。透过重重云雾，他似乎望穿了善与恶，美与丑，得与失，他甘愿修行，一心向善。

这本身，不就是一个更大的善吗？

他的身上长满了时光的苔藓，打满了时代的烙印，像舞台上一件缀满五彩鳞片的演出服，每一片鳞甲都在灯光的照射下，闪烁出耀眼的芒光。

脚随心，心跟感觉，感觉应该不会欺骗自己的脚吧？

一只虾活在一洼辽阔的野水，还是挺自在的。不信，你试试？！

原载《安徽文学》2018年第10期

浅思短论

王聚敏

著名诗人大解言:"文学作品不像树木一样,必须在泥土中才能扎根,文学的根在人心,深入了人心,就是扎根。"此论独到、深邃。过去我们提倡乡土文学,提倡农村气息,而不强化作家的内心修养和精神修炼,致使作品土气和小家子气!缺乏现代意识,情哉!

我从事编辑近四十年,广大作者都比较尊重我,我有不少修润成功的范例。比如一个作者散文最后部分绕来绕去,写得比较乱,我删减其部分,且以俗言"隔行不隔理"代之,精练了,传神了。还有一个著名散文家,把"美轮美奂"用错了,我告诉她,此词仅用以形容建筑物,她很感谢我。大散文家都如此谦逊,你又算老几呀!

刚才读书,见冯友兰有八十八岁自寿联:何止于米,相期以茶;胸怀四化,寄意三松。到底是老文化人,弄得不错。但犹感不足的是,后联顺序颠倒一下,就好了。应该是:何止于米,相期以茶;寄意三松,胸怀四化。这个就顺口押韵了,冯是大师,难道有自己的用词道理?反正我觉得颠倒一下好,不知道同志们以为然否?

张炜先生云:"投机于大众趣味,这不仅是知识分子的耻辱,也是任何一个人的耻辱。人的软弱自此开始,而且还遮罩在堂皇的理由中。"是的,如今电脑上电视上到处涌现着浅薄者的狂欢节目,这些浅薄的狂欢者,都是一些浅薄而傲慢的少男少女。自我感觉良好,其实他们都在糟蹋着中国文化!!!

随着国家对传统文化的重视与弘扬,现在社会上"国学大师"遍地,"国学研究会"林立。懂周易会算卦的自称大师,会背几句论语也自称国学大师,只懂老庄不懂孔孟或只懂孔孟不懂老庄、只会背千字文弟子规等蒙学读物者也自称是国学大师?国学有这么简单吗?家有如此好当吗?你真知道中国文化吗?当年鲁迅先生称读经是"沉渣泛起",现在又将有精华又有糟粕的传统文化捧上了天,真的想不明白。其实即使说传统文化"博大精深",上述这些家这些研究会,只懂一个皮毛而已。

昨天至今天参加精准扶贫培训班，收获不少。河北农大教授张玲把这样一个没有学术含量的问题，做得很有学术含量！细思之，其原因她肯深入乡村仔细做田野考察，做得精深细致。我感觉无论做什么课题，只要弄深弄细弄精，那么就肯定有了学术价值科学。反之，你的研究对象即使很有研究价值，如果没弄精探细，也照样没有学术价值，我见过不少这样的"教授"和"大家"，我内心瞧不起这样的人。

上世纪九十年代，众多评论家把张炜、张承志等小说家归类为"道德理想主义"，今日得读张炜先生《我不是理想主义者》一文，深感张先生跟莫言一样深刻深邃。他能理解"理性主义"和"经验主义"之优长缺憾，唯独不能容忍将理想弄成主义，即"理想主义"。文中有"寻找陶渊明"一节，我认为此文也是至今分析评价陶氏最中肯綮最能会意的一篇！还没有见谁能有此高见独论！

原载《燕赵都市报》2018年1月23日

东区与西区

王 韵

市委、市政府同楼办公,两块牌子,一红一黑,像一本书名。

其生活区在西郊,就叫西郊小区。小区四面被高高围墙包围,只有一个大门进出。从大门进去,一条笔直宽阔的马路通向正前方,到了围墙脚下折断了。马路东是东区,西是西区。

东区住副县级以上干部,西区是科级以下人员。东区住着一些叫领导的人,实实虚虚的职务像定语修饰,限制着他们,各种精神和物质待遇却是实实在在的,他们每月领着不同数额的工资,眼下住着不同面积的房子。他们能上不能下,许升不许降,内心膨胀如氢气球,时刻渴望着向上飞腾。西区住着这样一些人:他们的欲望与想象暂时被腰斩了,科级——是一柄挥起自己的利刃,是一根悬在头顶的横杆,搭在为数众多的他们面前,却是他们目前甚至永远无法轻松逾越的高度,他们被唤作人民群众,与东区的领导干部并肩工作与生活。

东区年长者多,西区年轻人多。这是因为,一潭死水的规则微澜不起,人们活在按部就班的框架中,像被十字钉牢的耶稣。时光挥挥手,眨眨眼,就让他们在与自己的交锋与和解中,有些像双臂搂紧火箭直线上升,有些凭借一张旧船票搭上了末班船,有些被激浪从谷底扬起抛上了峰顶,直到被划向了东区。

东区丧事多,西区喜事多。到了这时,满眼的白与满目的红像人生的两张面孔,在此消彼长、此衰彼盛中演绎悲喜剧。往往是东区一连走了几人,同时西区一连几对新人喜结良缘,隔着一条马路,悲剧与喜剧同台上演,悲伤与欢乐冷眼相对,哀怨与喜庆之声互闻,谁也不觉得尴尬与别扭,就像在红与黑的牌子下,东区领导西区一样。

东区轿车多,西区电动车多,进出皆如过江之鲫。四只车轮如四个轿夫,抬起追赶速度与体面的公仆,卷起一阵风与尘土,一溜烟地出出进进,喇叭清脆像惊堂木,目光雪亮刺得你无处藏身;两个轮子被一挂链条传动,高低起伏勇往直前,追撵惯性牵引的日子,喇叭声响着却无人搭理。

　　轿车身上都安装了防盗器，它们藏匿在车子体内，像一个器官，谁走上前碰一下，或听到了啥无法忍受的动静，譬如有人在附近点燃了一颗鞭炮，鞭炮有了快感就从内心喊出了声，这些都会让它们敏感地呼喊，仿佛被挠中了胳肢窝，自顾自地叫个不停。在这上面，车子有着含羞草的习性，像靠肢体表达爱情一样依赖声音大声抗议。它们喊出各种声音，像形形色色的胎记，有的凄厉像在呼救，仿佛溺水者探手去抓一根虚幻的救命稻草；有的急促像在抢路，仿佛上气不接下气地说：快闪开，我得赶去灭火呢；有的威严像在警告，仿佛手里端着手枪，黑洞洞的枪口瞄准了对方：别动，动就打死你；有的暧昧像在拒绝，仿佛半真半假、半推半就中嗲声嗲气地说：讨厌，别理我，烦着呢……

　　春节和中秋那几天，东区最热闹，也最繁华，像一条流着声光影色的秦淮河。门口的保安知趣地打盹了，即使醒着也是睁一只眼闭一只眼，默默目送流水似的轿车目不斜视，一路开向正前方，到头向东拐弯，卸下车屁股后的礼品，捏捏硬邦邦的红包，轻车熟路地进了某扇门，迎接他们的是阳光灿烂的笑脸。到了晚上，黑夜提供了精致的伪装，人和车像空前活跃的细菌更加忙碌了。他们中有的从西区的家门悄悄地走出，借着夜色的掩护，迈过那条马路，敲开东区的某扇门，迎接他们的同样是阳光灿烂的笑脸。

　　常委楼在东区最里头，一律是三层，上下住了三家，前后各有一个院子，不知是属于一层的人家，还是公共的空间。但无论如何，必须自一层进去，上去一级一级的台阶，像踩着钢琴的琴键，才能上到二层和三层。从外头望去，装饰的幕墙在阳光下明晃晃的，一不小心就有可能刺瞎你的眼睛，像极了某些正在使用和过期作废的权力。

　　谁坐在轮椅上，被一个中年人推着过去了，他的嘴角流着口水，表情呆板，仿佛凝固的石膏，泛着惨白的微光。他与外部世界的联系正在一点一点地被割断，剩下的只有活着，卑微而无奈地活着。而曾经，他是这个城市的主宰，他有力的手势像今天野蛮的推土机横冲直撞，吞噬着一切阻力与障碍。

　　经常，常委楼前停放的车子不早不晚地叫了，恰巧是警报声，示威似的响亮，像从检察院驶出的声音，仿佛坚持不懈地在说：莫伸手，伸手必被捉，必被捉。叫得某些人心惊肉跳，坐卧不宁，似乎末日的脚步

—145—

越来越近了。

　　一个神秘黑影就像午夜的一件黑斗篷,慢慢地摸到车前,狠狠地踹上车胎几脚,车子按捺不住愤怒,心想我又没招你惹你,你无缘无故地踢我干嘛?扯开了嗓子,惊心动魄地吼叫了。黑影迅速隐匿了,躲进了黑暗的内心,像果实穿上了坚硬的铠甲。

　　有人说是西区的人,还有人猜是东区的人,但那警报却像一条橡皮筋,拽长了那些平淡的夜晚,在人们的想象与回味中彻夜轰鸣。

　　仿佛飞机的引擎在不知疲倦地搅动流言似的空气。

　　在东区,有些事情像你我的内衣,不是谁想看就看得到的。

　　在东区,靠近门前的地方,有两个门球场,一大一小。

　　大家俗称两个铁笼子。

　　当初建它们,是为了方便那些下了台、像浮尘一样漂在江湖的老干部,有个娱乐的去处。

　　选址也煞费了一番苦心。放在政府附近,不太安心,似乎总给外界一种留恋权力的错觉;安到体育场内,又不太甘心,似乎进了那儿就像进了大澡堂,被彻底混淆和湮没了。最后建在了这儿。

　　大场靠里,离人大一墙之隔,从心理上距权力近点,专供县处级以上干部;小场向外,与马路隔一条人行小道,供科级以下干部。

　　门球场四周圈以水泥砌台,上插胳臂粗的铁管,间以食指细的钢筋。场内覆以金黄的细沙,为此载重卡车一趟趟地往返于东区和大沙河之间,从河边运来沙子倾倒于此。一角卧着个铁磙子,如果沙地露出破绽,就可以推着它骨碌碌地碾压平整。旁边立着一块记分牌,可以根据比赛情况,像算盘珠拨上拨下,决定胜负。四个对角处,各有一个球门,是足球门的微缩,将"U"形钢筋倒置揳入地下。

　　如果不下雨,门球场内此时早已有人了。

　　他们睡罢午觉,头戴太阳帽,脚踩运动鞋,扛着门球杆,不约而同地来了。到了这儿,会有人发给他们一人一块布,上面印着不同的数字,代表着他们在场内的顺序。

　　他们身子微微倾斜,眯起眼睛,瞄准了球,小心地以杆击出。球像一条响尾蛇,熟练地摩擦过沙地,滑向漏风的门,有时不偏不倚,恰好从中间穿过,有时眼看着就要破门而入了,却被一只邪门的手拽向了一边，引得他们不是兴奋地鼓掌，就是懊恼地跺脚。

有一次，我站在场外，看到甲长和乙副长在吵架，为了一个球。他俩我都认识，原来在同一部门，甲管着乙，都够资格在大场打球。

此刻，甲非说球进了，是乙看花了眼；乙坚持球没进，是甲故意耍赖。俩人提着球杆，也不打球了，相对站在场中争吵，越吵越厉害，甲一激动，扬起了球杆，愤愤地骂道："老子揍你！"也许是过去吃够了甲的气，这回乙不愿意了，涨红了脸，梗着脖子往前拱，口中不住地喊："你打啊打啊打啊！"甲铁青着脸，又抬了抬球杆，离乙光秃秃的脑袋只有两拃远了。我开始担心起来，球杆有着相当的重量，万一砸到乙的头顶，也许就喋血开瓢了。甲的球杆，还有乙的脑袋，都僵持在了空中。蓦然，甲撂了球杆，转身头也不回地走了。

在最后紧要关头，也许是眼前的铁笼子，脚下的沙地，差不多的穿着，背后印着数字的布，及时地提醒了甲，他再也不是那个高高坐在老板椅上，听取乙站着汇报的他了，那时他可以随意地训斥乙，甚至可以拍着乙的秃脑袋，跟他开着荤玩笑，乙仍得面露微笑地跟他周旋。

门球场跟东区的通道里，停着一辆黑色的旧奥迪，面南背北。六米宽的通道，一个黑乎乎的家伙趴在那里，纹丝不动，惹得路过的人不由得不打量一眼。

车的款式看样子是20世纪90年代初生产的，那时的车大多有棱有角，这种流线型的造型并不多见。轮毂的护板也是古板的圆形，不像现在版的五花八门，花里胡哨，彰显着鲜明的个性和多元化价值取向。最引人瞩目的是它的牌号，引人浮想联翩。这辆车当时价值三十万左右，那时国家的GDP总量还很低，私家车更是凤毛麟角。当官坐轿，在中国人的封建意识里已是根深蒂固。可见当时这辆车的主人定然身份尊贵，出行宝马香车，前呼后拥，可谓风光无限。通体的黑色，透出威严和冷峻，像一匹黑色的骏马，咆哮在街头巷尾、驰骋在城市乡村。然而时过境迁，二十多年过去了，中间有几许变故？期间有多少轶事？不得而知，能够确定的只是它和它最初的主人都已步入老年，现在能看到的只是真实的黯淡失色，那腐朽的样子，让人联想到一把陈旧的太师椅，抑或是晚清剧里落魄的格格、贝勒们故作矜持的滑稽。人老珠黄，车亦如此，世界上除了古董和佳酿能够历久弥香，让人珍惜，没有什么东西能经得起时间的消磨，一件旧物的价值有几许？它的位置，如今在主人的心中已微不足道，只能沦落街头，餐风露宿，一身荣光任凭雨打风吹去。车身上覆了一层灰尘，有的地方已然掉漆，露出白色的基面，像得了白癜风；前大灯因年久而变得晦涩无光，像一位世纪老人瞪着浑浊的眼睛茫然地看着这个世界；四只轮子磨得已失去胎花，因长期闲置失气而变得干瘪，颇像一只癞蛤蟆被一块黑石头压在脊背上。

出了东区，走上不远，便是一所小学，小学还开着幼儿园。这距离不远不近，拿捏得恰到好处，既让他们不用走太远就能接送各自的"小太阳""小月亮"，又叫他们可以在感到累之前活动一下腿脚和筋骨。周一至周五，每天下午三四点钟后，他们一窝蜂地早早守在学校附近，边胡乱拉呱边等着孩子。人行道上热闹起来了，卖长沙臭豆腐的、天津大麻花的、兰州雪花饼的、北京冰糖葫芦的、马车冰堡的等等，一律是喇叭替主人喊出了口，它们反反复复、不厌其烦地喊着，就那么几个字，或半句话，南腔北调的叫卖声互相纠缠到一起，场面越来越混乱和嘈杂了。这些眼睛盯着孩子、手却悄悄地伸向家长钱包的人，有的无业，有的是下岗工人，每天雷打不动地守望着自己的麦田，盼望着孩子们像一只只贪嘴的麻雀叽叽喳喳地飞临。

店主现做现卖，放学下班的时候，周围总是密匝匝围满了观看制作工艺和排队等着买的孩子和家长。店主准备好泥鳅和豆腐，首先要将泥鳅悉数倒进清水里，叫它们吐净肠胃中的脏东西，这样一遍一遍地换水，水越来越清，泥鳅越来越干净，就像一张白纸。然后，将原本清清白白的豆腐冲洗一遍，与泥鳅一起放入添好水的砂锅中。天蓝色的火苗像一圈海水，纷纷探出舌头舔着锅底，个别淘气的跑了出来，爬上了锅身。水冰冷，豆腐冰冷，泥鳅也冰冷。开始，泥鳅在浅浅的水中，绕着豆腐游来游去，它们是将这一整块又白又嫩的豆腐当成了石头或其他。水慢慢地温了，冒起若有若无的热气，泥鳅们敏感地觉察到了，它们没觉得危险正在悄悄地靠近，也没意识到接下来将会发生什么。相反，它们觉得很受用，好像洗着桑拿浴一样，它们彻底放松了警惕，撤掉了一直扎紧的防线，甘愿躺在这个温柔乡里。渐渐地，水温升高了，热气越来越稠，它们有点儿害怕，也有点儿担心，但它们留恋这个温柔乡，觉得这种感觉很美妙、很刺激，想离开又舍不得，拔不动腿，只好继续待下去。水温从皮肉热到了骨头，热气又稠又密，像一张网笼罩着水面，有的不甘寂寞地到处寻找着缝隙，争先恐后地飘了出来。它们被麻醉的神经重新激活了，惊慌地窜来窜去，像被掐掉触须的蚂蚁。它们心惊肉跳，慌不择路，摆动尾巴，上下打挺，左右挣扎，莽撞中一头扎入了豆腐中。水被煮沸了，相互碰出咕嘟咕嘟声，吐着铜钱大小的泡泡，热气顶得锅盖忽起忽落。豆腐不再是清凉地，也不再是避难所，它们受不了了，一头钻了出来，重新游入水中，滚热的水烫得它们吱吱乱叫，慌忙掉头回到豆腐中。如此反反复复，它们中有的头扎进豆腐中，尾巴露在外头；有的身体埋在豆腐间，头伸进了水中，看上去形态狼藉，下场可悲，落得一锅热气腾腾的泥鳅豆腐汤，兀自咕嘟咕嘟地顶开气泡，仿佛永远沸腾着……

　　人们只是单纯地喜欢着这道菜的口感，又有谁去细细品味其中的味道呢？从冷水开始，再到温水，直到沸水，一条泥鳅就这样渐渐地被水煮成汤，欲罢不能，再也无法自拔。

　　有一天，人行道上的大大小小的摊位一夜之间像蒸发了一样，两个铁笼子也像篱笆一般，被连根拔起了。载重卡车从山后拉来了一车又一车黄土，垫在了沙地上面，平地隆起了一座小山，中间有一条水泥小路曲折如蛇，静静穿过，路上嵌满了鹅卵石，点缀以假山，还有各种花草树木。

　　东区门前的那一溜儿围墙也被轰然推倒了，绿色一刹那像蜂群一样扑到了大家眼前，据说这叫拆墙透绿。

　　站在人行道上看东区，视野也马上透亮了，心情一下子痛快了。

　　大家脱了鞋，穿着袜子走在嵌满鹅卵石的小路上，一趟一趟地硌着脚。

　　他们有时眼睁睁地看到输液器扎入树的身体，一端连着一袋营养液。见惯了给人挂吊瓶，现在看到给树打针让他们感觉很新奇，健康与茁壮的祈愿在他们的注视下一点一滴地进入树的体内。

　　他们无意弄明白这一切究竟为了什么，但这些正是他们愿意看到的。

原载《美文》2018 年第 9 期

永久怀念

母亲的意象

朱 鸿

我的母亲是俊秀的，白皙的；是进取的，劳苦的；是忍让的，慷慨的；是敏捷的，坚毅的；是喜悦的，仁慈的。

不过她也在春秋交替之间不知不觉地把对襟衣服换成了斜襟衣服，衣服上的花也没有了；渐渐地，她皱纹萌额，白发染鬓；终于疾病降临，更是残酷地扭曲她的肢体，扰乱她的语言。

一

我爱我的母亲。

小时候我就懂得保护母亲，也许我可以对母亲发火，然而我不允许任何人欺负我的母亲。

六七岁那年吧，我的叔叔蓦地寻隙挑衅，惹得邻居围观。他站在厨房的檐下，赖我母亲弄脏了井水，母亲便据理反驳。他恼羞成怒，竟抬脚踢我母亲。虽然足尖落空，但他的行为却震荡着我的整个身心。当时我站在母亲背后偏右的地方，这一幕完全看到了。我感觉自己仿佛一头小小的雄狮，泪水盈眶，紧盯着叔叔的手，所有的血液都推动着我，使我扑过去，咬断他的指头。发现我已经变形，他猝然收声敛焰，显然是害怕了。这天以后，叔叔再也不敢冒犯我的母亲了，他对我也辄示喜欢，并日益器重。

十二三岁那年，生产队近百社员在场里碾麦，真是热火朝天，可惜场长派烂活给我母亲干。我恨之入骨，遂堵住他，站在他面前指摘，叱骂。场长拿着木杈检查麦秸的厚薄，这儿抖一抖，那儿翻一翻，到处走动。他转到什么地方，我就跟到什么地方，总是站在他面前叱骂他，指摘他。我像一头小小的公牛，摇头甩尾，逼得场长发蔫。多年以后，有老师问我："你就不怕场长戳你一木杈。"我说："没有想！"

十五六岁那年，父亲和母亲有了芥蒂，经常争吵。父亲在工厂上班，虽然赚钱，不过我坚定地站在母亲一边，斟酌着如果他们离婚，我就随母亲。有一次，一言不合，父亲跟母亲就又闹开了。我放下作业，批评了父亲一顿，结论是："我母亲逝世了，我要给她立一个碑子，不给你立。"父亲颇为尴尬，也很是无奈，遂佯装大度地说："儿子爱他母亲是正常的。你这样，我也放心了。"

二

母亲更爱我。

小学就在村子里，生产队的孩子念书，几乎都是自己去，很少有家长送的。但我念书的第一天，上课的第一天，母亲却送我出门，出朱家巷，陪我走了半个村子，直到看见小学的屋舍，才让我自己去。母亲送我念书，此举固然平凡，不过我似乎获得了追求知识的永恒动力，想起来也十分温暖。

20世纪70年代，冬天甚冷，我的同学多冻伤了耳朵、手、脚和脸。然而我有母亲做的两件棉衣，两条棉裤，两双棉鞋，轮换着穿，并戴着可以保护耳朵的棉帽，戴着手套，从而避免了冻伤。

中学在韩家湾村，一天跑两趟或三趟，时间不确定，不过冬天总是有热饭。实际上锅早就凉了，是母亲隔一会儿就点火烧一次，才保证我放学回家，扔下书包，能吃热饭。

父亲从工厂带了一顶军帽给我，我兴奋至极，急于戴上它炫耀，可惜军帽大一圈，在头上晃来晃去的。母亲便改它，连夜垫一圈草绿色布以缩小。线细针密，毫无痕迹。不幸的是，看露天电影，甫感头上触动，军帽就飞了。我左顾右盼，见所有的五官都颇为平静，根本不知道谁是贼！

考大学，我一败二败，不过也越考越勇，志在必得。母亲支持我，除了不让家务使我分心，她还给了我辄有变化的一日三餐。我往韦曲的长安二中去补习，有时候会碰到她在田野锄草。她看我一眼，算是目送。她收回眼睛，埋头继续劳动。踏着乡间的小路，想象着大学之门，我信心更足。她以我托，每天早晨在窗口喊我起床。复习真是累极了，要不是母亲喊我，也许我每天都会从早晨睡到中午。

大学三年级，我身体不适，休学回家，以中药调理。母亲替我煎药，早晨半碗,晚上半碗。她是在下工以后,吃了饭,收拾了厨房,才至院子的一个墙角煎药。秋深霜重,夜气拂面。她一把一把地烧着麦秸,以保持平稳的文火。母亲垂着头,不过文火的闪烁还是照亮了她的疲惫和忧伤。此情此景,烙印在我的心上,到现在还有抓挠之感。

入职了,结婚了,本当自立,遗憾的是我仍为母亲添了麻烦。有一年,我不得不应付一场灾难,遂把不足两岁的女儿送母亲带。少陵原上浩瀚的秋风和凛冽的冬雪之中,满是她的愁绪,她一边经管着儿子的女儿,一边恐慌儿子的命运。

一天早晨,母亲正在下米熬粥,猝闻女儿尖叫。她猛然转身,只见女儿在案板上摸什么,竟把一杯开水灌进了棉衣的袖筒,灼得当然尖叫。母亲吓坏了,匆匆剪开袖筒,然而她不在村子找医生处理。她抱着我女儿,抄小路,走十数里,再乘车进城,把孩子送我,以求所谓高明的治疗。母亲的棉衣湿透了,背上热气直冒。她也很是内疚,怪自己疏忽,几乎要哭。

三十一岁是我坎坷以后新的跋涉的发轫,不胜艰辛和孤愤,遂不能从容回家。尽管西安和少陵原也不过相距三十里,然而我未必会保证每月探望一次父亲和母亲。那时候,我已经零落成泥,资产为负了。命运坠入低谷,就得为翻身而战。不但不能经常回家,也不能经常报讯。

母亲不放心,便进城看我。我不清楚她是如何辗转乘车的,总之,她像一片白云一样忽然就出现在我的门口。又激动,又难过,几乎使我落泪。那时候还没有家装电话,更没有个人手机,不能预约以等她。有几次她到了小区,偏巧我不在,她便安安静静地坐在门外的楼梯上。获悉母亲在门外等待,我迅速回家,看到我,她的眉梢溢满了笑。她不知道我的感动和难过,不知道我想落泪。

父亲患脑溢血后遗症,母亲患脑血栓后遗症,手脚都不灵便,遂硬撑着生活。我也明白他们需要一个保姆,唯经济拮据,是心有余而力不足。不忍,我也无法。一旦我缓过来,便立即雇了一个保姆。可惜一月之后,母亲不告诉我,就把保姆辞退了。我以为这个保姆不妥,又雇了一个。然而一月做满,她又辞退了。我打电话问:"咋辞退保姆呢?是不是嫌花钱呢?"母亲慢慢地说:"娃呀,雇保姆,你是为了我。我用保姆,你就把我害了。""为什么?""生活能行么,用保姆干什么?不行了,再雇保姆吧!在村子里生活,不兴用保姆啊!"实际上母亲仍是觉得我经济紧张，不舍得让我雇保姆。

2014年秋冬之际，是我父亲逝世三年以后了，有一天，我和母亲聊天，无非是评姨姨，论姑姑，让母亲高兴而已。俄顷，她在房子悠悠地转了一圈，似乎若有所思，渐渐抬起头，郑重地对我说："娃呀，我要是不行咧，我就想走快一点！"我的心顿然沉了一下，没有应接，旋即岔开了。

母亲是神的女儿，尽悉自己的生命属于神，应该不会胡思乱想。我父亲临终之前，完全卧床，这是母亲看到了的。我以为，母亲所谓的想走快一点，当是指不要完全卧床的结局，也有不希望再加重我负担的考虑。我了解母亲，她非常自尊，即使万难也要自力，即使儿子反哺，她也存打扰儿子的歉意。

三

在人民公社的那些岁月，母亲是我家唯一的劳力。从1957年至1968年，她先后生有四个孩子，姐姐、我、妹妹、弟弟，都需要她抚养。我的祖父和祖母，已经不能在田间耕耘了，也需她照顾。关键是七个人的口粮，要靠母亲所挣的工分而取得。为了工分，她竭尽了所能。

父亲也是生活所赖的半壁江山，其以人民币供给我家所资。不过生产队有自己的规则，它以劳力及其所挣的工分断其所获。我父亲不算劳力，于是居住在少陵原的这七个人的生活，就主要靠母亲了。

只要闭上眼睛，我便看到母亲忙碌的样子。春天她扛着镢头打胡基，修梯田，没有一晌不是一副受饿之态。夏天割麦，没有一晌不是累得虚脱的神色。秋天她握锨浇地，抡镐砍包谷，挖红苕，没有一晌不是服役之状。冬天拉着架子车施肥，没有一晌不是汗水潜淋，棉衣从里向外蒸发其汗的。

几乎是每天，母亲下工会小跑回家，利索地摘菜、擀面，或做别的饭。她一勺一勺舀到碗里，一碗一碗地端给老老少少。终于姐姐长大了，我也长大了，可以给祖父祖母端饭了。母亲最后一个吃饭，接着洗碗洗锅。天黑了，星辰如洗，母亲坐在炕沿穿针引线，为公婆、子女和我的舅爷舅奶缝棉衣，缝棉裤，纳鞋底，纳袜底，不知道月驰中空，夜逼未央。晚上入厕，从偏厦出来，我总是看到母亲的影子映在正房东屋的窗纸上。

给我祖父祖母四季浣涤，顿顿馍面，这也罢了。难能可贵的是，祖父逝世以后，祖母半身不遂，她毅然承担了全程护理。白天所食，皆由母亲喂之，因为姐姐和我在上学，妹妹和弟弟尚幼，对母亲的夹辅只能是零星的。晚上她按时间抱起祖母，执盆溲溺。点灯，招呼，擦洗，难免会吵到我，在半睡半醒之中，我倍感母亲之累。每天晚上，她有两次助我祖母，从而保持了被褥干净，空气清爽，直至祖母安然殁矣。

有了农闲，母亲便往娘家去，看望自己的父亲和母亲。她做一笼花卷，再做几锣凉皮，分类放在竹篮里。她用纱布盖住，以防灰土落上。她把公婆和子女的生活安排妥当，再三嘱咐，便踏着乡间的小路，匆匆而去。她给我的舅爷舅奶整理房间，拆了被子，去污，晾干，再捶展，再缝了被子，拭窗掸壁，淘米炒菜，做了所有当做的活，又匆匆而返。母亲为大，她的三个弟弟，两个妹妹，无不由衷敬重她。她晚上很少在娘家待，因为公婆和子女不可须臾离开她。

母亲至娘家，我总是若有所失。黄昏披垂，我便在村口向乡间的小路远眺，希望迎接她，可惜她迟迟不归。终于月悬秦岭，星辰灿烂，母亲像一个漂移的点似的在白杨萧萧的小路上出现了。

小时候，姐姐、我、妹妹、弟弟，跟母亲在一起生活，因为父亲只有星期三才回少陵原。懵懵懂懂，打打闹闹，一个接一个地长大了。姐姐在人民公社的商店工作数年，便如期出嫁。1979年，我进了大学。妹妹机会难得，接班到了父亲的工厂。弟弟情绪起伏，无所适从，遂成我家之惑。1996年，我经大夫分析才弄懂，此乃疾病之端。

大约这个阶段，淡雅的梅花或菊花就从母亲的衣服上消失了。她开始改穿蓝的灰的一类单色衣服。她明朗的容光之中，也加入了忧郁的元素。然而母亲仍是刚强的，仍是非常能干的。

在我生于斯长于斯的朱家巷，在我少年隶属的生产队，谁有我母亲能干呢？

我家的自留地，不管是小麦还是谷子，母亲可以种得没有一棵草，疏密适度，整齐茁壮。凡是经过我家自留地的长者，多会驻足欣赏，连连赞叹。

过年以前，母亲会使我家庭院的里外和前后焕然一新。她把笤帚绑在一根长长的竹竿上，够着打扫房梁上、天花板上及房间里所有的尘埃，之后化白土于水盆里，一刷一刷地漫墙。所有的被子，她要洗一遍。她把被子搭在两树之间的绳子上，一经冬日阳光的照晒，盖起来真是又暖又香。她撕下旧窗纸，糊上新窗纸，并要对称地贴上窗花。

母亲还有杰出的表现，一般妇女是不具备的。房顶上生长青苔和瓦松很正常，不过繁茂了便要阻水，导致屋子漏雨，是应该拔掉的。母亲就借了梯子，从墙头爬至房顶，自高而低，仔细撅草，并统统清扫一遍。看到别的小孩吃槐花麦饭，嘴馋也要吃，然而我家老的老，少的少，谁能拘槐花呢？母亲便爬上槐树，坐在树杈之间，拘下枝干，之后溜下槐树，捋了槐花，濯净拌面，以蒸麦饭。当时母亲不到三十五岁，显然就是一个英雄。

四

酸楚起于父亲的疾病，随之是我的灾难及其离婚，接着是我弟弟被诊断为精神分裂症。接二连三的变故，沉重地摧残了母亲。她白发剧增，皱纹加深。然而生活是要继续的，天也不会绝路。

母亲左右求索，得到了神的启示，遂能凭着信仰行世。我以为她六十岁以后的幸福，主要源于此。父亲留下了脑溢血后遗症，只能由母亲照料。虽然是不虞之祸，她也心平气和。给弟弟积极治疗，也应该是有希望的。1995年我又结婚了，它显然也是对弥漫在少陵原的一种悲哀气氛的反击与否定。妻子真爱婆婆，婆婆真爱妻子。我觉得惬快，视我命运的吉庆是给母亲的安慰。

此间，母亲有几次进城看我。我自幼喜欢吃她做的凉皮，母亲遂带凉皮来，并用瓶瓶罐罐装着自己炝的豆芽及其他佐料。在享受凉皮之际，我会问村子里的情况，随之慢慢转向问父亲，问弟弟，给母亲以鼓舞。见我平安，妻子平安，女儿也乖，她便轻松地说："娃呀，你们都好，我就放心了。"便返少陵原，以照管我的父亲。

多年以后，只要想到母亲进城看我，我就为自己的一个疏忽深为遗憾，顿生隐痛。每次见母亲，不管在哪里，我都会给母亲一些零花钱。然而母亲进城看我，我竟有一次或两次忘了给母亲零花钱，让她空手归去。固然父亲有工资，固然母亲并未提出缺钱，不过，如果母亲钱不宽展，需要儿子的钱予以补贴日用呢？多年以后，当我意识到这样一个问题，我就为让母亲空手归去而悔恨得想哭，我就想抽自己耳光。

我对生活的重整，尤其以拼命翻身，多少让母亲释怀且高兴。她不能放心的是弟弟。春夏之交，弟弟不禁会有狂暴的举动。住院治疗，有药控制，遂还平静。出院回家，他服着服着便中断了药，于是狂暴就又暴发了。反复如此，母亲不得不携父亲离开少陵原，寓居于樊川或韦曲一带。母亲说："把他交给神吧！"见我沉郁，她就说："娃呀，不发愁，天哪里黑，在哪里歇！"

五

在我父亲得脑溢血后遗症九年以后，2000年的冬天，我接到一个电话称母亲感冒了。不可能！我想，一定是严重的疾病。

我火速奔赴少陵原，只见她躺在床上，已经处于昏迷状态。急忙住院，诊断为脑血栓。几天之后，恢复清醒。三月之后，可以出院了，然而右腿和右手都不灵便，语言也疙疙瘩瘩的。不过她坚持祷告，笑迎日出和日落。

我不如母亲，暗忖我家沉疴三人，难免幽闷。那些年，我经常从梦中猝然惊醒，旋坐床上，一再想我弟弟吃什么饭，我父亲和母亲会不会摔倒，遂再也不能入眠。

母亲的伟大，是她能顺应残酷的遭遇，不抱怨，不叹息，并能把一种内在的明亮和温暖投射到外在的形容上和声音里。她确实是黑暗世间难能可贵的一盏灯！

右腿坏了，不过步行是可以的，她就一高一低地赴市场买菜。右手坏了，她便用左手擀面、烙馍、洗衣服。她拿布条缠住刀片的一半，左手握之，以刀片的另一半切土豆、切萝卜、切白菜、切豆腐、切黄瓜、切肉。她用左手持铲炒菜，并用左手掌勺盛到碗里。

父亲仍由她照拂，屋子照旧干干净净，井井有条，甚至每一个用过的塑料袋也会绾结成团，放在一个纸盒里，以方便再用。

大约就是这些日子，我的逆境得以改变，遂给母亲雇了保姆。然而她一再辞退，认为自己能行。2010年秋天，父亲再犯脑溢血，及至瘫痪，侍护起来甚为艰剧，她才同意我请保姆。

算一算，我母亲共照顾父亲二十年，其中她以脑血栓后遗症之躯，照顾我父亲十一年。2011年5月1日，我的父亲逝世了。

办完父亲的丧事，母亲便独立生活。此前，我已经接母亲进城了。她和我共住西安明德门小区，我妻子给她买菜，我也可以随时看她。我数征意见，要雇保姆给她，她无不干脆地说："不要！娃呀，我能行。"见我默然，她补充说："我不行了，你来雇。"我依了母亲，她便很快乐。

我父亲逝世三年以后，母亲衰颓明显。她移趾拖沓，扬眉抽滞，常常有所凝虑。母亲虽然没有什么学历，不过她是睿智的，通明的，生命感觉颇为敏锐。

在这一年，她有两次郑重交代，我以为它就是遗嘱了。秋冬之际的一个黄昏，她对我说："娃呀，我要是不行咧，我就想走快一点！"

为了安全和容易操作，我买了电磁炉，以让母亲做饭烧水。烧水的壶，有一个弧形的柄，因为她左手之力有限，只能垂提，不能平端。她先提壶接水，再提壶放到电磁炉上，再提壶灌进保温瓶里。数年如此，并无大碍。不过有一天她笑着对我说："不行咧，不行咧！一壶水提不起了。"

母亲的坦诚让我起敬，也让我伤感。母亲承认她不行了，就实实在在是不行了。我宽慰她说："放心吧！现在给你请保姆。"她说："请保姆吧！"

母亲在八十一岁的时候，以其之老，以其之恙，终于不能自己做饭烧水了。对此变故，我当谨记。

我便四处奔走，给母亲雇保姆。此事既是轻车熟路，又是无从把握的。中国的保姆让人生畏，令人失望。你可以交心，你难以得心。保姆是赚钱来的，这无大错，不过保姆来赚钱，是否会敬业，是否凭良知？总之，换了一个，又请一个，循环往复，计有五次。

六

2015年1月16日早晨，刚刚起床，我便接到保姆的电话，告诉我母亲情况有异。我一边打120，一边跑。三五分钟我便见到母亲，不过她已经昏迷。急救车随之而至，径送医学院。诊断为脑溢血，便直入重症监护室。

经过四十三天的治疗，一切都正常了，不过脑溢血后遗症严重至极：

除了思维尚有，母亲彻底瘫痪，包括彻底失语。

大夫让母亲回家康复，我怕难保平安，便托朋友，让母亲进了另一个医学院，在所谓的干部病房过年，过十五。一切都稳定了，我才接母亲回家。

母亲躺在床上，头不能在枕上转，脚不能在空中抬，十指也没有一个可以动。母亲几乎变形了，生命仿佛演化成了一棵植物。

然而任何珍贵的植物也不会有灵魂寓于生命之中。

我的母亲是有灵魂的。她紧闭嘴唇，凄迷满目。我想，她一定是觉得自己成了一个拖累吧！母亲是要强的，她不愿意这样。

我对妻子说："不管怎么样，我还有母亲。即使她不会答应，我也可以叫妈。如果母亲走了，就永远没有人可以让我叫妈了。"

为了振作和激发母亲，我说："妈，现在要训练说话呢。你跟我读。"我便发音：一，二，三，四，五，六，七，母亲也随我发音：一，二，三，四，五，六，七。她舌头僵硬，发音含糊。

我非常清楚，已经无法让母亲恢复说话的功能了，然而我想让母亲意识到我爱她，我需要她。我想让母亲明白，既使她躺在白色的护理床上，一动也不会动，她也仍有一个母亲的价值和尊严。

母亲很是幸运，临终之前的数月，竟碰到了一个天使般的保姆。母亲及母亲的房间一直是清洁的，连一个从新西兰来的护理专家也为之称赞。我以为此乃母亲的善报，是神的恩赐。

妻子、我姐姐和我妹妹，交替着跟母亲说话，保姆也跟母亲说话，目的是促进交流，可惜她不应答，不理睬。她面向天花板，望着虚无，没有任何表情。

我必须唤醒母亲对生活的关注和热情，否则她的虚弱会加速的。我搬来一个方凳，挨近母亲坐下，讲我小时候所经历的以及她的故事。我讲她掐生产队的苜蓿，讲她用架子车拉小麦磨面，讲她买猪、养猪和卖猪，讲她肩上搭着毛巾，一边擦汗，一边拌搅团，讲她腊月的黄昏在荒地里碰到了一匹狼，讲她把我绑在后院的槐树上打我，教训我。我唯一不能告诉她的是，我可怜的弟弟已经不在了。

母亲嘴唇蠕动，咽喉里也有了声响，显然百感交集，要表达什么意思。可惜她主侧大脑半球受损，完全失语了，遂在脸上涌满了哀戚。

保姆夸我，我妻子扫视一周，对我点了点头，我姐姐和我妹妹颇为嫉妒地站起来，拉了拉母亲的枕巾，又抚了抚床单的皱痕。

母亲躺在床上生活着，我不知道她是否懂得春去矣，秋也去矣！

七

2016 年 11 月 8 日上午，我母亲走了。

2017 年 7 月 12 日，窄门堡

原载《北京文学》2018 年第 9 期

寻灯五四，举火人间

张清华

办完先生的丧事，我回到北京，夜里做了一个无比漫长的梦。梦中我在一片类似故乡的水网中迷了路，怎么也找不到家的方向。穿越了无数河岸、院落、泥滩、芦苇荡，最后在一块迷途般的草地上蹲下来，再也走不动了。

很多年做梦都已记不得，但这个梦却无比清晰。那片载着童年镜像的水乡，那些变成了无数沟汊的水流，构成了我生命中的逝川与迷津。

醒来，我查阅了各种解梦大全，得到的答案多数是，梦见自己在水边回不去了，是焦虑和怀念过往的意思。

我一直是武断的无神论者，也几乎从不相信各种诡异灵验的东西。但这次，我却非常希望能够有一种解释，这种解释能够解除我内心的一种巨大的失落，一种无法填补的真空。因为他的离去，我生命中那个可以归来的去处，那个可以叙说的和告白的人，永远地离开了。

是的，再也没有这样一个坐标，一个精神的支点，一个可以归来的港湾了。这是失去父亲的感觉，虽然我的生父尚顽强地蹒跚在他自己的暮色中，但另一位具有同样意义的长者，一个精神之父，却匆匆地去了，没有给我丝毫的思想准备。

我试着来做出自我的解释。我终于知道冥河或者忘川的景象，仿佛春和景明，或是夏日般的葳蕤，在梦中我还是一个赤脚的少年，步履轻快，在陡峭的河岸上、淤泥里，飞快地跳跃和攀爬着，甚至可以贴着水面踮脚飞驰，但一切的挣扎与寻找，都没有让我走出那一片水泽。这足以证明，因为他的离去，我失去了在梦中被庇护的岁月，失去了种种假想的年少与富有。一个生命的周期，一个对于我自己而言的时代，结束了。

直到这一刻，我或许也才明白了"师父"的含义，用了整整三十年的时光。

回想三十年前的1988年，那时我以二十五岁之身，工作四年的阅历，重新考回了我的本科母校，拜在朱德发教授的门下，从此我有了一位学业意义上的导师。可是对于"导师"的含义,却真的是似懂非懂的,我几乎是用了生命中最年轻和最富能量的三十年,方才明白了他对于我来说意味着什么。

其实,照一个人的虚荣心,我原本是不愿意再回到那所省属的母校读书的,我原本的计划,是要考取北师大或者南京大学的世界文学专业的研究生。那时,面向中文系的学生招收世界文学硕士的学校,全国不过几所,我实在不想放弃自己在专科学校四年教书生涯中积累起来的,那点对于外国文学的热爱。但是一旦遇到了他,一切便都被改变了。

他告诉我,他最希望发现和招到这样的学生:有一点世界文学的视野,又以研究中国新文学为使命,他希望我能够参与到那一时期波澜壮阔的思想解放与学术变革的浪潮之中,能够与中国社会变革的现实相交融,这样的学习才更有意义。我被他所描绘的这样一幅滔滔大河般的景致迷住了,我无法不攀爬到他的船上来。当然,另一个客观上的无奈是,作为一个志大才疏的幻想家,同时也经常是一个惰性十足的奥勃洛摩夫,我要想抵达理想的对岸,是要花大气力的,时间也会延宕更多。

就这样,我变成了朱德发先生的学生,他变成了我的导师。

这么多年我一直在回忆,我是如何从一个生性颓废懒散的年轻人,一个喜欢赖床做梦的家伙,走上了学术研究之路,还几乎有了一种"获得性劳作强迫症"的,一旦放下手中的活计,便会没着没落手足无措,这完全是拜他老人家所赐。

1988年秋一入学,先生就给布置了一个工作,与他合写一本书。题目是出版社给的,由我们师徒三人来完成订制。选题是关于"文学中的爱情故事"。师徒三人一谈议,想法都不谋而合,必须要避免一个小资或鸡汤式的思路,要将之提炼变成一个研究性的题目。约稿的编辑是个从善如流的中年女性,很快也同意了我们的意见,表示原本只想组一个通俗题材的书稿,这下也给我们的想法说服了。

接着就来讨论书稿的规划和写法。那时我刚接触主题学和原型批评的概念,尚未有比较明晰的"叙事学"理解,于是我就提议,将中国文学中不同时期的情爱主题类型进行一个梳理,由我承担古代部分,且尝试运用刚刚学来的"原型批评理论"来进行处理。原以为自己的冒失和不自量力会惹来先生的批评,但没想到这一设想立刻得到了肯定,他的宽宥和从善如流给了我极大的鼓舞,从此我便得上了那种"巴甫洛夫式"

的反应症。

说实话，今天看来这或许是一个偷懒的无奈之举，除了卖弄一点点方法上的新意，实在没有什么所长，古典文学的那一点点底子，根本无法支持一个有学术含量的研究路径。但先生的要求却是毫不含糊，我们按照一部学术论著的规矩去准备功课，搜集材料，展开写作。刚刚步入练习之路的我们，要想写成它，谈何容易。可是反过来说，这也刚好满足了我希图有一点学术历练的想法，让我作研究的野心开始萌动。

然而次年春的形势中断了我们的研究。

隔了那酷热的夏季，在这一年秋，我历经了生命中最焦虑、也最充实的一段时光。每天耳边响着他的催促声，必须抓紧，再抓紧！我们几乎每周要与先生汇报、请教、商谈接下来的写法，终于在秋末，我们连滚带爬，把字数凑够，且与我的师兄老谭一起到天津面呈书稿。但没想到，正是这本书，让我体会到什么是材料、观点、逻辑和建构，也正是这本书，给了我问学之初的一点经历和勇气。

其间是无数的日子……围绕他身旁，求问，研习，登堂入室与耳提面命。那一年我毕业，按原单位的合同，需要回到鲁北的那所专科学校任教，但是我因为那点成绩，却意外获得了老师们的认可，我被选定了留校任教。只是依照当时的人事制度，原单位根本不放，拖了长达半年时间，最终还是先生亲自找了分管教育的省领导，他的老同学，我方才得以脱身，成为了山东师范大学的一名青年教师。

多年后回想，假如没有这关键一步，没有他老人家出手相救，我怎么会有后来的一切经历？之后的许多年，都是无法叙述的。我骨子里的那些懒散乃至颓废，一方面是被他的鞭策与督促改造了，另一方面是被他的宽容保护了。他常常说，"你是诗人气质……"当他这样说的时候，脸上总是露出宽宥的笑容，就像一个父亲看着他的儿子，由衷地、无原则地认可着："不错，很不错。"我知道，那句评价中除了肯定，更多的是他对于我的愚钝与书生意气的无奈的接受。这种愚钝对我来说，确乎支持了我穷困清贫中的心无旁骛，但也阻滞了我在做人和问学的迢迢之路上的不断开悟。

幸亏还有先生的提示与敦促，从读书研究，到为人为文，到一路走过人生成长的一道道关口，因为他的引领与护佑，我得以跟跟跄跄中走过了那些沟坎。直到世纪之交前后，他还在催促我，多读一点文学社学方面的新理论，不能满足于文学性的谈论。

多年后，在我离开山东调往北师范大学之时，先生慷慨地应允了——他本来是不赞成的，他举了一位前辈学者离开京城去往外省任教的例子，他是想告诉我，京城码头那么大，居不易，没点混事的能力，没有背景和支持，实在是太冒险了。但最后他沉吟了一下，说："你去试一试吧，如果觉得不行，就再回来。"

来京城的十多年中，这句"不行就再回来"的话，时常在我耳边回响，让我感动，我也还记得有许多次在电话中他问，是不是太累，舒不舒心，如果愿意还可以再回来。我知道我不可能再回到那里，但是多少次在梦境中，那里还是我的家，是我最最熟悉的，我可以倚靠的地方。这就像有父母就有家的那种感觉，有他老人家真好。

还有之前的一次，记得是在2003年秋的某一天，当他老人家偶然读了我在某杂志上发表的一个批评小辑的时候，居然亲自跑来我在"鸳鸯楼"——也是师范大学宿舍区最后的一间筒子楼——的家中，郑重其事地对我说："清华，我很少表扬你，但今天我想告诉你，读了你这两篇文章，我以为你通了，像那么回事了。"这是记忆中先生为数不多的郑重夸奖，当他这样说的时候，我看到了他脸上由衷的欣喜，我平生第一回看到他对我无保留地流露出满意的笑容。

他总是这样，很少放出表扬的口风，但又让学生总觉得自己还行；他总是鼓励着学生，但又从来都不会廉价地夸赞。记得有一次我回山东看望他，他提起十几年前我的一本书，说一位特别重要的长辈学者曾读此书，并在电话里对他夸奖过我。我笑问他，那您为什么过了这么多年才告诉我？他也笑着说，"我怕你翘尾巴呀。"他这样说的时候，我忽然觉得，他真的太像是一个父亲了。

学生时代就给老师写过书评之类的文字，但这么多年过去，我才渐渐懂得先生在学术上的价值和意义。他平生不像有的名家学者，是出身世家豪门，有名师指点，作为读书人，他可谓出自寒门。毕业于曲阜师范大学，1960年代初分配至山东师范大学，叨陪教席末座，多年中只被指派带学生学工学农，直至"文革"结束，四十来岁才有机会参与教材编纂。但就是凭着他自己的敏感与韧劲儿，凭着他从扎实的材料功夫里得来的那些参悟，凭着他从鲁迅和现代作家的细读中获得的那些人文主义的精神滋养，他在1980年代之初乍暖还寒的文化气氛里，勇敢地提出了关于"五四"文学的指导思想不是无产阶级思想,而是人道主义思想的问题。

照理说,这样的问题本不该成为问题,这该是历史的常识,"五四"运动前后,共产党还没有成立,就连李大钊陈独秀这些党的缔造者,那时也还只是初步了解了一些社会主义、马克思主义,其思想中还混合着各种新思潮,"五四"文学怎么可能是无产阶级思想指导的文化运动?但就是这样一个常识的道破,在那时不啻为踩响了一颗地雷。很多人聪明地绕开了,但朱先生却勇往直前地迎了上去。

这是什么精神呢,这就是坚持真理的精神,就是共工与刑天式的精神。而这才是当代学术研究的起点,是新文学研究的意义所在。先生正是以此为契机,获得了他研究的价值和领地、勇气与品性。至于他的"五四"文学研究的突破,他对鲁迅和许多现代作家研究的精细开拓,他对于"文学史学""文学史思维"这样一门具有哲学性质的学问的创建,他在作家群落与流派、现象与思潮研究方面的广泛耕耘,还有在各种跨界领域的纵横巡游……都是以此为起点的顺势而为,自然而然罢了。

我不想在这里罗列先生的著述,我只是想说,他终其一生,是想在学术研究中建立一种真理的幻境,以此来寄托他对当代历史的思考,对于人生的反思,对于思想与精神生活本身的体味,而这是最重要的。他的一生,不爱吸烟喝酒,不爱交游品茗,不爱下棋打牌,就是爱读书写作这一件事,当然,这件事的背后,是那一切的寄托。直到最近的十年中,他还通过别辟蹊径的胡适研究,守护在新文学研究的第一线。其动力来自哪里?难道仅仅是一种积久的习性么?

回想起今春在青岛,与先生最后一次一同参加活动,那时他还精神矍铄,作了一个四座皆惊的发言。分别时望着他略显蹒跚的背影,料峭的春风中,我忽然想起了陈寅恪的诗句:"一生负气成今日,四海无人对夕阳。"真是感慨万端。

生活中的先生,是个十足可爱的人。他一生只讲一口浓重的蓬莱方言,有时努力矫正一点,他以为是在讲"普通话",但别人还常常是半懂不懂。有人编造故事,说他在学术会议上与一位浙江籍的先生争起来,浙江口音的先生在说"'五四'文学是'人的文学'"的时候,"人"字的发音听起来像是"神"字,朱先生立刻拍案而起,说"不对,是'yin'的文学",他将"人"字发成了"银"字。遂有哄堂大笑。

我也曾背地里讲老师的故事，被有的朋友听到，去求证我师，他老人家并不生气，只说了"夸奖，夸奖"，又将"夸张"说成了"夸奖"。现在想来，如果我的老师没有这些故事，他便离我们远了许多，正是因为他的平易近人，他的那些可爱的质朴与纯真，他那爽朗的笑貌与音容，才如此生动地长留于我们的记忆之中。

记忆中先生的身体一向很好，认识他四十年中从未见他吁叹过困倦和疲累，抱怨身体衰老退化。每当问及他的身体状况，向来都是"很好""没事儿"，最差的情况他也会说"还可以吧"。可是没想到，就在最近的两个月里发生了如此迅疾的变化。六月底的一天，当我在课间接到济南师弟的短信，言及"师父重病，眼下已无良药"之时，我几乎目瞪口呆，难以置信。急切赶回济南，在重症监护室里见到病床上的师父的时候，他已经说不出话，我只感到他的大手紧紧地、紧紧地与我相握着，我怎么也不能相信，不能接受，当我对他说"老师，坚持住，就要好起来了"的时候，热泪止不住地流下来。

转眼已生死相隔。

再次看到敬爱的恩师的时候，他已是安卧于鲜花丛中。他陨落于无情的病魔，但也终止了他的夙夜兼程的辛劳。在一路奔丧的火车上，我含泪写了这样几句："……半世行孤路，一生独盘桓。寻灯望五四，举火照人间。……此晚吾师去，定居在桃源。永享安宁地，功德无量还。"前半生他一个人辛苦奔波，中年之际才合家团聚，而他终其一生都在情感之路上苦苦追寻，这一切，最终都转换和升华为他对于"五四"精神的诠释与瞩望，都转换成为了那个叫作"Enlightenment"的火炬，或者灯烛，转化为了他对于社会进步的期许与实践。而今他功成还山，必定居于他钟情的桃源，那充满着一切人间之爱与正义的精神原乡。

是的，我爱戴的师父，至善和至纯的恩师，定居于这美好之处的，舍您其谁耶？

2018 年 7 月 18 日，记于北京清河居

原载《南方周末》2018 年 8 月 4 日，有改动

姨 妈

刘 琼

汉语里，有些词天生带感。比如姨妈。

与姑奶奶的强势相比，姨妈这个词的指向要柔和得多，是有时可以替代外婆和母亲的女性角色。我总以为，没有姨妈的女孩，作为女人的这一辈子，仿佛缺了点什么。

再过些日子，姨妈就要从生活了一辈子的城市马鞍山来看母亲。现在是夏天，她们姐俩计划从北京直飞圣何塞。她们的大哥、我的八十三岁的大舅舅住在旧金山附近的圣何塞。那里，大概是全美华人居住密度最高的区域。

母亲最小，两个哥哥和一个姐姐都要大出好多。比母亲年长十岁的姨妈，解放那年，与丈夫离了婚。不是姨妈觉悟高，而是这位先生着实不像话，年纪不大，吃喝嫖赌样样在行，母亲说他是个"二流子"。离婚后的姨妈顶着一头短发，兴许还别着一枚发卡，欢脱地从人群走过，便有许多未婚的男子心神不宁了。姨妈后来又有了两次婚姻。后两位姨夫不仅根红苗正，还受过较好的新式教育。第二位姨夫林业大学毕业后分到马鞍山的国营林场工作，他死后，第三位姨夫来了。这是位老中专生，一生都在市机关当会计，娶姨妈的时候，年轻又帅。当时真是既守旧又解放，以两位姨夫的处男之身，竟然会娶一个离异又丧夫的女人，我想，与其说这个女人有魅力，不如说社会风气开明，以人为主体的爱情和以爱情为基础的婚姻贯彻彻底。

姨妈漂亮吗？说实话，母亲家没有长得特别漂亮的人，除了大表姐。大表姐的漂亮遗传自她的母亲，不一定是旧金山舅舅的功劳。很长时间，我都喜欢拿姨妈与母亲比。比较起来，还是年轻时候的母亲好看。母亲个子矮，又有点发胖，这是中年油腻后的形象。年轻时候的母亲有张照片夹在烫金字的笔记本里，瘦削的脸上两只大眼睛满铺着忧伤的美，眉眼细节有点像那个叫梁咏琪的香港女演员。姨妈是瘦高的，一直瘦的瘦，精瘦的姨妈年轻时候特别活泼，又出生在所谓的大户人家，举止大约有了一些妙不可言的味道了。某年，看北京晚报刊发张学良的访谈文章，旁边配发了一张赵四小姐和张学良的晚年生活照，就觉得眼熟——姨妈长得可真像那位从来也不曾特别漂亮过的赵四小姐。也许，对男人来说，女人的容貌并不像想象的那么重要。

　　姨妈和旧金山舅舅出生时赶上外公的盛年。整个家族，外公行八。雄心勃勃、远近闻名的八先生，据说比《太平府志》里记载的那位御赐红翎的先祖还要才高八斗。八先生是乡绅，家设书馆，学生大多有出息。我工作后碰到的第一位高级领导竟然也是外公当年的学生，令人吃惊不小。马鞍山当时不叫马鞍山，叫当涂。当涂是整个太平府的行政中心，清雍正年间当涂成为安徽学政的驻地。当涂的隔壁是两江总督府衙所在地南京，再远点是上海。上海是清朝晚期以后发达起来。旧时当涂人外出，最喜欢去南京。外公的两个妹夫当时都在南京政府做事，其中，陶家妹夫已经做到次长的要职。两位妹夫都是外公父亲的学生。外公单传，所以，外婆过门后一气儿生了十二个孩子，以图壮大门庭。结果，活下来四个，其余八个前前后后由于各种各样的病死去，足见当时医疗水平很差。当然，也有人说外公后来鸦片抽得厉害，孩子们先天不足。

　　中国女人的生育能力是个奇迹。外婆一生十次生产，两对双胞胎，最小的那两个孩子是龙凤胎。"龙"自然集万千宠爱于一身，母亲是被轻视的"凤"。生这对双胞胎时，外婆热毒攻身，乳汁质量差。家中于是为"龙舅舅"延请了奶妈，而母亲喝外婆的乳汁。大家都以为母亲一定活不长。谁料，"龙舅舅"突然高烧不治，女孩虽然瘦弱可怜，毕竟长大了，日后甚至成为外婆最挂心的小棉袄。

　　一年冬天，已经是"文革"后大家可以自由往来的日子了，好像是正月，我从睡梦中被谈话吵醒。那些年，大概为了弥补之前多年骨肉分离的缺憾，每逢春节，妈妈的兄弟姐妹都要热热地聚上几天。那年，他们拖家带口在我们家聚会，人多，房子小，长辈们就围炉夜话，聊着聊着，声音大了起来。只听兆健舅舅粗着嗓子，恨恨地说："就是她，不听话，老跟王家来往，把妈妈活活气死了！"

　　兆健舅舅说这话时，被判气死自己妈妈的姨妈已经睡着，不能申辩。

　　兆健舅舅说的王家，是外公的大妹夫家，也就是外婆的大姑子家。比起外公家世代书香的特点，外婆娘家大概属于当涂街上恶霸老财一类。一代人有一代人的苦衷，外婆是个小脚女人，从有钱有势的城里嫁到乡下，并没有得势，或者说过得不大舒心。强势的小姑子和嫂子相处似乎不是很妙。在微妙的亲人间的争斗里，逐渐成人的姨妈受宠极了，像只花蝴蝶，是大家族的情感纽带和活跃分子。母亲说，姨妈早熟，喜欢也善于跟女性长辈打交道。从前，大家庭里用度大，大人孩子很少穿商店里的成品衣，从头到脚基本上都是自家妈妈或者街上裁缝的手工艺。姨妈天性灵巧，又经外婆严格训练，一应家务活都拿手，女红尤其出色，颇受大家器重。比姨妈小十岁的母亲就没这么幸运了。母亲出生时，外公已抽上万恶的鸦片，身体毁得厉害，没等解放，就抛下一家老少先自解脱。外公病故前，家中良田基本卖得差不多了。外婆是中华人民共和国成立后的第六年，在自家老宅的门房里离开人世。外婆去世后，十三岁的母亲成为孤儿，依靠哥哥姐姐接济生活。母亲没有童子功，后来所会的一点针线活，大约是生计所迫、无师自通。凑巧的是，针线活对我们刘家女眷来说也是弱项，母亲的那点三脚猫功夫在婆家居然被称赞。姨妈听闻非常吃惊。姨妈心中，妈妈大概永是那副笨手笨脚的小模样。母亲于姨妈，是妹妹，也似女儿，外婆死后，母亲主要被姨妈照拂。母亲的笨是被姨妈的巧衬托出来。

　　外公去世前夕，姨妈嫁给以浪荡而名的丈夫——这个丈夫当然是长辈指腹为婚的后果。婚姻和家庭是旧式女人的全部，得遇良人，便是一好万好，否则一生打了水漂。今天的女人差不多亦如此。旧式婚姻又不由自主，完全靠碰运气。以姨妈当时的人才，第一个丈夫的德行当然不匹配，姨妈愿意过安稳的人生。好在人民政府主张婚姻自主，趁着有利形势，姨妈毅然决然提出离婚。半个世纪前的江南，传统势力之顽固要远胜别处，姨妈此举是见识，更是勇气。见识归功于自我教育，勇气则出自天性。姨妈的这份永不消逝的勇气，其后在不同的时期，以不同的形式，支撑着她。

　　1949年初，国民党政府计划撤离南京，迁转广州。陶家姑婆手里有几张机票，想带走娘家侄子，被外婆一口拒绝。男人不在了，女人家要自己拿主意。当年，看着意气风发的大舅舅，看看尚未成年的小舅舅兆健和年幼母亲，外婆决定更信任自己的娘家，把未来筹码全部赌在自家哥哥身上。不料，还没解放，这个哥哥因命债在身潜逃东北深山老林，六七年后被揭发和枪毙。这六七年间，外婆的这位胆大包天的哥哥还娶了位太太，生了几个孩子。半个多世纪过去了，音信杳无，母亲家的这一脉血脉是风筝失线，失落在东北大地上。

陶家一家和王家姑爹最终去了中国台湾。陶家刚出生的二儿子、王家姑婆和她的三个儿女留了下来。大舅舅与南京表弟从南京出发，随解放大军南下，落户在云南文工团。日后不久，表弟成为大舅舅的大舅哥。20世纪60年代，陶家从中国台湾举家迁到美国夏威夷，后来去了旧金山。70年代中期，中美恢复邦交没两年，陶家姑婆病重，想念大舅舅。在父亲的帮助下，刚刚脱掉"右派"帽子的大舅舅，拿着探亲签证，渡过重洋，去探望分别了近三十年的亲人。姑婆去世后，陶家姑爹念旧，希望大舅舅留在旧金山陪伺他。大舅舅这一留就是近四十年。

带着儿女坚持留在中国大陆的王家姑婆倒是活了很久。我见过这位姑婆，这位现实版的王熙凤。

王家姑婆晚年总是一个人端坐在大屋子里，容长脸，说话很轻，不怒自威。儿媳妇老实，端茶送水，恭恭敬敬。我们小孩都怕她，绕着她走。鲁迅写他的曾祖母一个人坐在黑暗中，淘气的孩子爬上膝盖拽一拽头发，也不生气。我们这位姑婆，是没有哪个孩子有胆量爬上她的膝盖的。只有姨妈例外。姨妈与王家姑婆一见面就叽叽咕咕，老人家偶尔还会笑得前仰后合。一人一命，大小姐出身的王家姑婆，前半生被人伺候，后半生为了生存，施与别人难以想象的痛苦和折磨，自身想必也经历了难以想象的痛苦和折磨。当年她为什么不愿随夫离开？在她和姨妈的交谈里，也许有一些秘密可以共享。王家姑爹离开后再无音信，"三通"了，传来的消息是人已去世。凝望那端坐俨然的背影，王家姑婆的内心世界，我们永远无法懂得。

老式人家礼多。母亲回娘家，也会给王家姑婆送去礼物，但很少与她交流。以至于很长的时间，我都以为那位威风凛凛的老太太是母亲家的老街坊。外婆最痛苦的那些日子，年幼的母亲都看在眼里。某种程度上，外婆的确是被王家人气死了。母亲说，由于外公抽鸦片，外婆投资不当，家里早已破产，除了一些字画文玩，并无多少浮财。起初，外婆生活还很正常，在云南工作的大舅舅也来信说准备转业回家。但接着就不对了。总而言之，亲人间的背叛，比不相干的人的虐待更具杀伤力。奇怪的是，姨妈跟这位姑婆的关系始终很亲密。王家姑婆将近九十岁才无疾而终。这期间，所有关于姑婆的消息，都是姨妈讲给我们听。小舅舅兆健对此尤其不满。

外婆去世后的第三年,母亲去外地读书,体检时体重不足五十斤,差点被招生办拒之门外。此后又过了将近二十年,母亲才带着她的丈夫和孩子,再次见到自己的哥哥姐姐。

母亲的两个哥哥年轻时相貌酷肖,不熟悉的人往往会认错。兆健舅舅要瘦一点,高一些。除了姨妈,母亲七十岁后的模样跟哥哥们也很相似,兄妹俩簇拥在沙发上,竟然像老哥俩,DNA遗传的顽固性可见一斑。晚年的兆健舅舅佝偻了,皱纹深刻,比旧金山舅舅还显苍老。旧金山舅舅是全家精神核心,我将另著文记述。

在母亲的亲人中,我第一个见到的是兆健舅舅,其次才是姨妈。

1977年,这个日子,不会错。这年,这个叫刘琼的小姑娘七岁,基本是个文盲,被祖父母坐船坐车送到小城。父母在小城工作。小城真小,生活在这里的人互相知根知底。小到拎着一个印着大红牡丹的水瓶去荷花塘的老虎灶冲开水,去老虎灶的那条青石板路刚刚下完雨,滑了一跤,壶碎了,还没回到家,小孩子的耳朵里似乎已经传来了母亲怒气冲冲的训斥。当然,这只是小孩子的想象。母亲那时候虽然年轻,但脾气极好。母亲姓陈,单位里的人都喊她小陈或陈阿姨。喊"陈阿姨"的那个新入职的姑娘其实比母亲小不了几岁。从前人为了表示尊重,会伏小做低,明明是弟——会称兄,明明是同辈——会尊称长。年轻的小陈或陈阿姨长得好看,当然,最主要是性格温和。母亲和婆家的关系一直很亲密。我们老刘家这一支明末从江西南昌迁徙到安徽,又经数次调整,定居在水泽之乡芜湖。外来户通常有危机感,凝聚力较强,老刘家人日常往来因此比较频繁。乡下人简单,有时候不太讲礼,当然,通讯也不发达,往往中午十二点下班,母亲急急忙忙从单位赶回家,刚煮好饭,对门奶奶一声"小陈,又来客人了",走进来三五个在城里办完事的亲戚和亲戚的朋友。特意为孩子们长身体准备的一小碗红烧鲫鱼,瞬间成了客人的下酒菜。母亲脾气好,小孩子不高兴了。母亲通常还会差我们去机关大院外的卤菜摊,斩上三两块钱的红鸭子。卤鸭分红白两种,卤汁卤出来的是白鸭子,红鸭子指烧鸭。那家卤菜摊的红鸭子皮脆肉嫩,特别出名。要是赶上吃早饭,我们就得端着搪瓷缸去马路对面的荆江饭店买两屉小笼包待客。回回如此。亲戚们都夸奖母亲贤惠。贤惠,大概是小地方人对于女性的最高评价了吧。父母是双职工,工资低,花销大,记得每到月中,母亲便悄悄去找管劳资的陶奶奶预支下个月工资,所谓寅吃卯粮，实在因为入不敷出。这样的日子里，我们最盼望祖父母来家。祖父是离休干部，工资高，父亲又是独子，祖母格外溺爱父亲，每次祖父母来看我们，几乎就是整个副食品公司上门服务，各种时令鲜货如菱角、荸荠、甘蔗、粽子等等，一应俱全不说，还有清早刚从屠宰场买来的猪里脊肉和各种下水，从"出入风波里"的小渔船上趸来的成袋活鱼。豆腐坊女儿出身的祖母，厨艺是出了名得好，一把普通小青菜都会炒出滋味来，面对嗷嗷待哺的几张嘴，更是使出浑身解数，顿顿变出花样。祖父祖母来家的日子，是小孩子的节日，不仅口腹之欲大大满足，因为有祖父母的依仗，父母对我们的管教也会适当放松。可惜，不等自带干粮吃完，祖父就说要走了。母亲一定是苦苦挽留，小孩子也眼泪汪汪。这种情况下，往往是祖父先走，祖母再单独留下来住上半个月。待到祖母要走时，祖母自己先就不舍、流泪，临行前还会给每个孩子都留下零花钱。如是，在孩子的错觉里，只道我们兄妹是祖父母疼、祖父母养。

与祖父母如此相亲的一个客观因素是，很长时间里，我们只能感受到父亲家族的亲情。从我们生活的芜湖到母亲的娘家当涂，直线距离不足八十公里，九岁那年，我才第一次见到母亲家的亲人。

能够见面的确切原因已不记得。在此之前，主要是不能见面的日子，母亲与她的哥哥们似乎断断续续在通信。一个人关于语词的记忆特别偶然。比如我，第一次知道"唇亡齿寒"这个词，只有八九岁，是无意间在忘了上锁的抽屉里看到兆健舅舅写给父亲的一封信。兆健舅舅信中先是热情洋溢地夸奖了一番父亲对于母亲的多年照顾，说他和母亲的关系现在是"唇亡齿寒"，今后要多联系、多关心，等等。大意如此。文绉绉，新鲜，好奇，不懂，并记住。

第一次见面是1979年的冬天。那年冬天，南方奇冷。对于我，这次见面是悲惨的记忆。大年三十的黄昏，雨雪霏霏，父亲母亲领着我们兄妹，背着特别沉重的年货，一路换车，最后停在了采石矶。李白的"天门中断楚江开，碧水东流至此回。两岸青山相对出，孤帆一片日边来"写的就是采石美景。李白的叔父李阳冰在当涂当县令，李白一生七次来此并终老青山，青山李白墓迄今仍是文人雅集之地。可惜，美丽的采石给我的第一印象，是泥泞和严寒。父亲母亲拿着一张写着地址的纸条到处问路，夜幕下，行人越来越少。已是掌灯吃年夜饭的时分，近处远处的炮仗稀稀拉拉地响着。哥哥牵着我的手，深一脚浅一脚走在后面，又冷又饿。寻找还是无望。兆健舅舅婚后定居的这个地方，可怜母亲大人也是第一次来。我哭了，不肯继续往前走。娇气，任性，这一场哭泣后来成为哥哥笑话我的主要把柄。总而言之，这一场艰难的寻找最终结束在深夜。就在父亲和母亲都快绝望之际，竟然邂逅小舅舅兆健家的一位邻居，他从外地回乡。热情的邻居直接把我们送到兆健舅舅的面前。通讯设备不发达的年代，兆健舅舅的后院里，一大家人正一筹莫展。见到素未谋面的妹夫和孩子，桀骜不驯的兆健舅舅一把抱起还在哭泣的我，傻呵呵地笑了。这时候，从后院走出来一群女眷。那其中就有姨妈——姨妈自然是最醒目的女性。具体的细节忘了。姨妈反正流泪不止。姨妈的能干和气质像探春和史湘云的结合，她的善良却是李纨式的善良和柔软，因此，就连气死外婆的王家姑婆也能在她那儿获得友谊。面对二十年没见的小妹妹，姨妈百感交集。姨妈一生豪爽大方，是日常生活里的女侠，与母亲感情又极好，见到我们这些侄儿侄女，恨不能把口袋里的钱都掏出来当压岁钱。姨夫在一旁尴尬地笑着。母亲敏感，坚决地制止了姨妈的豪举。

　　母亲小资，早就托人从上海捎回各种图案各种质地的漂亮手绢，这会儿从行李包里拿出，一一分送给表姐们。男孩子们当时是什么礼物，我忘了。多出的两块最后悄悄地塞给最小的英表姐。她不知何故，正撅着嘴生气。这位爱生气的英表姐，我们后来都叫她气表姐。气表姐成年后陷入传销陷阱，差点把命给丢了，这是后话。夜深了，小舅舅端着酒杯一饮而尽，说："我们一家终于团聚了！"

　　我已是一个男孩的母亲后，母亲和父亲有次当着我的面谈起姨父姨妈，起了纷争。母亲说姨夫不配姨妈，父亲坚决不同意，说姨夫当时娶姨妈，是姨妈的高攀。

　　姨妈的前两次婚姻是我们家的秘密。长到三十岁，我都以为姨夫是姨妈的原配。老中专生的姨夫爱计较，姨妈恰恰格外大方、大气，两人性格反差巨大。小孩子都喜欢大方的人。我认识姨妈的时候，农民出身的姨夫在市机关工作，城里分了房，姨妈这位前大小姐还是愿意回乡务农。她可真能干，也爱干活，完全是劳动妇女的麻利和勤劳。干完农田和菜园的活，姨妈在自家的客厅开辟了一个小小的杂货店。我第一次到姨妈家，就被这个微型杂货店摆放的各式糖罐深深地吸引。姨妈大方，村民来店里打酱油、买火柴，喜欢赊账。村民收入来源大多很少，有的人赊到最后，还不起账，就开始赖账。饶是这样，姨妈还要抓两颗水果糖，硬是塞到那位抱在怀里的小妹妹的手里。一年结算下来，杂货店连本都收不回来。当会计出身的姨夫不高兴了。这个店开还是不开，成为他们家常年吵架的源头。"傻大方"，是姨夫给姨妈判定的罪责。姨妈不傻，姨妈就是大方，加上脸皮薄，她拉不下脸来跟人要债。另外，必须承认，在泼辣这点上，姨妈真是不及一般劳动妇女。乡村社会，红白喜事应酬多，应酬在于来与往，姨妈的"往"总比"来"的标准高。原先村民收入少，姨妈这种大方还可理解。最近这些年，这个地方开矿山、修机场，村民手头有钱了，还是这样的往来模式。姨夫当然不高兴了。宅心仁厚的姨妈眼里，大约人人都很可怜。别人稍稍哭下穷，她就信了。

姨妈总是吃各种亏。姨妈家的隔壁住着姨夫的父母和弟弟一家。两家一墙之隔，但往来不多。热情大方的姨妈，与普通邻居反而出出进进来往频繁。年幼时对此很不理解。后来知道，当年姨夫娶姨妈，不是没有压力，而是顶着巨大的家庭压力和社会舆论压力。就拿兄弟两人联合建房来说，按理应该一家一半集资，父母开口了，说弟弟收入不及哥哥，哥哥应多出。分房时，至少一家一半吧，反而是弟弟比哥哥多分一间，理由是父母跟他们同住。长子为大，姨夫是长子，习俗上长辈应该跟姨夫住，但公婆拒绝了。没说理由，大家心中明白。姨夫跟姨妈结婚，姨夫的父母对这位结了两次婚的儿媳是千般万般的不满意，万般千般的反对，无奈儿子坚持，老两口没办法，儿子终归是儿子，他们最终是把鄙夷和冷淡毫不掩饰地撒到姨妈的身上，甚至殃及孙辈。他们不仅嫌弃姨妈，还嫌弃姨妈跟姨夫生的三个孩子，这使姨妈愤怒和痛苦。在传统中国社会，因为联系密切，婆媳矛盾是常有之事，有智慧的丈夫会调停双方，大事化小，小事化了。我的这位年轻又帅的姨夫结婚时颇有勇气，结婚后对家庭关系的复杂性既缺乏充分的预料，又缺乏化解智慧，于是家庭关系越来越复杂，大家庭失和，小家庭也失和。姨夫姨妈的性格反差显示出来，作为男人的姨夫，在姨妈眼里的分量越来越轻，越来越无法依靠。再强势的女人骨子里都是柔弱的，都需要爱人呵护，何况是姨妈这样命途多舛、曾经经历过甜蜜爱情的女性。一腔热血或者是被爱情迷惑的姨夫，走入婚姻后，忘了一个基本事实：对于一个社会，家庭是独立的政治单位，婚姻是经济关系，也是政治关系，夫妻是命运共同体。生活的压力全部叠加到姨妈一个人身上。与公婆不和时，姨夫又常常指责姨妈。两个人的矛盾越来越深。姨妈那张曾经欢脱昂扬的脸渐渐地就垂了下来。

尽管百般不易，姨妈这一生的主要时光都贡献给了姨夫。

待到我稍稍解事，姨妈和姨夫的家庭矛盾已尽人皆知。小姑娘喜欢瞎想。有时候，我就想姨妈要是嫁给一位温和的姨夫，姨妈会是什么样呢？

姨妈会是什么样呢？从母亲和长辈们的嘴里，姨妈的前尘往事渐渐浮出水面。

姨妈的第一次婚姻解体，姨妈占主动权。姨妈离婚得到大家支持。这次婚姻，没有给姨妈留下任何负资产。

姨妈一生最幸福的时光，是第二次婚姻期间。那是姨妈最好的年华，恰当的时候，遇到了恰当的人。然而，最好的年华最短暂。外婆去世那年，姨妈的第二个丈夫跳楼自杀了。

母亲讲这一段的时候，正是月圆的夜晚。好像还是中秋节。我们家有拜月亮的传统。每逢中秋，母亲总是当窗摆好桌子，放上四碟食物：石榴，苹果，菱角，月饼。那一年，应该还在读研，我从杭州回到芜湖过中秋。夜深了，一边嗑着菱角，一边聊天。母亲开始不把我当小孩了。母亲叹息说，姨妈的命真薄啊，明明很出色的丈夫，明明很恩爱的夫妻，何况女儿出生刚刚一个来月，怎么就会去跳楼呢？！据母亲描述，这位姨夫文质彬彬，脾气特别好。母亲说这话时，潜意识里一定在拿后来的姨夫作比较。

脾气特别好的第二位姨夫去世时才二十六岁。1957年"反右"，这位书生气很浓的姨夫起初很积极，带头揭发别人，没想到战火很快烧到自己头上，想不通，一头从楼下跳了下来。姨夫死的那天，正是夏天，南方夏天的雨又急又大，持续了整整一天。傍晚时接到消息，只有十来岁的母亲，陪着可怜的姐姐去太平间看死去的人。母亲说她怕极了。母亲说这话时，我的毛孔仿佛也竖了起来。姨妈当时还在月子里，姨夫的消息传来时孩子正发着烧，不久后，也死去。这是姨妈的第一个孩子。老天似乎跟她开了一个玩笑，瞬间把一切都剥夺了。磅礴大雨不停地下，天都下漏了，姨妈的眼睛也哭漏了。哭了整整一个夏天的姨妈，坚强地活了下来，只是沉静了。她的幸福仿佛正在离她远去。

母亲讲这一段的时候，也是我的一个平素安静内敛的男同学突然跳楼的第二夜。他死后,我们在他的宿舍里发现了写满字句的纸张。这个黑龙江北安考来的男同学,内敛,安静,内心酝酿着巨大的火山。若干年后,也是这样的季节,我的一个年轻有为的男同事从六楼跳下。死是一个人的权利,姨夫以那种决绝的方式离开人世,是姨夫的自由。对于姨妈,却是永久的伤害。这么多年来,姨妈很少谈及这位姨夫。只有一次,她跟母亲聊天,聊到人性,她说"那个人的性子太软"。这么多年过去了,姨妈的话里还带着不能释怀的恨,她是恨他不陪自己度过漫漫人生,恨他把没有办法了却的思恋和痛苦留给生者。尊严是男人的生命,尊严有时不过是巴掌大的事情,在女人看来。

"心比天高,命比纸薄",是中国古典小说《红楼梦》对林黛玉、晴雯、妙玉这类女性命运的提炼。追求爱情和婚姻自主的姨妈,挑来挑去,挑到第三位姨夫。

母亲偶尔抽空带我们去看姨妈,姨妈特别高兴,在那张有着踏板的旧式大床上,姐俩常常要絮叨到天亮,睡在隔壁的姨夫是姐俩永远不变的话题。姨妈的无奈也像岁月一样永远不变。中国式的劝架劝和不劝离,母亲也如此。我在脚头听个一鳞半爪,睡着了。

心高的姨妈,与姨夫磕磕碰碰了一辈子,终是把日子过了下来。姨妈五十多岁的时候,她的公婆去世了。姨夫跟姨妈也吵不动架了。她的公婆去世后,姨妈的第一个举动,是把乡下的住宅跟隔壁小叔子家彻底地切割开来,往后退了五米,圈了个独门独户的院子,盖了栋小洋楼。有段时间,可能是姨夫刚退休那几年,前庭后院种满了大大小小各种植物。被姨妈伺候了一辈子的姨夫,开始殷勤地伺候他的那些花儿草儿、盆儿景儿。这些娇气的花木在姨夫的手里居然蓬蓬勃勃,花木都颇有姿色。一辈子,姨妈都没有这么清静过。花木葱茏的小院似乎有了点世外桃源的味道。

世外桃源的日子很短暂。先是小院原址被机场建设征用,后是姨夫突然倒下。

姨妈和姨夫住回城里。三室一厅的房子,空空荡荡,老两口终日面面相觑。一日早起,姨夫突然舌头就打结了。这是开始。接着,记忆崩溃,貌似精明了一辈子的姨夫就这样痴呆了。痴呆了的姨夫有一天上洗手间,坐在马桶上,就再也没有站起来。

想起1979年那个冬天的夜晚,姨妈掏钱姨夫尴尬的笑,想起更多充盈日常生活的来来往往，想起姨夫年轻又帅时的热情。姨夫很高，也瘦，肤色白皙，即便是年老痴呆后也还干干净净。姨妈嫁给姨夫，也一定感受过爱情的欢愉。姨夫走了，我们都为姨妈松了口气。这是我们的私心。姨夫这辈子大概连一个碗都不曾洗过，姨妈像伺候孩子一样伺候着姨夫，不包括各种责难。姨夫走了，姨妈应该彻底轻松了。姨妈的腰从来都是直直地挺着，七十岁的时候，从远处看，背影还像个少女。姨夫去世后，姨妈的腰开始佝偻。母亲担心，邀姨妈来京小住。姨妈答应了。冬天推到春天，春天推到夏天，这个夏天应该可以成行了。

突然想起一个遥远的细节。也是一年春节，大家聚在一起包饺子，不知为什么，姨妈就摸着我的手对母亲说："这丫头贵人命。手指又长又圆，手掌还那么绵软，有肉。"当时正在学汉乐府诗《孔雀东南飞》。从芜湖坐轮渡渡过长江，就是庐江府。庐江府小吏焦仲卿妻刘兰芝的故事那么悲惨没记牢，记牢的反倒是"腰若流纨素，耳著明月珰。指如削葱根，口如含朱丹。纤纤作细步，精妙世无双"这几句。中学生一边背书，一边相互比较，看看到底谁是"指如削葱根"。我先自颓了。不想，这被嫌弃的绵软有肉的手，在姨妈眼中竟是"贵人"。许多年过去，姨妈当时惊喜的模样又还原到眼前。姨妈自己"指如削葱根"，是标准美人手，但她好像并不满意。

《孔雀东南飞》里还有几句我也喜欢，它是"枝枝相覆盖，叶叶相交通。中有双飞鸟，自名为鸳鸯，仰头相向鸣，夜夜达五更"。

原载《雨花》2018年第1期，有删改

父亲与老朋友

臧小平

今年 10 月 8 日，是我亲爱的父亲臧克家诞辰 113 周年纪念日。按照惯例，我满怀深情地在他的遗像前摆上盛开的鲜花。父亲九十九载人生中的许多往事，又清晰地浮现在眼前，尤其难忘的，是被他称为"我情感世界中的大半边天"并且终生不渝的师友之情。这里边有多少感动人心的故事。

"生死之交"

在我收藏的父亲老友们赠送的纪念品中，一张写有"生死之交"几个大字的信笺尤其为我珍视。这是和父亲有着近六十年深厚友情的季羡林叔叔，在 2009 年 4 月 27 日应邀为我题写的。这四个饱含深意的字，是他对这段难忘岁月的高度概括。

1946 年，留德十年归国的羡林叔叔即将去北京大学任教，路过南京时，在老同学李长之那里认识了我父亲。两位山东老乡气质相投，相见恨晚。父亲后来回忆道："我们一见，彼此倾心。他在国外待了多年，但身上毫无洋气，衣着朴素，纯真质实，言谈举止，完全是山东人的气质和风度，我心里着实佩服。"数日后，他们又相聚于上海，叔叔就住在我父亲东宝兴路 138 号《侨声报》那间小小的日式宿舍中。这本来只有一桌一椅的斗室，一下子被羡林叔叔随身携带的五六个装满书籍的箱子，填充得满满的。工作之余，父亲带叔叔拜访了郑振铎、叶圣陶和郭沫若等学术界、文学界前辈。晚上，他们就热乎乎地挤在斗室中："我俩在'塔塔密'上，席地而坐，抵足而眠，小灯一盏，照着我们深夜长谈，秋宵凄冷，而心有余温。"与父亲同样"一见如故"的羡林叔叔也清晰地记得："我在上海停留期间，夜里睡在克家的榻榻米上，觉得其乐无穷。""我平生第一次，也是唯一的一次喝醉了酒，地方就在这里，时间是 1946 年中秋节。"

父亲和羡林叔叔之间的情感和友谊，绝非肤浅的泛泛之交和一般意义上的普通朋友，叔叔用"生死之交"形容它，真是一语中的。父亲在晚年曾写过一首诗："老友老友，心中老有，意志契合，如足如手。"他们之间的这种"如足如手"的"生死之交"，首先就是源于他们的"意志契合"，心灵相通。尽管人生经历不同，但是他们都是从旧社会和战乱忧患中走向光明的知识分子，有着共同的追求和理想，有着共同的爱国爱民和为国为民的博大胸襟。这一切，渗透在他们平日交谊和信件往还的点滴细节中，"为人民、为国家、为社会主义"，正是他们共同的心声。"文革"后期，已经六十七岁的父亲尚在湖北干校，"问题"还没有得到解决。他在1972年8月1日与羡林叔叔接上关系的第一封信里，就坚定地表示："我坚决相信，我们还能为社会主义事业做出点滴贡献。"叔叔在首封回信中也这样写道："我决不能白吃人民的小米，总希望能竭尽自己的全力为社会主义做点事情。"他们期许："要打起精神，再活上三十年，为人民多做点事，多写点好诗。"这共同的意愿是他们友情最坚固的基石。因此，这对终生挚友志同道合而又默契相知。

父亲和羡林叔叔之间有一段"贺去职"的佳话。1984年3月，父亲从报纸上得知叔叔不再担任北京大学副校长的职务，为之大喜，立即写信向老友祝贺，并马上在《光明日报》发表了《贺友人去职》的抒怀之作。正如父亲在文中所写的："一般情况是贺就职，祝升级，我为何反其道而行之？不知我者，或以为矫情，知情况者，便觉得其中有深意了。"他为何会有这番不合常情的举动呢？原来，叔叔和父亲生前都被自愿或非自愿地挂上了许多职务和名义，一人身兼数十职，各色聘书几大摞。这种情况在父亲的老友中很普遍。他们在彼此的交谈和书信往还中常常提及此事，皆称"苦不堪言"。父亲在1978年写给叔叔的信中谈到："恭三（北大教授邓广铭先生，'恭三'是先生的字）来信，说你又荣任北大副校长，乌纱帽多了，也压人。我觉得，你应以大半精力与时间搞点研究、翻译工作，就长远利益讲，这样功效大，因为非你莫办；而行政则别人亦可办。"当时身兼二十多项职务的羡林叔叔对此一直深有同感，多次向我父亲大吐苦水："我非常害怕又恢复'文革'前的情况，头衔挂了二十多个，但无益于人民。我已下定决心，再也不干行政工作，甩掉一切乌纱帽。年纪渐渐老了起来，想干的事情多得很。"由于事情繁重忙碌，叔叔甚至几次累得病倒在床上。其"苦"真不堪言也！为此，父亲代表自己和老友们发言了。他在1980年的文章《兼职过多压死人》的开头，就开门见山地比喻道："一个人的脖子上套上花环，当然很光荣，但花环太多，也觉得压得慌。"接着，他就不指名地以羡林叔叔和广铭叔叔为例，道出他们兼职和非专业性事物过多，每天囿于"文山会海"而不能"务专业"的极大苦恼。父亲在《贺友人去职》中为此大声疾呼："去掉空的，干实的。去了别人能干的，挑起自己专干的。珍惜专家们——特别是老专家的学术研究工作，因为他们来日已无多。"父亲"贺去职"的去信和文章，引起了羡林叔叔的极大共鸣，他特意用彩笺立即写来了回信："你的祝贺，实获我心。去掉乌纱，如释重负。不过这只能算是一个开端，外面还有不少的近似'乌纱'的'会长'一类的头衔，有待去掉。看《北京晚报》，白寿彝同志讲，七十岁以后他感到才开始钻研学术，我极有同感。有好多工作，需要我们去做。"此后，叔叔还多次对我父亲讲："我希望再过三五年，把这一切帽子都甩掉，那样可以安心写点东西，培养几个青年学生，对人民会更有好处。"人世间恐怕只有真正肝胆相照的老友间，才会有这种呼为友人"去职"和"贺去职"，并得到对方衷心赞许的事情发生。这对已入暮年的老人那种苍龙行雨、老树着花，欲在各自专攻的领域中，全心全意为人民做出最后贡献的精神和行动，深深地打动人心。

步入晚年，经历过"文革"阻绝的他们深感友情的弥足珍贵，又慨叹因各自忙碌，每年见面的次数太少。父亲在1973年12月8日给叔叔的信中感慨道："春天相约看桃李；夏天相邀看牡丹；秋天希望同赏菊，到头来，什么也没看到，但乐观精神可表；冬天一道看梅花！有此心情，可以长寿。"叔叔在1975年2月春节前的来信中也说："我已经很久很久没有进城了。因为我视公共汽车（电车）为畏途。……但是春节我已下定决心来看你，因为不给你拜年，好像一年的任务都没有完成。时间可能是正月初二上午。"羡林叔叔为人内向，他曾多次讲过："我有一个最大的缺点，就是最不乐意拜访人。即使是我最尊敬的老师和老友，我也难得一访。我自己知道，这是一种怪癖，想改之久矣。但是山难改，性难移，至今没有什么改进。"但是，他却"破例"从这年开始，每年春节初一或初二到我家来拜年，成了一条"不成文法"（羡林叔叔语），也成了他心中的节日。这天，叔叔或一人，或邀上两人共同的好友广铭叔叔，或与家人、秘书一道，跨几个城区而来，与我们全家团聚畅谈，共进午餐，欢庆新春。为此，父亲曾多次深情地说过："羡林不来不是春。"

父亲是个极重友情的人，更何况这是终生挚友羡林叔叔的佳节来访呢！他发自内心热情如火的情态与叔叔略显内向的性格，形成了这样一幅情景：在我家那被叔叔称为堪与刘禹锡的陋室相比的墨色逼人的客厅里，父亲亲自为老友倒上龙井茶，摆上早已准备好的糖果和果品之后，就会滔滔不绝地说起老友们的近况，谈及两人都关注的文艺界与学术界的各种问题，还会找出自己正在阅读的书籍，与客人们共享他的读书心得。是啊，这一年一次的难得相见，父亲该有多少话要向老友倾诉呀！而叔叔则面带会心微笑，静静地倾听老友畅抒胸臆，并在适当的时候，语速舒缓地插上几句话。看到已入暮年的挚友见到自己后如此高兴的样子，叔叔欣欣然沉浸在无比醇厚的友情之中。见此情形的母亲有时会提醒父亲：请季先生多讲几句。但，结果是——性情使然，改观不大。这个时候，谈话声欢笑声便会冲出屋门，荡漾在我家小院之中。1976年国庆节后，羡林叔叔深深感叹人老去，与老友一年一见次数太过稀少，就来信讲："我总想设法打破一年一见的老例，去年打破了，今年已经到了十月，还没实现。照这样的老例，我们究竟还能见多少次面呢？我并不是伤感，生死是宇宙规律，我毫不在乎。但今年，一连三个最主要的领导人先后逝去，我不由得就想到了这些。"他在以后的信中，曾多次提议每年多来一次。我父母见信后十分欣喜并翘首以待。然而，忙于工作实在分身无术的叔叔，最终没能实现这个美好的愿望。这种一年一度的春节欢聚，一直延续到2001年。这一年春节团聚，羡林叔叔搀扶着年长他六岁的我父亲，在我家客厅刘海粟先生写的那个大大的"寿"字下面合影留念。在寄赠给叔叔的这张照片背面，父亲亲笔题句："你我并肩挺立在照片上，/你好，我好，/今年比去年好！/永远好！"老友间的衷心祝福和满心期待之情，跃动在字行间。然而此后，先是两位耄耋老人身体欠佳，接着我父亲病重入院直到2004年逝世。于是，就再也没有了他们人生中这个品尝友情的重大节日。2001年春节的这张照片，成了他们生命中最后一张合影和永远的纪念。

人，固有一死。2004年2月5日元宵之夜，我亲爱的父亲以九十九岁高龄辞别人间。我们不敢贸然把这噩耗告诉羡林叔叔，他的秘书也一直小心地隐瞒着这个消息。但是，叔叔默默地写下了悼文《痛悼克家》。在对件件往事深情的追忆中,他形容道:"克家天生是诗人,胸中溢满了感情,尤其重视友情,视朋友逾亲人。好朋友到门,看他那一副手欲舞足欲蹈的样子,真令人心旷神怡。他表里如一,内外通明。你无论如何也不会想到有半句假话会从他的嘴中流出。"最后,叔叔说:"写到这里我偶然想起克家的两句诗,大意是:有的人活着,他已经死了;有的人死了,他还活着。克家属于后者,他永远永远地活着。"

用心的太阳照耀他人

我极喜爱父亲写于1945年的一首诗作:"你会觉得心的太阳／到处向你照耀,／当你以自己的心／去温暖别人。"他用自己的一生践行了"用心的太阳照耀他人"的信条,与师友们的往来更是如此。

父亲与作家姚雪垠叔叔也是有着六十年交谊的老朋友。他们初识于1938年父亲自台儿庄战役返回之后,地点是第五战区司令长官部。此后,他们并肩战斗在抗日战场,先是一同深入到广西部队84军(父亲去了173师,姚则到了174师),参加了著名的随枣战役。1939年,他们又结伴成立"笔部队",两次长途跋涉,到鄂豫皖和大别山区进行采访和抗日宣传。在此期间,两人都创作了大量反映抗战前线和大后方情况的抗战文学作品,受到好评。1940年1月11日,父亲写下了《我们走完了一九三九年——给孙陵、雪垠》。在诗的开头和结尾,他这样写道:"我们飞舞／在战争的风前,／我们拧动时代的齿轮／旋转,／我们用五千里的征程／送走了一九三九年。""我们就这样走着,／脚步接着脚步,／我们就这样走着,／肩靠着肩。／不要把这三人的'笔部队'小看,／它在艰苦中／走完了五千里路,／它在战争中／送走了一九三九年。"这种在抵御外辱舍生忘死的战争中结下的友情,父亲十分珍视。

在两位老友漫长的友谊旅程中,给我留下深刻记忆的,是1972年父亲因病从湖北干校返京治疗的那几年中,对于雪垠叔叔创作长篇小说《李自成》倾尽心力的帮助。

那段时间,雪垠叔叔正在湖北家中撰写长篇小说《李自成》的"全书内容概要"。父亲得知了这个消息,在1973年左右去探望茅盾先生时,着意谈了叔叔埋头撰写《李自成》的情况;回家后,又立即将茅盾先生的住址告诉了远方的老友,力促他与先生联系,以求得到前辈的指教和帮助。父亲为这对师友牵上了"红线"之后,叔叔曾在一年多的时间中,用书信与茅盾先生探讨《李自成》创作中的各种问题。当时,先生正患目疾,视力严重减退。但老人仍抱病阅读,对这部小说中的许多章节谈了细致中肯的意见,使雪垠叔叔获得巨大帮助和指点。这些通信,后来曾结集出版,引起不小的反响。对于这部《李自成》"概要",父亲大加赞扬鼓励。他在给叔叔的信中写道:"'提要'(注:即'概要')前半已读毕,极兴奋。可谓宏图大展,我读之,不能释手。我历史知识太差,几乎可以说'不能赞一辞'。你,明史资料多,生活知识较丰富,文笔细致,组织力强,思想性也不差。凭这些,准可大成。希望能垂诸永久,努力,再努力!""你的《李自成》,写完就是胜利。我想,天会假以年的。……在我们,上帝就是我们自己。"父亲曾在这几年写的旧体诗《寄姚雪垠同志(六首)》中,对这位老友"誓为英雄创史诗"的远大抱负、"寸阴共天争"的忘我耕耘和"拭目丰碑立,共仰英雄风"的巨大成就,表示了由衷的赞叹和钦佩;对于这部长篇小说的最终完成,寄予厚望。同时,他也毫不隐晦地提出自己的看法:"你的大作,引人入胜,但望在细节方面,尽力删汰。因为我们这些老年人,对一些旧时代的风俗习惯,比较熟悉,往往在作品中多所引入,情不自禁,觉得弃之可惜,以此炫耀(此二字也许'重'了一点),取悦读者。该写的不可少,与主题无大关系,或对于人物性格刻画,非必要时,痛下决心'割爱'。"1973年深秋,深思熟虑后的父亲在去信中,开列了几位前辈和专家学者的名字,希望叔叔能将"概要"寄给他们,征求意见,以使《李自成》更臻完美。叔叔在11月17日的回信中称:"你所提的可以商请看稿的前辈和朋友,深合我心……"那一段时间,父亲将《李自成》"概要"分送给友人阅读,并将它的成就,在茅盾先生、叶圣陶先生和胡绳、张光年、严文井等师友中,积极推荐,大力鼓吹。他们都是文学界、理论界和出版界的大家,有些当时已重新走上领导岗位。为了《李自成》全书的顺利完成与润色提高,为了它今后的出版和成功,父亲可谓用心良苦。他在给叔叔的信中说:"胡绳同志近甚忙……'提要'下部寄来后,即送给他,早已告知他了。""胡绳同志昨早来玩,炉边对坐,品茶小谈……他要我先致意,以后再抽空写些意见。主要一点是:农民起义军中的'流氓无产阶级'问题。要注意它的反面作用,肯定其革命性。""昨晚文井同志(人民文学出版社党委书记,第一把手)又来长谈。……

谈了两个多小时,又谈到你。光年,时常聚谈。他调'出版局'做'顾问'工作,一切文艺工作,可能由他参与、上报告。我把你的'提要'和《李》两次送他看了(一二日一气读完);他大加赞赏,极推崇,将上报给出版局党的核心小组。"1975年12月20日,因撰写《李自成》上书毛泽东并得到眷顾的雪垠叔叔,举家迁京。寒风中,父亲带病由家人陪伴,亲自到北京火车站的站台上迎接老友。这举动,对于当时年老多病的父亲来讲,可以说是罕见的。其中的情义,打动了在场的每一个人……我不知道父亲这些用意深厚的言行举动,对于《李自成》的出版和巨大成功,是否起了些微的推波助澜的作用;但是,他对于朋友那种发自内心的无私的爱和没有丝毫功利目的的倾力帮助,却为他那首诗中所写的"用心的太阳照耀他人"做了最好的印证。

与两位老友的交往折射出父亲一生的秉性和境界,依旧亮在我心头的往事在当今社会更显得弥足珍贵。在纪念父亲寿诞之辰的今天,我站在他遗像前深深祈望:愿老一辈人的精神永驻人间。

原载《今晚报》2018年10月5日

娘心高处

蒋 新

一

每次回家，与母亲天南海北地聊天，说到家里的人和事，不知不觉就会聊到大姑身上。大姑与我父亲是叔伯姊妹，比父亲小三四岁，如果活着，也应该是九十开外的人了，可她在二十多年前就像一片树叶悄悄地落到地上，"不带走一片云彩"般的去了宁静的天堂。几十年间，母亲只要与我们拉家事叙家常，没有一次不说到大姑，而且总用"好人"二字来概括定音。只要说到这，母亲脸上的表情就会自然而然凝重起来。时间久了，我从母亲凝重的表情里渐渐掂出"好人"二字的分量。沉甸甸得如一块看不见的丰碑，矗立在娘心的高处。

大姑其实相当普通和平常，不但没有结实如石碑一样的身体与风采，而且十分清瘦和弱小。走路轻，说话更轻，生怕声音一大打扰了别人。母亲描写大姑说话像猫，咪咪的，从来没有高言语。大姑肤色细白，脸上的笑似乎与生俱来，在短短长长和粗粗细细的皱褶里荡漾和流淌。特别是那双沉稳和善的眼睛，如同藏在山根那眼取之不尽的滴水泉，感觉只要一碰撞，一对接，便立刻有了善良定义的全部答案。即使心中有排山倒海般的冤屈或者冲冠的怒气，瞬间也会被浅浅淡淡的笑融化得没了脾气。柔美似水的眼神在不知不觉中转化为一种扭转情绪和提升精气神的默默力量。我惊奇她那双含笑而不张扬的眼睛，应该是一双超越蒙娜丽莎的眼睛，眼睛里的微笑宛如温润的磁石，把我，还有几个兄弟都吸到她那很少照进阳光的灰暗房子里，去享受大姑咪咪的话语。

20世纪60年代，坐落在繁华城区的老家如同一台布满包浆的老钟表，古板又严肃。父亲兄弟几个和大姑一家拥挤在那座摇摇晃晃的四合院里，近四十口人在这里进进出出地过日子，按照祖传的礼序不紧不慢地运行。那时，我家的日子相当窘迫，父亲又得了奇怪恼人的眼疾。他爱面子，不愿去申请公家的救济款或者救济粮，更不乐意向亲戚朋友祈求帮助。于是，为了吃饭，我家在青砖黑瓦的院子里创造了三个第一：第一个卖家里能用的东西。母亲把红漆透亮的三件套老式嫁妆柜换了二十多斤地瓜干；大姐第一个从初中辍学，去离家近十里路的煤矿做小工；第一个率先吃树叶。感觉什么树叶也曾经从我们舌尖上走过，春季吃榆树叶、槐树叶、向日葵叶，还有冒着奶白色汁的羊角叶，秋后就是地瓜秧、玉米棒，甚至充满诗意的红叶。母亲的全部事情都围绕着"吃"字进行，从早到晚，摘洗蒸淘各样树叶，碾玉米棒或地瓜秧，蒸出夹杂着各种味道的窝窝头或者菜饼子，来喂家雀般的我们姊妹五张嘴。院子里依然静悄悄的，任太阳和月亮交替着从屋顶、树梢、墙上和地上悄然滑过，没有人关注和发现身边发生的事情，即使看见了也是无可奈何。终于，在夜深人静的时候，大姑出现了。她蹑手蹑脚走进我们昏暗窄小的北屋，从腋下掏出一个或者两个煎饼，压着嗓子递给母亲："五嫂，喂喂孩子吧。"不等母亲回话，就含着那丝苦涩的笑转身闪出，沿着黢黑的墙根悄没声息地回到自己的屋里。屋里留下父亲的叹息声和母亲对着窗户的泪花。

在那个不敢忘却又不愿回头看望的苦涩时间，大姑究竟给我们送了多少次煎饼和窝头，不得而知。那时小弟只有一岁多，曾津津有味地吃大姑送来的煎饼。母亲不止一次跟小弟念叨："没有你大姑的接济，很难说你能不能活下来。"

大姑的家境并不比我家好多少，她膝下也有五个与我们年龄相仿的子女。只是大姑父有裁缝手艺，乡下的老家有地种，所以生活比我们略略宽裕点。她完全可以把接济我们的煎饼让自己的孩子享受，因为我见到比我小两岁的表弟啃窝头的吃相，哪里是吃呀，是一点一点地用牙慢慢地噌，似乎那不是窝头，而是一块可以充饥可以解渴的神奇宝石，似乎担心大口大口地吃嚼不出其中的滋味，失去窝头的香气和回味无穷的价值。

二

老家胡同外边是城里最阔绰的大街，逢农历的三或者八，这里就自然形成人头攒动的贸易集市。远远近近的人，无论乡村的，城镇的，都带着买和卖的心思和东西向这里汇集和赶集。家长为防止陌生人进家门，特别担心孩子被花言巧语的人拐走（因为曾经发生过），也防止赶集的人来院子里大小便，把破旧但干净的院子弄出别样的味道，或者要饭的闪进来吓着小孩，就把两扇残旧乌黑的大门关得紧紧的，吆喝着院子里的老老少少，进进出出都要把门插紧。人毕竟有疏忽的时候，特别是刚刚上学的我们，出去进来常常忘记随手关门。于是，赶集的人和路过的人常常进来上茅房，也有要饭的走进来，端着一只残缺的碗，或者伸着颤巍巍的手在南屋的檐下使劲哀求："大爷大娘行行好，给口啥吃吧。"那时要饭，真的是为了糊口，只要有人给一口吃的，就千恩万谢，不像现在有些乞丐，把乞讨作为发财致富的一条路径。要饭的哀求在院子里响过几声，常见大姑踮着脚快步出来打发他们。大姑常常给他们半个煎饼，或者一小块窝头，或者半碗稀粥糊糊。不多的这些常常是一口人一顿饭的内容。然后努努嘴摆摆手让他们快走，再把大门慢慢关好，沿着墙根回到阳光照不进的"耳房"去。

母亲看到大姑打发要饭的，就自言自语说："你大姑中午又要找借口不吃饭了。"

"耳房"是大姑的家，极其窄小的两间小东屋，紧靠在东厢房的肩下。"耳房"里除了七口人，还有两只猫，一只纯黑色，一只虎斑黄色。据说都是相当娇贵的种。猫的来历不怎么清楚，表姐曾说是捡来的，表弟说是从墙头跳进来的。总之娇贵的猫们来了就不走了，懂事似的在屋里转悠，从来不走出大姑的房子。冬天偎在炉边床头，夏天爬在窗台上或者躲在墙旮旯里打盹。院子里偶尔也有其他声音："人都吃不饱，还有闲情养猫。"大姑曾在嗓子眼里笑着为自己辩护：它来了不走咋办？猫不也是一条命吗？我见过大姑喂猫的样子，从自己的嘴里抿出一点饭食，弯腰丢给蹲在脚下微微叫的猫，有时两口，有时三口。猫乖乖地用舌头舔着吃，那一点一点的吃相，很像表弟啃窝头的样子。

就在困难日子将要熬出去的时候，大姑家发生了塌天的事情。大姑父病了，得了比现在 H7N9 还吓人的肺结核。满院子惊慌起来。大人编些谎话阻止我们去大姑家玩耍，即使去了，大姑也依着屋门或坐在门前挡驾，笑眯眯地哄我们不要进屋，也把那寸步不离"耳房"的两只猫送了人家。心细的大姑担心那骇人的病种传染给少不更事的我们和更不懂事的猫。乐善好施和说话幽默的大姑父，敢于嬉戏于病，每日弄剪子、尺子和布匹的大姑父终于在不停息的咳嗽声中走了。他没有用自己的豁达和善良战胜让人讨厌和惧怕的肺结核,在人生最好的时候离开了温暖的家。

大姑父的死对我刺激很大,他是我见到的第一个从身边逝去的亲人。我曾经瞧不起甚至在背后偷偷地骂过给姑父看病的医生,以为他们身上的白色大褂与他们的医术极不相称,你不是医生吗?怎么把人医死了?以至好长一段时间,见到穿白大褂的医生,心里就逆反出质问:你医死过病人吗?

大姑的脊背有了与年龄不相称的弧形,眼睛也迅速凹陷下去,说话的声音也被猫咪的声音覆盖。艰辛痛苦的日子像巨石压得瘦弱的大姑喘不过气来。喘不过气来也要喘,她用猫咪的声音指挥全家开始给鞋厂糊鞋盒,糊一个一分钱。"蜗居"的"耳房"成了加工厂,桌子上、床上、窗台上都挤满了大大小小的鞋盒。表哥表姐还有表弟们,已经没有空闲与同学朋友玩耍,他们的身份已经不单是学生,手里也不只拿铅笔、橡皮和本子,鞋盒子里面盛满了暑假寒假,阳光灯光,也盛满了他们苦涩的幼稚童年。

已经中学毕业的表哥曾经瞪着眼睛严肃地问大姑:"什么时候咱能吃顿饱饭。"大姑为了让表哥表弟好好念书和糊鞋盒,用望梅止渴的法子哄他们:"你们在院子里种棵树,树长高了,咱就能够想吃啥就吃啥了。"于是,表哥表弟们在东厢房屋檐下,种上了一棵期盼吃饱饭的小榆树。

榆树像解人意似的,颤巍巍地在那里与表哥表弟们一起接受苦与贫的历练。历练是个什么过程?为什么这苦与贫的历练总爱在贫穷人家转悠?尽管《菜根谭》说得很美丽,吃了菜根,方知生命的真实。生命的真实为什么非要在苦与贫中去打磨和修炼?假如必须去吃或者去打磨,最多应该像场游戏或者战役那样,是个有限的过程,短也好,长也好,不能超过生命承受的底线。然而,谁来规定底线的去处与时间的短长呢?罩在大姑头上的乌云和痛苦并没有因姑夫的去世而戛然终止。

就在榆树疯狂向上拔高,树冠蹿过屋檐的时候,表哥突然病了,又是大病,让人毛骨悚然的败血症。大姑脸上已经干涸得没有水分,笑泉似的眼睛里有了一层质问苍天的无奈——为什么会这样?为什么?

表哥的早逝让大姑的脊梁又深深地弯曲了一层。

三年走了两人,满院子寂静,满院子沉默。

三

大姑不再去理会那棵生命力顽强的榆树，终于听了算卦人的劝说，下决心搬家，搬出给她欢乐和幸福，又让她无法承受压抑与窒息生命的"耳房"。离开为乡下人、外地人羡慕的闹市胡同和规规矩矩的四合院，去了偏僻的青龙山公房。

公房不大，只有两小间，但有了能够照进屋里的阳光。我依旧找理由去大姑家玩耍。那年我去看她，她让我坐在那把有些摇晃的老椅子上，自己则俯在桌子上瞅我，与我慢慢地拉家常。阳光透过方格玻璃，照进屋里，洒满大姑身上。那身永远整洁的青色衣服，消瘦白皙的脸庞，还有那层为无数风霜打击历练后的笑，淡淡静静如秋天山下的孝水之河，似乎没有任何波澜经过。那笑在我看来，要么是用超人般的勇气将巨大的痛苦压抑着，不让它发芽；要么已经彻底顿悟，放下了如露亦如电般的梦幻泡影。大姑已经很少去感叹和念叨"人要认命"的沉闷话题，而是紧紧盯着走到她身边的人，一遍又一遍地询问生活咋样，工作咋样，身体咋样。并不新鲜的话题通过她的眼睛向我重复着，别到水库洗澡——因为水库每年都要淹死人；千万不要饿肚子，年轻人长个子是个大事；不要和人闹别扭，那样容易生气伤身子。声音仍旧如猫咪。我觉得大姑有了一点唠叨，增添了一些似乎多余的牵挂和不放心（母亲和弟弟也觉察到了大姑的这些微妙变化）。

她对生命的珍重和爱惜好像倍加强烈，每次我都从大姑的叮咛里深深体味到。也从她不间断的唠叨里发现了一个值得珍藏的"真理"，那就是如何去看待老人的唠叨——在她已经没有力量或能力去保护你呵护你的时候，她那份疼你爱你期盼你祝福你的心不但没有减弱，而且更加强烈、透明和执着。唠叨、叮咛或者没完没了的絮叨不仅是她年龄经验的选择，也是表达心情和爱意的直接形式。每一句话都如同善良老人向你伸出的温暖手臂，那些重复与叮咛的简单语言都带有炽热的体温，宛如春蚕或者蜘蛛吐出的缕缕丝线，颤巍巍地织成可供后辈享受徜徉的幸福之网。

每次去看她，走时她都要塞给我们一点东西做压手礼。那次她从衣兜里掏出十斤粮票递到我面前。我望着骨节有些变形的手和皱褶增多见深的脸，坚决地谢绝了。20世纪70年代，人们的日子已经渐渐走出低谷，好过了许多,但计划供应下的粮票仍然是人们最珍贵和不能缺的物种。况且那时我已经参加工作,有了自己的饭票和工资,便一边笑嘻嘻地跟她解释,一边将珍贵的粮票塞回她那瘦弱的手里。她见我执意不收粮票,便拽着我的衣角不放,用另一只手拉开抽屉,拿出一对琉璃花球塞进我衣兜里。看着大姑少有的严肃表情,为了不让她着急和生气,只好将那对花球带回了家。

我从大姑的无尽嘱咐里对"慈母手中线,游子身上衣"有了更深的理解,也从她那慢声细语里悟出了怎样去享受老人的叮咛与无边的唠叨。也明白母亲为什么说大姑是少有的"舍胸膛顾脊梁,舍自家顾人家"的人。

大姑出殡的那天,许多人来祭奠和送行,除了家人、亲戚、邻居和表姐表弟的朋友同事,还有一些非亲非故的陌生面孔。他们或一个或几个走进灵堂,在大姑的遗像前鞠躬,或用传统的方式磕头。大姑在照片里慈祥地微笑着,笑容依旧浅浅淡淡的。

"大娘是个好人。"邻居们告诉我,大姑家的日子虽然过得十分拮据,但只要谁家有难事的讯息落在她的耳朵里,都会主动去帮衬。有人说,大姑太顾面子。我想,这不是面子的事情,而是心地使然。因为大姑不止一次跟我说过,知道人家有急事,不帮衬帮衬,心里不踏实。

我在吊唁的人群里寻找一个我不认识的人,那人我早就知道,是个小偷。大姑和小偷的故事是母亲说给我听的。大姑搬到青龙山后的第二年,大姑赶年集回来,见皮箱旁边露出半截脚,她以为是表弟的,便一边拾掇东西一边喊,蹲在旮旯里干啥,还不出来。可是,等那双脚走出来,把大姑吓了一大跳,竟是一个比表弟高的陌生男人。大姑明白眼前立着的肯定是小偷。急忙拉开门,大声质问,你是谁,来俺家干啥?那人有三十多岁年纪,脏兮兮的手攥着几件衣服。也不回答大姑的话,慌慌张张夺门而逃。还没跑出几步,就被大姑喊住了(我们奇怪大姑哪来那样有劲的声音)——年纪轻轻的干啥不行,非要干这事!那几件破衣裳能值仨瓜俩枣钱?大姑不知哪来的力气,一边大声训斥,一边掏出身上仅有的几块钱扔给那人,回去给老的小的买点吃的,别再去干这丢人的营生……那人或许是初犯,抑或许良心为大姑的作为而惊现,惊慌失措地朝大姑瞄一眼,捡起带着大姑体温的纸币,扔下那几件衣服就跑了。据说年三十晚上,那人曾把一封折成三角的信偷偷塞进大姑家里。我想那人极有可能出现在这陌生的人群里,可是,出现与不出现都不重要,因为大姑的心里没有让人感谢的地方。

"大娘是个好人。"无论熟悉的还是陌生的人无不这样叹息。我望着这些朴实者的背影,与其说他们对大姑称颂,不如说是对柔美和善的崇敬和渴望。大姑柔静的人格魅力与不张不扬的慈祥,成为大家尊敬的符号。

"好人",成为大姑留给我们晚辈最珍贵的遗产,一份风吹不动,雷打不倒,水冲不走,时光改变不了的遗产。

大姑送我的那对琉璃花球一直跟随着我,摆在书橱的耀眼处。那是一对常见的单瓣扎花琉璃球,有苹果大小,里面怒放着一朵粉色牡丹与两只飞舞的蜜蜂,一动一静构成一幅动静相融的图画。接近四十年了,花球上已经滋润出淡茶色的岁月包浆,灵动而又稳重。每次看到或擦拭花球,就想起大姑,想起她那流淌着善良的眼睛和永远浅浅的笑容。我想,花球里的蜜蜂应该是大姑的写照,她老人家一辈子没有停歇,一辈子都在替别人想,蜜蜂一样不知疲倦地过日子,悄没声息地走自己的路,她没有为社会做多大的事儿,除了家人、亲戚和邻居,没有更多的人知道她,她就像一滴没有污染的水,把洁净的心和善良的笑留在一个普通祥和的人家和我们的心里。

原载《散文百家》2018年第5期

那条叫吴小如的鱼游远了

舒晋瑜

一恍，吴小如先生已经离开我们四年了。

常常会想起他。尽管我们认识得很晚，却天然地有一种亲近。这亲近，大概缘于吴小如先生是我所供职的《中华读书报》副刊的作者，是我们的"衣食父母"，也缘于他性格秉直、淡泊名利的处事风格，也是我所向往的。

很早就拜读吴小如先生的文章，也知道他是有名的"学术警察"，第一次近距离接触吴小如先生，却是2012年春天受邀参加《学者吴小如》出版座谈会，其实也是为纪念先生九十岁诞辰，因他声明不组织生日宴会，不接受礼物，他的学生们就以这种朴素的形式祝贺他的生日。那天，吴小如先生因病未能到场，但这个寿星缺席的庆生会，开得真挚感人。那天我和严家炎先生夫妇、邵燕祥先生夫妇同席，主角不在场，宾客们倒是谈兴甚浓。邵燕祥说，吴小如博闻强记而又健谈，他常以没听过吴小如讲课为憾，因为大家常说听吴小如的课是一种享受。邵燕祥常常想起他们六十多年的交往，每次聚会东扯西扯都是很快乐的事情，是非常美好的回忆。"我们之间没有客套，每每想到古训所说'友直、友谅、友多闻'，而我有幸得之。"北大教授严家炎说："我所知道的吴小如，从不说人家的短处，自己从不摆功劳，有的时候，我想了解很多事情请教他，才会说。"

吴小如先生原来有那么多故事。我被深深地感动，参加完活动第一件事就是打电话约吴小如先生，先生爽快地答应了。

2012年6月18日，初访吴小如先生。

他的房间格局不大，家具也是20世纪80年代的立柜、平柜，床上整齐地放着书籍报刊。先生清瘦得很，但精神不错。我们先从《学者吴小如》说起。他兴致很高，风趣地说："学生们说预备给我过九十岁生日，出一本《学者吴小如》，我很高兴，别人都是死了后出一本纪念文集，我活着时看看这些文章，看看大家对我评价怎么样，免得我死后看不见了，等于是追悼会的悼词我提前听见了。"

同时他也很清醒，说："实际上，收进去的文章都是捧我的，但每篇文章都有实际内容。作者里有些是我学生，有些是学生的学生，好些我都不认识。看了以后，我想，这评价准确吗？好话说得太多了。"

那天我们聊了很多，几乎贯穿了他的整个学术人生。吴先生送我《吴小如手录宋词》时，用有些不听使唤的右手为我亲笔签名，并说："认识了，就是有缘。"这种缘分，不掺杂任何功利的世俗，唯有真诚朴素的情感。

第二次拜访吴小如先生，是他获得"子曰"诗人奖。此次获奖的诗词刊发于《诗刊》的"子曰"增刊，获奖不久，他的作品《莎斋诗剩》由作家出版社出版，吴先生托学生送我，同时捎来话，说报纸某处有个失误。我的心中涌出无限温暖和感动，立即心生再访吴先生的念头。

2014年5月7日，采访结束时，我提出想看看他的某本旧书。保姆和我一起扶起先生，搀到书房。他的身体真轻，似乎用一只手的力量就可以轻轻托起，可是他移步如此艰难，像是用尽了全身力气。

他在书橱前站定，先找椅子坐下来，让我打开橱门，挨摞书找寻。第四摞搬出来，他伸手一指，说："在这儿。"拿出来一看，果然是。他亲自翻到我需要的那一部分，指给我看——先生眼力尚好，不需要戴花镜。

我们谈了两个小时。担心先生受累，我向他告辞。他伸出手来，轻轻握别，目送我离开。

没想到这一面却成永别。

采访后不到一周，我将写成的文章快递给吴小如先生，12日上午，接到中国人民大学国剧研究中心青年教师张一帆电话，告知吴先生11日晚十九时四十分辞世。

"这篇文章，是吴先生去世前接受的最后一次采访，也是他最后亲自审定的文章。"张一帆说，遗憾的是，吴先生没等到这篇文章见报。

12日，我再次赶到北大中关园，通往43号楼短短的几十米路，走得沉重而缓慢；陆续遇见前来送别的亲朋好友，脸上写满悲伤。"不设灵堂，不举行遗体告别仪式。"吴煜说，这是父亲生前的交待。

在接待我的那间卧室，先生常坐的沙发上堆放着整齐叠放的衣物。几天前，他尚端坐在这里，见我进来，合上手里的书；他依旧明亮的眼神注视着我离开……我觉得，我们还有很多很多话没有说完。

一

吴小如的父亲吴玉如先生是著名书法家、诗人，一生桃李满天下，但他真正给自己的孩子一字一句讲授古书的机会并不多。吴小如上小学的时候，和早起上班的父亲每天同在盥洗间内一面洗漱，一面由父亲口授唐诗绝句一首，集腋成裘，至今有不少诗还能背得出来。1938年，吴小如考上高中，开始听朱经畲老师讲语文课，这是他沾上"学术"边儿的开始。朱老师从《诗经》《楚辞》讲起，然后是先秦诸子，《左传》《国策》《史记》《汉书》。正是在课堂上，吴小如知道了治《左传》要看《新学伪经考》和《刘向歆父子年谱》，读先秦诸子要看《先秦诸子系年考辨》和《古史辨》。1939年天津大水，吴小如侍先祖母避居北京，每天就钻进北京图书馆手抄了大量有关《诗经》的材料。考入北大中文系后，先后从俞平伯师受杜诗、周邦彦词，从游国恩师受《楚辞》，从废名师受陶诗、庾子山赋，从周祖谟师受《尔雅》，从吴晓铃师受戏曲史。每听一门课，便涉猎某一类专书。这使吴小如扩大了学术视野。

1944年开始作诗时，吴小如把诗交给父亲吴玉如先生请教。父亲见吴小如写的古诗，一首中就用了三个韵脚，便说，这不是诗，连顺口溜都够不上。年轻气盛的吴小如不服气，当时就下决心：我非做好不可！

吴玉如先生晚年的时候，再看吴小如作的诗，问他："你看你的诗像谁？"吴小如说："谁也不像。"父亲说："不对，你的诗像我。"

能得到父亲的肯定，吴小如还是深感欣慰的。起初他的作诗和写字，父亲都认为"不够材料"，他努力地写字，努力地作诗，父亲什么也不说。但是后来有人找父亲写字，父亲应付不过来，就把吴小如找他批改的字送人，说："这是我儿子写的字，你们拿去看吧！"吴小如说，自己临帖从不临父亲的字，因为父亲的字功夫太深。可是父亲最后认为吴小如的字，最像他。

吴小如说，他的父亲有一条，做学问首先是做人，首先人品要好。这是中国传统的美德。书法最关键的是，功夫在书外，意思有两条，一是多念书，一是做人要好，这是最基本的。到书法本身，只有一条，就是路子正，别学邪门歪道，古人讲横平竖直，写字，字得规范，写出来的字得规矩。临帖,最好不临古里古怪的帖,也别临颜柳的帖,劲都在外头,搞得不好容易出毛病。最好还是先练"二王"的字,王羲之、王献之,学书必自二王始,譬犹筑屋奠基址。

写了近七十年诗歌,吴小如最深的体会有三条:一要有真实的感情,有实际的生活,诗写出来才有分量;二是不能抄袭古人的东西。中国的旧诗太多了,难免有重复;三是现在作旧诗的人很多不懂格律,不按旧章程作,格律不讲究,认为七个字就是七言诗,五个字就是五言诗。吴小如说,第二条自己也没做到。写诗的人太多了,难免就有跟古人"撞车"的时候。

2014年3月,吴小如获得年度"子曰"诗人奖,并出版《莎斋诗剩》,评委会的评价是:他的诗词作品,历尽沧桑而愈见深邃,洞悉世事而愈见旷达,深刻地表现了饱经风雨的知识分子的人生感悟,展示了一位当代文人刚正不阿的风骨和节操。

二

吴小如曾在文章中评价自己:"唯我平生情性褊急易怒,且每以直言嫉恶贾祸,不能认真做到动心忍性、以仁厚之心对待横逆之来侵。"他待人真诚、刚正不阿,虽然饱受委屈,却一生坦荡,光明磊落,两袖清风。

吴小如认同古人所说"吉人词寡"。可他一有机会还是爱说。他说,自己最大的毛病是总爱看到文化领域中别人身上或文章里出现的缺点,而缺乏认真反思的自省功夫。

即便年过九旬,吴小如还经常给报刊打电话纠错。有一次某中央媒体刊登张伯驹和丁至云《四郎探母》剧中《坐宫》一折的剧照,写成了《打渔杀家》。他打电话给该报负责人,负责人反问:怎么办?吴小如说:更正一下。此后却再无下文。

吴小如被称为"学术警察",是有原因的。他对学界不良现象毫不留情:校点古籍书谬误百出,某些编辑师心自用地乱改文稿,知名学者缺乏常识信口胡说,学界抄袭成风……他的主张是,不管别人满意不满意,首先自己不说违背良心的话,不做让自己后悔的事情。

吴小如一生说过的唯一一次假话,是对父亲。吴玉如先生壮年时,双臂有力,可将幼时的同宝(小如)、同宾(少如)兄弟抱在手中同时抛向空中后再稳稳接住,小兄弟俩对此不以为惧,反而特别高兴,因而吴小如与父亲掰手腕一辈子没有赢过。父亲临终时,已年过花甲的吴小如为了博老人一笑,再次提出掰腕子,其时老先生手腕早已无力,吴小如装作再次输给老先生,意思是:您还是那么有劲。吴小如后来说:那是自己平生第一次作假。

三

1951年,时任燕京大学校长的陆志韦先生和国文系主任高名凯先生,将吴小如从天津调到燕京大学,待了一年。1952年院系调整,吴小如留在了北京大学中文系。他在北大经历了好多破例的事情,比如讲师没有带研究生的,吴小如就带过一个研究生。他做讲师就开始编教材,印了几十万本,被美国好几个大学拿来做古汉语教材。夏志清在香港文学创刊号上写了一篇文章,说凡是搞中文的,都应该读读吴小如的《读书丛札》。20世纪50年代起,吴小如专治中国古典文学,由游国恩主持,吴小如担任大部分注释和定稿的《先秦文学史参考资料》和《两汉文学史参考资料》,数十年来一直为国内大学中文系指定教材或参考书。从中学教师、大学助教到教授,吴小如的课一直十分"叫座"。因为他"嗓音洪亮、语言生动、板书漂亮"(沈玉成《我所了解的吴小如先生》)。

吴小如当了二十八年讲师,1980年中文系第一次恢复评职称时,他直接从讲师当了教授,工资加了二十三块钱。"文革"结束,中文系党委开会,吴小如的学生里有好几个是党员,他们透露说:"内定了你是'秋后算账派',对你不利。"从1952年到1980年,中文系吴小如的课最受欢迎,但是因为人事问题,他一直没有提升的机会。

吴小如先生曾屡次以"我爱国,国不爱我"形容对北大中文系的感情。他曾决定离开中文系,调到中华书局,档案都调出了。老北大王学珍登门道歉,对吴小如说:"你是北大老人,你别走。"吴小如说:"我给北大看门都干,死活不在中文系。"

这时候,北大历史系主任周一良先生和邓广铭先生三顾茅庐,他们劝吴小如说:到历史系来吧!但吴小如不是搞历史的,到了历史系后,也没发挥自己的长处,变成边缘人物。1991年,吴小如六十九周岁那一年，在历史系退休。

1994年，他曾写文章《老年人的悲哀》感慨："我是多么希望有个子女在身边替替我，使我稍苏喘息；更希望有一位有共同语言的中青年学生，来协助我整理旧作，完成我未遂的心愿啊！"然而，那时候的吴先生，因为夫人患病，他本人也曾因脑病猝发而靠药物维持，面对的现实仍是每天买菜、跑医院、办杂务和担负那位每天上门工作两小时的小保姆所不能胜任的工作琐事。原来的读书、写书以及准备在退休后认真钻研一两个学术课题的梦想一概放弃，他感觉自己"逐步在垂死挣扎，形神交瘁而力不从心"。

二十年的岁月又已悄然流逝。他的处境没有任何转变。

吴小如晚景如此凄凉，那次采访之后，我的心情沉重。告别时笑着冲他摆手，转身却涌出泪来。

四

吴小如酷爱京剧，先后出版《京剧老生流派综说》《吴小如戏曲文录》等。我也喜欢京剧，在初次拜访时，就曾约请他一起去看戏。他不以为然，说现在京戏还能看吗？后来一想，我的提议太过冒昧，一位从幼年时就跟随父母看京戏，看惯马连良、张君秋京戏的行家，一位师从朱家溍先生、张伯驹先生、王庚先生学戏的老先生，怎么会对后来的演出感兴趣呢？

京剧史钮骠认为，吴小如先生不仅在中国的古典文史方面有高深的造诣，对戏曲研究也很深入。目前中国的戏曲评论界，就主流评论来说，评论和实践是脱节的，但是刘增复、朱家溍、吴小如这三位老先生，对京剧有精深研究，且都有实践经验，深受戏曲界敬重。钮骠与吴小如有六十多年的师生情谊，听到先生去世的消息，钮骠大哭一场："他年轻时就爱看戏，看的戏都能原原本本地叙述，他爱学戏、能唱戏，这是研究理论不能缺少的。他是唱片收藏家，认真研究过前辈的唱片，用今天的话说是明辨笃实，吴先生年轻时就做到了。"吴小如的离去，彻底结束了"梨园朱（朱家溍）、刘（刘曾复）、吴（吴小如）三足鼎立的时代"。

与吴小如有近七十年交往的作家邵燕祥，曾以"两条小鱼"形容他和吴小如先生在非常年代里"相濡以沫"的友情。"那条叫吴小如的鱼,还曾经尽量以乐观的口吻,给创伤待复的另一条鱼以安慰和鼓励……"他曾经有感于吴小如先生的坎坷际遇:"是非只为曾遵命,得失终缘太认真。"叹惋吴先生"可怜芸草书生气,谁惜秋风老病身"。而吴先生的作答却充满豪气:"又是秋风吹病骨,夕阳何惧近黄昏。"

如今,那条叫吴小如的鱼游远了。

原载《美文》第 11 期,有删改

山高水长

徐兆寿

昨天下午，我与几个朋友在商量处理一个事情，突然接到雷容电话，他在那头说了一句雷老师的什么话，我第一次听不清他的声音。我问道，你说雷老师怎么了？他说，我爸走了。我无法相信，你说什么。他说，我爸走了，刚刚给晓琴电话，没打通，就给你打了。我说，不可能，昨天我们还联系呢。他说，是真的。我不知道怎么再说下去，只好说，知道了，你要坚强些，把师母照顾好。

让我怎么相信呢？就在前天下午，他还微信于我，让我看人民文学出版社编辑陈彦瑾的微信，说新书《雷达观潮》已经上市了，与我商量在《非常道文艺》公众号上推一下敬泽的序言和别人的评论文字。就在等敬泽序言的昨天，他竟然就这样走了。

我是兰州这边第一个知道这消息的人，我正想发微信告知朋友时，就看见王若冰先生已经在微信上发了消息，于是便只写下几个字：痛失良师！不能相信。立刻，便有孟繁华老师、王春林先生等很多文坛师长、朋友来电话和微信，此后又是陈思和老师来求证。我的耳朵受伤，本不能多打电话，但昨天下午一直在电话中。

晚上回到家中时，便联系甘肃一众作家、学者朋友，我想甘肃应当是最怀念雷老师的地方，应当发出追思之声。一直联系到凌晨一点钟，才睡去。我想，我最好是平静理性地处理这件事。

晚上好几次醒来，回微信和短信。今天早上六点多又被家里的猫吵醒，看见手机上有一大串信息，便打开来看，然后便看见很多人的悼念之言。我忽然想起雷老师对我说过的一句话，他说，我在北京四十多年了，但我还是觉得是一个甘肃人。

于是，我想起1998年春天带着学生敲开您家门的情景，后来您在文章中说我那时留一头长发，言语狂傲不羁，想拯救中国的文学，我才知道给您留下的第一个印象竟然是这样。我大概可能还说了什么大不敬的话。只是您没写。

于是，我想起 2004 年您来兰州，我再一次与雪漠、李本深等诸兄长一起去见您，您握着我的手叫出我名字时的情景。那时，您多么年轻啊，一场乒乓球一打就是两个小时。其实，那时，您已经六十一岁了。

于是，我想起 2005 年您来西北师范大学讲学，我和晓琴去拜访您，求您收她为徒的情景。她如愿以偿，我却只能抱憾此生与您难有师生缘。

于是，我想起 2007 年夏天的一个夜晚，我把在一个论坛上的发言《论伟大文学的标准》发给您请您推荐发表时，您大呼，文章写得太好了，我都写不出这样的文章。我不相信。那是我的第一篇论文。但很快，《小说评论》头条发了，年底时，《新华文摘》全文转载了。我就这样开始了研究生涯。

于是，我想起 2007 年暑假，我们一起去武威。那时我刚买了汽车。您说您要给我拉车，于是，您在河西走廊的高速上与人拼车，时速一度达到一百六七。然后，我们一起驱车千里，漫游于甘南草原，狂醉于玛曲县城，惊叹于郎木寺和扎尕那，迷醉于那些无人问津的羊肠小道。您回来写下《天上的扎尕那》。

2008 年我们到底去了哪里，我想不起来了，只是记得我们一起开着车一边漫游，一边笑谈文坛逸事。那一年，我写下很多文章，每成一篇，都要给您先看，先听听您的意见。您都鼓励有加。

但我记得 2009 年您来兰州的情景。那时，我耳朵受伤，不能打电话，正在吃医生开的镇痛药。我记得我们说着说着我竟然睡着了。是您一声大喊把我惊醒，我赶紧刹住了车。从那以后，我就再也不吃药了，尽量不打电话。但是，您一直耿耿于怀我不给您打电话，您不相信人会得这种病。您说您有很多事要跟我商量，也想听听我的意见。我常常陷入痛苦中。

就在那一年，我表达了不能上博士的痛苦。您于是给复旦大学陈思和先生打电话推荐我，希望我去那里读博士。经过一翻拼搏，2010 年，我终于如愿以偿，拜陈思和先生为师，进了复旦大学的校门。但从您的一些言谈中，还是若有所失，觉得我没有成为您真正的学生。那年秋天，我们又一次漫游于河西走廊，爬上高高的大冬树山，惊叹于祁连草原的大美之野。那一次，我们去了您曾经工作过的民乐县城，在那里您重温了几十年前的荒城岁月。回来后，您写下几篇散文。

2011年暑假，在您的推荐下，我们一家受到阿拉善文联的邀请，与雷老师、邱华栋和里快主席、张继炼主席等文朋驱车千里，漫游于阿拉善旷野。那一次的漫游，是我写下《荒原问道》的冲动之一。

　　2012年秋天，我们一起再一次驱车千里，去了岷县县城。那里，有您怀念的一个人。我们登上县城南一座高高的山峰，听到风从我们耳边呼呼吹过，仿佛岁月之激流。几年后，您忍不住写下著名的《韩金菊》一文，很多人看过后哭泣。那一年，我在征求学校领导意见的前提下，代表学校请您和时任甘肃省委宣传部长的连辑同志屈就西北师范大学传媒学院名誉院长，你们都欣然同意。也是因为有您，后来我们邀请了很多知名作家和学者来校讲学。

　　那一年，您带着我去北京找作家出版社的有关领导，反复讲我的长篇小说《荒原问道》有多重要，后来，小说在作家出版社得以出版。

　　2013年，我们在兰州给您组织了第一个研讨会，我知道那是您的一个心愿。您把第一场研讨会放在家乡，是在情结的。阎晶明、白烨、刘震云等专程参加您的活动，而敬泽也在第二天研讨会时赶来为您祝贺。那一年，您仍然与人拼打乒乓球，但体力已经不支。雷容和师母也把您的驾驶证扣在了北京。您若有所失。您再也不能亲自驱车狂奔于旷野了。

　　2014年，我请您来上"重返电视大讲堂"，来讲《白鹿原》的经典相。您来的时候气喘不止，脸也有些红。我问您身体如何，您说，没事，很好。那一年，我让晓琴在电话里劝您少写文章，少出门，少参加研讨会，多散步，便听见你们师徒两人在电话里争起来。您发火道，你们觉得我老了吗？觉得我没能力写文章了吗？您不服老，永远不听从命运的安排。您在与命运抗争。那一年，您写下《黄河远上》，气吞万象。那是一篇当下少见的大散文。也只有西部生活过的人才能写出那样辽阔、健朗而壮美的散文。

　　那一年，您专门去作协找有关领导，呼吁为我的小说《荒原问道》开研讨会。在多方面的努力下，9月底研讨会终于开了，您第一个发言，非常认真地准备了发言稿，给我很多鼓励。

　　2015年，您在家里写下好几篇大散文，《新阳镇》《费家营》是难得的大散文。您写完后即发给我，让我提意见。我即转发到《非常道文艺》传媒公众号中，众人皆叹。

2016年，您来兰州讲学，可一下飞机您就觉得自己不行了，住进了医院。那几天，我们一直守在您身边，好几次，您非要冲到会场上做讲座。直到有人护送您上了火车后还不放心。您到家里后给我发来短信，说到家了，让我别担心。从那以后，我就知道，您再也来不了兰州了。但您要求我们，不能告诉别人您病了。您说您还要来家乡。

　　2017年，我去北京看过您两次。第一次去看您，问您身体状况，您笑着说很好，没事。您还告诉我您要做一系列的事。最后一次去是在北京大学开完研讨会后，您显然为没有请您去参加有些许的不高兴，我拼命解释，那是一个很小的学院派的研讨，况且去那里要在北大门口下车走进去，路很长，您不能走那么长的路。在此之前，您已经给《鸠摩罗什》写过评论发表在《人民日报》海外版了。但您立刻说，您前几天还去参加某某某的研讨会。我无言以对。我知道，您仍然不愿意向命运低头。您从来如此，一生都是这样，可我们希望的是您健康，长寿。

　　可是，现在，您……

　　于是，我忽然想到曾经的一个承诺。我说，我这一生有两位恩师，一位是陈思和先生，是授业恩师，另一位便是您，是良师益友。陈思和先生最令我们感动的是为恩师贾植芳先生养老送终，有子贡对孔子的精神。我曾经也想留在上海，为恩师尽孝道，可是，我食言了，最终回到了大西北。我虽然不是您真正的学生，但也不亚于任何一个学生。我曾经设想动员学校把您聘请到学校或其他学校，把您的作用再发挥一下。您已经为甘肃的文学乃至文化事业做出了很大的贡献，而且还会做出更大的贡献。但我没有办成。我也知道我不可能办成。对你们两位恩师，我都食言了。

　　如今，大家都云集北京，去见您最后一面。可是，我却办不到。我不想就此与您永别。我也不想看到您涅槃成尘。也许我太执着了。

　　我愿意用这段文字为您祈祷，把您接到大西北，从此后我们仍然驾车西行，漫游于辽阔、浩茫而又无限悲壮的大西北。

　　山高水长，雷老师，来日方长，咱们继续走，您继续写。

原载《散文（海外版）》2018年第5期

没有告别的"告别"

王兆胜

我的硕士导师朱德发教授于 2018 年 7 月 12 日病逝，今天正好过去二十二天。在这么长时间里，我的心情一直没能平静下来，像寒风吹动着干硬的柳条，也像被无形之力抽打着的陀螺，还仿佛身在梦中。

朱老师从自己走进医院到去世，只有短短的二十天。4 月 12 日在青岛大学与朱老师见面，他还很是硬朗：身体健壮、脚下有力、中气充足、思维敏捷、谈风很盛，毫无身体不好症状。那时，在户外我扶着他走路，在宾馆房间我给他拍照。他说近几天喘气有点不舒服，好像岔气了，我还给他按摩了十多分钟。回济南的路上，我与朱老师同行，还帮他提着包裹，一直护送他到家院门口。回京后过了两天，我与朱老师通电话，问他岔气之处好了没有，他说胸口不怎么痛了，好像转到两肋，痛得有点受不了。我催促他快去医院检查，他答应说好的。这是我与老师最后一次通话，也是与他"失联"的开始。

6 月底，我又给朱老师打电话，是师母接的。她说你朱老师去医院了，住了好几天，要好好检查一下。在交谈中，师母反复强调：你不要跟任何人说，你朱老师住院了，否则他回来会训我的，他不让我对任何人说。我跟师母说，好的，好的，我不说，您放心吧！事实上，我真的没对任何人说，因为我觉得朱老师不过去医院做个彻底检查，过几天就回来了，没什么了不起。

不久，接到同门师弟短信，说朱老师病危凶狠，让我做好准备。我一下子蒙了，怎么可能？那时，我还有点不信，因为朱老师留给我的印象根本不像有病，我甚至觉得他脚步那么轻快，怎能说不行就不行呢？在与师兄弟的联系中，我一直盼望有好消息传来，但消息一天比一天坏，直到济南方面来了病危通知。

十万火急买票回去，但老师已被送进重病监护室，我已无法见到老师，更不可能与老师谈话，身心一下子飘荡起来，有点抓不住美好珍贵的东西似的。好在第二天，老师清醒了，我们三个大弟子有机会进重病监护室看望他。在拥挤不堪的重病监护室，老师躺在床上，鼻子里插着管子，眼睛很难睁开，但从紧紧握住我的手来看，他是清醒和明白的。我给老师鼓劲儿道："朱老师，我是兆胜，从北京来看您，您一定要有信心。您一生都在创造奇迹，这次重病也要挺住，也要创造奇迹，学生们都在外面等着您呢！"此时，我能感到朱老师握我的手在不断加力，但不知道是表示他有信心，还是与我做最后的告别？临别，我用左手摸了一下老师的额头——那个曾用思考和智慧写出无数篇章的所在，没有高温，这说明高烧已退，于是我心中又有了希望。

  回京的几天里，总希望奇迹发生，然而朱老师还是没有挺过来，他永远地离开了我们。从12日到16日的遗体告别，朱老师在殡仪馆待了三天和四个晚上，那可能是他一生最为孤独寂寞的时光。他在八十四岁的生命历程中，一直与他心爱的家人、学生、学术在一起，而这段时间，我想是他最为空洞虚妄的几个日夜，因为殡仪馆的白天对于朱老师来说，也一定是长长的毫无希望的暗夜。

  在遗体告别时，我们又见到了如同父亲般的朱老师。他静静躺在那里，被亲朋好友、学生和鲜花簇拥着，仿佛睡着了，又仿佛不认识所有前来的人们，这些曾从他那里接受过热情、温暖、知识、智慧和祝福的人们。在如江河一样涌流的泪水中，我再也不能从那个如父亲一样熟悉的身躯中，看到他那张英俊的脸庞，那双清纯明净而又充满智慧的眼睛，听到远在千里之外不断响起的长长的电话问候与祝福声。朱老师像一阵轻风般从我们眼前飘逝，没来得及留下一句嘱咐的话。

  前些年，因家人不断出事，朱老师常来电安慰我。他总是以家父的长寿勉励我，认为我会继承父亲的基因。有段时间，我的身体不好，朱老师十分上心，他甚至跟我说过这样的话："兆胜，要好好保养身体，作为学生，你们可不能走到老师的前面。"这话说得很沉重，也充满忧虑，从中我能听出朱老师的弦外之音，那就是："你年纪轻轻，难道还活不过我这个老头子？"这是朱老师给我下的针砭"重药"，是一种激将法。朱老师八十大寿，以及以后见面，他总是仔细审视、多看我两眼，嘴里还说："你还是有点瘦，一定记住，到了一定年岁，最好是稍微胖一点。"此次青岛之行，朱老师欣慰地对我说："好像你的身体恢复得不错，我就放心了。"回京后的最后通话，朱老师还表示："这次青岛之行，有你为伴，感觉特别好。"当年，我往北京考博士，朱老师恋恋不舍。多少年来，不能陪伴在他左右，我颇感遗憾。此次，有好几天与他在一起，我有一种难言的幸福感。

下午是朱老师下葬。我们来到平阴县一个山清水秀的地方，在群山怀抱中，朱老师的骨灰被放进墓穴。主持人宣告，孝子为爸爸暖穴，后来朱老师的文集被置于墓中。很快墓门关合，师生两界。此时，我想，恩师从此就安眠于此，墓旁有一株美丽的小树，远处的群山苍翠，天高地远，一片辽阔，他会不会更感寂寞？

家父去世前，曾表示："人就是一盏灯，活着发光发热，死了就灭了，什么都没了。"这种朴素的认识曾让我对他这个只上了三年小学的父亲，产生敬畏之情。但另一方面，我又相信灵魂和精神的存在，这恐怕是我们人类难以体会的。我总觉得，朱老师去世后一直没有走远，至少在一段时间里，他的魂魄没有马上离开，因为他走得太突然，他一定有很多很多话要与家人讲，要与他心爱的弟子们说。假如朱老师重病后有一年半载时间，我敢说，他会跟每位弟子谈话，在恋恋不舍中做最后的告别，以他那父亲、导师、朋友的角色跟我们有说不完的话。甚而至于，他会为每个弟子指点迷津，留下长信和无数祝福！如果再有足够的时间，我们的老师一定会给学生留下千言万语和万语千言。

7月29日早晨六点二十四分，我得到一梦。梦中，我与清华在朱老师家里，师母突然接到电话，是朱老师打来的。一会儿，我接电话，问朱老师在哪儿？电话那头儿，朱老师说，他离开医院了，正往上海妹妹家里赶，需要一个小时。我知道，朱老师唯一的妹妹在郑州，20世纪80年代出差，朱老师曾带我去过她家。记得朱老师的外甥卫国那时还是个中学生。梦醒，清晰的画面如在眼前，我将它看成是朱老师与家人与我做最后告别。我算了一下时间，此时正好是朱老师逝世半个月，他的身体虽不在了，但灵魂一定没有离开。告别之后，他就会御风而行，到天国报到了。我甚至想，因为朱老师走得太过匆忙，他是不是向阴间的小司请过假，让他的灵魂在人间多待几日，以便向亲人尤其是未及见面的弟子做最后告别。

今晚，在写朱老师这篇文章时，也出现一奇怪现象：一只红黑相间的瓢虫在我周围飞动。本想将它请出去，但后来想，它说不准是朱老师派来的精魂，至少是恩师精神之寄托也说不定。这样想，我就任其自由来去。没想到，瓢虫竟然停止了飞动，顺着我电脑屏幕的边际有规则地慢慢爬动，还不慌不忙走了两周。后来，它甚至来到我的键盘前，又到了我旁边的手机底下，一动不动卧在那里。因为我一边写作，一边流泪，打字时键盘的乒乓声入耳。我不知道，此时的老师有无灵魂感应？否则，这个瓢虫怎能无孔而入房间，并从容不迫长久停留于我目前，而且又是如此恋恋不舍。

朱老师的去世，我如丧考妣。原本坚实有力的靠背现在没了，原来隔段时间的师生通话再无可能，原先被赋予了无限希望与寄托的济南突然间暗淡下来，留下的只是精神的牵连与长长的怀想，以及永远不会消失的前进动力。

有一次，因工作忙，久未给朱老师通话。他亲自打来电话，先问我的身体情况，然后动情地说："时间久了，没听到你的声音，还真有点想念。"如今，就是我天天给朱老师打电话，声音的那头儿将永无长长的一声，带着弯儿的"Wai——"，再也没了动问国家形势和阐述学术新见的年轻人般的激情，以及还没等我说完，就说一句"就这样吧"，然后将电话习惯地挂断。

作为朱老师的弟子，我一直以为他能活过百岁。所以从未想过要珍惜，与他在一起多待一待。更没想到他如此健谈，最后没能给学生留下任何嘱托和遗言，甚至没有一句话。不过，人生必须彻悟，理解人生真谛，解开生命密码，学会放下和放手，让朱老师尽早到另一世界，那个他或许会更为自由快乐的新的天地。

朱老师，如果你在那边又想我们了，就托个梦，或者再放飞一只瓢虫过来，以传达我们师生的缘分和爱意吧。还记得，在自青岛至济南的高铁上，我问朱老师："您已桃李满天下，师生感情深厚，能说说带学生的诀窍吗？"老师想了一下说："也没啥门道儿，如果有的话，那就是六个字。"他顿一下，接着说："有偏爱，无偏心。"后来，我又问："朱老师老家的老房子还在吗？"他说："早没了，根本留不住。"我说："什么时候，咱一起回您老家看看。"朱老师有些兴奋地说："好啊！"可是，这样的想法已经永远无法实现了。

其实，比较而言，我还是幸运的。因为自4月12日在青岛大学与朱老师聚首，到现在近百日的时间里，他不是在以不同方式在向我告别吗？久别后重逢、零距离接触、通话聊天、紧紧握手、梦中相间，还有今天这个小瓢虫。这些恐怕都是悄然"告别"——没有告别的"告别"吧？

在今后的日子里，我一直都不会忘记：那英俊的面庞、聪慧的眼神、浓重的乡音、忙碌的身影，还有永远年轻而激扬的奋斗精神。

2018 年 8 月 3 日晚 10 点半到 4 日晨 2 点 10 分
于北京全国宣传干部学院
2018 年 9 月 6 日晚 11 点 14 分修改于北京沐石斋

原载《山东文学》2018 年第 11 期

灯火已黄昏

吴佳骏

一

我不知道，叔父在那个夕阳晕染的秋日黄昏，到底看到些什么。

据说人在临终一刻，是会产生幻觉的。幻觉是一面魔镜，借助它，便可穿越时光隧道，跨越阴阳两界；既能看到天堂里的光亮，也能窥到地狱里的幽深。也是在那一刻，时间凝固成了永恒。所有的悲喜苦乐、爱恨情仇皆如烟涣散。剩下的，唯有肉躯。灵魂逃逸了，记忆瓦解了，现实凋零了，一切生长的和埋葬的，都在悄然死去。

我站在叔父身旁，感到一种莫名的忧伤。已经两天时间了，他滴水未进。时而昏迷，时而清醒。整个人瘦得脱了形，两条胳膊跟干柴似的。有人喊他，他就动一动嘴唇；没人喊他，他就那么安静地躺着。他在慢慢地遗忘自己，遗忘这个世界。夕阳像一幅尘封多年的油画，铺展在天边。风一吹，画布上的颜料就掉一层。颜料掉一层，我叔父就离死亡近一步。我想阻止风的吹刮，赶紧将堂屋的门掩上一扇。但秋风冷酷无情得很，它不但将我掩上的门瞬间推开，还把挂在院坝里树杈上的叔父的衣裤吹落了。我母亲说，这恐怕是个不祥之兆。父亲瞥了她一眼，意思是让她别瞎说。但我明显察觉到父亲那目光里的惶恐。我知道，他无法接受即将失去哥哥这个事实。都说长兄如父，自我爷爷去世后，父亲一直与叔父共御苦难，相互勉励对方活下去。至少在情感和精神层面，父亲对叔父有一种依赖。故自从叔父生病卧床以来，都是父亲给叔父拿药、输水。他试图使出自己这个乡村医生的浑身解数，把叔父医治好。父亲说，他就这么一个哥哥，如果都不能挽救他的性命，他将没法向九泉之下的爷爷交代。

每隔半个小时，父亲都要为叔父测体温，察看瞳孔。他本来是想通过输液的方式，向叔父体内输送维生素，但针头实在无法插进血管。父亲反复试了几次，都没能成功。要是遇到别的病人，父亲早就劝慰其家属放弃治疗了。可对待叔父,父亲始终不甘心。他不相信叔父已经病入膏肓,更不相信叔父的病,已经超过了他的医治能力。我怕父亲感情用事,极力劝他顺承天意。父亲看看我,眼角终于流出了泪水。

看到父亲掉泪,我也难抑悲伤。在乡村,像我叔父这样的人太多了。遇到身体出了问题,从来都是采取强忍和拖延的办法。他们要么没钱去医院看病,要么舍不得花钱去医院看病。哪怕病魔在他们体内产生裂变,将他们撂倒了;他们也甘愿躺在木床上,跟死神周旋,梦想着奇迹发生。有的人拖着拖着,病竟然真的就好了;而有的人越拖越严重,不多久,就去见了阎王。农民都相信命,若拖好了,他们会认为自己命大,上天眷顾和怜悯他们。反之,则认为自己命薄,即使花钱医治,最终也是死路一条,人财两空。

这便是农村人的生活观。这都没有关系。因为你毕竟不是农民,你体会不到农民生存的痛楚和艰辛。也许有人会问,难道城市人就没有痛苦和艰辛了?的确,是人都会遭受痛苦和磨难。但由于农村条件的限制,文化、教育、医疗等不平等造成的差距,那些城市人所遭受的生存隐痛,若放在农村人身上,往往是要加倍的。也许,那些对城市人来说,只是一些小创伤,小打击,小艰难的问题,对农村人来说,就是一场灭顶之灾。

二

这注定是一个秋风萧瑟的黄昏,一个死寂难熬的黄昏。要不是落日的余晖,多少给这个农家小院增添一抹亮色,我会怀疑我是坐守在记忆或幻觉里。我记不清,自己多久没有回到这座小院了。要是平时没特别的事,我一年顶多也只在重要节气才匆匆回来看看。我离开自己的出生地太久了,要不是叔父病危,我恐怕在短时间内还不会与它重逢。记得在我回家之前,父亲语气严肃地在电话里对我说:你叔父怕不行了,你必须回来,再忙都得回来。你不能学他那两个儿子,良心都被狗吃了。我知道父亲说话的分量,我不能违抗他,尤其在对待叔父的事情上。在这里,我不想回忆叔父对我的恩情和厚待,更不想追忆他对于我人生的重大意义。很多事情,是无法用语言表达的。你只能铭记,只能感恩。即使父亲不说,我也会回去的。我欠叔父的太多了,欠我们这个家族的太多了。我不想给自己留下任何遗憾。

我坐在堂屋门口，让风使劲地吹我。既然门板不能替叔父挡住风，我希望自己来替他挡住。我看见风吹在挂满蛛网的土墙上，吹在房顶的残瓦和落叶上，吹在院坝周围的衰草上，也吹在我的孤独和落寞上。我正在目睹我们家族之树的枯朽——树上的落叶正在一片片凋零，树的根须正在失去水分。瞬间，我感觉到疼痛，绝望的疼痛。想哭，却没有泪。

　　母亲和叔娘在灶房烧水来替叔父擦洗身体，她们在为一场即将来临的死亡做准备。她们要让叔父干净地上路。烧水用的柴块是叔父生病前从山上砍回来的，里面藏满了太阳的光辉。这些干柴，叔父本来是要储备到过年时才烧的。现在，它们被提前投放到灶间，以燃烧的方式为死亡舞蹈。那每一块干柴，都似我叔父的一根肋骨。干柴在烈火中化为灰烬，我叔父的肋骨也随之化为灰烬。灰烬最后变成烟雾，从烟囱里飘散出来，在小院顶上盘旋。风把烟雾吹散了，烟雾又很快聚合拢来。我总觉得，那烟雾一定是叔父的灵魂在打旋。他大概是舍不得这座住了一辈子的院落，舍不得院落里的畜生和农具；舍不得院落里的花草和果树；更舍不得落进小院里的春天的细雨，和照进小院中的夏天的阳光……

　　叔娘边烧火边跟我母亲讲她和叔父的往事，讲得平静如水，泪眼婆娑；又荡气回肠，爱恨交加。她始终没有忘记几十年前那个早春的上午，她不顾家人的反对，独自背着一个帆布包穿村越庄跑到我们家来的情景。她说那个春天的阳光很好，路两边的草芽都冒出了头。麻雀在树林子里蹦跳，蝴蝶在盛开的野花上展翅翩跹。她一路走着，口渴得难受。但她忍着，她不能回头，她已经奔逃在自己的命运之途上。她说她自从见到我叔父那天起，就下定决心要嫁给他。我叔娘是个有主见的倔强女人，那天上午，她心乱如麻。她不知道我叔父会不会接纳她。当她气喘吁吁走到我们家时，我叔父正蹲在磨刀石前磨刀。叔娘的出现，让叔父惊诧不已。刀锋竟把他的手指划开一条口，鲜血滴在磨刀石上，像岁月落在上面的一颗朱砂。叔父站起身，饱含热泪地取下叔娘肩上的帆布包，领她进屋喝水，还用开水泡了一碗冷饭给她吃。叔娘说，那天下午，我叔父啥活都没干，就那么坐在堂屋里，默默地看着她，把她的脸看得火辣火燎的。叔父一句话都不说，只知道抽烟。烟蒂丢了一地，像一颗颗受潮的子弹。可就是那受潮的子弹，却每一颗都击中叔父的心，也击中叔娘的心。入夜，在我们全家人的欢庆声中，叔娘终于不再羞涩，帮着奶奶做晚饭。而我叔父也不再沉默寡言，吃饭时跟我父亲一杯接一杯地喝酒。爷爷怕叔父喝高了，耽误正事，不停地呵斥他少喝点。但叔父还是喝多了，躺在床上说梦话。讲到这里，叔娘哭出了声来。她说自己听了叔父一辈子梦话，今后要是没了他，叫她如何睡得着觉。

我叔父今年六十七岁，比我父亲大六岁。父亲在听了叔娘的讲述后，心情比刚才沉重了许多。他坐在我对面，一支接一支地抽烟。这是他们兄弟俩一个共同的特点，凡遇到大事，都以抽烟来缓解紧张的心情。我叫父亲少抽点，他不听。咳嗽像轰炸机一样在他咽喉响起，把他夹烟的手震得微微颤抖。或许，也只有抽烟，才能使他脱离片刻的现实。

锅里的水已经烧热，叔娘用脸盆装上水，端到叔父跟前。我起身要去帮忙，叔娘制止了我。她想亲自给叔父擦洗身子。作为妻子，她希望丈夫在临终一刻，完全是属于她个人的。她不要任何人碰叔父。她担心我们的没轻没重，会将叔父的灵魂揉碎。我理解叔娘，也尊重叔娘。我重新坐下，只静静地看着她和叔父。像童年我坐在田坎上，看着他们在田里劳作时一样。叔娘的确是懂叔父的，她用毛巾轻轻地在叔父的脸上和身上擦洗。她知道叔父哪个地方疼，哪个地方有伤。她的手会绕过那些疼痛和有伤的地方，尽量不去触碰。叔娘明白，叔父以前也是这么对待她的。

事实也是如此。自叔娘跟了叔父那天起，叔父一直对其厚待有加。他不能辜负这个敢与家人决绝，跑来死心塌地跟着他过日子的女人。那个年代，我们家可谓一贫如洗。叔娘发誓要与叔父共建美好家园，每日天不亮就上坡干活，她的头发总是挂着晨雾。中午也不回家吃饭，带几个馒头和一壶水，坐在草地上，头顶烈日几口就下了肚。直到太阳偏西，夜幕降临，她才筋疲力尽地朝家的方向走。叔父心疼叔娘，重活累活都抢着干。夜晚回到家里，他还跟她捶背，给她揉脚。尤其是冬天，叔娘的耳朵和双手，都长满冻疮。叔父在每次上坡干活前，都要焐好一烘笼红炭，等叔娘回来后取暖。每年岁末，叔父经济再拮据，都不忘偷偷地去镇上找裁缝替叔娘制一套新衣裳。他是在以一颗感恩的心善待自己的老婆。乡邻们从来没有见过这么浪漫的夫妻，先是嘲笑他们假装城里人，喜欢幻想，不切实际，说早晚会将自己的婚姻埋葬。可后来，叔父叔娘的婚姻不但牢不可破，反而把小日子越过越甜蜜。而且，叔娘还先后产下两儿一女，这可让村人们嫉妒和羡慕死了。连我母亲都有点责怪父亲不能像哥哥对待嫂子那样对待她。那时候，叔父和叔娘是我们村关注的焦点。大家都觉得他俩是全村最幸福的人。然而，谁都没有想到，若干年后，这对在村人眼里最为幸福的人却成了最为不幸的人。这不幸的根源，概在于他们那几个子女。

我深深地知道，叔父即使处在昏迷状态，他的内心也一定在想着他的孩子们。他担心自己走后，他的儿子们将一生飘零。那是他永远无法治愈的心病。他曾经跟我说过，他对自己的两个儿子很失望。他责怪他们为什么不能学我。他说他们今生要是有我一半那么争气，他就可以瞑目了。我极力安慰他想开些，说儿孙自有儿孙福。可叔父连连摇头，眼泪哗哗朝下淌，哭得伤心欲绝。

但是现在，我叔父就躺在我面前，他再也不能开口说一句话。我看到叔娘给他擦洗身子，他竟没有任何反映。莫非是时间和苦水已经把他浸泡成了一块碱？倘若真是那样，那块碱里该包含着怎样的生涩滋味啊！

风又开始刮了，夕阳越来越稀薄。我将手伸到叔父的鼻孔前试了试，发觉他还有呼吸，我悬着的心稍稍轻松了一点。我怕他一旦睡着了，就再也不会醒来。但转念一想，我又觉得，即便叔父能侥幸活过来，他的心恐怕也已经死了。

三

村子里的人都在说，我大堂哥是个没心没肝的人。自己的爹都快要死了，他却跟没事似的，躺在邻居家的床上呼呼大睡。我父亲实在看不惯，跑去邻居家一把掀开铺盖，将大堂哥拽起，骂他铁石心肠，简直不是人。大堂哥血红着眼睛，与我父亲对骂，还举起手要扇父亲耳光。我见势不妙，赶紧跑去劝阻。大堂哥以为我要跟父亲联手揍他，竟然从枕头底下摸出一把匕首来对着我们。我和父亲不得不心寒地转身离去。

大堂哥自幼顽劣成性，我们一起在镇上读初中时，他就喜欢跟社会闲杂青年鬼混。穿条破牛仔裤，耳朵上打满了耳钉，留一头披肩长发，说话流里流气。一下课，就躲到厕所里抽烟，他右手的食指和中指被烟熏得焦黄。老师教育他，他就跟老师反抗。有一回，他跟镇上的社会青年邀约打群架，伤了人。德育主任找他谈话，他竟把主任的门牙打掉两颗。因为这事，他初中未毕业就被校方给开除了。

离开学校的大堂哥，先是在外面混了几年社会，身上刀伤无数。叔父实在拿他没法，也只好顺水流舟。近两年，或许是他在外边混不下去了，便回到村里过起了游手好闲的日子。可人活着，总得花钱。像大堂哥这样经历复杂的人，又怎能够守住他那颗躁动不安的心呢。于是乎，他便跟村里另一个臭味相投的青年，即他睡觉的那家邻居的儿子一起，干起了偷鸡摸狗的事情。村里人对他俩恨得是咬牙切齿。他们总是在夜半时分，钻进别人家里牵走圈里的鸡或羊，用摩托车载去卖给县城的牲口贩子。然后，拿着钱去酒吧唱歌、去网吧打游戏、去发廊寻开心。待钱挥霍光，又返回村里或周边的村镇进行盗窃。有好几次，村人们明着惹不起大堂哥，就暗地里报了警。可警察将大堂哥及其同伙抓走没两天，又被放了出来。出来后的大堂哥更加飞扬跋扈，见谁骂谁。只要他从村里经过，大家都避之唯恐不及，像避瘟神样。无奈，村子里的人只要知道大堂哥还在村里住着，每天吃罢晚饭便早早地就把门关得严严的。哪怕屋外电闪雷鸣，鸡飞狗跳，他们也不会开门察看。大堂哥给村子制造了极端恐怖的气氛。他就像一颗定时炸弹，随时都有爆炸的可能。

叔父曾想遏制大堂哥再危害乡邻，趁他熟睡之际，用绳子将其五花大绑，关了他三天三夜。但大堂哥死不悔改，他为报复叔父，在一个月夜趁叔父喝醉了酒，也用同样的办法将其绑在了床上，让叔父在村人面前尊严尽失，走路都抬不起头。叔娘为他这个儿子，眼泪都快哭干了。我父母曾四处托媒人给大堂哥说门亲事，希望他成了家会痛改前非，可没有任何姑娘肯嫁给大堂哥。人家只要一提起他的名字，就一律谢绝。

大堂哥原本都是住在自己家里，每天至少睡到日上三竿才起床。他从来不会主动跟叔父叔娘说一句话，跟个哑巴似的。一到夜间，就出去作案。有时风声紧，他也会夜不出户。只约上几个哥们，牵上两条猎狗，打着手电筒满山满坡去追捕野鸡野兔，卖给镇上的餐馆换回几个零花钱。若遇到心情不好，他连野鸡野兔也懒得去追，索性在公路上安装些铁钉，专门刺过往车辆的轮胎。被刺车辆无法起步，大堂哥便找人来拖车或换胎，以此讹点闲钱。可自叔父病危以来，大堂哥就再没回屋睡过觉。他怕嗅到从叔父身上散发出来的臭味，怕感受到笼罩在家中的那种死亡气息。可大堂哥永远不怕的是对叔父的伤害，对亲情的冷漠和背叛。他根本不会意识到，自己的行为正在加速一个人的死亡。而一个人的死亡，难道真的换不回另一个人的良知吗？

—214—

我不想指责谁，更不想去探究一个人走向堕落的复杂缘由。就像我不愿意再去追问命运和疾病对一个底层人造成的肉体凌辱，不愿意再去反思贫穷和求生对一个农民造成的精神折磨。在这个落日熔金的黄昏，在我的叔父快要被死亡夺去生命的时刻，我唯一的希望是除我，还能有一个身体里流淌着他的血脉的人为他送终。

这时，我想到了我的二堂哥。我在院坝里走来走去，掏出手机焦急地给二堂哥打电话。或许是信号不好，电话老是拨不出去。我不得不站到院坝左侧的一块大石头上去打。那是我们几个兄弟童年时经常玩耍过的地方。站在石头上，我有一种站在根上的感觉。拨了几次电话，终于通了，却没人接听。再打，还是没人接听。我的心一下子凉了下去。我不知道二堂哥是故意不接电话，还是手机不在他的身边。

二堂哥不像大堂哥那样惹是生非、臭名昭著，他是个老实憨厚的青年，对叔父叔娘也很孝顺。村里所有人都很喜爱他。他从不多言多语，见谁都恭恭敬敬、客客气气。平时没事，他除了帮家里干活，就躲在屋里读小说。有一年夏季，我们村里还没有通电，叔父舍不得煤油，夜间早早地熄灯上床睡觉，不让二堂哥翻书。他也不沮丧，偷偷地跑去菜地捉来十余只萤火虫，装在一个玻璃小瓶里，藏在被窝里充当光源。我至今都佩服二堂哥的这一创举。我觉得他是个非常富有想象力和浪漫气质的孩子。我能够猜想，在那些孤寂的黑夜，这些来自自然界的生灵发出的淡黄色亮光，是怎样慰藉了他那脆弱而又敏锐的心灵，怎样陪伴他度过了童年的落寞和凄清。

但遗憾的是，我的二堂哥出生在农村，我的叔父叔娘没有能力和条件让他去接受更好的教育。初中毕业后，他就没再继续求学。现实过早地扼杀了一个可能极具艺术天赋的人才。他每天在家里所面对的，都是叔父和叔娘忧心忡忡的叹息，以及村人们在背后议论大堂哥的刺耳的话语。这一切，带给二堂哥无限的自卑和压抑。他很想冲破现实生活的藩篱，能够活在如那些小说一样多姿多彩的世界里。每天放学回家后，二堂哥最爱做的事情，是跑去后山上看落日或朝着远方呐喊。如果天空正好有鸟飞过，他还会躺在草地上，仰望鸟儿飞翔的样子，直到夜幕彻底将他覆盖。

二堂哥最难以忍受的，是大堂哥的为非作歹。有好几次，他都想替父亲教训一下他这个不争气的长子。一天傍晚，二堂哥手提一把斧子，站在村头将从镇上喝了酒回来的大堂哥拦住。大堂哥见事不对，转身想跑。二堂哥冲上去就朝他背上猛砍一斧。斧子刚好砍在大堂哥的右肩上，血流如注。叔父闻风而来，以为大堂哥会命丧黄泉，哭喊着给了二堂哥两记重拳。二堂哥倒在路边的水田里，满身都是泥。

第二天黎明时分，二堂哥就离家出走了。连件衣服都没带，只把他一直珍藏着的那只曾装过萤火虫的玻璃瓶子带在了身上。叔父叔娘去镇上和县城的车站四处找寻二堂哥，没有任何下落。直到前年中秋节，叔父才接到二堂哥写来的一封信。信上除说他在浙江一家工厂干活，其他什么都没说。叔父按照信上留的电话号码打过去，两个人都哽咽无声。这之后，二堂哥偶尔也会跟家里通通电话，但都仅限于亲人间的问候。叔父几次叫他回来，二堂哥也未置可否。今年春天，我去浙江出差，叔父嘱托我去看看二堂哥。我跟他在电话里联系好了，并约定了见面地点。可临到见面时，二堂哥却故意躲着我，连手机都关闭了。出差归来，我只好将情况如实地向叔父汇报。叔父听我讲完，沉默了一会儿，留下了眼泪。

其实，早在几天前我回家看叔父的当天，曾跟二堂哥通过一次电话。我将叔父病危的事告诉了他，并希望他近日无论如何抽身回家一趟。我说得言辞恳切，我不想他跟我一样留下任何遗憾。二堂哥先是在电话里唯唯诺诺，但在我的再三催促下，他还是答应立刻动身回家。可现在都已经过去五天了，还不见二堂哥回来。

我依然在不停地拨号，电话那头仍没有二堂哥的声音传来。我把手机装在裤袋里，不想再继续打了。我担心我若再打，二堂哥会像上次一样把机给关掉。我瘫坐在石头上，无助地望着远方。像一个渔夫，望着苍茫的大海。落日只剩下半张脸了，我仿佛看见叔父就躺在那落日里，正与落日一起朝地平线下西沉。

风在我身上缠绕，它们总是喜欢欺负失魂落魄的人。我正欲起身回屋，耳边忽然传来一阵清亮的哭声。我以为是叔娘在哭，结果却是我堂姐的声音。她牵着两个儿子，守在叔父身旁鼻涕一把眼泪一把的。我很讨厌堂姐的哭天抢地，毕竟我叔父还尚存一口气呢。但她的到来还是让我感到欣慰。我的大堂哥和二堂哥不在，她或许可以代表他们尽到最后的孝道，让我叔父不要带着人世的冷漠上路。

堂姐紧紧拉着叔父的手，嘴里大声喊着爸。我好似看到叔父的嘴唇动了动。堂姐的两个孩子靠墙立着,脸上露出惊惧的神色。他们可能被眼前的一幕吓着了。他们还少,还不懂得什么是死亡。尽管,就在一年以前,他们刚刚失去了父亲。我的堂姐夫,一个魁梧勤劳的男人,在外出打工途中意外失去了生命。这大概也是堂姐为何一见到叔父就放声大哭的原因吧。她在心理上无法接受连续痛失亲人的现实。这对一个女人来说,太残忍了。她们没有这个承受能力。

我劝堂姐冷静点,不要吵到叔父。可她就是控制不住悲伤。她仿佛存积了大半生的泪水,就是专等着要在这一刻来释放的。我不知道说什么好,我说什么都是多余的。况且,我又能说什么呢。我的内心一样也是千疮百孔。我们每个人的心里都在流泪。

只是,看到堂姐那过于悲痛的模样,我不知道她真的是在哭叔父,还是在哭她自己的命运。

四

天就要黑了。夕阳只剩最后一片,仿佛农民祈祷上苍时遗落的一块红布。我们坐在叔父周围,揪心地看着他。他的内心似乎很难受,呼吸急促,只能张大着嘴换气。他的鼻子歪了,嘴巴也歪了。脸上堆满了痛苦。也许是叔娘看到他已无一线生机,唯愿他走得安详一点,便弯下身子不停在他耳朵边说:你放心吧,两个儿子我会帮你照顾好的。可叔娘越是这么说,叔父越是在用毅力挣扎着苟延残喘。他不想急于去天堂里串门,更不想到地狱里去报到。这个破败的乡村世界还有很多他所留念的东西。他想永远守住他那一亩三分地,不让故乡沦陷。他要把自己坐守成一棵树,等待远飞的鸟儿重新回到枝头;他要把自己的脚印连成一条路,为那些流浪在外的游子标明家的方向。然而,死亡是无情的,它不会对叔父额外开恩,更不会颁发赦免令。它要把活在大地上的一个又一个疲惫的灵魂,统统收押进自己的城堡。况且,身为农民,他们从挖第一锄土开始,就已经在死亡里潜伏或隐居。一旦某一天疾病暴露了他们的身份,死亡就会采取行动,杀人灭口。

我没有数过,叔父是我们村第几个撞在死亡刀口上的人。我也没有统计过,这是我们村发生的第几次死亡事件。

我们的村庄很小,很贫穷,也很偏僻。生活在村庄里的生灵们也很卑微。他们孤独地在那儿活着，忙着生也忙着死，不会惊动任何村庄以外的人。自我有记忆以来，就一直在见证这样的死亡事件。每一年，每一月，每一天，每一小时，每一分钟，每一秒钟死亡都在发生。一朵花的枯萎是死亡；一片树叶的凋零是死亡；风吹过麦田是死亡；阳光照临池塘是死亡；一只青蛙的禁声是死亡；一条狗的失踪是死亡；爬上老人额头的皱纹是死亡；墙壁上堆积的灰尘是死亡；用锈的锄头是死亡；磨损的镰刀是死亡；化肥撒在菜地里是死亡；农药喷在果树上是死亡……现在，这一切死亡都集中在了我叔父的身上。我对死亡的记忆被叔父给放大了。我甚至觉得，我叔父的死亡，就是我们村庄的死亡。想到这一切，我的心里再次涌起巨大的悲伤。

父亲收起了他的医疗器具，他已经彻底放弃了拯救他这个哥哥的愿望，转而当起了死亡的司仪。他实在不忍看到叔父临终时的惨状，便吩咐堂姐去请本村的道士来念"改时经"（乡村风俗，据说念此经，可以让临终之人提前离世，以减少痛苦）。又安排我赶紧联系购买棺材。我给镇上一个开木器店的初中同学打电话，委托他替叔父挑选了一口柏木大棺，那是镇上能够买到的最上等的棺材。叔父这辈子过得太不容易了，没吃过好的，穿过好的。住的房子也甚是简陋。我想，既然他生前没有一个舒适的家，那就给他一个死后的好归宿吧。

道士很快就来了。他的双手沾满泥巴。他应该是正在坡上干活，被我堂姐给叫来的。他跟死亡打交道多年，也靠死亡发家致富。他可能是村里唯一热爱死亡的人。道士没有多看我叔父一眼，一到就穿上法衣戴上法帽，点燃香烛，翻开经书边敲木鱼边念诵经文。堂屋里顿时烟雾缭绕，纸钱翻飞。叔娘和母亲也在小声地商量叔父死后的事，诸如孝帕该怎么撕，阴井该请谁打……

沉闷的木鱼声有节奏地响着，夕阳已经全部隐去，天地一片苍凉。夜色宛如一卷大麻布，将村庄覆盖了又覆盖。就在道士念经的声音渐渐微弱时，叔父终于停止了呼吸。他张大的嘴闭上了。他关掉了自己的生命之门。

我俯下身，给叔父烧了一叠"落气钱"，还给他点了一盏地油灯。当油灯的光焰亮起时，我才猛然意识到，我的又一个亲人远去了，他再也不会回来。跟随他一块儿远去的，还有那些他无比热爱的事物——土地、群山、田野、天空……

我长跪在叔父跟前,我被黑夜搂在怀里,我是那样的脆弱、孤单和空寂。

原载《作家》2018年第1期

生命旅程

心的方向，无穷无尽

彭　程

心的方向，也就是目光的方向，脚步的方向。它们指向的，是祖国大地上的江河湖海，高山平原。行走中，远方化为眼前，异乡变成家乡。脚步每当踏上一个新的地方，都是把家园的界限向外扩展。而所有的家乡，它们的名字的组合，就形象地描画出了一个国家的名字，成为对它的标注和阐释。

一

此刻，在明亮蔚蓝的天空下，热带的炽烈阳光瀑布一样倾泻。目光所及的广阔视域里，不同科属的众多植物茁壮茂盛，一派浓郁恣肆的碧绿，喷吐着生命的活力。叶片阔大肥厚，藤蔓纷披葳蕤，我仿佛听到枝干中汁液汩汩流淌的声音。千姿百态的花朵，奇异艳丽，呼喊一样地绽放。眯了眼睛，逆着强烈的光线望去，在被阳光镶嵌上一圈暗边的巨大云朵下面，几十米高的椰子树的羽状枝叶，向四面八方伸展开来，仿佛一幅充满质感的剪影。

这里是兴隆热带植物园，位于海南万宁。

眼前这些树木花卉，让我的思绪飞向整整三十年前，我到过的中国科学院西双版纳热带植物园。它位于一个被江水环绕的小岛上，因此记忆中水光潋滟。我清楚地记得那条江叫作罗梭江，我曾经一步步试探着走进它的温暖而湍急的水流。那是澜沧江的一条支流，澜沧江流出国境后进入东南亚的几个国家，在那片土地上被称作湄公河。因为童年时读过越南军民抗击美军的战斗故事，这条河流曾经强烈地激发了一个孩子对异域的向往和想象。

两个植物园中的植物大多无异，但相互之间的直线距离就有两千多公里。在它们分别所属的华南和西南的广大区域中，海陆阻隔，江河纵横，山脉连绵。

然而想象能够消弭阻隔，就像我此刻的体验。在意识的调遣下，距离不复存在，方向随意掌控。佛经中有一句话——"一刹那间为一念"，意念起动时，即使远在天涯，却可以迅疾地化为近在咫尺。

　　对于身边的日常生活来说，远方往往意味着魅力和诱惑，所以才会有"生活在别处"之说，而一句短语"远方和诗"更是广为流传——远方天然地蕴涵了丰沛的诗意。

　　这种诱惑对一个少年尤其强烈。在一望无际的华北平原长大的我，十几岁时因为看到了一本画册而入迷着魔，从此把小桥流水的江南，当成心目中最初的远方。我曾经骑车去十几公里之外大运河边上的一个小镇，只是为了看一眼从那里经过的火车。那是当时的津浦线，沿着铁路一直向南，就能到达我的梦想之地。看着一列绿皮火车从视野中消失，我想象它到达的地方，那里的天空和土地，城市和乡村，河流和植物，那里的人们和他们的生活，心中有一种模糊的激动。差不多十年后，当我初次踏上那里的土地时，却分明有一种旧地重游的感觉——脑海中无数次的描画勾勒，已经让想象无限接近于真实。

　　更晚一些时候，陕北高原成为我新的向往。质朴苍茫的黄土地，曲折蜿蜒的沟壑梁峁，高亢悠扬的信天游的曲调，在我的眼前耳畔，一遍遍地闪现和回荡。当我终于来到陕北，在黄河边上的一次乡间宴席上，酒酣忘情之时，即兴哼唱起了《兰花花》和《赶牲灵》，《走西口》和《三十里铺》。淳朴的主人惊诧于我对民歌的熟悉，猜测我莫非是在这里长大后走出去的陕北娃，让我不禁有一种小小的得意。

　　随着年龄和经历的增加，曾经的虚幻变作真实，陌生成为熟悉，然而向往也会同步扩展，没有停歇。远方永远存在，远方在远方之外，在东西南北的各个方向。目光尽头的地平线，不过是一个新的起点。一个声音呼唤你出发，行行复行行，把灵魂朝着天空敞开，把脚步印在永远向前方伸延的大地上。

　　有许多年了，我最喜欢做的一件事情，是在某个清静的时辰，展开一本中国地图册，选取其中的一页，再确定其上的一个或几个地点，放飞思绪。

　　这其实通常是一种场景回放。意念抵达之处，多是我曾经留下足迹的地方。不需要闭上眼睛，神凝气定之时，眼前的物件陈设不复存在，我分明看到，一幕幕画面穿越时光和距离，翩然闪现。

那是长白山下延吉州二道白河小镇外的原始森林，脚步踩在厚重松软的腐殖土上，松脂的清香、铃兰花的馥郁伴着鸟儿的鸣叫扑面而来；是被称为"贵州屋脊"的毕节赫章县的韭菜坪，山顶上一望无际的大朵紫色野韭菜花，在呼啸的天风里飘荡摇曳，远眺连绵的群峰仿佛巨兽青黛色的背脊；是浙东南永嘉群峰环抱中的楠溪江，用千百条清澈澄碧的溪水，用奇岩、飞瀑、深潭、古村和老街，打造出了三百里山水画廊；是新疆伊犁霍城的万亩薰衣草，深紫色花朵波浪般层叠起伏，一直延伸向远处的白杨林带，映照着天地接壤处山峰上的皑皑积雪。

有时候，借助资料和图片，我也会把目光投向某个向往已久而尚未遂愿的地方。我想象青海三江源头的浩瀚壮丽，西藏纳木错圣湖边飘扬的经幡；想象大凉山满山遍野的金黄色苦荞麦，大兴安岭深处以驯鹿和猎狗为伴的鄂伦春人家。甚至仅仅是想象，就能够带来一种惬意的慰藉。

这些已经去过或将去到的地方，被造化赋予了各自的美质。壮丽，秀美、辽阔、幽深、雄奇、朴拙……美的形态千变万化，繁复多姿。但对于我来说，它们其实是一样的，或者说最主要的地方是一致的：初次遭逢时，都是一种感动，一种震颤，一道划过灵魂的闪电；而过后，则是一遍遍地回想，在回想中沉醉，在沉醉中升起新的梦想。

二

让我记述一次这样的闪电和震颤。它的强度让我此生难忘。

是二十多年前，一次在新疆大地上的行旅。是在天山北麓，汽车穿越连绵交错的农田和林带，即将驶入浩瀚无垠的千里戈壁。就在它的边缘，神话一样，眼前突然闪现出一望无际的向日葵，至少有几十万株吧，茎秆高大粗壮，花盘饱满圆润，花瓣金黄耀眼。它们齐齐地绽放，一片汪洋灿烂，仿佛色彩的爆炸和燃烧。在片刻的惊骇后，我觉察到眼眶中盈满了泪水。

这样的一幕几天后再次上演，在伊犁河谷地的某一处草原上。因为暴雨冲垮道路，车行受阻，等候的时候不觉睡着了。醒来时已经入夜，在懵懂昏沉中走下车，抬眼一望，就像被一瓢冰水迎面泼浇过来一样，刹那间头脑变得清醒无比。四野漆黑一片，只有满天的星斗熠熠闪烁，仿佛被冰山雪水擦拭过一样，清亮晶莹。轻盈飘荡的星光交织弥漫，仿佛发光的白雾，清澈透明，笼天罩地，如梦如幻。从来不曾遇见过这样的情景，一瞬间眼泪夺眶而出，欢快流淌。

不用感到难为情吧。眼泪是一种验证，是灵魂和情感尚且丰盈饱满的体现。而此时此地，它是在强烈地证明着风景的大美。

不像天池、魔鬼城和赛里木湖等等北疆名胜，这些让我镂心刻骨的地方，其实在当地都是最普通的风景，普通到无人关注，更不会被写入旅游指南。不过这又有什么关系呢？因为平凡而普遍，它们更能够反映此地的自然之美的本质，也更能够和孕育于风土之中的普遍精神建立起一种关联。

这样的风景，也在云南普洱千年的古茶树林中，在宁夏河套平原黄河水缓慢地流淌中，在呼伦贝尔草原夏日浓烈的青草气息中，在漠河北极村冬日被白雪包裹的深深寂静中，在闽南荔枝和芭蕉树叶油亮的闪光中，在西双版纳月光下的凤尾竹轻柔的摇曳中……

只要倾心相与，你就能够听到每一处大自然的心跳声，捕捉到它丰富而微妙的表情变化。每一个地方，它们的天气和地貌，植被和物候，天地之间诸种元素的组合，构成了各自独特的声息色彩。而所有这些地方连接和伸展开去，便是一片大地的整体。这是一个巨大的整体，站立在亚洲大陆的东方。

久久凝视那一幅雄鸡形状的版图上，那些你亲近过的地方，一种情感会在心中诞生和积聚。那是一种与这片土地血肉关联、休戚与共的情感，当它们生发激荡时，有着砭骨入髓一般的尖锐和确凿。

在你的凝视下，大地敞开了丰富而深沉的美。你正是从这里，从一草一木，从一峰一壑，建立起对于一片国土的感情。家国之爱是最为具象的情感，自然风物是最为直接和具体的体现，这样就会明白，我们的前人何以会用桑梓来指代故乡，而"故国乔木"也成了一种广泛的表达。

"胡马依北风，越鸟巢南枝"，因为那个方向，分别是它们的家园所在。动物禽鸟尚且如此，何况是万物灵长的人类。每个人的家园之感，都诞生于某一片具体的土地，而家国同构，无数家园的连接，便垒砌起了整个国度的根基。这种对于土地的感情，真实而有力，远胜过一些抽象浮泛的口号和理论。所以这样的歌词才能够被传唱几十年："长江长城，黄山黄河，在我心中重千斤。"

甚至一种最为深切的哀痛和悲愤，也可以经由风光和自然来获得寄托。在敌寇铁蹄践踏、国土沦丧百姓流离的黯淡日子里，诗人戴望舒这样写道：

我／用残损的手掌摸索／这广大的土地：这一角／已变成灰烬，那一角／只是血和泥；这一片湖／该是我的家乡，（春天，堤上／繁花如锦幛，嫩柳枝折断／有奇异的芬芳）我触到／荇藻和水的微凉；这长白山的雪峰／冷到彻骨，这黄河的水夹泥沙／在指间滑出……

在山川大地之间，祖国的理念清晰而坚实。

三

我是一名大自然的滥情者，无法将自己的心安放于某一个具体的风景对象。那么多的美在向我招手呼唤，让我迷醉和焦灼，跃跃欲试。

此刻正值溽暑，炙烤般的闷热让我渴望将躯体投入一片清凉。大自然中的水体而不是室内游泳馆，才能够提供一份真正的夏日惬意。我的思绪以故乡冀东南平原上那一条无名的小河为原点，向外延伸。少年时代的好几个漫长夏季，它都是我和小伙伴们不可替代的乐园。我想到故乡县城十公里外的京杭大运河，想到八十公里外的华北最大湿地衡水湖，想到两百公里外的白洋淀，想到四百公里外的北戴河海滨……水的意念将它们贯通和串联起来。

那么，我是不是还应该想到桂林甲秀天下的山水，碧玉簪般的峰峦在青罗带般的碧波中，投下淡墨般的倒影；想到自神农架原始森林里流淌下来的香溪，青黛色的水面曾经映照过王昭君的美丽；想到七月的青海湖畔，金黄的油菜花和碧绿的牧草伸向天边，映照着一望无际的万顷碧波；想到云南高原上抚仙湖的幽深，它的蓄水量相当于十几个滇池，古人用"万顷琉璃"来比喻它的晶莹清澈——这些都是我步履所至之处，目光曾经被它们的清澈洗濯过，手足曾经浸入它们的温暖或者清凉。

这样的名字可以无限地排列下去。它们在地图上只是游丝般的细线和芥子般的微点，甚至大多数都不够资格得到标示，但只要一想到它们，我眼前即刻就会一片波光潋滟。

这还只是水系。而山地呢？草原呢？森林呢？大漠呢？任何一个，都可以无穷无尽地展开。而在这所有一切之中奔跑的兽类，鸣啭的鸟儿呢？绽放的花儿，静默的树木呢？这样的推问让我眩晕。美是汪洋无际，是浩瀚无边。它让我欢悦，也让我痛苦。我将遭遇那么丰富的美，我将难以穷尽那么丰富的美。

三十年前听到一个故事，从此铭记在心。当时来中国的日本游客很多，一个旅行团来到内蒙古大草原，篝火晚会就在蒙古包旁边的草地上举行。皓月当空，奶茶飘香，歌声悦耳，舞姿动人，一位老年游客突然放声大哭，老泪纵横。面对惶恐不安以为出了什么纰漏的导游和接待方，老人哽咽着说：多么羡慕你们，有这么辽阔的国土！

是的，这是一种幸福。九百六十万平方公里的广阔疆域，提供了太多的美好和富足。还有什么幸福能和它相比？想到这一点，激动便如同潮水一样涌上心头。

在这一片寥廓的土地上，一个人去过的地方也许很多，但没有去过的地方总是更多。在他的步履和视野之外，无限的美存在于无限的空间中，默默无语或者喧哗恣肆。

一些看似不同的事物维度之间，却有着神秘的连接管道。譬如时空是不同的范畴，但时间也最能够描绘空间。夏天晚上十点半钟，我在南疆喀什的街头小馆与当地友人品茶，一边欣赏着落日在西天渲染出一抹红晕，而此刻北京的家人已经准备就寝。我也曾在在一月份，从冰城哈尔滨直飞海南三亚，登机时身着羽绒服尚觉寒风凛冽，落地时换成短袖，快走几步仍然汗湿。六个小时的航程，我跨越了几个季节。

面对这样广大至极的美好风景，我不止一次地想过，如果不让自己成为一名漫游者，哪怕只是在生命的某个时期，那么实在是一种浪费，甚至是一种罪过，总有一天悔恨会来啃噬。

漫游，让脚步跟随着目光，让诗意陪伴着向往。如果我爱慕的目光在抵达某个具体目标时仍然游移不定，那是因为我有一种对整体的忠诚，需要到更广阔的时空中践行。行走中，远方化为眼前，异乡变成家乡，"无端更渡桑干水，却认并州是故乡"。脚步每当踏上一个新的地方，都是把家园的界限向外扩展。而所有的家乡，它们的名字的组合，就形象地描画出了一个国家的名字，成为对它的标注和阐释。在被这个名字覆盖和庇护的一大片土地上，我们诞生和成长，爱恋和死亡。

曾经看过一部美国电影《心的方向》。退休后的老人无所事事，空虚迷茫，在妻子去世后，他通过反省领悟到过去生活的荒谬，并驾车穿越整个美国去女儿家，为了阻止一桩在他看来会毁了女儿的幸福的婚姻。

在这个行动中,他重新获得了生命的充实之感。一个虽然平淡却颇有蕴藉的故事。

但我这里想说的,是电影名字给了我启发。它有一种新鲜而生动的表现力。我的心的方向,也就是目光的方向,脚步的方向。它们指向的,是祖国大地上的江河湖海,高山平原,一种无边无际的美丽。

我的心的方向,朝着四面八方,无穷无尽。

原载《光明日报》2018年8月24日

远眺华不注

李一鸣

　　济南北，历城界，黄河南，一山奇崛，名曰华不注。
　　尽管我在济南度过几年大学时光，很惭愧，对华不注知之甚晚。甚至在毕业那年听孔孚老师讲课之前，未之闻也。
　　那天下午，师范大学中文系名家讲堂开讲，讲座人：孔孚。
　　正是夏天，阳光透过悬窗，满室可见光中的细尘。先生仙风道骨，左手挥写板书如行云流水，右袖空空如也，那份洒脱与从容，至今铭怀。
　　那次讲座中，先生以曲阜乡音吟诵了他的几首诗，深远渺然。其中最为得意的一首是《飞雪中远眺华不注》：

　　　　它是孤独的
　　　　在铅色的穹庐之下
　　　　几十亿年
　　　　仍是一个骨朵
　　　　雪落着
　　　　看！
　　　　它在使劲开

　　华不注，山名取自《诗经·小雅·棠棣》，诗曰："棠棣之华，鄂不韡韡。""华"同"花"，"鄂不"即"萼跗"，亦即花蒂。山名"华不注"，俗名花骨朵。
　　多年以来，每每忆起那首短诗，就为先生的诗意奇思讶然，宏旷的时间，苍远的空间，尽在寥寥数笔之间。铅色穹庐大雪纷落的背景中，华不注山就像一个含苞的花骨朵，它在使劲开。巨大的动感与画面感扑面而来，透迤跌宕。华不注，一个天地间经年的花骨朵，第一次开放在心神之内。而先生赋予此山"孤独"的蕴意，"使劲开"的意象，或正于隐秘间道出华不注的精神指向。

记得刘大櫆曾言："神远而含藏不尽则简。"这样的简，无疑是一种诗文之化境，而孔孚先生的华不注诗，不正是深得此简之妙处？那是简约之丰腴、至简之尽境。

是的，那山是孤独的。它曾经开放过、灿烂过。

郦道元的《水经注》对它曾不吝赞美："单椒秀泽，不连丘陵以自高，虎牙桀立，孤峰特拔以刺天，青岸翠发，望同点黛。"可以想见，在华北平原广阔旷野中，视野所及，一马平川，蓦地，视线被一崒绝孤峙的存在所挡，一座孤峰拔地而起，如一枝青椒向天，似一颗虎牙凌霄，若一弯翠黛蹙聚，这才引得年轻的地理学家惊叹赞美，诉诸笔端。

那年，李太白器宇轩昂，飘然而至齐鲁，别后给文学史留下名篇《昔我游齐都》："昔我游齐都，登华不注峰。兹山何秀俊，绿翠如芙蓉。萧飒古仙人，了知是赤松。借予一白鹿，自挟两青龙。含笑凌倒景，欣然愿相从。"诗仙酣游山东一回，华不注怎样的场景，激起了诗人的浪漫诗思？骑白鹿，挟青龙，够奇幻，够威风。

李太白的神思自是苍龙入穹无从追证，留下的华不注诗却因而有了仙意奇思。被赋予灵魂的华不注不仅化入诗词经典，而且进入了名画宝藏。

台北故宫博物院有一幅赵孟𫖯的《鹊华秋色图》。打开卷幅，但见画面一片辽阔的绚烂：树木繁盛，房舍掩映，河流蜿蜒，渔舟往复，在远处，再远处，更高处，有两山遥相对应，左山方圆，右峰高耸，分外醒目。整幅画作为金黄色笼盖，景物则高低错落，疏密有致，用笔则书画相长，枯润相契。细品此画，洋溢着高逸名士之风，散逸文人之气，好山好水、半渔半樵的隐逸之心，呼之欲出。

画中之山是何方名山？且看赵孟𫖯的题跋：

公谨父齐人也，余通守齐州，罢官归来，为公谨说齐之山川，独华不注最知名，见于左氏，而其状又峻峭特立，有足奇者，乃为作此图。其东则鹊山也。命之曰鹊华秋色云。

原来赵孟𫖯仕元后，曾任同知济南路总管府事三年有余。跋中齐州即济南历城也。他罢官回到故乡浙江湖州后，欣逢祖籍济南的老友、词人周密（字公谨），禁不住向他叙说济南山水之奇。而这周密，一生并未到过济南，却对祖籍充满深情，竟自号为华不注山人，足见其情志。赵孟的介绍更加激起周密对故里的向往，乃敦请赵孟作画一抒心怀。于是便有了这幅名画的诞生。画中左山是鹊山，右手那座平地而起、奇绝峻拔者，即是华不注。"云雾润蒸华不注，波涛声震大明湖。"想来华不注不仅入画，而且伴着历城三年多的记忆，也常常入赵孟的梦吧。

　　去年夏天，因一机缘回到济南。

　　车过历城，得以于多年后远眺华不注。浩浩平原之上，华不注峰孤峻秀，一派昂然大气。据考证，汉代中期，黄河改道由利津一带入海，造成支流灌注，济水泛滥，华不注周围形成湖泊。至唐称莲水湖，其时稻溪迥还，芦荡轻摇，水村渔舍，仿若江南，远望华不注，恰如水中含苞欲放的一枝荷花。到了金代，元好问曾到济南一咏华不注："华山正是碧芙蕖，湖光湖光玉不如。"可见山湖相映之美。元中期，王恽客居济南，留给后世一篇《游华不注记》，文中描绘了华不注一带的山水盛景。至明朝，亢思谦写《续游华不注峰记》时，欲抵山下已须舍舟而乘。到了清代，全祖望游华不注，周围已是莽然田舍。后康有为来登华不注，大赞"南京钟山紫金峰，北京翠微山、煤山，扬州的七星山，苏州的横山……然山水之美皆不如华不注也"，但华不注周围早已不复昔日山光水色，"含笑凌倒景"的情景只能在古诗中寻找矣！

　　沧海桑田，岁月悠悠，华不注兀兀独立。

　　华不注是"忠文化"的见证者。据《左传》记载，鲁成公二年，齐晋两国交战，齐顷公亲率大军在"鞌"与晋军决战。齐顷公自信满满，声称"灭此而朝食"，甚至未给战马披挂铠甲就参战，结果，"齐师败绩"，齐顷公被晋军追逼，"三周华不注"。危急关头，大臣逢丑父果断与之更衣换位，并佯命其到山脚的华泉取水，齐顷公方免罹难。以此，丑父冒着生命危险忠心救主的事迹载入典籍。以致名列唐宋八大家的大文学家曾巩来游时，挥就一首《华不注山》："高标特起青云近，壮士三周战气酣。丑父遗忠无处问，空余一掬野泉甘。"为丑父事迹不被彰显而愤愤不平。而清代赵执信来到华不注，也深深缅怀丑父之人格："欲寻丑父易位处，华泉之水今独清。"

　　华不注山下，也曾掩埋着另一个高贵的灵魂。

　　元邵显祖《重修费公闵子祠记》中记载，闵子骞最早葬于华不注山下。如果说逢丑父树立了忠的典范,闵子骞则书写了孝的传说。

　　小时候,就常常听妈妈讲起鞭打芦花的故事。闵子骞十岁时,母亲去世,其父续弦。继母冬天做冬衣,给自己亲生的儿子棉衣絮的是棉花,给闵子骞冬衣里装的是芦花,棉花看着薄其实暖,芦花貌似厚却难挡寒。某日,子骞和弟弟随父乘车出门探亲,途中突然风雪大作,弟弟眉开眼笑赏景为乐,子骞则蜷坐一团瑟瑟发抖。其父疑其作状,恨其不争,怒用鞭打,袄烂花飞,其父这才明了真相,立即赶车返家,愤然休妻。子骞跪求父亲:"母在一子寒,母去三子单。留下高堂母,全家得团圆。"小时听完故事,一是恨骞父糊涂粗暴,二是担忧自己以后万一有了继母的命运,而对闵子骞的行为却很不理解。如今思之,与其说子骞因孝道而闻名,毋宁说是他的宽厚与善良感动了世人。
　　这一忠一孝,让这座山有了人的温度。
　　岁月如风斯年远去,华不注不语,默默矗立在齐鲁大地的烈阳里。
　　其实,山水最终是活在文化里,活在人的情感里。
　　我的心中,正扬起一场大雪,雪中的华不注,苍然盛放。

原载《人民日报》2018年4月28日

锡兰过大年

杨海蒂

毫无筹谋，没有预兆，突然决定"锡兰过大年"。除夕之夜，说走就走。

锡兰即斯里兰卡。"锡兰"二字，常见于中国古籍，可见两国之间的情谊。"斯里兰卡"诞生于1972年，尚未"知天命"呢。

对斯里兰卡的了解，最初来源于少时跳过的斯里兰卡舞蹈《罐舞》，其他知识储备非常有限，很惭愧。飞机起飞前，赶紧问"度娘"以急补：

斯里兰卡，南亚次大陆南端印度洋上的岛，古称"狮子国"。接近赤道，终年如夏。风景秀丽，素有"印度洋上的珍珠"之称。

斯里兰卡是举世闻名的"宝石岛"，宝石产量位于世界前五；锡兰红茶是世界三大红茶之一，被称为"献给世界的礼物"。

马克·吐温说，"斯里兰卡，除了雪，这里拥有一切。"马可·波罗称其为"世界上最美的岛屿"。

置身于斯里兰卡首都、"东西方十字路口"科伦坡，我的第一反应就是：莺歌燕舞、鸟语花香，这样的词语用在这样的地方，才没有违和感。入住五星级酒店，晚上也能推门望月隔窗观星。

从中世纪起，科伦坡就是世界上的重要商港，享有盛誉的兰卡宝石，从这里源源不断地输往全球各地。兰卡宝石和锡兰红茶，也是吸引我前来斯里兰卡的重要因素啊。

特别说明一下，"世界三大高香红茶之二"是中国的安徽祁门红茶和大吉岭红茶，而锡兰红茶的祖先就在中国——差不多二百年前，英国人从中国引进茶树，让它们在锡兰生根发芽。

科伦坡处处可见欧式建筑，这是大英帝国殖民统治留下的历史印记。斯里兰卡更是被佛法浸润的国度，虽饱经战乱，但莲花遍地盛开。看着维多利亚公园门口五短身材的变形金佛，我惊呆。刚噶拉马寺里的本土产佛祖，长着一副阿拉伯人的面孔；当然，来自中国的观音和关公塑像，我一眼就认了出来。刚噶拉马寺庭院里还有一尊大玉佛，连同佛龛重达四十八吨，系福建泉州商人捐赠。

这是文化交流，也是礼尚往来。早在一千六百多年前，六十五岁高龄的东晋僧人法显，从长安出发到印度取经，十年后从印度南部乘船抵达锡兰，其著述《佛国记》记录了当地风土人情，成为斯里兰卡的重要史料。法显在斯里兰卡家喻户晓、备受崇敬，他栖身过的岩洞叫作"法显岩洞"，千百年来香火鼎盛。而笃信佛教的锡兰国王从法显处得悉孝武帝崇奉佛教，特遣使者赠送一尊四尺二寸高的玉佛，孝武帝将之供奉于南京瓦官寺，可惜后来失传。

另一个为斯里兰卡人所熟知的中国人是郑和。斯里兰卡国家博物馆保存着一块年代久远的石碑，为"布施锡兰山佛寺碑"，石碑顶部刻有花纹和"二龙戏珠"浮雕，右侧汉字依稀可辨："大明皇帝遣太监郑和王贵通等昭告于佛世尊……"左上、下横书的泰米尔文、波斯文则损毁较为严重。郑和下西洋前在南京将石碑刻好，分别用三种语言表示对佛教、印度教和伊斯兰教的敬颂，体现出大明王朝的世界眼光和中国气度。郑和在海外多地立碑，但被发现并保存至今的独此一块，它是郑和七下西洋壮举的真实历史见证。

后来，中锡两国交往更为密切，甚至骨肉相连。《明史》记载，五百多年前，锡兰国王派王子出使中国，船队抵达世界最大港口之一、东方第一大港泉州。王子登岸后，对满城盛开的刺桐花，以及泉州港口的繁华，留下深刻印象。恰逢王子在华期间，锡兰国发生变故，归国无望的王子索性定居泉州，取"世"为姓世
代繁衍，"狮子"血脉融入华夏民族。

斯里兰卡的形状，恰似一颗宝石吊坠，也像一颗情人的眼泪。这个美丽的岛国，有着美丽的海滩，海岸边缠绕的红树林，无边无际包围着它的陆地；它覆盖着全世界最茂密的森林，有着无比丰富的生态多样性，丛林里花朵美艳草木奇异，也潜伏着地球上最狠毒的眼镜蛇……

沿斯里兰卡西南海岸行走，观赏"世界上最奇特的钓鱼方式"，真是奇妙的感受。在前涌而来一阵阵的波浪中，一个个古铜色皮肤的渔民，坐在一根根高耸的木杆上，渔竿在他们手中上下翻飞，"嗖"的一下，

鱼钩入海了；"啪"的一声，渔民起竿了。那划过天空的一道道银色光弧，便是上当咬钩的沙丁鱼。这种不用钓饵的高跷钓鱼，是世间独一无二的捕鱼方式，是斯里兰卡古老独特的人文景观，成为斯国最引人瞩目的标志性画面，没有之一。

处于印度洋边缘的加勒，是世上保存最完整的古城之一，是举世闻名的世界文化遗产。加勒古城的历史、地理都很复杂。

自从远古时代，加勒海湾就投入使用，加勒港口非常活跃。公元16世纪初，葡萄牙人盯上了加勒，强行攻入后，用坚固的花岗岩石建成三个堡垒，称之为"太阳""月亮""明星"。一百年后，荷兰军队占领加勒城堡，在葡萄牙人的军事要塞上增建壁垒。荷兰人用天然港口的珊瑚砌筑环岛城墙，现在看来真是奢侈。之后，英国、法国、丹麦、西班牙等帝国，都对加勒古城垂涎三尺，最终英国胜出，加勒半岛沦落成为殖民地。

郑和随船携带的"布施锡兰山佛寺碑"，就是英国炮舰工程师托玛林于1911年在加勒城偶然发现的，当时被用作下水道的盖子。这叫什么事儿，简直让人无语。

加勒古城及其十四座城堡，以及其他军事、商业、民用建筑，诸如城墙、城门、钟楼、吊桥、军械库、火药库、官邸住宅等，都建筑在岩石半岛上，这是世界上一大奇观。热带雨林掩映下，欧式建筑鳞次栉比，佛寺、清真寺、天主教堂、印度教堂密集；一个印度耍蛇人吹奏魔笛，小竹篓里的灵蛇探出脑袋、慢慢地爬出来，开始随着笛声起舞，这个电影《卡门》里经典镜头的场景，吸引着我长久驻足，并给了耍蛇人不菲的小费……西方风格、南亚风情、阿拉伯情调的组合，造就出风情万种的加勒。

斯里兰卡国旗呈长方形，形状奇特、图案好看：左边框里是绿、橙两色竖长方形；右侧为咖啡色长方形，中间是一头紧握战刀的黄色狮子，四角各有一片菩提树叶。咖啡色代表僧伽罗族，橙、绿色代表少数民族；黄色边框象征人民追求光明和幸福，菩提树叶表示对佛教的信仰，而其形状又和该国国土轮廓相似；狮子标志"古狮国"，也象征斯国人民刚强勇敢。

真心喜欢斯里兰卡民族风格鲜明、宗教意味浓郁的国徽。国徽图案中心也是一头狮子，赭红底色代表丰富矿产；环绕着狮子的十六朵金莲花，象征圣洁吉祥，环绕着金莲花花瓣的两穗稻谷，象征五谷丰登；顶端的佛教法轮，象征佛法永远护佑斯国；下端的花碗，两侧分别是散发着光芒的太阳和月亮，象征国家如日月一样永恒。

在僧伽罗语中，斯里兰卡意为"光明的乐土""光明富庶的土地"。

国树铁木、国花睡莲，在斯里兰卡随处可见，佛教寺院在花木簇拥中巍然屹立。自从印度阿育王派其子来到"狮子国"，僧伽罗人摈弃婆罗门教而改信佛教，佛教成为锡兰国教，建筑精美的佛寺遍布全国，"狮子"们拜倒在佛祖脚下。

佛教圣地康提市，位于斯里兰卡中部；巨大而秀美的康提湖，位于康提市中心。康提湖边树木参天，花卉万紫千红。康提湖之于康提，犹如西湖之于杭州，是城市的灵魂，是市民的骄傲。

自从佛祖的佛牙从印度传入，康提便成为全世界佛教徒朝圣地。闻名于世的佛牙寺，就坐落于美丽的康提湖畔。

佛牙寺始建于15世纪，有围墙和护寺河环绕，围墙四角各有一庙，都是为保护佛牙而建。佛牙寺寺院建立在高高的台基上，经过历代国王不断修缮扩建，而今整个建筑规模宏伟、结构复杂，主要有佛殿、鼓殿、长厅、诵经厅、大宝库、内殿等。核心区域内殿正中，供奉着一尊金佛，佛前铺满莲花、香火缭绕。内殿左侧暗室里有一座七层金塔，金塔中又有七个小金塔，每层小金塔内都藏着各国佛教徒供奉的珍宝。最小的一座小金塔，顶部有一枚钻石，塔里有一朵金莲花，金莲花花芯中有一只玉环，玉环中安放着国宝佛牙。每天早、中、晚，在震撼心灵的鼓乐声中，三位高僧分持三把不同的钥匙，共同开启内殿大门，入内举行隆重的敬拜仪式，之后再开启内殿拱门，让恭候在外的信徒与游人鱼贯而入，瞻仰供奉着佛牙的神圣金塔。

我抵达佛牙寺当日，正是礼拜天，朝圣者络绎不绝，寺内被拥挤得水泄不通。无论男女老幼，皆着一袭素雅白衣，人人庄严虔诚。寺内外，有老者长跪不起，有大汉痛哭失声，有幼童虔诚膜拜，有女子怀抱婴儿念经诵佛……

佛牙寺到处是鲜花，花香香溢，看不到一个"功德箱"，我想捐钱却找不到地方。佛牙寺，真正莲花净土，只有花香毫无铜臭。

世上仅存的两颗佛牙舍利,分别供奉在佛牙寺、佛牙塔。远在南亚的佛牙寺,近在北京西山八大处的佛牙塔,两处佛教圣地我都拜谒到了,自豪感油然而生。

一年一度的康提"佛牙节",是世界上最为隆重的佛教庆典。开幕式上,在万人簇拥下,"武装到牙齿"的领头大象华丽登场,它身驮装有佛牙舍利的银匣子,带领数十只盛装打扮的大象巡游全城,每头大象脖颈上都挂着铃铛,每走一步,叮叮当当的声音十分悦耳。

大菩提树在斯里兰卡的地位仅次于佛牙。它已经两千三百多岁,是人类历史上有文字记载的最古老种植树,被全世界佛教徒视为圣树。

话还要说回从前。古印度年轻王子乔达摩·悉达多,为了摆脱生老病死轮回之苦,为了解救受苦受难的众生,毅然放弃继承王位,舍弃奢华生活,出家修行云游四方。多年苦修后,在菩提迦耶的一棵大菩提树下,他打坐静思七天七夜,苦思冥想人生真谛,终于在一个月圆之夜大彻大悟,从此成为佛祖释迦牟尼。

"菩提"为梵文 Bodhi 的音译,意思是觉悟、智慧。菩提树很神奇:从无病虫害,能净化空气,树下冬暖夏凉。因为佛祖在菩提树下修得正果,故而佛门将菩提树视为"神圣之树"。

然而,令佛门信徒痛心疾首的是,助佛祖得道的这棵圣菩提树,竟被入侵外族毁灭。好在"天不灭曹",公元前3世纪,佛教最有力的护法者阿育王,派遣女儿到锡兰为公主传授比丘尼戒,并将见证了佛陀正觉的圣菩提树的小枝赠与锡兰国王。国王将其栽植于"大寺"菩提寺内高台上,小枝长成了大菩提树,生出数十根枝杈,国王把它们分植于全国各地,以满足修行者要在每座佛寺至少种植一棵菩提树的心愿。

大菩提树成为维系佛祖渊源的"血脉",现如今印度佛教圣地所植菩提树,是由它"反哺"生成的。佛教徒将礼拜大菩提树视为礼拜佛陀,每年五六月间的月圆之日,来自各方数以万计的佛教信众,聚集到大菩提树下顶礼膜拜。为防止朝圣者拥挤误伤圣树,锡兰政府制定严法,并先后两次为之修建金色围栏。

匍匐在菩提寺内大菩提树下,我泪流满面,不能自已。据说菩提树能助人解脱罪责、实现愿望;我不敢奢望,只求斩断前尘不计过往。

在中国,菩提树因《坛经》之"菩提偈"而彰。唐朝初年,受禅宗五祖弘忍之命，僧人神秀与慧能作偈呈心。神秀偈云："身是菩提树，心如明镜台，时时勤拂拭，莫使惹尘埃。"慧能偈曰："菩提本无树，明镜亦非台，本来无一物，何处惹尘埃。"与神秀之作相比，慧能偈意更为深彻、法义更为卓越。弘忍密授衣钵与慧能，使之成为禅宗一代宗主。

中国僧众也以从锡兰引进的菩提树为尊。岭南著名佛寺庆云寺，植有两棵二百多年前引自锡兰的菩提树，寺院将其奉为至宝，小心翼翼严加保护。2005年，为了促进中斯两国佛教文化交流，斯里兰卡僧王级大长老、佛牙寺大管家、菩提长老等组成佛教代表团，全程护送三株珍贵的菩提树到我国云南，中国佛教界在昆明著名古刹圆通寺举行了隆重的菩提树安奉仪式。

菩提树对传播佛法功莫大焉，锡兰对佛教的贡献功莫大焉。

挥别阿努拉特普勒圣城圣寺圣殿圣塔圣树，拜别群山环抱、小巧而神圣的世界文化遗产地康提，离别被誉为"远东窗口和地中海缩影"的加勒古城，作别纯净、迷人、原生态的美蕊沙海滩，告别充满人间烟火味的海边小镇尼甘布，大年初六，坐上"千与千寻"海上火车，沿着风景如画的印度洋海岸，我又回到科伦坡。

唯一的遗憾，就是没能攀登"世界第八大奇迹"——狮子岩。

科伦坡酒店甚至"白宫总统府"门外，都停候着斯里兰卡特色的出租车：TUTU 小四轮。

喜欢独逛，免受干扰。我跳上 TUTU，一脸厚道的"的哥"能领会我的三脚猫英语，载着我一路狂奔往商场。往日我心仪、垂涎而不可得的南亚风格的衣裙和首饰啊，终于有机会一亲芳泽了。狂购！老板娘满脸笑容，连说带比画，让我把坤包放在门口椅子上。开玩笑嘛，商场人来人往的，这我怎么肯呢。老板娘一脸疑惑，说当地人都是这么做的。的哥是暖男，一直好脾气地等候着，还不时竖起拇指夸我眼光好。

夜幕四合，回到酒店才感到后怕，异国他乡、地广人稀、语言不通，万一被人劫财灭口抛尸印度洋呢？劫色自不必多虑，斯国绝色佳人多了去了，随处可见身着纱丽、身姿婀娜的美人儿，即便农家柴扉也常倚着美目盼兮的妙人儿，千娇百媚、我见犹怜。

可次日傍晚，又忍不住跳上了暖男的 TUTU 直奔商场，一家家地逛，一包包地买。每满一包，的哥就顺手接过扔到 TUTU 上，然后继续陪

—238—

着我采购。我开始五心不定,这、这、这怎么行呢?随便哪个路人都能偷走的啊。暖男的哥笑眯眯地说:不会的,绝对不会的。可我哪能放得下心呢,一直忐忑不安,时不时地跑窗边观察情况。暖男的哥见状,憨憨地笑起来,告诉我他委托别人看着呢。等我出了商场上了车,才发现那是他善意的谎言。原来这个国度当真"天下无贼"、民风淳朴、路不拾遗、诚信为本。

在斯里兰卡,自然而然就会放慢生活节奏,我在斯里兰卡多日,不管怎么胡吃海塞都不上火,不管如何冷热交替也没感冒。

我是多么喜欢斯里兰卡——这个人们声称"一生必去一次的国度",多么适应,多么快乐,多么不舍、多么留恋,甚至希望将来能定居于此。如果真有前世,相信我的前世就在那儿,或许是康提湖中的一朵莲花,又或许是菩提寺中的一片落叶。

原载《海内与海外》2018年第4期

赏梅，在梅花谢了的时候

徐南铁

岭南的梅花，正月十五就已经谢了。或许梅知道春节假期过完，人们不再有暇殷勤探望，它不必在眼光和镜头的追逐中秀丽倩影了。

偏偏我在这个时候想去探访梅的消息。

广州著名的赏梅去处是萝岗，据说从宋代开始，萝岗的农民就开始大面积种植青梅，至今已有八百年历史。乾隆年间的番禺县志记述萝岗梅景："上村下村皆梅""岭南岭北尽梅"。20世纪的60年代，广州评"羊城八景"，萝岗的梅花以"萝岗香雪"为名，成为"八景"之一。"遥知不是雪，为有暗香来。""梅须逊雪三分白，雪却输梅一段香。"将梅花形容为带有香气的雪，不但充盈诗意，还满溢视觉、味觉的诱惑。有资料说，到萝岗赏梅的人有过一天十六万的纪录。有好些国家元首也曾来此一近芳泽。

可是20世纪90年代初，我慕名去萝岗寻找这一片香雪，却失望而归。

萝岗有很大一片已有年头的梅林，是人们赏梅的主要去处。在萝岗镇上，随便拉住大人孩子问路，听说你来看梅花，大多指引你走向那里。但是那块地方留给我的，却是深深的迷茫和遗憾。

记得当时刚刚立春，来到这块梅花盘踞多年的传统领地，只见两道山梁如巨大的双臂伸展，怀中一片葱茏。我以为春风已老，梅花谢尽，香雪全消，剩下的全是绿叶。走近才知道，那些根本就不是梅树，而是橙树。橙树个头比梅树略小，但是叶片更厚大更茂密。一棵棵橙树趾高气扬地列成方阵，在春风中不断地延伸，神气地向我这种不合时宜的寻梅者炫耀自己的风采。

跟一位正给橙树培土的老农闲聊了几句。他告诉我，这一片原先确实都是梅树。因为橙树的经济效益高于梅树数倍，大多数人家都伐梅种橙，所以梅树日益减少，橙树迅速蔚为大观。

曾经听说过，萝岗甜橙是岭南名果，其中的"暗柳橙"更是全国十大柑桔良种之一，经济效益自然可以傲视那些小而酸的青梅。老农说，一个人种橙的年收入可达四千元。这在当时是一笔可观的收入，对于每月还只拿三百元工资的我来说，完全没有开口为梅树争一席地的底气。

返程之际总算遇见梅树，零星散布在橙树林的边缘。这些刀斧下余生的"君子"，孤独无奈地望着奔涌的橙树绿浪，徒然回味旧时代的盛荣。

回来查资料，当年萝岗的六万亩果园中，柑橙已经占了三分之一，而梅树只剩七百亩，只比百分之一略多一点。

大潮涌来，花神无奈，只能任由人世间操纵，徒然看着梅花香消雪殒。

花开花落，近三十年光阴过去，如今萝岗花事如何？

早就看过有关报道，说梅花又回来了，"萝岗香雪"已堂皇列入"广东省非物质文化遗产"名录。不过我相信，不是时代重拾了对"疏影横斜"的留恋，不是社会再次兴起关于"暗香浮动"的喜爱。如今对梅的再度青睐，是因为深植于经济算计的社会价值观念有了新的衡量和选择。

近年大兴旅游业，各地竞相挖掘旅游资源。新建的景点四处开花，追攀古人更是不惜牵强附会，甚至无中生有。在这种时代背景下，兼有自然、人文、历史元素的"萝岗香雪"理所当然要从人们的记忆深处浮起。它的吸引力和影响力，它的带动效应，又岂是种一片柑橘能够比拟？于是重新登台亮相，做一张旅游业的高大上名片，就成为梅花理所当然的宿命。

2005年，广州开始着手恢复"萝岗香雪"景观，将那一大片已经果实累累的橙树林辟为香雪公园。那些橙树也像当年的梅树一样，被毫不顾惜地抛弃。所谓三十年河东，三十年河西，梅树犹如一个被放逐的落魄贵族高调归来，重新拥有了自己被褫夺的庄园。

去萝岗之前的那个晚上，我到网上查询梅的确切消息，满眼是假日花盛之时的赞语。人们纷纷歌颂梅花的美丽，竞相晒自己与梅花的合影。当然也看到有这样的描绘："梅花虽多人更多，还有很多小贩推车卖吃的，很拥挤。"有人则抱怨："说是去看梅花，其实是去挤人和吃东西。"有的帖甚至用上了"水泄不通"这样的形容。

拥挤早已是旅游的常态，因而我从不敢在节假日去旅游胜地，包括不敢迎着幽香去探访梅花。但这种拥挤却是旅游业的狂欢，所有的景致都在纷纷纭纭中摩擦出经济收益的光芒。2017年的元旦前三天，广州地铁线延长到萝岗，"香雪站"开通。时间节点选择在梅花开放的时节，在方便市民赏花的同时，也助长着对梅花林里水泄不通的另一种渴望。

网上看不到梅的近况描绘，没有听到一声关于梅花凋谢的感叹。我却由这种话语的缺失断言：梅花定然已经衰败。游人只注目于绚丽浪漫，不会关心花之后那些沉实的果。花一衰败，人就星散，无人再有兴趣来说三道四了。

但我还是到萝岗看梅去了。

香雪公园占地八十公顷，遍植梅树。不但有青梅，还有花梅，包括桃红宫粉、江南朱砂、美人梅、绿萼垂枝等品种。七千株梅树，每株就是一个带香气的彩色浪花。花开时节洪波涌起，可以想见那花海的蔚为大观。

不过此刻梅花确是谢了，连树下也不见一瓣落英。地上只有细绒般的浅草，铺开一抹抹淡淡的鹅黄。枝头景象全面置换成"腮边红褪青梅小"，一捧捧绿叶簇拥着一粒粒小小青梅。

我的眼光从枝头滑落，投向梅树的枝干。

梅树的精彩在树枝。它没有独领风骚的主干，几乎是刚冒出地面就开始分叉，似乎每棵树都要争先着手上层空间的结构和展示。但是梅树的自我设计意识太强，枝条各呈个性，这就形成了旁枝逸出、曲欹疏朗的梅树风格，形成了独特的审美力度，历来受到中国文人推崇。流风所及，社会甚至出现了刻意压抑、修整梅枝的普遍现象："斫其正，养其旁条；删其密，夭其稚枝；锄其直，遏其生气。"龚自珍是用这样的事例影射、诟病时政，但是社会关于梅树的审美情趣却由此可见一斑。

站在梅树林一眼望去，无数梅树的枝条构成错综蔓延的透视空间。一根根颜色深沉的枝条曲折有致，远近交加，展开了一幅中国传统的水墨画。那些在阳光衬托下的梅枝，似也有西方炭笔画的风采。

这样的体会和感受，若是早十天八天来，在拥挤的人群、嘈杂的声浪中大约是无法拾取的吧？它们属于在宁静和舒缓中才能打捞到的享受，像喝一杯好茶需要独自慢慢品啜。

避开人潮，才可能在春日的阳光里惬意漫步或驻足，才可能放纵所有的感知器官，感受春景，感受自己。尽管放弃了似锦繁花给予的感官快意，但比起在花树下拥挤不堪，我还是愿意冷冷清清地在花瓣落尽的梅树林中徜徉，仔细体验心灵的漫游。

我也有过为看花而陷入人潮的经历，恰恰也是因为梅花。

那一年春天到南京，正是国际梅花节的最后一天，朋友坚持要陪我去赶节日的一个尾声。

这天是周六，天气晴朗，游人如织。好些市民全家出动来欣赏梅花，一波波欢声笑语在树间滚动，非常热闹。但确实也很是嘈杂拥挤，一路走去，不时需要给人让道。梅树密集的地方人更密集，说是摩肩接踵，并不为过。

公园里的园圃与平岗满是梅树，可惜它们无力为梅花节的门面坚持这最后一天。大多数梅花已经在和暖春风的反复抚弄中败了，残花坠落一地。有的树依然留有勉力攀附在枝上的花朵，但是徐娘已老，花容发黑，花瓣没有了青春张力，无奈地露出一副憔悴模样。好在游客们并不嫌弃，他们的热情眼光并不停留在花上，全部集中交付给了手机。那些最新款式的手机绕过了光圈、速度和景深之类技术问题，任凭所有的人纵情享受摄影的快乐。只要有花，无论容颜如何，总见到有人伫立树下高举起自拍杆，自然流泻或努力挤出灿烂的笑容。与此同时，还有人盯着这树下的位置，站在一边候补。也许爱热闹是人的天性，尽管人们对拥挤有不绝的抱怨，却还是舍不下热闹的诱惑。

我没挤来挤去凑趣，不只因为残花似无欣赏意味可言，更是担心梅有感知，不免会自惭形秽，不愿意以如此面目示人。我实在难以相信，孤高洁净如冰雪的梅花，会甘愿在游人的镜头里留下这样一种尴尬的"倩影"。

置身于这说不清是快乐还是忧郁的梅花节末章，我不得不怀疑，我们与梅花之间淡化甚或遗失了一种精神层面的审美沟通。千百年来形成的关于梅花的解读，已经散落风尘？

在文化的长期审视光照中，很多花木有了相对应的文化定位，形成了不同的拟人化寄寓。比如以繁茂的桃李代表学生，用清峻的菊花象征隐逸精神。牡丹被喻为花之富贵者，"世人多爱"。周敦颐则"独爱莲"，他认为莲中通外直，不蔓不枝，可远观而不可亵玩，正符合自己的人生理想。

寒风中绽放的梅花给人看到的是凛冽傲气和坚贞品性，因而成为笑傲尘寰、不畏强权的精神寄托。在百花凋零的"苦寒"之中，梅花的"寂寞开无主"反衬着"香如故"的可贵。因而"不须檀板共金樽"的孤芳自赏精神也成为梅花的标签，宣示和表彰着不媚权贵、不羡浮华、独善其身的操守。

梅花是国人喜爱的花。在源远流长的传统文化中，梅花一直被赋予丰富内涵而受崇尚。"岁寒三友"中有它，象征着坚定、从容的人格境界。"四君子"中也有它，标榜着高尚气节和清雅风度。今天我们在传统的中国画四条屏中，依然常常见到梅作为主角之一，以卓然风姿牵连着中华文明的漫长时光。北宋诗人林和靖钟情和依恋梅花，甚至以"梅妻鹤子"自况，昭示自己布衣闲适而不甘流俗的清高姿态。

可是，以无数个春秋酿造、提炼而成的这份文化醇厚，如今似乎并没有伴随梅花进入大多数赏花人的视野。我们在关于梅的节日里，看到的是物理的彩色，闻到的是化学的香味。

我们有一句流行一时的口号，曾经挂在许多地方官员的嘴边，叫作"文化搭台，经济唱戏"。各种各样的民俗、特产、掌故和野史传说，都被搜检出来作为文化引子，赋予引爆投资热潮的任务，借以推动GDP的增长。花卉自然更是少不了作为"当家花旦"，毫无例外地被拉出来参与"搭台"的工作。

当赏花成为一个节庆活动，而终极目的却又不是为了赏花的时候，花的任务就只剩下跟着起哄。在这种舞台上亮相的所有花卉，无论雅俗贵贱，艳俗清纯，都在娱乐化的洪流中洗去各自的文化色彩，共同沦为欢乐场景的吹鼓手。在好看、欢腾和热闹的统一要求下，不同的面目一起以喜庆和喧闹的形式完成了自我消解。桃花的灼灼和梅花的冷艳已经没有多大区别，也似乎没有了区别的意义。

我当然明白，赏花应是一种轻松的心理活动，不是非沾染些思考的色彩不可，更没有必要为文化阐释的厚重所累。如今我们所处的，不就是直观、直露的社会吗？象征、隐喻、含蓄、比兴，已在日常交往中渐渐失去魅力，让位给了大肆的铺陈和直接的表达。我担心的只是，当人们不再关心文化所给予的附加值，这些花朵象征的人文品格是不是会在我们的精神生活中淡化以至消失。

从萝岗回来不几天，应邀去参加一次书法界的雅集。

活动安排在一个傍着公园的会所。我去得稍早，就在公园里漫步，又有了一次亲近春花的机会。

过年的热烈气氛还没有消散。公园里那些费了不少财力不少功夫的节日装扮没有撤去，依然夺人眼球。梅花自然是没有的，本要两个月后开放的郁金香，在花工的精心安排下开得正艳。花丛中还擎起几枝巨大的郁金香造型,与真花一起用红黄两色张扬着喜感。花径的每一级台阶都刷成大红或紫红。两旁开着花的灌木,枝头系上许多小小的红灯笼,增添了色彩的浓重。那些童话般四处点缀的风车、小屋和倾斜的"陶罐",满溢的都是暖色调。草地上奔跑着好些巨大的玻璃钢"小鸡",一色鲜亮的明黄,还系一条鲜红的围巾。让我惊异的是,与三角梅的火红花带蜿蜒并行的黄色树丛带,是街边见惯的冬青树修剪出来的。在这温煦的合唱中,绿色声部似乎不受待见,因而也设法改成了黄色盛装。

虽然正月还没有过完,早春的太阳已经把天地和花草都捂热了。放眼望去,整个公园的色彩统一在鲜艳和欢快之中。我突然觉得视觉有些疲倦。我知道,公园一心要迎候和欢娱孩子,而孩子需要抢眼的色彩,需要夸张的造型,需要喧闹的刺激。但是,他们成长着的生命不需要点别的什么昭示?比如安详、恬静,比如高贵、矜持、闲适和礼让……

社会流行的审美情趣不停地向孩子们灌注,不断堆积、加厚我们的集体无意识。只有热烈,没有静雅;只有鲜艳,没有素淡;只有繁复,没有简洁;只有夸饰和放纵,没有节制和收敛;只是推崇、追求火一样的灿烂蓬勃和激昂,却摈弃儒雅,摈弃温良恭俭让。这种在数十年流光中淬炼而成的心态,也许还将继续对我们的人生境界和社会生活产生深远影响。

那天雅集结束时,会所的一个工作人员拉着我,希望给她写一幅字。

纸墨笔砚都是现成的,我问她想写什么。她说孩子今年高考,鼓励一下吧,就写"宝剑锋从磨砺出,梅花香自苦寒来"。

我给她写了,心里却一直在问:

现在的孩子真懂得梅花吗?

他们知道"苦寒"是什么感受,知道"香如故"表达的是一种什么样的情操吗?

原载《广州文艺》2018年第2期

蜃楼记

丁建元

　　据说当年八仙从这里入海，但谁也说不出那船到底在哪个位置离了岸。今天的人们，选址岸下，建了八仙渡，又在岸上建了三仙山。八仙渡，有殿，有塔，有八位仙人的壁画和雕塑，人们也就姑妄言之姑妄信之。

　　传说仙山有三座，蓬莱、方丈、瀛洲，常在海天云水间隐现，这当然是蜃景虚像。八仙寻山而去不知所终，但世上的人们忘不了他们的故事。蓬莱，算是留住了一座仙山的名字，祖宗们就在丹崖山上营造了殿阁，让人扶栏远眺，望天望海，也在望渺渺岁月，在迷茫烟水里寻想着八仙的踪迹。

　　想那八位仙人，有的活在唐，有的活在宋，即使同朝也不同代。有的居河北，有的在山西、河南，何仙姑远在广东的增城。但是，既然成了仙，就可以凌云可以凭虚御风，甚至可以颠倒春秋，八个仙人就成了一个群。这老少男女，有的做了官，有的当了将，有的上了学，但是都厌倦了，厌恶了。他们厌的是现实，自由的灵魂难以适应森严的社会等级和规矩。最使他们焦虑的，是这肉体的脆弱人生的短促，成仙就可以长生，于是就修了道。八仙不仅要延长生命的长度，更想从时间的边缘开出侧门，走进另外的地域空间，这就想到了海上仙山。于是，在海面上，他们和龙王斗法，这哪里是战争，那是个人才艺的展示。

　　八仙中，我最喜欢张果老，老汉叉开双腿倒骑在驴上，不是侧坐，随着毛驴儿四只蹄子轻捷地叩敲着小路，张果老就一颠一颠好不惬意，伸手就慈爱地拍拍驴腚。张果老随性走，随的是驴性，但这驴也成了仙驴，路是不会走错的。人们说张果老倒骑驴是凡事回头看，是不忘来路，我以为他是悟到了道家思想的精髓。老子说过，反者道之动。

　　次日晨早，我北行不远就到了八仙渡旁的海边。东方正在日出，时在寒秋的日出，已不是火霞般炽烈，如铁水那般，而是平静、文静而优美。一大片灰青色的厚云，散而不乱地横在天际。那旭日，初出深红，光在云下，继而红亮起来，那云就分开，裂开，各种形状的云块全都镶上了细细的铮亮炫目的金边儿。天空澄碧而旷远，可以清楚地看到长山列岛上的绿树和民居，还有两座小山，孤独地插在远处的海水里，很有些寂寞。大海，碧蓝地舒展着，碧蓝的海水很舒坦地波动，波纹变幻起伏，波浪轻轻推到我面前，有着滑腻的质感。这时候，最奇的景象出现了，从西北方飘来无数的小云朵，由近及远地分散开，天空下面望不到尽头的都是它，都在半空一个平面上飘浮，轻盈地飘向这边，越近太阳，就被映出了绯红、粉红和粉紫。我在数不清的云朵中寻找，我想找出八朵最大的云，认作归来的八仙，归来就让他们住宿在三仙山上。

此时，空气也似乎透明的微红，三仙山，在霞光里崇然、超拔。

这些年，景点上新建的所谓古建筑太多，也太滥，但昨晚的朋友告诉我，三仙山值得看，很值得看。

我没有在意，头午，我们就进了三仙山，先看了大殿，然后沿着湖边向三山走去，边走边看。果然朋友没有夸张，话也果然不虚。一片壮观的古典建筑群，不是低廉、粗糙甚至粗俗的仿古、冒古，一堂，一厢，一轩，一亭一桥一栏杆，无所不精。抬头仰望，其体量、造型、色彩乃至格局等等，是顶级高手设计，到处都透出营造者严谨、严格和严密。

湖中堆起三岛，野石叠山，分别建成了蓬莱、方丈和瀛洲。建筑的立面，红为主色，这是朝霞的颜色，红色的立柱红色的门窗和红色隔扇。顶上铺的是黄色或者绿色的琉璃瓦，或者全部黄，或者全部绿，或者以绿瓦铺顶黄瓦框边。最下面以白石为座，为栏杆。更不用说松竹杨柳杂花的围绕点缀。我于建筑是外行，却也看到三山兼具了宫苑与民间园林。最生动最令人迷醉的，是建筑的屋脊和屋檐，它好像借鉴了北京故宫的角楼，在这里被反复灵活地运用、化用。十字脊，垂脊，戗脊，出檐，翘檐。由垂脊和坡面构成的三角山花，并列，错列，分列，这是几何的魅力，是结构出来的数学风骨。所有建筑的屋檐都造得那么漂亮，双重檐，三重檐，四重檐，因为是仙山，因为是琼楼玉宇，过于沉重、厚重就会呆板，凭借屋檐生发出无比的灵动。比如观音阁，白石台座，主体居中，共有三重檐，在距离台面并不高的位置，就展开了两重屋檐，而且屋檐分在两侧，两侧的重檐高低错开，形成对称的两道微微上仰的弧线，沿线是金黄的瓦当，下面衬托着红的弧形的望板，红色的望板下就是间距排开的椽子，成排的椽首截出的小方块，被漆成孔雀蓝的颜色，再下面是浅蓝色的额枋，额枋下面是蓝色的成排斗拱。从正面看，两边向后，侧檐上下错落，变成了三双劲健的翅膀，似乎正要托起观音阁和里边的观音，翩翩而起，飞升到青霄。《诗经》中有描写贵族宫殿的句子，"如跂斯翼，如矢斯棘，如翚斯飞"，放在这里真有些伦陋了。方丈、瀛洲，各自矗立着雄伟的高楼，高楼层层出檐，下有抱厦，周有凉亭。如瀛洲之上的红楼，从下面仰望，因为透视关系，四面翘起的檐角密集起来，金黄的瓦顶光芒闪烁，就像一群凤凰栖落楼头，展开翅膀嘹亮地鸣叫。楼下，四面各有一座亭子站在水里，亭子之间又有回廊，就像手牵四子。而蓬莱仙山上的亭子，亭盖取其瘦，陡峭尖削，上铺绿瓦，就像一顶绿箬笠，令人想到海上垂钓归来的仙翁。

深秋的天空蓝得深邃高远，银子般的阳光，湖水宁静如镜，亭阁楼台就上下对称地映出清晰的倒影。有风过来了，似乎贴着湖面轻轻吹过，水就皱了，波光潋滟，那倒影也在水下颤动，亦真亦幻更加富丽和瑰丽！

住进三仙山，而且供奉在大殿里的倒不是八仙，而是老子、孔子和佛祖，三人就端坐在各自的神龛中。造园者取儒家之正气，道家之清气，佛家之和气，并且题为：正清和。被称为镇园之宝的，是目前世界上最大的卧佛。佛像用整块缅甸水白玉雕成，重达百吨，长约十三米，晶莹光洁，身上镶有赤金，饰有三千多颗宝石。据说从雕刻到搬运，百般周折才到这里。佛像太重、太大，只能先放在佛座上，大殿方可封顶。若只是为了让信徒拜，一尊小佛即可，何必要做成最大。

我想，造园者不是要胜过谁，是想让这尊卧佛压住沧桑。

在仙山方丈的高楼下，摆放着主人收藏的家具。

四千多平米的地方，全部是古代、近代名贵的木家具。众人的两只眼睛，马上就不够用的了。多少名贵家具，变成了家中的奢华。不知道这些家具最早都安放在哪里，属于哪座庭院，哪处官宅、富宅甚至豪宅。这些精美的家具简直不是做出来的，而是从红木紫檀黄花梨中雕刻出来的。稀缺的材质，细致坚硬的木性和精巧做工，不光表达着主人的显贵，还意味着祖辈对子孙后代的遗赠。来自明清的牙床上，雕刻着鸾凤鸳鸯、莲蓬牡丹，自然祈求多子多福。它是作为婚床安进了洞房的，花烛夜里红罗帐，合欢枕上春梦短，然而世事流转代际兴衰，先后都成了好了歌。这圆桌上，曾有多少回宾客宴饮，多少酒意阑珊，转眼间，家道败落人去楼空。

在这里，居然还收藏有吴佩孚乘坐的轿子马车，笨重坚固的木轮子，车上是精致的格子轿棚。当年,一代枭雄杰就坐在这车里,马喷响鼻,轮子威严地震动着蓬莱城的石板路,而今,乌衣巷口夕阳残照,舞榭歌台英雄无觅。易主的家具仍然存在着,但是家呢?……这么多的官帽椅、挂灯椅、玫瑰椅都摆在那里,可是早就没有了体温!

在另一处展厅门外,立着许多硅化木,这个大家都熟悉。楼里面老大的空间里,几乎挤放着没有加工的玉石、玛瑙、水晶等巨大矿石。收藏更多的是玉化木,据说它来自泰国、缅甸,因为地壳变动,古木埋于地下,亿万斯年居然变成了玉。树桩在地层深处被缓慢地造化,枝叶外皮早就腐烂,只把主干化为神奇。磨去灰白的表层,里边就是莹润细腻的玉体。

突然有人惊奇地说,看,玉化木上居然还有虫子!

果然,在一截玉化木上,竟然趴着一只虫子。虫子形如春蚕,细看就是至今还在树木中钻洞的天牛的肉虫,油炸之后可以上餐桌。这肉虫贴在树上,柔软地弯着身子,恍惚依然蠕动,旁边是被它啃咬的坑洼和洞眼儿,但它也变成了玉。虫子与树木本不同质,只有一个解释,虫肚子里啃进去太多的木渣。在另一块玉化木上,居然让人恶心地窝着五十七只虫子!赵德发告诉我,在拍卖行,玉化木除了本价,如果上面有一只虫子,就再加十万。这五十七只虫子,可不就是天价了!

可是,这早就与虫子无关。如果这只虫子有灵性,像后来的人。当造物主问它,虫啊,我要把这片森林全部埋到地下,如果你觉着活着好,我就一口气把你吹到远方。如果随着大树死去,你就会变成宝物,到了人类时代你就身价倍增,可不可以?虫子肯定会说,我要活,天地之间唯有生命最宝贵,所谓生活,可不就是生动地活着!

天地大化,就说这木头,化成了乌木,化成了煤炭,有的化成了石头,有的居然成了玉,更多的则化神奇为腐朽。在宇宙永恒面前,人意识到了虚无,也感到了敬畏,八仙当然是悟透了,他们想到了逃逸世外。

收藏,基本上是有钱人做的事情。小有小藏,大有大藏,如此规模的收藏我还是头一次看到,而且这才是个零头儿。然而,收藏对于个人,从根本上说是藏不住的。收藏的悖论也在这里,你能收藏,除了有钱,还有无数因为藏不住才把物品出手的人家,这是大收藏者的散户。一人一时的收藏,实际上是收集,因为他藏住了现在未必藏到了未来,更不用说来世,不定何时又会被别人收藏。

到了一定的年龄，不知道什么时候，人就会和一个字相遇，那就是留。收藏不是为藏而藏，只为了藏那就是占有，是被藏物异化的贪婪，被占有的藏品终究还会散失甚至消失。为留而藏，为保存、保护而藏，留藏、留住的目的是传给来者。这些藏品，承载着无限丰富的前世文化密码，它需要欣赏，更需要破译和传承，这才是超越藏品的收藏！

　　我偏爱实业家这个名称，因为其中有一个实字。实是务实，实是实干，是扎实踏实，是诚实。他们从自己、自家富足开始也让更多的家庭富足，为我们的社会和这个世界创造财富，造福于众生。道家出世，有逍遥心；佛家超世，有慈悲心；而儒家强调的是责任心，修身为了入世，入世为了立世，立世为了传世。天降大任于斯人，以德，以志，以担当而成事业，正所谓立德、立功、立言。

　　祖宗们在丹崖山上留下了蓬莱阁，今人又建起了八仙渡和三仙山，他们所做的一切，都是在留。面对后来子孙，我们也是祖宗。

　　因为仙人和咱凡人不在一个维度上，所以我只能说某年某月某日，八仙周游天下，不觉回到了旧地。看到以他们为题建造的渡口和仙山，而且还以八仙过海作为公司的名字，很是惊喜。自己的家啊，去看看，若是值得留恋，就留一些时日。于是，他们从半空落地，在各自的雕像上现身，眼皮眨巴了几下，身子动了动就从石头座上走下来。八位仙人转完渡口，就走向三仙山。六个人陆续进去，只有何仙姑和张果老在后边。何仙姑说，老张，驴也进吗？

　　张果老说，就是一头纸驴，我折叠后放进口袋就是。张果老说着就下了驴，这时，驴却瞪眼看他，鼻孔噗噗喷出怒气。

　　张果老一笑，拍拍驴背说也好，在口袋里憋得慌，就拴在树上吧。

　　八仙们先到大殿里，对老子叩首膜拜，然后绕着湖边走着，看着，诸位连连赞叹，说比咱们那座仙山不知好了多少。铁拐李说，晚上咱们就住在这里，开怀畅饮！

　　韩湘子围着方丈山转悠半天，又走到山左的亭子里，心情激动，就想坐下吹他的洞箫。何仙姑走过来说，湘子，咱们可否在此办一台晚会？韩湘子说，这容易，有渔鼓，有云板，吹的敲的唱的都有，汉钟离舞剑，铁拐李耍他的拐杖，你和蓝采和跳个民间舞蹈。

　　吕洞宾和曹国舅坐在一棵老松树下闲聊。

　　张果老反背着双手，闲庭信步，看着楼台和水中倒影，口中喃喃自语:"真楼也,蜃楼也;蜃楼也,真楼也……"

突然,外面的驴,昂儿、昂儿、昂儿,大叫了三声。

张果老看看曹、吕二位,说,它也想进来看看。

原载《当代散文》2018 年第 1 期

风马风马

一

青海湖畔的早春。

来自雪山的水流像一把锋利的刀刃,穿过草地,划向冰封的湖面。轻柔,也执拗,也有力。这是青海湖开湖的前奏。

冰雪的世界里,青海湖的心脏被满目枯黄遮掩。

但辽阔的清寒里,有丝丝缕缕春天的气息。因为能听见一个声音。它是从湖的心脏传来的?是的。像什么声音呢?举目望去,被雪封紧封牢的湖面竟然有些许冰层断裂的声响。

我的心脏也被一种力量撕裂开来。

绿色铁皮列车在一个小得像火柴盒般的无名车站停顿,年轻的我正在与一位青年对话。

你这是从哪里来?要到哪里去?

韩国人,留学生,去青海湖。

去青海湖啊?我激动异常,我,我就是青海湖人。

太好啦,我们可以同路而行。

一部分对话用汉语,像朗诵。另一部分依赖汉文字,一笔一划。

我用手绢粗略地擦拭了一只苹果,歪着头大口地咬下一块果肉。他戴着耳机听音乐。除了吃面包,他也吃苹果。他用一把小刀把苹果切成小块。他的动作优雅。与生俱来。

我们不由互相对视。他露出了令人心动的一笑。我有些难为情。接着又忍俊不禁莞尔含笑。这是一种莫名的好感和默契。

下车走走。清凉的风裹着寒意袭来。

重返列车,又落入嘈杂的环境中。但有了他特殊的气息,车厢凝重的空气变得柔和。我好奇而细致地打量着他。他的一双眼睛细长。纯粹的韩国血统。朝鲜族?韩国?很远很远呢。汉拿山、雪岳山,他从哪里来,褐色的瞳仁是那座山的颜色吗?线条坚硬的嘴唇,挺拔的鼻子,略带忧郁的面孔,透着一股说不出来的自信。他从双肩包里取出的是一本韩国版印装精美的旅游导读书，他翻开印有青海地图的那一页。我清楚地看见蓝色线条在青海湖位置上做出的重重的标记。

20世纪80年代，还有不少中国人没听说过远在西陲的青海湖，可是这个中国农业大学的韩国留学生知晓，而且还热切地向往。他的眼睛炯炯有神，反射出车外的亮光，这令我激动。突然意识到，即使韩国，即使离我再遥远的国度也能和我的青海湖连在一起。

列车缓缓启动。开出一段后还能看见闪烁着灯光的小小站台。

韩国青年充满渴望的眼神与我有点慌乱的目光相遇。

我轻轻一笑，垂下眼睑。

车外变得荒芜而冷清。

一路往西⋯⋯

越往西，越是遍地的苍凉⋯⋯久居西部的人，最惧怕的就是寂寞。现在，完全陌生的两个人因为远在天边的青海湖在互相靠近。那就说定了，到西宁后一道去看青海湖——这是一个缠绵悱恻让人心跳的约定？

列车在月光下奔驰。钻出一个山洞后，紫色的烟云弥漫在湟水河上。这紫色除了代表清晨，还代表什么呢？是曾经有些绝望的美丽的感伤，还是一点点寂寥无助带来的凄凉心境。啊，这高原的苦楚和喜悦，都在说，我就是青海湖的人，我在青海湖边长大，我是青海湖的亲人，也是青海湖最忠实的欣赏者和爱恋者⋯⋯

　　我是库库淖尔的女儿
　　乘没有遮拦的烟波远去
　　我是她两袖清风的姑娘
　　顶苍天而目视红日落去

　　如此惊艳，光辉，动情
　　自何处飞来的鱼鸥，斑头雁

　　雪色如花出自我心底
　　有谁在推说痴人入梦对影叹息

　　湖岸花开，湖岸花香

心里有草，便是绿

从手里滑落的鱼儿忍痛退下鳞片
我想随手拈来一片羽毛
为他拂去伤口
挂在崖壁上的大黄
偷偷发笑
姑娘
勿需你伤悲

万里无寸草行脚
湖面无鸟翅飞舞
必是你的
山眉湖海风毛菊
也救不了你的颠连沦落

心里有草，还不是草

知道了他最想去的是青海湖，便希望和他一起去表达对青海湖的问候。告诉那湖水，不论多苦，我都会一如既往地痴迷地去看望她湛蓝无比柔润无比纯洁无比的面容。也会和他一起去享受她的阳光、她的天空、她的草原、她的群山……

有一个古老的神话，很长很长。远古的人围坐在篝火旁讲述的时候，天上的飞禽多得像星星，地上的走兽多得像石子。那时候，一匹流浪在故事外的马儿正行走在寻找人类的路上。为了争得依存的水草，他的大哥被凶蛮的野牦牛噶瓦用锋利的犄角挑死了，他的二哥不愿雪耻，懦弱地逃向山岭深处，而这匹有着天庭血脉的骏马，却一味地念着手足之情，带着方钢血气，来到一个叫"吉"的王国，站在了一个叫莫布旦先的人面前，与他定下了掷石般沉甸甸的约定。

马儿的名字叫——库绒曼达。

曼达就这样走进了人们口耳相传的故事里。

故事里说，莫布旦先骑着曼达，用结实的皮套擒住了凶蛮的噶瓦，又用强大的力量拽过噶瓦的身躯，再用比犄角还锋利的武器刺穿了野牦牛的心脏，噶瓦立时毙命！

仇恨已过，库绒曼达开始兑现自己的承诺——为了报恩，将驮莫布旦走过生死轮回。

草原的风吹过了几万年，库绒曼达古远的故事就像山顶褪色的经幡，渐渐隐没在苍穹的怀抱，而骑手莫布旦先的猎技和牧事却一直流传在今天的草原上。传说中，那个叫"吉"的王国，就在黄河上游，在苏毗遗址，在今天的青藏高原、青海湖畔。

那个时候，库绒曼达的身影被画在了山顶的幡旗上，被刻在了沧桑的木简上，被印在了天空的飞纸上，沿着诺言之路奔腾在草原的上空。

那个时候，曼达的名字叫隆达，就是风马。

后来人们以放飞风马表达自己的心愿，祈福、圣拜、忏悔、消业。

在青海草原上，风马随处可见，牧人会在特定的日子里将经幡悬挂在神山圣湖、山岩佛塔、寺院石堆、村寨民居，更会有纷纷扬扬、缤纷绚丽的风马纸飞于高原上空。在牧区任意山峰的垭口、湖畔都会看到这样的景象，人们将风马纸抛向天空，抛向山涧、口中高呼："索，索，索！"

风马随风飘荡，去向远方。

这是对山神的敬畏，是对大自然的祈福，也是对自己行为的约束。

不知一位异乡人，一位远道而来的人，是否听得懂古老的故事。但只要听了就好，来了就好。

草原的风又吹过了几万年，曼达的承诺一直被群山注目，被绿水传唱。那个时候，曼达的身影被画在山顶的幡旗上，被刻在沧桑的木简上，被印在天空的飞纸上，沿着诺言之路奔腾在草原的上空。

是暗自喜欢上了坐在对面的这位韩国青年，还是因为他随身携带的书本上只重重地标记着青海湖。

或者，喜欢这个词并不准确。打算换一个词。所以挖空心思，脑子里倒是冒出了许多词，轮流用过之后，还是觉得这个词恰当，最能表达我的感觉。

二

到达西宁后的第二天，接到了他的电话。这是预料中的电话。听到他磕磕巴巴的汉语，心里一阵阵欢喜。但是电话的内容却令人沮丧，多少还有些尴尬，——他的钱包、背包被贼偷了。

案发现场就在昨天下午，我们暂时道别后火车站附近的宾馆。而这会儿，他已经购好了返回北京的火车票。买票的钱是当晚借青海师范大学韩国留学生的。他说，借了他们的钱，回韩国后会方便直接还给他们的家人。

他的声音很轻微，像被什么东西挤压着，有倾诉感，有遗憾感，更多的是失望。几乎有一点责怪他自己的感觉，好像犯了这个错误的是他。过两小时他就要离开西宁。他想再见我一面。

我的手心像被针刺了一下。放下电话听筒，我毫不犹豫地奔他而去。我要急切地赶到他身边。好像犯了那个错误的人是我，好像要去当面向他郑重道歉，好像要挽留他，更好像他已陷入绝境，我要去拯救他。

站在他的面前时，我气喘吁吁。两腿发软，面庞火红，才觉得也许注定了，我们只能在火车站台上相见。

他正孤孤单单地在火车前焦急地张望。他的脸色苍白，眼神复杂。他没有忘记对自己的承诺对我的承诺——去青海湖。

但现在已无法兑现。

可至少我们应该一起去一趟青海湖。这是他此番的目的，是他心驰神往的事。

我心里难过，还有些恼恨。这种感觉真真切切。但道歉和解释无济于事。因为，因为还有一种叫作羞愧的东西突然生在了心尖上，我不敢看他的眼睛。为什么偏偏会是这样？为什么被偷的一定是他？我的心以及全身都在隐隐作痛。

他是那么强烈地想去看看在他心中很重很沉很美的那片湖水，哪怕就看一眼。

生活在青海湖畔的人们逐水草而居，依赖草场绿地，仰仗山泉溪水，珍爱着眷顾他们的湖水。牧人们从小就坐在老人的怀中聆听教诲，做一个诚实善良的人。他们绝对不会弄脏帐房前的溪水，因为下游的人们和牲畜还要饮用；他们绝对不会轻易互相伤害，因为在缺氧的高原生活实属不易。

丢人显眼的事已然是事实。他绝对不会带着这种心情完成他心中的梦想和渴望。只能折途返回。

我不无痛苦地感觉着他对我所居住的城市和这座城市里的人产生的极度失望，他竟然不再愿意看一眼他心中，他不远万里来此一睹芳容的那片湖水。难道他心底里如春风般荡漾清泉般涟漪的那份眷恋，那份深情就这样飘走了，飘走了……

然而，我能够抱怨什么呢？

我该说什么呢，该做什么呢？

人类的本能像石头一样坚硬，像流水一样温柔，像带着籽的青草。一切为自然打开，为生命打开，为幸福打开。只拒绝丑恶。虽然无法预料这世界上的一切将怎样延续，但是我已经万分肯定我和他的关系从此不会中断。就是一男一女两个青年，就是在火车上的一段邂逅。就是在几页小纸片上简单的对话。就是看着他那样精细地吃过面包。就是记得他给我的苹果的香甜味道，就是忘不了。

想想，也许他可以不打那个电话。我也可以不期待什么。但是他打来的那个电话代表着对我的信任。而天地人间却总有那么一种说不清的，没有名字的，不用说清也无法言说的东西存在着。摸不着、看不见。像曼达，像风马，就是这种东西把这样一种人和那样一种人连在一起。斧头砍它也砍不断，刀子割它也割不了。它叫什么呢，也许它什么也不叫，什么也不是，它只是证明我、你、他，证明人，证明人的美好。

来到月台，分别的时候终于到了。

可能也是为了这个缘故吧。

一想到过一会儿就再也不能相见……永远也见不到了……

四目湿润。为离别而伤心。他紧紧地搂住我。温存的、伤感的、留恋的拥抱让我泪流满面。

这是一个感慨无比的拥抱。至纯至善的亲密接触让我们忘却了人间的忧伤，只剩下祝福、期望、记忆与不舍。

那时候，我还并不非常知道男女之间除了爱情，还有一种割舍不下的刻骨铭心的互相尊重和互相理解的感情。我还并不非常知道人与人之间还有一种扯人心肺悲欢离合的告别。我只知道爱上一个人有多么不容易。

哦，我的一只手还留在他的温暖的掌心里。

他用生硬的汉语说出了自己的名字——金焌奭。

列车缓缓开动。我含着眼泪在站台上久久伫立,目送他乘坐的列车渐渐远去。

我记得他上车后回过头的微笑。固执。勉强。温柔。

十九岁的我从他身上第一次体会到了人的真挚与纯粹、平和与高贵。这种体会不怕被千山万水阻隔。也无法被沧桑岁月阻挡。当然还要感谢偶遇。感谢邂逅。感谢纯粹。明知今生今世永远不会再相见的那一份不期待的重逢。也没有任何特殊的约定。只是想,时间长了,回忆起来也不会有太多的痛苦感。还想过:让丑陋的龌龊的狭隘的恶心的带有偏见的东西见鬼去吧!

那时候正在上大学。回到学校后,收到他寄来的一张明信片,上面写着:青海湖成了一生一世无法企及的梦想,雕刻在心上。

三

我站在湖边,一点也不觉得孤单,仿佛那个叫金焌爽的韩国青年就在我的身边。我用他的眼睛眺望着湖面。我用他的呼吸而呼吸。用他的双唇吻着清爽的空气。

面对着即将开怀的青海湖。我怎么能不记得对他的承诺。替他来一趟青海湖。

湖的世界。冰雪的世界。远离喧嚣。远离尘世。只有宁静,令人心悸的宁静。天空白雾迷漫,湖面烟云缭绕、淼淼茫茫。湖北边的群山神秘莫测仙境般遥远。湖南岸的荒草仍然萧索,看不到一点点春的迹象。

雪停了。太阳出来了。

白雪中的青海湖拨开云雾,露出了晶莹闪烁的本来面貌。

这是众鸟还没有光临的季节。这是野花还没有盛开的季节。但是,站在湖岸的我,忽然发现,那地平线上,那璀璨的冰雪间,竟朦朦胧胧地出现了一大片闪闪发光通透明亮的湖水。

我用力地揉了揉眼睛。兴奋地向前跑去。

风就在耳边起舞。我看清楚了——看清楚了:漫漫冰雪间如美人笑靥般绽开的湖面,已是碧波荡漾。是雪山上融化的那条河流,奔向青海湖的那条河流,穿透冰层冲开冰湖刻下的那道裂缝,在昨夜的风雪中开裂。

这就是青海湖的开湖。

有时候，它静谧无声。一夜风雪之后，白雪覆盖着的大湖，沉睡了一个冬天的大湖，在清晨会静悄悄地变成了眼前这片幽蓝透绿的湖水。仿佛这片水从来就没有凝固过。有时候，它雷霆万钧，排山倒海，气势汹涌。那是由于清明前后的某一天夜里，数千平方公里，冰封如凝脂般瓷实的湖面，会在大风中迅速升温，促使冰块体积缩小；河流穿透的缝隙突然扩大，促使冰盖在瞬间炸裂。最终促使冰块相互积压、相互碰撞、相互击碎，随后被吹散、分离、漂移，露出清澈的湖水。这种方式超乎一般人的想象，被人们称作武开。

而此时，不是想象。也不是幻觉。开湖的景象，就在眼前。事实上，开湖最终源于雪山融化后流下来的那条水流，也许是数条那样的水流。没有那些让厚厚冰层裂开缝隙的水流，仅仅依靠狂风的作用，在短时间内再巨大的力量也奈何不了厚厚的冰层。

武开的声音似乎就在耳边。但相比之下，我更钟情于文开。那是一种舒缓的、执着的、亲切的、从容的、雅致的、理解的、爱怜的，靠水流轻轻穿透，在静默中缓缓展开的仪式。像牵牛花在夜间悄然绽放，像夜来香轻轻呼唤黎明。像绵长、隽永、细腻的幸福。深邃、悠远，充满内在之力。

又仿佛听见了他的声音，看到了他的身影。眼神里既有信任既有憧憬又显迷茫。矛盾而忧郁。

他在沉默中等待。等待也是一种力量……

动荡的湖面愈加浩大。湖水瓦蓝瓦蓝浸透了我的心。

湖当然不是海，也许没有大海那么伟大，她只是安静地躺在那里，固守着自己，等着你去发现、欣赏，然后再呆呆地默想。她没有大海那样广阔的胸怀、气度，也没有大海的无私、宽厚、忍让。但她的纯美，她的清洁，她的优雅，她的近乎拒人于千里之外的冷酷的面容，有时候，会更加让人心仪。

久久的凝视中，突然分不清那躺着的是湖还是天了，地球上的生命都是循环往复无限延伸的。在大自然面前人是多么的渺小啊。心中所有的痛楚寂寞怀念消业，在它面前又是多么得不堪一击。我能够替远方的他弥补那份深深的遗憾吗？个人的孤苦无依与怅惘、欲望及落寞，有时候是多么地不足挂齿。

阳光越发明丽起来。冰雪的映衬下，明净的湖面光洁如玉柔软如锦灿烂如霞。春雪下的土地，也正有无数强大的生命，挺直身子努力向上，让我的心渐渐融化。

三十年是一段很长时间。有时候，与韩国青年相遇这件事究竟有没有发生过，都有些恍惚。但是，这个恍惚非常美妙，非常受用。非常耐人寻味。是甜滋滋，略微带一些苦涩味道的那种。它能滋养我，丰富我，萦绕我，让我产生想象。

春天的一天，我又一次面对湖水。湖水的声音，果然不惊天动地，果然温文尔雅，从容不迫，文质彬彬，随着层层浪花渐渐地扩大，渐渐地延伸，渐渐地弥漫，直到把一片宝蓝青蓝靛蓝的颜色交付给欣赏她的所有人。

不是吗：任何结局都是一种开始的象征。

恶意不值一提，善念永存心间。

登上南山，湖水闪烁犹如孔雀羽毛。

面对天空，我用力用力抛洒风马，许久许久。

风马随风飘荡，去向远方……

原载《散文》2018年第7期

从彤红的傍晚到沾满露珠的清晨

梁晓阳

加乌尔山上空的太阳已经偏西,光线不再明晃晃地耀人眼,牧场的阳光实际上从下午开始就非常温柔,因为有清凉的风陪伴。风裹挟着羊群的身体让它们掺和的气味在草原上流荡,温凉的草地气息和浓浓的牲畜气息让人感到既腥膻又亲切。

马的嘶鸣声掠过草原上空,我仰望长空昏黄的天色,想起当年南方的大地又是一种怎样的喧嚣和充满废气的味道,眼前简直恍若隔世。

天色渐渐转入黄昏,在山腰看阳光斜射的天空伸手可及,马场林带的树木显得更粗壮,草原上的牧草显得更温润茂密,山包的阴影,草原的脉络,逐渐显现。这是钟情于草原的摄影家用光的最好时机。湛蓝天际的银亮浮云,寥廓大地的柔和光线,动感明显的马群、羊群,渐渐由碧绿转为金绿的草滩,组合成了老马场上的一幅幅精彩印象画。

半个小时后,夕阳的余晖静静地洒在牛羊漫动的草原上,一种温馨自然的归宿感一点点地漫遍我的全身。站在高高的加乌尔山上,俯瞰下去是一群羊在霞光下啃草,不时缓缓移动。歌声从我身体里喷发出来,我迈着牧羊人的步伐向它们走去。这是一群灵性很高的羊,它们熟悉草原上的每一串脚步,熟悉来到草原上的每一个人,它们知道我的心灵从来没有停止过对这片草原的思念。

太阳的光源已经被东边的草山搁住了,阳光就越过草山继续向东边投射,这时我看到东边的草原上,靠近我们的这一面是暗绿色,而暗绿之外的另一面则是金黄色,中间没有任何过渡,就像穿着暗绿裙装的姑娘又在上身披了一件金黄色的外衣。在这样的时刻,草原的魅力就完全散发出来了——多么清晰而又柔和的层次线条啊!释放着苍凉远古的韵味,草原恋歌的声音从马头琴或者冬不拉上弹出来,从辽阔的草山夕阳下一波又一波地向天空荡漾。我记忆起南方的山区也有这种景象,但比不上这里的壮观、辽阔,还有这辽阔之下的岑寂,岑寂之下的温情,温情之下的俊朗,只缘这里的空气更加洁净,草树显得更加清晰,再有就是气候的清爽———一到傍晚，这里总有长风冰凉地吹送，把马场的人声和牲畜的声音缓缓地送归。空气的纯度促进了冰箱效果，即使在夏天的傍晚，在草原上活动的人们也要穿上御凉的外套。而南方则缺少这种差别大的气候来过滤，是故那里的傍晚景象永远散发不出这种经过过滤的纯粹的迷人的魅力。

这是春夏之交的一天傍晚，当我披着鎏金的晚霞，向着霞光四射的加乌尔山顶方向轻跑而去时，我听到天空中响起一种热情洋溢的声音，这种声音穿过草原上清凉的晚风，似乎在告诉我说——你再也不要跑去哪里了，就在这里生活吧，那些被人们说成是美丽的地方虽然值得去看看，但是这些年来并不使你觉得留恋。你应该在自己感受事物最敏感又最成熟的时候留在这儿，这样，当你年老的时候你就会感谢自己过去的单纯和明智。外面再大的世界也没有这里的安全和宁静，再多的金钱肉食也没有这里的清洁健康，再强烈的诱惑也没有在这里按照自己的天性去自由自在地生活快乐。

如果这时候一直往上走，走上高高的加乌尔山上，会看到西边的天山雪峰顶上有一个渐渐凝聚成的硕大的火球。我注意到，这个火球应该比我在南方看到的在同一情景下出现的火球还要大，而且还要红，同时还有一点金光，当然还要清晰，富有立体感、膨胀感和活动感，仿佛就是吊在眼前几厘米处的一只悬浮的巨大红气球。当然，那彤红又逼得你不敢轻易伸手去触摸。

稍后，也许是一刻钟，火球最后的一抹金色没有了，只剩下一片红亮亮的光。几座雪峰被映衬得仿佛几块烧红的冰剑一般冷艳、殷红而诱人；而近处的靠山的杨树榆树林一点点地黑下来，红光慢慢地沿着树跟和树干冉冉升高，接着，这些暖红色调又从那些已长成三个手指大的叶片的树枝上移到了一动不动的树梢上。紧接着，仿佛天边雪峰旁有一名淘气小孩，玩摸红气球很久了，突然受潜意识指令他伸出小手轻轻一推，咕咚一声，那么轻盈的火球便滚下去了半边，接触了地面，于是红光给马场周围影影绰绰的白杨树榆树林涂上了一层温柔的橙红色。

日落大平滩，<u>丝丝凉风从落日远处长长吹来</u>，这是一种怎样苍凉高远的意境象征，又是一种多么贴近生命质地的遥遥暗示？在辽阔的西天山草原上，我作为一名热爱游牧生活从南方归来的游子，此刻感觉这轮落日就是我多年苍茫思想的化身。是的，日落大平滩，一种清廓而古远的思维也落在了这片壮阔的大草原上。

此时此刻，草原上的水也开始别具一种动人颜色。绕着草原脉脉流淌而过的吉尔尕朗河，河床里奔走着的都是浓红的熔浆，整条吉尔尕朗河仿佛是鹅绿草原上的一条鲜艳的穆斯林红头巾。而在山坳里的溪水叮咚声中，居住在加乌尔山谷里的哈萨克少女哈尔古丽担着水桶或者提着水囊来溪边取水来了，身后跟着一条健壮的黑色牧羊犬，看见我气势汹汹地大叫，姑娘喝止了它。溪边有一顶灰白色的毡房卧在溪谷上边一百多米的一处平坦空地上，空地上的炉灶里塞满了柴禾，火焰噼啪作响，金色的沙马瓦上水汽飘荡，黑色茯茶香味四溢。担着满满两桶水的哈尔古丽身子有点微微向左倾斜，但丝毫不会影响她那像一株圆匀的白杨一样高挑健美的身材带给我的美感，她的眼睛因为长期得到甘冽泉水的滋养因而显现出晶莹而又质朴，自然而又长长的睫毛在夕阳光的烘托下仿如吉尔尕朗河边一溜晚霞浸染的芦苇，棕色的长发在草原的彤红黄昏中十分和谐。

我已经日益掩饰不住对这位美丽矫健的异族女子的喜爱。每次见面，我都会在一些谈话的时间里目不转睛地注视着她，微微笑着，仿佛正在和人怀想一种已经过去了许多年的舒心的生活。我和她说话的时候，我们就坐在溪边的两处高出地面四五十公分的土堆上，土堆上长满了密集的芨芨草，坐上去会自然而然地觉得有一种非常舒心的光滑。我问她家里都有谁，养有多少只羊，有几个兄弟姐妹，她全跟我说了。多数时候她则低着头，既无意也像有意地听凭我的注视，脸色酡红。但有时候她也抬起头，长睫毛的黑眼睛蘸满了落日的潮湿，眺望大平滩的远方，眼睛一片晶晶莹莹，这时候的她脸色反而很自然了，有点黑红的脸上线条分明，那些长长的睫毛被侧面照过来的夕光烘托得毛茸茸暖烘烘的，像两丛寂寞而热烈地开放的天山红花。回答完了我的问题，她会再说，你问这些干啥呢？我说，我就想知道，了解了解，没啥别的意思。她说，你只是山外人觉得好奇吧？我说，山里山外的日子都是一样过的。她说，山里穷，见识得少。我说，见得多烦恼多，我就是因为在山外遇上了烦恼，来这里静一静心的。她说，在城里过不舒服吗？我说，很辛苦。她笑，那是你们不知足。我说，是心里压力大。她说，哦，我明白，心里的压力会让人疯的。我听她这样说，就知道这姑娘有过一些不简单的经历，再问她，她只是含笑不语，明白她愿意深藏在心底，就不再追问，只说，我羡慕你呢。她又笑，你想天天放羊？我说，人有时候就要放一段时间的羊，才不会发疯。她不问我理由，却突然说，假如我跟你跑呢？我笑，就那样我也不敢带你走啊，你知道我有媳妇了，你家里人也知道马场上我媳妇的家，你们家族的人那么强壮剽悍，我怕你们家的骏马追上来。追上来又咋啦？她咯咯咯地笑起来，两边脸腮露出了两个绛红的酒窝。

  这样类似的话语我们不止说过一次，每每到了这里就只剩下双方的笑声。有一次哈尔古丽问我，你喜欢野鹅吗？我说我没有见过野鹅。她说，野鹅是一种非常聪明的鸟，很敏感，但是一旦跟你熟悉后就会啥也不怕了。接着她跟我说，两年前，一对野鹅曾经在这里小住过，她曾经几乎天天喂养过它们。她说它们是一对夫妻，肯定是在迁徙的大部队中掉队的，落在这片草原上与她见面就是与她有缘。第一天见面时那对野鹅就显示出鸟类少有的从容和淡定，尽管没有发出叫声，但是敢于在离她十米外定定地看着眼前这位淳朴的姑娘。后来，哈尔古丽把一个馕掰碎，放在手心里伸向它们，野鹅犹豫了一下，然后就一摇一摆地走过来了，并且伸嘴开始啄食。吃完之后它们就拍拍翅膀飞走了。但是第二天同样的时候，它们又来了。后来，每天傍晚，这对夫妻几乎准时在太阳刚下山时来到她的毡房前，"哥哥"地叫着，与她打招呼，吃她在掌心里放着的馍馍碎块，一直与她相处了七八天。最后一天，它们没有在傍晚时候来，而是改在一天的早晨来到，一如既往地吃了哈尔古丽给的食物，然后"哥哥"地大叫几声，振翅飞起，在哈尔古丽的头顶盘旋一圈，之后高高飞起，往南面的加乌尔山后草原飞去了，飞得很高很远，不知道落在何方。哈尔古丽站在毡房前，长久地张望。

  果然，第二天，第三天，一直到现在，那对野鹅再也没有飞来过。

  哈尔古丽说，你们，大概就是那对野鹅变化来的吧。

  她不说"你"，而说了"你们"，这让我在以后的好多天里一直思索不已。

  太阳还有半个人高的时候，哈尔古丽站起身，背起水囊蹒跚上山，黑色牧羊犬负责任地跟随在她的脚边，她的身上的曲线如水溶进山的背景里，整个身影渐渐在暮霭中淡下去，只有衣饰在渐渐暗淡下去的夕阳中显得十分耀眼，透射着这片草原虽然偏僻但依然有着生活的自由、单纯、鲜亮、寂寞以及富足。

  有时候我突发奇想：这样质朴纯情的女子，假如有机会进入城里，假如有一天我把她带到纷扰的南方，她会适应那些与草原截然不同的生活图景吗？很快我又把自己否定了，不行，城里没有提水的皮囊，南方没有她打馕的土坑，更没有她一直盼望归来的野鹅，她就该生活在这片草原上，不是我的私心和歧视，而是这篇大自然的生态环境需要，她是这方水土的专属。离开了这里，哈尔古丽肯定不再成为哈尔古丽，而这片草原因为不见了她肯定也不再是现在的草原。她们是和谐的，她们是相融的啊！

她曾经像个阿肯，给我一边弹奏冬不拉一边唱那些富含生活的智慧且又满腔深情的句子：

草原上的鲜花如此美丽，
花蕾中积攒着风霜雪雨。
生命的长河越流越远，
河水中饱含着坚韧和辛酸。
……

她的歌让我自然而然地把她与这片草原上的鲜花联系在一起，她就是这花，这花就是哈尔古丽，她美丽而勤劳，吃苦而隐忍，被雪山顶上投过来的阳光晒着，被天山上的长风吹刮着，在雪地上走过迎来春天，又在雪地上走过迎来冬天。她的牧场越走越远，她的生命像面前的吉尔尕朗河水一样默默地流淌。

似乎都是在夏天，也可能是在夏末秋初，哈尔古丽那白色上衣红色裤子的高挑身段一直是我在葳蕤的加乌尔山上诞生的一种连绵不断的怀想，我数次长时间凝视她的身影，望着她背水的身躯那样迷人地从小溪边寂寂地走上温暖的加乌尔山，直到隐没于加乌尔山之顶的另一边，那边我的感觉便是剩下苍凉和遥远的了。好多次，我想跟着她走上山顶，走下山顶，在青青的天光里，到处开花的草原上，我和她并排行走，她的水由我背着，或者担着，脚踩草地刷刷的声音，情义两心知的男子女子，从清晨走到傍晚，从金黄的阳光走到山色蔚蓝，走到夜色沉寂，任由凛冽寒风吹拂，她与我会有着一丝亲切一丝惆怅，在这广袤的草原上，在那些流离的青春里，我们必定会相濡以沫。

有时我也会在谈话中接住她那深邃而明亮的眼神，但总是在一瞬间我和她的目光便同时急遽地转移了。过后我总是想，她的思想还是像雪山流下的水一样清冽的，但她成熟健美的身躯和绛红干燥的脸庞印证着这片草原生活的广袤丰富和热烈多情。

我知道，我对草原的深刻情感肯定会随着哈尔古丽的美熟身姿在我脑海中不停地闪现而得到进一步强化。

在另一天，在我没有遇到哈尔古丽的一个傍晚，我依然在这片草山上徜徉。当圆圆落日快要被西边雪山掩映到一半的时候，我在西边距离加乌尔山脚下大约一里处的草地上，看到一匹因为夕阳的迷离而使我无法知道具体毛色的马在啃食着它脚下的青草，一副慵懒自然的样子。等到它的主人披着暗金色向它走近时，天边雪峰旁剩下的一小半火球终于冉冉落下去了，最后只留下半轮暗金色漂浮在雪峰边上，第一幕淡灰的暮色和着清凉的大气紧接着暗金色，纱帐一般飒飒渺渺地撒下，最后的一抹橙红色和黑红色便在这暗淡的暮霭中连接或者重合了。所有的红色终于完全隐没，被晦暗的灰青色吞噬，或者说被完全融化，吸收，让我这个空有一腔多愁善感的男人发出无谓的叹息，感到一丝儿缠绵和惆怅。

下山路上，遥望天山苍茫，夜色残雪，感受凉风嗖嗖，空气清新，想起此前我曾熟悉的灯红酒绿的南方，想起那些年的倾轧和喧嚣，一时心境无限旷远和孤傲，再想起哈尔古丽这样的姑娘，每天总在山上伴随奶桶，伴随牛羊，一种书生意气就会油然升起，随之而来是一份身处边地的落寞和惆怅。

时隔一年，2011年初秋我再次回到老马场。早晨，太阳还没出来，我上到加乌尔山，山谷溪边的毡房还在，可是没见到哈尔古丽来提水。第二天下午太阳还高高的在天上我就再次上山，在对面的草山上远远地观望那座毡房，黑色牧羊犬还在毡房旁徘徊，我依然没见到她。我有些预感，可能今生再也无法见到哈尔古丽。当从毡房里走出一位哈萨克巴郎子，好不容易骑马走到靠近我身边草山的羊群时，我大着胆子上去询问，会汉语的巴郎子告诉我，哈尔古丽嫁人了，嫁到后面大平滩草原深处的另一个部落，而他就是哈尔古丽的小弟弟。这是我才想起，是的，哈尔古丽早到了嫁人的年纪，草原上勤劳而成熟的姑娘，是应该找到自己的家了。我想起此前她在我面前唱过的一首歌，一首叫作《怀念》的哈萨克民歌：

> 天上的月亮光，
> 照进了白毡房，
> 忆往昔我俩相依在月下，
> 细语直到天亮。
> 羊群已入梦乡，
> 我心为何惆怅，
> 姑娘已搬到远方，
> 不在我的身旁。
> ……

　　哈尔古丽走了，离开了加乌尔山，纯粹敏感多情的我还是有些怅然的，我自嘲这是人之常情。令我内心感到恬静和安慰的是，这片每天迎来和见惯了日出日落的纯美草原是不会嫌弃我的，因为我十年来往返不断，已完全倾情于这片土地，而草原落日也已把它悠远的寂静像黄袍一样披覆在我的身上，远方雪山也已把它纯净的情思渗入到我的内心。

　　"嘟——喝——"，伴随着响亮的啪啪甩鞭声，傍晚在草原上放牧的牧羊人，包括哈尔古丽的小弟弟，让羊们吃完最后一口草，终于狠下心开始收圈了，他们骑着马，赶着羊群，刚好走进被橙红和黑红笼罩着的树林边，羊群便模模糊糊地只能看见一大坨轮廓在挪动，又像紧贴在地面上的不规则图案。此时牛羊归圈，叫声不断，犹如现在许多城市广场上嘈杂的合唱团。马场的房子和后山草原的毡房上空已有青灰色的、黄色的、蓝色的、白色的炊烟袅袅升腾，在有风无风的黄昏里悠悠荡荡，从而把整个已归于寂静的草原又激活了。

　　接着长风从夕阳沉没的遥远天山山麓里送来了寒凉的暮气，朦朦胧胧的暮霭开始悄悄弥漫，先是看到远处的山峦和草滩蓝蓝地暗淡下来，绵绵远去的天山峰峦也失去了它白天那种银亮的立体感，变得暗蓝模糊并且具有某种飘忽的提示。然后我看到近处雪山脚下的草滩上空有数点影子在飘动，稍后便有两三只红尾鸟从草原上飞过来，一直飞进我前面的一片雾霭里，我听到了它们发出的很母性的叫声。

　　再过一刻钟，朦胧的草原上便一片沉静了，徐徐吹过来的寒凉晚风先是使草地微微地涌动，然后从草原更远处送过来一圈圈次第扩展的草浪，在到达我们并给予我们一种很贴切的舒爽之后，会很奇妙地隐没在我们身边了。再然后,遥远的草原边缘的土墙房子亮起了微弱的黄灯光,有些起彼伏的牧羊犬吠叫声穿过草滩进入耳朵。这样的景象,诱惑我们在山顶上静静地坐着看着听着,久久不愿回到山下的房子里。

  入夜,我喜欢朦胧的草原上毡房里那微弱的灯火,它是草原长夜里唯一活动的光亮;就连那多少次使我从梦中惊醒的牧羊犬的叫声,认真倾听起来也是那样的亲切。深夜的时候,月亮升起来,大平滩草原一片皎洁,一片寥廓苍茫,夜莺的歌声,偶尔也有冬不拉的琴声隐隐传来,草原之夜比刚入夜的时候更加静谧而和谐。到了黎明时分,在深灰色的天幕上,白饼子一样的月亮还没有下山,我厌倦的黑暗不久就被东南方库尔德宁山顶上喷薄而出的彤红的霞光撕开,霞光渐渐照射到了西北面的加乌尔山上,山腰以上的山体一片鲜红灿烂。杨树栅栏和土墙围起的牧民定居点里奶茶缕缕飘香,新的一天总是有新的阳光陪伴,哈萨克骑手们的羊群又惊碎了一个沾满露珠的清晨。

原载《当代人》2018 年第 2 期

天堂无路，地狱有门

王子罕

"天堂有路你不走，地狱无门你闯进来。"

今年 2 月，我还真的到现实中的地狱之门走了一遭。

深夜三四点钟，零下二十多度，在一片荒无人烟的沙漠里下着一整晚的暴风雨，没有月亮，没有星星。周围的世界除了沙丘就是低矮的沙棘灌木丛，耳边回响着沙沙沙的诡异声响。

整个世界都被一片诡异的暗红色光芒包裹住，远处的大地裂开了一个狰狞的口子，一片红光从熊熊烈焰中冲天而起。

这就是地狱之门。

漆黑的沙漠中，两眼所见只有一道冲天而起的红光，和红光映照下的沙漠。眼前无疑是梦幻般的景象，但是此刻昏昏欲睡又不知所措的我却置身于梦魇之中。凌晨三四点偷偷溜出营地，朝着火光方向走过去拍照。想要返回营地才发现：做不到了。

离线地图的方向指示失灵，兜兜转转走了三四次也走不回营地，一直参照着的轮胎印也错乱了，每次都是走出去二十分钟找不到任何营地的迹象，只好无奈返回大火坑。

后来才反应过来当时可以使用手机自带的指南针……野外生存经验还在是太匮乏了。至少火坑旁边是相对暖和的，全身湿透的情况下，回到这儿也不会被冻僵。无奈之下，只好寄希望于向导，等他们醒来发现我不见了，再来火坑边寻人……

简直非常惭愧了。最后还是自己走回去了，这是后话。

什么是"地狱之门"？

"地狱之门"位于中亚国家土库曼斯坦。它曾是苏联加盟共和国之一。1991 年 10 月 27 日独立。被联合国承认为永久中立国。它的信息封闭、专制独裁和领袖崇拜臭名昭著，擅长形象面子工程，又有"中亚朝鲜"

之称。

土库曼斯坦是遗迹迷和历史迷的天堂。作为丝绸之路上的重要地区，土库曼拥有许多未被过度开发修复的遗迹，例如库尼亚－乌尔根奇、梅尔夫和新旧尼萨遗址三处世界遗产，均为古丝路上的名城，如今只剩废墟。

这里还有在中国家喻户晓的纯种"汗血宝马"阿捷尔金马，以及里海周边壮观的扬吉卡拉峡谷地貌和地下湖。但毫无疑问，多数对遗迹兴趣不大的外国猎奇者来这里的原因就是"地狱之门"了，甚至说专程为它来此也不为过。

"地狱之门"的正式名称应为达瓦札天然气坑。是土库曼斯坦境内卡拉库姆沙姆中的一个直径为七十米左右的坑洞。该地区拥有丰富的天然气储备，1971年苏联专家在勘探这里时地表坍塌出一个大洞。据说为防止有毒气体泄漏，他们便点燃了这个天然气坑。

没想到这一点燃就是近五十年，风雨无阻，达瓦札天然气坑一直熊熊燃烧。到了夜晚，这里更展露出一幕惊人景象——烈焰翻滚，犹如地狱之火一般，震撼人心，由此得名"地狱之门 (Door to Hell)"。

据说土库曼政府曾试图扑灭地狱之门，但无果而终。这个神奇的景象将来还会燃烧多久，谁都不知道。就像乞力马扎罗的雪，据说五至十年内就会融化殆尽。尽早去吧。

初遇土库曼斯坦，向地狱之门进发

在乌兹别克－土库曼边境贴签出关后，我见到了我的向导和司机。向导耶夫是一个浓眉大眼的土库曼小伙，他曾在中国留学四年，会说还可以的中文。

我们先去边境城市达绍古兹 (Dashoguz) 上一家俄式餐馆吃了午饭，有土豆米沙拉、烤包子、炸饺子。

之前听说土库曼旅行 Package 要负责司机和导游的全程食宿，但从来没听他俩说起过这事，所以结账的时候我试探向导问，这顿饭要不要我请你和司机？小哥说没关系，各付各的，一人十五马纳特，约为十块钱人民币。

这里要注意汇率问题。土库曼 2018 年 2 月底的官方汇率是美元：

马纳特 =1：3.5。但黑市汇率大概在 1：10-1：12。随便找当地人换就好了，找会说英语交流方便的，比如英语专业的年轻学生，或者导游/酒店前台。到隐蔽点的地方交易。

路上可以见到年轻靓丽的女学生们，身着国家传统绿裙，绿色是土库曼国旗的颜色，也是最推崇的颜色之一。

之后我们去采购地狱之门旁晚饭烧烤的食材，去巴扎买了鸡肉、牛肉馅、蔬菜、馕和水。

小哥问我喝不喝酒？伏特加？哈哈哈哈，当然没问题。

我们走进商店，发生了一件我认知外的事情：在卖酒的店里竟然看到有烟出售，是散装按根卖的，向导小哥一根根的装进烟盒里。

网上说的都是土库曼全面禁烟，只有黑市可以买到，一盒也在三十至四十美元，对比当地月薪一百二十至两百美元，可以说是天价了，所以才有了"Cigarette is gold in Turkman"的说法。小哥说土库曼现在可以在室内吸烟，烟酒店里也可以买到了。但是烟还是很贵，一盒要二十五至五十马纳特，市场价也差不多八至十五刀了。

向导小哥一路上抽了至少一盒烟，他还和我说，"黄鹤楼好！云烟好，应该从中国帮我带一盒过来！"所幸我从乌兹别克买了两盒极其便宜的当地烟带进土库曼，在边境被搜了出来还额外解释了一下，带给小哥权当小费了。

置办完食材，人均六十块钱左右，我们上车正式向地狱之门进发。这辆车还不错，是四轮驱动的吉普。从达绍古兹向西的公路也不错，和乌兹别克的坑坑洼洼的泥土路相比好了太多。

土库曼国土 70% 是沙漠，六百万人口集中在不多的几座城市里。从达绍古兹大概要开三个半小时到达地狱之门所在的沙漠，前面半段路都是和乌兹别克公路边差不多的荒漠，两旁长满了倔强的矮小棘刺植物。

司机大爷一路上在和向导聊天，他的语气很凝重，汽油涨价了！涨到 1.5 马纳特一升油，约为一人民币一升，按国内的标准来说是很便宜了。在路边看到超市里一瓶水差不多也是 1.5 马纳特。

司机每天满脑子想的都是油价。后来在首都和当地人聊天才知道，汽油虽然对我们而言很便宜，但对于月收入一百美金左右的他们来讲依旧是生活费里一笔很大的支出。

-271-

暴雨中的白日焰火

　　车开到达绍古兹省靠交界的地方公路变得很差，颠到不行。天公不作美，这时头顶乌云密布，又下起了大雨。

　　终于司机从主路驶进了一条分岔路，开进沙漠，雨依然下的很大，吉普车窗模糊不清，我看着离线地图，应该地狱之门距离我们只有两百米了啊，为什么什么也看不到？

　　这时司机指向侧前方的方向超兴奋地说着土库曼语，我抬头的时候正好翻过一道小沙丘，一个平地上的巨型窟窿就这么猝不及防的出现在我眼前……

　　看到它的那一刹那我首先是吓了一大跳，然后完全被震惊到了——黄色长满沙棘的荒漠里，有且仅有那么一大片犹如月球表面的灰白色沙地，中心很突兀地裂开一个大口子，里面吐着滚滚火舌。

　　仔细看地狱之门，坑的里面和边缘很多地方被烧的焦黑。可能是因为坑里空气极速流动，很明显地，坑里的画面在随着火苗舞动的节奏不停模糊着。

　　虽说仍是白天但头顶阴云密布下着大雨，雨水落在坑里却感觉烧得更旺，水汽被迅速蒸发后的浓烈雾气升腾而出……这种各种事物急剧叠加起来的压迫感简直是只有身临其境才能体会。

　　可惜的就是暴风雨中又冷又湿，拍照非常不顺，各种雨水遮挡镜头，全身湿透，冰冷刺骨到非常敬业摆拍的我都失去勇气继续站在外面，相机进水失灵，手机拍照质量又堪忧。

　　不能再站在外面，迅速逃回车里开到一千米外的蒙古包营地，点上篝火，烤火取暖……湿的衣服放在火旁两秒后就开始升腾蒸汽。

　　把买好的肉放在烤架上准备晚餐。肉烤好了，也完全不想卫生的事儿了，手脏兮兮地抓来吃，之后几天没闹肚子也真的是万幸。

恶魔之火

　　外面雨没有停下来的意思……

　　耶夫这小伙子很懒，不想再出去折腾了，已经换上了连帽衫和秋裤准备睡觉……我们就这么错过了地狱之门黄昏向夜晚转换的景象。

天已经黑了，吃完晚饭大概九点多的时候雨小了一点，我不想再错过地狱之门的夜晚，实在按耐不住了，和司机一起再探地狱之门。

司机只会说土库曼语，和他解释怎么拍照显然比和耶夫比困难得多。比起耶夫，司机的拍照天分也差了好几个档次……对焦、构图什么的也就不指望了。

夜晚的地狱之门终于显示出了它全部的魔力，说是恶魔的诱惑也不为过。

雨又下大了，也就拍了十分钟就不得不上车撤回营地。只好等明早看看情况，吃过早饭离开的时候再过去火坑边看一眼。

十点多钟，烤烤火缩进睡袋就睡了。

二月中旬的土库曼斯坦，卡拉库姆沙漠腹地的深夜异常寒冷，进入沙漠当天零下二十多度，还伴随着暴风雨。这个时候方圆几里内唯一的人工遮蔽物就是一座临时搭建的蒙古包，和一座臭烘烘的土茅厕。

我也跟着向导们"入乡随俗"，在沙地里就地解决再掩埋起来……

难怪向导说我是入冬这两三个月以来他们旅行社接待的唯一外国游客。夏季的土库曼灼热无比，轻轻松松达到四十至五十摄氏度的高温。冬天则寒冷刺骨，除首都的多数地区都由荒漠和沙漠覆盖，糟糕的基建使得在零下二十多度过夜就难以忍受。

蒙古包里我和司机向导点着篝火取暖，外面暴风雨，不能开门透气，导致空气流动极差，蒙古包里全是浓烟。在寒冷和浓烟中我裹紧脏兮兮的毯子和睡袋睡了过去。

鬼打墙的时候该拜上帝还是安拉？

凌晨三点多的时候突然冻醒了，原来不知什么时候篝火燃尽了，帐篷里寒冷刺骨，裹紧睡袋都没用，再次入睡看来是不可能了。

然后我作了个大死。自己一个人出了蒙古包在大雨中穿越沙漠，向"地狱之门"走去。

因为之前雨实在太大了，前后只拍了十分钟左右照片，大老远来到这里，自然心有不甘，看向导和司机都还睡得死死的，我偷偷拿着相机摸出帐篷，向着地狱之门的红光走去。

过去的时候很好说，看着火光跟着车轮印向前走就好。也没拍出什么好照片,相机反倒是进了水,报废掉了。回营地的时候遭遇了意外。离线地图指示的方向一直在四处晃,找不清方向在哪……轮胎印过去的时候只有一条啊为什么突然变成往好几个方向开的好几条了???

嗯,有点慌。

雨又下大了,我尝试着走了好几次都是越走越远偏离方向,感觉越来越不对,四周的荒漠风声吹动沙棘,沙沙地响。毛骨悚然,寒意顺着脊髓升起。

迫不得已,我连续好几次走出去又回到地狱之门,重整旗鼓再出发。太冷了。

这时回头看地狱之门真的宛如一张血盆大口,好像要把我这个迷途者吞噬。我怕了,用尽各种祈祷的方式,只求那个"魔鬼"放过我……

鬼知道怎么回事,终于导航的方向指向了我一条比较熟悉的轮胎印,路线感觉也熟悉!走着走着也看到蒙古包的轮廓了,这时候我意识到自己之前对地狱之门还是缺少了敬畏,有些很神秘的东西还真是说不清楚……

钻进蒙古包,向导小哥他们睡得死死的。不愧是战斗民族,零下二十度还能睡这么香。

早上七点,耶夫的闹钟响了,大家起床点火做早餐,简单的烤馕和烤热狗肠之后,我们整理好东西上车出发。

清晨天气晴好,地狱之门收起了它深夜时恶魔般的火舌,依旧震撼。

受限于天气和设备,这次的地狱之门之行留下了许多遗憾。

这样的景观可谓是世间奇景,如今的地狱之门对于自由行背包客而言,是交通极其不便的。更不用提土库曼斯坦蛮横的签证政策将各国游客拒之门外。如果土库曼开放国门,更加重视旅游业,基建再得到进步,这里一定会成为世界级热门景点。

希望有一天可以再来这里,拿着好相机,再有个好天气。

地球上还有好几处被称为"地狱之门"的地方,如刚果(金)的尼拉贡戈火山熔岩湖,和埃塞俄比亚的 Danakil 火山熔岩湖。

终有一天会去!

前往首都——魔幻之城

回到公路上,下一站是这个国家的首都"白色之城"阿什哈巴德。那里是我见过的最古怪又最迷人的城市,我会说它是拉斯维加斯和平壤的完美结合,一座国家的名片、沙漠中的绿洲、财富和权力的中心。

　　在这里,我见到了无数奇葩的事情。

　　包括加入"土库曼Boys(简称TMBoys)"组合一言不合开始尬舞,还有和一帮联合国驻土库曼官员们一起,享受了属于这个专制国家的"夜生活"。

　　我们之后还会聊聊汗血宝马、安息国都城尼萨遗址、考阿塔硫磺地下湖等等。

原载《华文百花》2018年第4期,有删改

天下物事

草木时光

王剑冰

夜黑里

一

在乡村,夜总是比城里的黑,不信你来看看,你看不见什么的,天上有星星还好些,没有星星的时光,你就知道乡村的夜是什么样的了,其实我给你说也说不好,但你可以伸出手来试试,你是看不见你的手指的,你只是看到了自己的半截胳膊,那半截就伸到夜里去了。

你在村子里走,看到一个火头一闪一闪,你以为那是谁的烟头,你问了是谁,那火头不说话,一忽站着一忽蹲下的,好像与你玩着把戏。等你近前了,那火头又远了,你不知道,那是一只萤火虫。还有的火头就是鬼火了,那种火头大一点,但是不集中,老是恍惚了你的眼睛,你一会感觉有个地方亮闪了一下,揉揉眼睛再看时,闪的地方又黑了。你可不敢再往远处去,野地里不定有什么东西,尤其在这样的夜黑时光。你若跟着鬼火走,说不定就走进了乱草蓬茸的坟地。有人说鬼火就是起这个作用的,那是坟地里的鬼魂寂寞了,出来寻一个活口说话的。

你好不容易看到一处光亮,走去就知道,那是牲口屋。一般都是光棍老五在那里,再有就是几个没事的,聚着一堆火喷闲空儿,不过是些光棍们爱说爱听的话题。光棍老五也惯了,总是不停地给牲口加干草或者料豆。柴火不大干,潮潮的一会儿火大一会火小,白色的烟顺着芦草冒出来,熏得人睁不开眼睛,睁不开眼睛闭着也不行,眼泪也不听使唤。关键是嗓子眼也痒痒,于是就不停地咳咳地咳嗽,你一声他一声的,让一个牲口屋像一列火车,搞得牲口闹不清人的意图和兴趣。

出来的时候,你可千万别乱伸腿,说不定就掉到了水里去。你得两只脚左两下右两下地迈步,这个时候别不好意思,说我咋恁像傻小根儿,人家傻小根儿晚上不出来。再有,你耳朵还是要张着点儿,你若听到扑通儿、扑通儿,就别往前迈了,那是蛤蟆跳水里了,前面是村里那个老坑。你随即会听到蛤蟆的叫唤，蛤蟆鬼着呢。你就是听不到蛤蟆的叫，也不要把那一大溜浓黑当墙去扶，你一扶就扶到蛤蟆窝里去了。那是芦苇。前年张狗剩喝多了酒，就是把芦苇当墙了，等狗剩媳妇找到老坑时，狗剩媳妇就成狗剩寡妇了。

还是得怨自己，人家二瞎子咋不掉到坑里去？黑地里长两眼那也是个搭儿，人家心里长眼了。有人说张狗剩没有喝多酒，他是去那谁家去了，那谁家你不知道？男人当兵去了，对了，就她，他去人家家里了，出来的时候走得愣急。都说，那谁会看上狗剩？还不是狗剩想高了。

对了，这个时候，你若果听到一阵急切的脚步声响起，又陡然地消失，你就知道有人到狗剩寡妇房后等着什么去了。其实狗剩寡妇人不错，就是人们寡妇长寡妇短地把狗剩寡妇家的门说成风箱了。有谁抓着个现行吗？都是闲人干的事情。说实在的，谁到夜黑都闲不着，总要找点事情干干，别看一个个地儿都黑着，黑着也没有闲着。谁干的啥，夜黑地都知道。

夜黑，那些狗大都不出院墙，守在自家门里半睡半醒，想着白天的事，白天里有没有咬错人，有没有到下水道撵一只耗子，惹得人家记恨。狗却记恨着一件事，一根骨头被四老白抢走了，四老白就是身子是黑的，四只爪子是白的那条狗，四老白讨好给了斑点狗，斑点狗一高兴，就跟四老白好了一场，闹得一群狗不高兴。不高兴也没辙，斑点狗是村长家的。因为狗的事情弄得村长不高兴了，狗的主人就会不高兴，最后不高兴的还是狗。鸡也早进了窝，相互挤着，发出一些亲密的声音。不过再亲密，鸡也不像人，不会在晚间弄出什么令鸡喜欢的事体。鸡和狗都喜欢在白天给人做榜样。

倒是那些猫，白天特老实，一猫一猫的在人前装乖，眼神都是极其慵懒的，让你不忍心像踢狗似的踢它一脚，或者像骂鸡一样地骂它一口。可到了夜黑的时光，猫就像一个个幽灵，张着电光一般的眼睛，发着嗲声嗲气的声音，爬树上房、钻墙过洞，极尽各种能事找寻体己。你看不到那是哪只猫，丢了谁家的人，那也可能就是狗剩寡妇家的那只黑狸猫。一只只猫在夜里蹿起来就像黑闪电一般，你看不到的，只能感到什么东西在你的前面倏一下过去了，让你的身上一热，随即又一凉，那就是猫。猫身上是带电的，一只公猫和一只母猫带的电是不一样的，两只猫电在一起的时候，整个夜都带了那种电能。

谁家若果死了人，可不敢让猫进旁，有人是要专门交代并且让人专门守候的，猫在这时被人看成不祥之物。我曾经守过爷爷，当然不是我一个人，在此之前，二姑姑就紧说慢说地让我们看好猫，前后门都要关好，还要听着墙上哪里的，弄得我们一夜紧张。据说猫从死人身边一跑，就能把人带动得坐起来。而这些大都是晚间才会发生的事。

乡村的夜，你看村子和田地是没有什么差别的，因为黑成一块了。房屋和树、田地和河流、人和动物，都黑成一块了。你在村头坐着，你也是夜的一部分。你走着或躺着，都一样，都不会影响夜的黑。

每到夜的时候，我都会想到村里的二瞎子，二瞎子整天坐在夜黑里，也不知道什么滋味。二瞎子说，又黑了吧？我说，嗯哪。二瞎子说，又一天过去了。我说，嗯哪。我感觉二瞎子眼睛看不见夜黑，却能听见夜黑，他的耳朵知道什么时光天黑，什么时光天亮。二瞎子把眼睛的功能转给耳朵了。这是不可思议的事情。二瞎子说，刚才是狗剩寡妇家的黑狸猫过去了吧？我说，我没看见。二瞎子说，是黑狸猫，刚刚顺着墙根过去了。我说，我没看见。

我是个怕黑的人，我总觉得黑是个怪物，黑能把一切覆盖。我第一次看见棺材的时候，很是吓了一跳，等我走到近旁我才发现它，它黑在那里，和草屋的颜色几乎一样，于是我感到，死的颜色也是黑色，人死了，家人就会戴上黑袖箍。晚上我是不敢出门的，非出去我就伸着两手走路。那天我摸着往家走，就遇到了一条蛇，蛇不知道从哪里掉下来，搭在我伸着的手臂上，凉凉的，我吓得心里紧跳，想喊又不敢喊，可我还是喊了，我使劲地扯着嗓子喊，胳膊抖动中，感到那蛇一点点滑了下去，我紧忙跑。刚才喊叫半天，就给我一个人听了，没有谁过来，不知道那些人都在忙啥。第二天我专门去事件发生地看，看到路上有一截麻绳头，似是从树上落下，可那条蛇好像还滑滑地在我胳膊上。

夜黑的时光，老人最容易离亲人远去，尤其是久病在床的老人。白天都还着看着好好的，夜黑地就去了，有人说那是让夜给收走了。有人说老人就是夜，经过了白天，就回到了夜里。在夜里待得久了，就待烦了，就会随着夜一起遁去。村南的二姥爷是夜黑去的，西头的四奶也是夜黑里去的，还有狗剩寡妇的公爹，庆家奶奶。天明一开门，就有人在村里跑着哭着报丧了，一个门一个门的进，到门口扑通跪下，磕一个响头，说，大伯大妈啊，我爷爷昨个晚上过去了呀——大伯大妈就说，还是啊，这可咋好哎，哎呀咧——就陪着哭上了。报丧的就转去另一个门。另一个门里也就传出了嚎哭。

那嚎哭不论真假，都让人觉得亲近、温暖，一个村子都是一个心情，有喜大家乐，有悲大家哭。这才是村子，一个村子建立并且维系下来是有根据的。就是大水把村子冲垮了，把人冲散了，人们还会再聚起来。还是那个村子，叫不成别的村子。你的籍贯最详细的一栏里，还是那个小小的村名。

夜黑时光，村子就睡了，村子也是要睡的。睡醒了才更有朝气。村子的树才更高，树叶呼呼啦啦迎着风。太阳照到村子的时候，才更光鲜。一早的炊烟才更香甜，一袅一袅地馋人。穗草、二妞、喜枝、桃黍才更水灵，说话的声音才更好听。

夜黑里，她们不知道都做了怎样的梦。

二

夜是有声音的，夜的声音同白天的声音不一样，白天太嘈杂，夜就像一个大筛子，把那些嘈杂过滤了，留下来纯粹的东西。

你现在听到的，就是那种纯粹的声音。

平时可能不注意，或者你的心不静，那些声音就在你的耳边滑走了。由此我理解那些被火车轧住的人，火车的轰鸣都闻而未闻的人，他的内心不知是怎样的世界，他一定沉浸到内心的烦乱之中了。所以我也明白，内心凌乱的人是听不到夜声的。

夜刚刚来临的时候，夜声还不是太明显，一旦夜得深了，夜声才显现出来。

夜静得会让你睡不着，夜是给那些没有思想的人准备的。有思想的人受不了这夜。越听到夜声越睡不着。只有还回到烦乱的世界才能睡着。对于这样的人，村人就说，这人心荒了。

你如果听到噗嗒的一声，而后又是噗嗒的一声，你就知道，那是露水从窗边的葵子叶上滑落了。叶子很大，露水聚多了，才会落下来，从上面的叶子滑到下面的叶子上，就发生了连锁反应。

还有就是躲在叶子下面的一个纺织娘会被惊醒，叽叽咕咕地叨叨几句，又继续睡它的好觉。

一声婴儿的啼哭是夜声里最亮的，它压倒了一切的声音，穿透了每家的院墙。村子就知道,又一个生命来到了这块土地上。

鸡的嗓子也不是都好,有的鸡打一个长长的鸣,末了还会拐一个弯,而后在那个弯处猛然消声,有的只会拖一个长音,不会拐那个弯。看来拐那个弯是个技术活,有的连长音也不行,生就的不行。就像我唱歌总唱到茄子地里去,也就不再唱。鸡不行,鸡唱得好不好,都得唱,鸡要是不唱,就会被其他的鸡看不起,主要是被那些母鸡看不起,天亮以后,就不会在它的追求下乖乖地卧那儿,让它当一次雄鸡。

夜黑里还是有东西在村子走路,那都是白天不敢进村子的,像獾、黄鼠狼、狸猫之类,这些东西你挡也挡不住,它们几乎都不带出声音,跑的时候像黑色的电,这电一闪过谁家的下水道或者墙头,第二天你就听着骂街吧,骂归骂,这些东西是听不见的,骂街的只是为个心里平衡。

在晚间跑着的还有老鼠,几乎哪一家都养着一群老鼠,而且没有一家是自愿的。老鼠这是欺负人哩,所以人要是逮住了老鼠,就是点了它的天灯也没有谁上前做一回好人,求你放了这货。二妞她爹那次打一只吃了他家鸡娃的野猫,就有人劝说着,让放了算了。

老鼠也许知道这一点,所以老鼠很有自知之明,尽量避免同人照面,以免人骂出贼眉鼠眼之类的话来,为了这一点,老鼠总是在夜黑里出来寻找吃食。问题在于老鼠的吃食同人的吃食差不多,老鼠要是像牛羊一样也就没有这些事情了。人越是没啥吃的时候,老鼠也最饥慌。老鼠更不要说像狗那样懂人,可以不吃人吃的东西,还可以吃人消化掉不要的东西。所以老鼠在人周围的动物里算是一样好处都不沾。

其实,夏天里,还有那些叫叫油、蛐蛐啥子的叫,声音小点可以忽略不计,但是蛤蟆的叫声却是嘹亮得很,好像一村子都是它的嗓音。

地气

一

春耕时节,大人小孩都下地了,大小牲口都下地了,满地里都是闹腾腾的热气,这里还有"二妞——二妞——再拿些种子过来"的声音,有"吃饱了就好好干活,这个时候可不敢偷懒"的鸣叫牲口的声音,牲口头一低一低地猛干,时而还会有一头驴子把低着的头扬起来"唔哦——唔哦——"地叫上一阵。八岁的笆斗提着吃食一呼一吸地在垄上走,边走边喊"吃饭了——大——姐——"

那些声音呼着气,人一喘一喘呼出的气,牲口一低一低哈出的气,混合在一起了,这里那里都是这样的气,或许就构成了那种浓重的地气,或者说那浓重的地气里就有这样的混合的气。

庆爷爷说,什么都有一股气,没有那股气撑着,也许就要塌陷了。打仗还一鼓作气,那作的气就是精神,是战场上的灵魂,制胜的法宝。

二婶说,别动了胎气,胎气是什么?胎气就是养孩子的内气,是胎儿在母体内所受的精气。胎气不足孩子就可能出毛病,还会早产,所以老人总是叮嘱孕妇保护胎气。

奶奶说,这就像蒸馒头,那就是用水气把一团面蒸熟的,可不是用的火也不是用的水,火和水只是为了闹腾那股子气。

有时我会看到一团一团的东西飘着,在地边上呼吞儿呼吞儿地飘,一会儿高,一会儿低,像一个充满气的球,但又不像球,它不圆,不方,就是那么一团一团的,一会儿合成一团大的,一会儿又分成一堆小的,一会儿又乱得不成样子了。

遇到这种气团,你只能远远地看,不能去跟前,你跑到跟前你什么也看不见,有时还会把你吸进去,你就成了那团气的一分子,你觉得闹嚷嚷的,眼睛就湿乎乎的了,眼睫毛上粘的不知道是啥,就是不停地从头上往下淌着潮潮的水样的东西。你呼吸,那些气就大呼小叫地进到你的肚里,而后又大呼小叫地出来,进到肚里你觉得就是一团气,呼出来时还是一团气。我那个早晨就是这么感觉的。

人们说,山岚就是山上呼出的气,那些山岚是怎么形成的?就是那些张着口的洞里呼出的,一个个山洼洼里都是这样的气,多了就成了云气,所以山上的云气多。

西头的四奶,儿子在省城做了好大的官,她老六十大寿那年,儿子把她接到城里去享福,走的时候黑亮亮的轿子车来接,一村的人都出来看,四奶眼睛笑得成了一道缝。可住了不到半年就回来了,说什么再也不去,村里的人问,城里咋样?四奶说,挤,到处都挤,挤得不接地气,喘。

四奶就还在她那座老屋里住,也不让儿子翻盖,说会把气翻没了。四奶早起会先把鸡仔撒开,让它们叽叽咯咯四野里撒欢,而后走到原上,遮着眼望远处刚起的太阳。

四奶已经活得很像样子了,但她还是那么活着,她就像一个榆木疙瘩，堆在黄黄的一堆土边，很多人以为这棵树已经死了，但它的上边，还开着几枝子白色的小花。四奶的儿子后来从城里回来了，他是以一个骨灰盒的形式回来的，他没有活过四奶。四奶对着儿子说，回来就好，家里的土埋人。

四奶此后活到了九十岁，死后就葬在了村头那片黄土里，四奶说，中了，活够了，还要活多大？该入土了。四奶是在絮絮叨叨中走的，四奶走得很安详。

二

关于地气，我问过奶奶，啥是地气，奶奶说，你张嘴。我张开嘴。奶奶说，你喘气。我就吸了一口气又吐出来，再吸一口气再吐出来。奶奶说，人会喘气，地也会喘气。人喘气活着，地也喘气活着，都不喘气了，那就死了。人活着种地，地活着养人。

我就往地里看，看地喘气。远远的，有一个高谷堆，会冒出青青的烟，我以为那就是地气。有一天我拉着狗孬跑了好远才跑到跟前，到跟前一看是一孔窑。我就又问奶奶，地气是从哪里冒出来的？奶奶说，地跟人不一样，地是从肚脐眼里冒的。

我不知道地的脸在哪里，身子有多大，我的想里感觉，怕是跟天一样大的，天罩着地。地撑着天，就像锅和笼。

村里的大夫和奶奶说的不一样，大夫跟奶奶聊天，说地中之气，春秋最为明显，孟春之月草木萌动，天气下降，地气上腾。秋季平定收敛，天高风急，地气清肃。我听不大懂，我还是喜欢奶奶说的。

那是一个早上，一股青烟从地上升起，是一大团，离开地面或没有离开的样子，冉冉地动，一忽浓一忽淡，摆来摆去，像水里的纱，感觉能摸到。就跑着去摸，却是总也摸不到，逗我似的总在前面飘。我追到原头就没法追了，原头上是一处四下里都齐崭崭的断层，下得很深，对面还是原，还是通向好远。

不知道这是什么时候出现的深沟，沟里长满了草棵子，这时我看到，断层下面的沟里冒上来一涌一涌的清气，真的如奶奶说的，是从地的肚脐眼冒出来的吗？

后来我不止一次地看到地气。

夏天的夜里，一群人卷着席子、抱着被子去场上睡，躺在晒了一天的地上，暖暖的，觉得比家里的炕还沉实。躺着望着天上的星星，从东往西数，数着数着就数不过来了，流星像偷划火柴一样，一会儿嚓——划一下，一会儿嚓——划一下。夜晚的大地真静呀，静得连蚯蚓的叫声都能听得见。

  第二天你会发现，蚯蚓在你的周围犁了很多地。醒来的时候，天刚蒙蒙亮，你会闻到一咕嘟一咕嘟的清气，那个舒坦，深吸一口，再深吸一口，爬起来就看见了地气。后来我就觉得，地气有时能看见，看见的就是那坨坨的气团，有时你看不见，但是能闻见。

  咱这个地方人好把味说成气儿，地里时常飘来的那个味，就是地气。油菜的味、豆角的味、黄瓜的味、柳树槐树桃树桑树的味，还有羊粪牛粪的味，有人把粪一车一车地往地里送，一小堆一小堆地卸到那里，然后再一小堆一小堆地扬开，地里就有了一种说不清的混合味道。夏天和秋天的味道是沉厚的，那是麦浪稻浪的味，玉蜀黍的味，大豆和桃黍的味。

  另外，不管是春夏还是秋天，你还能闻到各种野草和野花的味，那种混合在一起的味顺着地垄一波一波地涌，淘洗着你的肺叶，你感到地气好极了，有时候你会把地气认成风，一丝丝的小风带着悠悠的气儿飞，呼呼的大风携着浓浓的气儿涌。

  在地里干到半晌休息的时候，脱下鞋子枕着，就地一躺，脸上或是遮个草帽或是什么也不遮，四周的土香就弥漫过来了，太阳照得身上暖暖的，眼皮子里的眼睛感觉是一片艳艳的红，薄薄的一层血脉在游动。一会的时光，就会睡得呼呼的。

  地下的人也是这么睡着。四奶躺的地方离我并不远，她下葬的时候，一口厚厚的棺木漆得油亮油亮。四奶躺好以后，村里的木匠张说一声"把好了！"就叮叮哐哐让木楔子安安妥妥地将棺盖楔得严丝合缝。四奶的棺木下土的时候，那土是一点点地盖到棺木上的，直到盖成了一个土堆，四奶的周围全是黄黄实实的土，没有别的东西。四奶闻了一辈子土味，她知道什么最舒贴。

三

  再后来我就感到，所谓地气，其实就是你的乡村，你的故土，是那些庄稼那些草木，是生你养你的父老乡亲，地气就是你对故土的感念，对家乡的认识，说白了，地气其实就是你的底气，是你生命的基础，你有着最扎实的最本质的最朴素的基础，你就有了活着的底气，否则你就是一叶浮萍，轻狂、无根无捞。

你的生命里总是能看到地气，能闻到土地的味道，你就会活得踏实、过的充实。

那年好大雪

一

那个时候我特别易得病，不停地发高烧，一发高烧，村里的大喇叭就广播叫大夫，叫来了大夫我的哭声更厉害，以为那样可以把大夫哭走，但大夫还是在我的屁股上扎针。

我恨死了那个大夫。

我大表姐病的时候他也来过，我撩开布帘子的缝隙，看到他给我哼哼不停的大表姐也打了针，大表姐是女的，他竟然看我大表姐的屁股，三叔都不让我看，一瞪眼把我瞪跑了，他竟然看，我更恨他了。他挎的那个酒红色药箱好似他的法宝，可以让人家脱下裤子而不脸红。我三婶病的时候他也来了，他给我三婶的肚子上按了两个大瓶子。用火一烧就按在三婶的肚子上。

后来我知道他是一个城里大医院下来的，他娶了同样从城里下来的一个女知青。女知青看起来好小。

女知青来的时候也总是哭，雪地里哭着扑倒也没有人扶。大夫是很多年前就来改造的，不知道怎么就把女知青改造到他的家里了。

这里离城里远，路途很难走，乡路泥泞不堪，不通汽车，要坐汽车必得跑十几里地，漫天漫地的盐碱滩，到处都是飘摇的芦草。干活的人们，每天只吃两顿饭，要跑出去好远才能到一块地面。全靠了两条腿在折腾。男人们受不了，女人们更受不了，何况女知青？有人说女知青也是爱生病，总是让他去打针。那就对了，反正屁股也给他看过了，嫁给他也就顺理成章了。

可我们很是不乐意那个大夫把女知青娶走，那么好个人怎么就跟了他去？可女知青不跟他又跟谁呢，听说女知青总是受人欺负，一天夜里女知青的门都被人从下面端掉了，女知青好一阵大哭大喊，第一个跑过来的还是那个大夫，他夜里总是在村子里跑来跑去的。

村里人说，这个大夫来了很多年了，一直都是当大夫，因为他的医术高，村里找不来别的人能够顶替他。他平时还算老实本分，没有听说过招惹什么是非。只是村主任一直对他不满意，总是给他小鞋穿，大夫先是借住在村部的偏房里，后来村主任把他撵到村子边上的空屋子里去了，那个空屋子原来是村里的五保户二爷爷住的。村主任还总是散布他的坏话，说他是没有改造好的坏分子，让大家提高警惕。不知道女知青怎么就嫁给他了。人们就对女知青也没有了好看法。这都是听大人们说的。可有些老人却对大夫和女知青另有说法，说他们都是好人，也都是可怜人。我闹不懂这个世界。

女知青出嫁的时候，我们把女知青的门堵得严严实实，女知青什么也没有，家里也没有来人，好像他们家就她一个似的，连找个肩膀哭一下都不能，女知青就毅然决然地上到他借来的马车走了。

那天雪下得那个大，小人儿们团起雪弹不停地攻击，好像都是攻击那个大夫的，有一团雪不偏不倚地打在了女知青的眼睛上，女知青捂着眼睛哭了，大伙一呆愣，马车跑走了。

二

第二天我们掀开大夫的门帘子，看女知青果然就和当姑娘时不一样了，脸上红扑扑的，还有一股香气从屋子里散出来。一见我们就抓了一把糖过来，我们有些不好意思接受她的东西，忽地跑走了。

女知青一直没有孩子，有人就开始说女知青的坏话，说大夫吃亏了，也有的说大夫本来就是知道的，女知青曾经被人搞大了肚子，自己打胎打坏了，才找大夫给打针的，大夫是帮女知青捡了一条命。有人还说，看见大夫从大雪地里把女知青背了回来，女知青在一个水塘边转了好久，身上都转白了。水塘上有一层变得越来越厚的冰层，有人在边上凿了洞，一些水漫上来就和冰冰冻在了一起，那个洞也就越来越小了。女知青呆呆地停在了那个冰窟窿的前面，冰下的水涌起丝丝波纹，在召唤着她的魂灵，女知青又挪了一下脚步，再抬脚的时候，被呼呼喘着的李大夫拽住了。

人们不敢大声议论这件事，是因为坏女知青的是村主任，村主任经常会把大夫在喇叭里叫去训话，喇叭里经常听到那个声音：村子里的李大夫，听到广播立刻到大队部来一趟！听到广播立刻到大队部来一趟！

那声音似乎是刻不容缓,哪怕在给人打针也要立即拔了跑过去。

有一天喇叭没有关上,传出来村主任的吆喝声:你不要以为你会看病,就不知天高地厚了,你是个改造分子你知道不知道!李大夫走出队部脸就黑了,那时我又觉得李大夫有点可怜,但心里又想,那你为什么要当坏分子呢,你当好分子不行吗?你给女的打针,不打人家屁股不行吗,为什么偏要让人家脱裤子呢?全村的女人的屁股不定都看过来了,村主任还不恨他?村主任比我都恨他。

不过村主任也不是个好东西,有人说,他给人派了活,把人安排到地里去,就该去找那些留在家里的女人了,他先是问人家为什么不去上工,把人家说得一无是处,说到严重处,甚至上纲上线地说是破坏农业学大寨,要挨批斗的,然后就要他的那一套把戏。什么把戏,我总是搞不明白,大人们说到这里声音就小了起来,看到我在一旁还偷偷地笑。反正我知道那笑里没有好的意思,就觉得村主任坏得很。

三

女知青后来还是死了,说是宫外孕死的,这是后来人们传出来的。大夫找村主任要马车,村主任不给派,牲口都是队上的,个人家里没有马也没有车。李大夫就用自行车推着女知青去县里。

大雪天,县城离这里几十里,推到半路就不行了,女知青让李大夫把自己放下来,说要躺一躺,女知青就那么躺在了李大夫的怀里。李大夫坐在雪地上,怀里是渐渐咽气的女知青。李大夫的眼泪滴在女知青的脸上,两个人的眼泪合在一起流到女知青的脖子里。女知青的脖子一点点变硬了。女知青最后跟李大夫说,"你,你是个好人,我真想给你生一个孩子,我做不到了……"

女知青声音越来越微弱,但每一个字李大夫都真真切切地听到了,每一个字都真真切切地扎在李大夫的心坎上。李大夫抱着女知青发出了震天动地的哭声。那时的雪呼啦一下子就下来了,把沟沟坎坎都下满,把李大夫的心坎也下满了。

我大表姐说这话的时候一直不停地哭,大表姐喜欢女知青,她知道女知青命苦,爸爸妈妈都是同一所大学的教授,后来被打成"右派"下到东北去了。她跟着奶奶生活,奶奶又因为是地主成分被赶到陕西的乡下去,说是地主婆不能住在城里。

十六岁的女知青只好报了名,下到了我们这个村子里。女知青来的时候,先来的一个男知青很照顾她,后来那男知青不停地被队长找茬训斥,后来县上修水库,给各村派劳力,村长就把这个男知青派走了。男知青走的时候,和女知青在一起哭了很久,男知青想带着女知青偷跑,女知青说那样会毁了男知青的前途,男知青家里出身很好,父亲是军队的高干,父亲来看过他的儿子,那个高干是坐吉普车来的。女知青心里什么都知道。

　　男知青一走,女知青就落入了村主任的手心。女知青住在一家五保户的隔壁。那是两间单独的厢房,五保户是个双目失明的老人。院子外面没有街门。不像我家晚上能够把大门关上,插上门插。女知青的房子外面只有半人高的土墙,即使不走院子正门,也可以从胡同边上翻墙进去。男知青曾经想帮着女知青垒墙的,带有稻草的泥刚刚抹了半个垛子,就被村主任支派走了。人们说男知青曾经在村部对着村主任大声责骂,被村主任叫民兵撵了出来。

　　不知道大雪封门的那些时光女知青是如何度过的,她都会想些什么。她不能和我们一起玩,因为她是大孩子。冬天里也没有什么活儿做,女知青就找我大表姐玩,她什么话都跟大表姐说,包括她和男知青的事情,还有她和李大夫的事情。

　　女知青走了,大表姐很同情李大夫,她常拉着我去李大夫住的地方看看,李大夫住在村头的两间草房里,街上也是没有院门。五保户二爷爷走了几年了,那属于村里的房产。

　　李大夫的家里失去了往日的气氛,早没有了那股香气,李大夫以为大表姐找他看病呢,可大表姐到了屋里什么也不说,只是那么愣愣地坐着,好半天了才拉我走出来。

　　后来大表姐再去就不带我了,大表姐是真心的对李大夫,她想替女知青做些什么,或者说她自己想做些什么。还没等三妗子弄明白,就听到了李大夫的死讯。

　　李大夫是跳在那口水塘里了,就是女知青围着转的那口水塘,李大夫把女知青救了,自己却跳了下去。

　　李大夫再也不能给我打针看病了,也不想看女人的屁股了。有人说李大夫是寻女知青去了,可女知青不是被李大夫埋在荒天野地里了吗?最后李大夫也被埋在了那里。

大表姐哭得可是个痛，一会哭女知青一会哭李大夫，她也不害怕。我们去找她时，她还在雪地里哭，雪把她的头都落白了。后来还是见到大表姐去坟头上，大表姐给他们两个上坟，送吃的，送寒衣。

大表姐到好大都没有嫁人。直到三十了，才跟着一个煤矿的矿工走了。三妗子说，大表姐的心早就和女知青和李大夫埋在一起了。

四

那个时候特别爱下雪，一刮北风雪就跟着来了，雪喜欢我们的村子，雪总是把村子盖得严严实实，然后就让年跟过来，让炮仗跟过来，让欢天喜地跟过来。我渐渐地长大了。

雪总是把我引到地里去，无边无际的雪把天也连在了一起。我发出一声喊，喊声就变成了雪花回到我张开的口中。我发出更大的喊，就有更大的雪花回到我的口中。我快乐地笑着，咳嗽着，让寒冷侵透我的棉袄，然后就滚打在雪中。

一只狗在雪地里跟着我，狗的肚子紧擦着雪，四条腿带起了一片雪花，狗喘的气比我还大。

邻居的小丫跟在我的后面，叫着叫着就哭起来，手上的糖葫芦都白了，最后那串糖葫芦扔在了雪地里，远远地看去刺眼地红。

一团火焰慢慢起来了，一坡的荒草被我点燃。火和草似乎并未接触，草就兴高采烈地噼噼响，一会儿就响到坡那边去了。我知道坡那边埋着女知青和李医生，我不敢到那边去。

二叔

二叔上地里去了。二叔没事的时候总是会上地里去。地就是二叔的命。二婶子说，地里有他吃的喝的，他愿意去。他不去不好受。

二叔去的时候，肩头总是扛着一把锹，他肩上没有那把锹他心里空，他就那么扛着，哪怕什么也不干，最后再扛回来，他也离不开那把铁锹。

二叔到了地里，先是圪蹴在地垄头上，一动不动地望着，掏出烟袋来，搓上一袋烟，一口一口地抽，就把那滋润抽到肚里了。

有一条蚯蚓从二叔的脚边钻出来，二叔扯着它，把它扔进地里，蚯蚓像根小绳子在空中打了一个弧圈。

二叔经常会挎着一个箩头，手拿着粪铲去地里。走一路捡一路粪。越是起得早越能捡到好粪。遇到下地的牛或者叫驴在路上翘起尾巴拉出一溜的废物，二叔就捡了一个大漏。走到地里的时候，箩头也满了。有的粪被车子碾成了碎饼，紧紧地粘在路面上，二叔会拿着铲子小心翼翼地铲起来。二叔说，这都是好东西啊。

有时二叔去地的时候没有带箩头，那是干别的什么去了，想起来二叔还会拐到地里去看看，这时就会看到路上一大泡新鲜的牛粪，二叔会捋几根芦草，弯折起来，将牛粪铲起来，一路端着去地。就像端着一个小笼屉，笼屉还热热地冒着烟气。

有时二叔左手里吃着窝窝，右手就会端着这样的一泡牛粪。遇了乡亲两人就打招呼：

吃了？嗯啊，吃了。上地？嗯啊，上地。

并不因为二叔手里有一泡牛粪而受到耻笑，没有谁耻笑一个喜爱土地的庄稼人，二叔也不会为一泡牛粪而不好意思。

有时候二叔遇到的不是牲口粪，是狗或者羊或者獾或者人的粪，二叔都会毫不犹豫地捡到箩头里，到了地里，一点点撒到玉蜀黍苗或者豆秧上，那嘴角就有了一丝的笑意。

二叔看着地的时候，会把眼睛眯起来盯着一个地方，盯着盯着就走过去，把藏在土里的一个瓦片抠出来，扔到地头上。地头已经有一堆这样的小瓦片小石头小木棍什么的，甚至还会有一片河蚌壳。这些东西，不定都是通过什么渠道进来的，有的是随着粪车，有的或是随着一个顽皮的孩子，还有的也许是随着一阵大风。但是它们一般都不会逃过二叔的眼睛，二叔把他的那片田地研究透了，就像是把二婶子的身体研究透一样，什么地方哪一天有一点变样，二叔立刻就会发现。

一个钉子把二叔的脚底板扎了一个洞，实际上二叔发现的时候，那根钉子还在二叔的脚底板上扎着。钉子是钉在一块木头片上，木头片深埋在土里，二叔拉粪上地的时候，感觉脚下发出刺的一声闷响，就像奶奶纳鞋底的锥子扎透鞋底一样，随即一股热流传上来，二叔抬脚的时候，那个带着钉子的木板也被抬了起来。二叔咬着牙从鞋底把那个木板拽了下来，脱掉鞋子的时候，满鞋子都是红色的印迹。

二叔抓一把干土到鞋子里，然后用脚搓搓，就又把鞋子穿了起来。而后不声不响地接着干活。二叔下晌回家，没有忘了提着那个钉子片，走出地去，到了路上，把钉子用铁锨砸弯，砸到不能伤人的程度，而后远远地扔进了土原的深处。他原本是想扔到河里去的，想想又改换了主意。

田地里说不定什么东西会从天而将。一只鸟飞着飞着，飞到二叔的田地上空，突然就掉落下来，渐渐地化为泥土。一团麦秸被风团着，到这里就散开了。

田地是二叔的心尖肉。二叔养着它就像二婶子养着猪一样，看着它长膘，撒欢，换钱。

后来二叔得了肝病，二叔还是坚持了好长时间，二叔觉得那病会从体内自己跑掉，二叔说，咱庄稼人，又没有招惹过谁，人家招惹咱干啥。可二叔最后还是不能去地里了。二叔不能去地，二叔就总是在炕上念叨，说这个时候该上肥了，那个时候该浇水了。

那片地一直在二叔的心里。二叔总是想着那片地，最后还是躺在了那片地里。

原载《人民文学》2018年7期

秋 分

鲍尔吉·原野

来到天义路北端时天还没亮,但天正起身告别黑夜。天色如半透明的蓝硅胶衬在一张白纸上,准备白。我开始跑步,跑到天义路南端富河路回转。转回身,见高楼与道路在曦光下显示整齐的线条。路灯灭了,天空不知何时变成无一丝杂质的纯蓝,好像它一直就这么蓝着,没经历黑夜,蓝天因此看上去有一些难以接近。而树啊楼啊比刚才又明亮,更多的光在它们身上倾泻,它们变成了堆金的物体。秋天到了。

四季原本有许多钱,春天攒着、夏天攒着,在秋天,季候把黄金储备拿出来挥霍。在白杨上的树干上贴金箔,在生出黑锈的售货铁亭上贴金箔,在一步一翘的灰喜鹊尾巴上贴金箔。冬天来到之前要把金子花掉,这是四季的律令。

跑完步,我在小河沿大街的人行道上做俯卧撑,见路边洒一片红子,仿佛哪一种树落下的种子。做俯卧撑鼻尖若触地前,见地上红子是瓢虫的尸骸,秋天真是到了。我想起欧阳修。当年读他的《秋声赋》身上不禁一哆嗦,仿佛这是一篇上天让他作的檄文,言肃杀之到来与不可不到来,吓人。我甚至有一点恨他,看到瓢虫这个样子,我认为责任完全在他。后来我想,在秋天,如果人在大地上一尺一尺做俯卧撑,会发现多少奇异的事情啊。我又知道鸟儿为什么饿不死。事实上,我常为鸟儿是否短缺食物而发愁,俯卧撑发现遍地都是鸟儿的粮食。大自然就这么天上地下循环着,有机物最终化为泥土,又从泥土中诞生新生命。说这话的时候,节气还在白露。(《日出》也有陈白露,戏剧家则有陈白尘)。赤峰海拔五百米,白露时分,晚上睡觉要裹被子,菜农早晨穿上了羽绒服。说话时间又过了半个月——秋季里的半个月,节气进入秋分。

秋分是个大节气,比白露更加严肃。阴阳此时相半,昼夜均而寒暑平。在地坛公园东门,我看到七、八棵并排而立的大柳树,高度都在七八层楼那种样子。它们不光高,柳枝还从高高的树顶散下来,变成树的壶口瀑布。落日将余晖喷在柳枝上,使它们的盛大与堂皇让人敬佩。那一片瀑布般的柳枝似乎就在等待这一刻到来，每一片叶子都沾上了金色，实为金绿色。它们像幕布，倘若这幕布拉开，登场表演的必是天兵天将了。这情景使柳树下面装绿琉璃瓦的红墙显得矮小，好像是舞台的边沿。虽然秋分，午时的北京还挺热，阳光往你后背贴金箔。这金箔比赤峰的金箔科技含量高，有远红外功能，热劲往肉里钻。进入地坛公园的林阴下，夏之躁热退却，进入秋之静穆。有一位女士对脚下小黑狗说，别进树阴里面，多凉啊！我立刻钻进树阴下体察，是挺凉啊。树阴内外竟有这么大差别，秋有分别矣。由东门入，听到雄壮的合唱声，说"雄壮"是在人声中听出有铜管伴奏。一般说，铜管不宜伴奏合唱，会把人声压下去。但老百姓不管这个，家里有啥就拿啥伴奏，均不犯法。合唱阵营里还有大鼓。但是，我刚要跑过去听他们的合唱，脚步又停下。我听到他们在唱布仁巴雅尔唱过的《天边》，合唱的人们显然在纪念这位刚刚在秋天去世的音乐家。歌声很沉重，铜管也沉重，仿佛是在泥泞中行进的辎重队。布仁巴雅尔近年在为呼伦贝尔的老人奔忙，跋涉几万公里为百岁老人拍照，录下老人们的歌声。他刚刚做出《呼伦贝尔·万岁》这部画册，献给了高龄老人。他为他们历经沧桑而获得高龄奉献敬意，自己却走到了这些老人的前面。这些天我翻看布仁巴雅尔的照片，从青年到中年。如果用手把他眼睛以下的脸部遮住，发现他的眼里有悲苦，尽管有笑容。布仁巴雅尔众多的歌迷为他的突然离去而惊愕。人对人的离世本无诧异，只为这个"突然"而感突然。人们知道从此之后，他不再呼吸，不再微笑，故不再歌唱，难免悲伤。人其实希望在"人"这个群体里，有他们喜欢的人，把他划入"自己"的阵营，少了一个，就再也补不齐了。我走到合唱队前，见他们挤站在一处曲折的回廊里，回廊顶部描绘神仙瑞兽。人们把回廊站满了，又拐过去站在那边的回廊里。合唱者多为中年女性。伴奏为四支萨克斯。其中三支次中音，一支低音。远听我以为是长号和圆号。另有一支小号，还有手击鼓。无论他们唱得怎么依恋，布仁巴雅尔已越走越远，飞到了天边。他是不是不唱"天边"更好？有人说这是迷信。可是人对自身最重要的生命现象一点把握都没有，难免要妄自猜测，曰无常。医学家说医学实为最古老又是进步最慢的学科。

地坛中轴线北侧的侧柏向南倾斜，如向对面的侧柏行鞠躬礼。我媳妇说这是由于地球自转，北侧的树被甩过来了。我说你这一假说与北半球人士身材高是一样的推论，人被地球自转甩高了。而赤道的人身高正好，内脏也不会甩来甩去，不偏移。秋分了，天上的秋云摊成薄薄的一层，天比地先呈现秋天的样貌。地上呢？其实你看不出有什么变化——如果不做俯卧撑。银杏树以巨大的耐心忍住没黄，但它们卵形的叶子已黄了外圈儿。而下一步，银杏全体黄起来时，如大地漂移，如万树呐喊。银杏叶是致幻剂，述说大地竟然这么美。但银杏树现在仍然不动声色，侧身于地坛西门高大的侧柏的边上。如果我是侧柏，会被身边这棵银杏突然黄起来炫得心烦意乱，但你看银杏这会儿竟装作若无其事。在地坛里转，宛如见到不同时代的人。鼓楼附近下沉广场是练太极拳的场地，练拳人似乎从虚空中拈起飘摇的蛛丝，轻轻放置高处，免得蛛丝再飘摇。此乃上古人。而跳拉丁舞的人皆穿瘦黑裤，上肢一直向上举着或摆着，将脖颈果决地右转或左转，这如同改革开放初期的人。最好看是喂鸽子的孩子们。中轴线十字路口有亭子卖鸽食。刚学步的孩子在啄食的鸽群里冲撞，手里拎着装鸽子的塑料袋。这些孩子不会下蹲，蹲下竟站不起来，一屁股坐在地上。他们因此完不成搂鸽子、捉鸽子的愿望，只在尖叫踉跄。鸽群里混入的小麻雀也甚可爱。对麻雀来说，鸽子就是恐龙，但麻雀依然勇敢地吃吃吃。换我则不敢。这是眼前所见，那么秋天在哪儿呢？肉眼见不到秋天的行色，我们只是听说今日是秋分而已。

原载《文汇报》2018年9月30日

汉水边的老镇

陈长吟

一条汉水是歌，它从陕南的秦岭山中发源，欢吟高唱三千里，在湖北汉口汇入长江，流进东海。

一条汉水是画，它描绘着两岸人民多彩的生活，报导着时代发展的痕迹，呈现出人类文明进步的图景。

天上有天汉，地上有汉水。汉族汉王朝，汉语汉文化，与这条江有着说不清的关系。

可如今，水流不断，江山易改。随着大型水电站的崛起，江畔古老的城镇有的被淹没，有的迁址新建。尽管比旧地气派多了，整齐多了，可那烟火味，陈旧感，土瓦绿苔，生活气息却难易唤回。

这时候，要回观汉水的身影，触摸历史的细节，就得到蜀河古镇。

一

古镇的岁数已经一千七百年了。

尽管曾经多次整容、修面、瘦身，但它的骨胳依旧很结实。

它的繁盛景象出现在明清时期。

那时，交通靠水运，这里是大码头，从汉口到长安，蜀河镇是中转站。一船一船的洋货从汉口起航，运到这儿上岸，然后骡马队再把货物运到长安去。回航的时候，则是满船的北方土特产。

江边有一条石板街道，沿坡而上，进入西城门，穿过千米长的中街，出东城门，山路蜿蜒伸向秦岭深处。

当时县里最大的骡马队，是商人张舟平的，拥有万只骡马骆驼。每次他们一上路，尾在江边，头已到邻县山阳。铃铛彻夜响，山歌不断唱，比过节还热闹。

我在蜀河镇听到一首名为《城里的大嫂下乡来》的民歌：

城里的大嫂下乡来，
看见了麦子说古怪：
乡下人真呆，
这么好的韭菜咋不割了卖？

城里的大嫂下乡来，
看见了骆驼说古怪：
架子那么大，颈脖子那么长，
两个奶头长在脊梁上。

城里的大嫂下乡来，
看见了小伙说古怪：
头戴红缨帽，脚穿镶边鞋
这么好的小伙咋能不搂在怀。

  我相信，这是一位城里的少妇，偶然来到乡下，看到古镇周边的场景，随口即兴而唱出来的歌声。歌里面有植物、动物、人物、生理气息及内在的感情。
  那时节，中街是通道，后街是旅店，有多少青年男女在这儿留宿，又发生了多少隐秘的情事。
  一条石板街，迭印着数不清的痕迹。但越磨越光滑，越青亮。石头是古时最耐磨的材料，也是最具灵性的载体。要么，《红楼梦》叫"石头记"呢，那个齐天大圣孙悟空也是从石头里蹦出来的。
  据说地球有磁场，能将发生的场景记录下来，若遇到某种合适的环境，有可能就会重播放映。
  我们期待在某一天雨夜，能够邂逅奇迹。假若石板街道是一条长长的磁带，它播放出当时的录音，那该是多么嘈杂混乱、澎湃激越的交响曲啊！

二

  除了脚下的石板街，地面上的建筑，也是人类活动的最好见证。

街头的杨泗庙,是船工们积资修建起来的。当年,庙下的汉江河道里桅杆林立,百帆竞流,纤夫号子震天响,灯火彻夜明。为了保佑航行安全,船工们把便自己信奉敬仰的神杨泗从南方搬到了这儿。每个船队经过,都会上岸来烧香磕头,以祭天灵,以壮我胆,然后继续前行。

杨泗庙是船帮会馆,典型的南方古建筑群落,门上一副对联这样写道:"福德庇洵州,看庙宇巍峨,云飞雨卷岿屹立;威灵昭汉水,喜梯航顺利,浪静波平任遨游。"表明了筑庙人的心愿。庙后有朝阳古洞,庙前是历代洪水水文石刻。

杨泗庙中还有一块石碑,刻着清除船霸的告示,可见当年在民间,对贪污腐败黑社会等,自有约束的机制。

街中间的黄洲馆,是清代黄州客商们修造。外地人把蜀河称为"钱窝",商人也一窝一窝地集中到这里来。为了沟通信息,相互帮衬,需要有个喝茶议事的地方,黄洲人便建起了这个会馆。大院里有唱戏的舞台,聚餐的厢房,为传统的宫殿式建筑。门上的一副对联是:"帝德兴和,想当年楚江声远,万古神功昭日月;帮历盛极,信此际秦西威镇,千秋俎豆祀馨香。"

黄洲馆的墙上,有琉璃彩绘,游鱼形的铁钉,镶字的灰色大砖,建筑的细心和精致处处能体现出来。

街尾的清真寺,建于明代嘉靖年间。它高高居于半山上,依岩就势而雄立。爬上百步石台阶,抬头便见飞檐雕壁的寺门。进入院内,是正方形天井,前面三间对厅,后面是礼拜堂。最神奇的是寺后几棵古檀,浓荫如盖,树下有间小房子,是禁区,从未开过门,也不知里边有什么秘密?

河对面还有三义庙和五指柏。

当年,蜀河镇上有八大商号,涉及运输、货栈、药材、日杂、旅店等各个行业。春节时点门灯,各地会写出自己的来处,便见江西、广西、湖南、湖北等地名。

邓家帮造船,潘家帮驾船,两股势力斗争了好多年,最后都衰败了。还有李逢高的船队,最大的达四十吨,为安康市的老大。

旬阳县电报局,1910年建于蜀河,德国设备,官印型造房,也是安康市第一家现代通讯设施。

当年"哈德门"烟的广告,印在石墙上,还依稀可见。

由私塾发展起来的城南书院,曾为本地培养了很多人才。

第一辆嘎斯汽车,1954年从船上运到蜀河,于是就修了去双河镇的公路。

老墙不语,风尘满面。

石头的纹路就是皱折。

三

其实,最有意思的,还是陕南老民居。

蜀河镇上的几十条小巷里,座落着百余个小院子。现在已标牌需要保护的,就有一百零二户。它们不处在一块大的平地上,而是建在陡起的半坡上,各自为平台。巷道是石台阶,上上下下。你弯腰往上爬,眼看到顶了,拐弯处突然会出现一个院子。进门去,房前一块小平地,房后就靠着岩壁了。还有的前院一个平台,上几步台阶,到后院又是一个平台,递次升高,各呈方正。这样的建筑格局,是因山区坡地所决定的,但也显现了一种生活的技能和方式。

院墙是石块垒起来的,取材于本地,结实而经济。院子里收拾得很干净,大多植有花草,雕着图案的圆石墩上,沁出绿苔,说明日晒雨淋太久了。

老屋里的布置虽然很简陋,但整齐。厨房中光线比较暗,可那些瓢、铲、毛巾、刷子等用具都一一挂在墙壁上,显示出女主人的心细爱美。

年轻人出门闯世界,守院子的多是老人。他们都很热情,只要你进去,就会让座端茶。聊起本家的旧事,他们神采奕奕,脸上常常泛出自得之意。一看就是从大世面中过来的,没有小家子的拘泥。

蜀河镇上的老人,多与水上生活有关。他们的祖先,很多是船工、纤夫,从外地来到这儿,娶妻生子,留下不走了。

有一户人家,父亲撑船运货,母亲在船上做饭,兄弟姐妹七人,都在船舱里受孕、出生,来到人世间的第一眼看到的是滚滚江水,听到的是船工号子。

蜀河镇的后代,非常依恋这片故土。有些人在外地工作,老房子空着,可以每年只收两千元便宜租给你,但绝不出卖,根要留住。

这个藏在秦巴山间的小镇,明清之后,随着公路铁路的发展,水运终止，逐渐冷落下去。多半个世纪后，又突然为外界所关注。现在，时有探访者出现在街上，但它的生活原态并未受到影响。

有些小镇偏僻冷清，人烟渐少，经过许多的修整和宣传，才又热闹起来。而蜀河镇内在的繁华气息似乎从未逝去，根本原因是老居民依然恋巢，视它为福地。

每年正月的元宵节之夜，居民们会自发地玩起"疙瘩龙"。红白喜事的酒席宴上，传统的"八大件"必不可少。

四

一个古镇最为骄傲的，是老树和老人。

在蜀河镇漫步，经常能看到千年的皂角树、栎子树、黄檀木……它们随处生发，有些就长在石头缝里，生命力很长。

老树是屹立的路标，老人是移动的品牌。

在黄洲馆门前，我遇到了杨柳青老人。她在人世间已经渡过了九十五个春秋，但依然身板硬朗，风姿照人。不高不矮的个头，不胖不瘦的模样；手握白手绢，脚穿绣花鞋；穿戴干净整洁，脸上笑容微露。

镇干部介绍说：这是我们镇上的老寿星。

我上前打招呼："老人家，你年轻时一定是个美女，万人迷。"

老人摇摇头，伸出一个小手指，谦虚地说："不是啊。你夸奖。"

"听说你常到镇政府去，与干部聊天？"

"莫事嘛，到处走走。"

"还听说你常打麻将呢。"

"你玩吗，我陪你。"

老人风趣的话，自信的态度，惹得众人都喜笑颜开。

这时旁边的街邻告诉我，老人领养的儿子曹贵喜，几天前去世了。可是我们从杨柳青的脸上，一点也看不出悲伤。

提起这事，她说："喜娃走了，我用自己攒得两万元，给他办了个好好的丧事，比我走时还热闹。"

老人很健谈，你提起个话头，她会告诉你很多。在随意的交谈中，我知道了她过去的生活经历。

杨柳青是个苦命人，从外地嫁到蜀河镇，跟着做木匠的丈夫过日子。

自己的亲生儿子，在四岁时患了霍乱病，没有救活。那一年是流行病的大灾难，伤兵成堆睡在地上，没法治。第二年，有个讨饭的年轻妇女，带着三岁的儿子来到蜀河，生活无着，极其困难，她看不下去，就将那孩子领养了。可她五十岁时，丈夫也患病离世，此后她便独自带着孩子生活。她女红手艺非常好，缝制衣服，纳绣花鞋，做床单被罩，供不应求，因而除了母子俩吃喝，还能积攒些钱来。如今，养子也走了，她用尽积蓄安葬了孩子，然后继续人生路。

望着杨柳青老人，我不由得想起了石缝里那些挺拔的老树。

杨柳青是孤寡老人，现在由政府给她生活费，有干部常来照看她。

她说她很满意了。可能她的人生中很少抱怨过生活的曲折吧。一切都是命，一切逆来顺受，总是坚忍不拔，老天也不愿意夺走她的青春。

老人还要去办事，我们就此告别。然后，我特意找到了沈家楼巷9号，那是杨柳青的住处。只见老房子前的院坝上，打扫得干干净净，并且鲜花盈门。楼上的窗口，一只老花猫安静地卧在那儿，不惊不诧地注视着匆匆过往的行人。

在西门外的冻绿确巷，我看到另一位名叫张达贤的老人，同样九十出头了，拿着条帚扫院子。发现有人照像，她会腿脚麻利地躲进屋里去。

在乾益巷38号，还有一位叫王新发的老人，也九十三岁了，与八十五岁的妻子生活在一起。虽然视力不太好，但精神头儿不错。

我在蜀河镇上随意行走，仅仅半天时间，就遇到了三位年逾九十的老人，可见长寿的概率不低。

五

清晨，在蜀河镇上，常会看到有老年人用铝壶从远处提水回来。

这水是从镇外黑沟古井里提来的，他们在家里烧开，然后泡了茶，坐在门口的竹椅上一边晒太阳，一边品茗。

这份悠然自得，让人羡慕。

那个古井可是神泉哩。没通自来水前，全镇人都吃着黑沟古井里的水。那时，竹扁担挑水桶忽悠悠来来去去，是每天都上演的风景。

黑沟古井的水从石缝里渗出来，清亮透明，营养丰富。这井很奇怪，天再旱不受影响，水源不断。前面排队的人舀干了，后面稍等片刻，水又出来了。天再涝不浑不涨，平静如昨。

尽管现在家家都有水龙头，但很多人仍然要去黑沟古井提水。

古井的水好，这是毫无疑义的。

同时这也是一种习惯、一种需要，一种心态，一种生活节奏。

于是我明白了，古风、心态、节奏、一方水土，是蜀河古镇的风韵所在。

我们在汉水边的这个老镇上受到的启发，应该还有很多。

原载《特别文摘》2018年第4期

一棵移植的树

庄伟杰

一棵青葱的树，从一个半球移植到另一半球。根须蔓延，在不同的土壤；枝丫伸展，在不同的天空。

它将疏影横斜在光的缝隙中，任身后陌生的风雨，抖落满身的迷茫和浮尘，与时间构成交叉和融合。然后，承受着另一种阳光、露水或月光，像进行一次革命性的庄严洗礼。

一棵移植的树，生长的过程就是一种生活。它有时孤单，有时芳菲，或静，或动。它迎风飞舞的枝蔓，在彼岸悄悄地散发着体温。

当回忆在空中驰闪而过，上空开阔一片蔚蓝的情愫，仿佛绵延成一条曲折迷离的岸。

当海风撩响天边的云彩，我分明看见，那是树影随风飘舞的裙裾，或如一面经幡，掀动满天霓霞。哪怕苍天寂寥，星月暗淡，它也不愿让自己沉没于虚无。

一棵移植的树，以沉静的姿态立于岸上，自然，从容，满怀渴望，近乎决绝。或清晰或朦胧，俨若一道风景。不愿萧瑟，不仅守望，只为自由地生长和呼吸。

它用深情的目光，迎迓每一个黄昏或黎明。驱使我张开的双眼，如两盏燃醒的探照灯，试图探悉它生命的海拔。

然而，它始终默然无语，影影绰绰，仿佛是氤氲的一团梦。

在遥远的彼岸，它张开着树阴，像柔情慢板，随日升伴日落，缓缓地滑入夜幕之中。有时飘舞着几片落叶，如一串梵音，与时光的拔节声遥相呼应，把季节打造成一幅凄美的画图。

一棵树的移位，迷乱我多年涨满期待的目光，多么像一支缥缈的歌，让寂寞的枝叶次第翩飞灵性的翅膀，让漂泊的孤魂托起忧伤在云梦中涅槃。

倾听这棵树的回声，存一份情结；遥想这棵树的图影，似一种传说。当一场暴风雨意外袭来，我双手合十，心中只燃一炷香，默默为之祷祝。

此刻，窗外春雨绵绵。俨若一场暧昧，淅淅沥沥。往事渐渐从心底浮泛，依稀模糊，人群中一个熟悉的背影晃来晃去。骤然想起，一棵树正独守寂寞，任流散的时光一次次把生命提升，抑或煎熬。

一棵生命树，从一个空间移居到另一个空间。树影像它的名字，令我充满绿色的幻想。

循着它的影像，我看到，在异乡，它始终抱紧双肩，抵御风雨寒流的侵蚀；在彼岸，它呈现出最美的青葱，用绿意把苍凉覆盖。

它依然孤独地生长着，恣意伸展着生命的枝条。纵有心事千千结，唯有无奈地把一棵树心分成两半，一半在摇曳中指向它的原生点，一半在风尘中伸向未知的愿景。当它在另一片新土扎下根来，承受着日复一日的磨损，它能否重回生命的原乡？

在新的时空自由呼吸和伸展，是一种美的感觉，也是一种美的疼痛。许多东西一旦领略之后，随之又在幻影里渐渐消逝。

一棵移植的树，一个漂移的生命体。从开始寻找新的生长点直到最后枯萎寂然，漫长而又短暂，注满命定的渊薮。

而我，在一棵树的移植中，体味到生命的青翠与苦涩，美丽与沧桑，神圣与孤寂。

原载广西《红豆》2018年第6期

城市低处的灯光

厉彦林

世间万物没有高低之分,人也如此。

就空间而言,高处有高处的境界与威仪,低处有低处的风景,同样有令人敬畏的精神与力量!

近几年,中央电视台一直在播出《留一盏灯,温暖他人》的公益广告,讲述城市楼上的年轻夫妻为一对在马路边就餐的清洁工亮灯的故事,善行无迹,传达出小善行、大善心的温暖力量。平日里,谁也没留心去观察灯光下面的人,也没留意我们这个城市低处的灯光,或者说,看这样的灯光很容易,就在你我的身边,无须仰视,低一下头,睁开眼睛,用心观察,即可触及,关键是走不走心,动不动深藏心中的那一丝真情和善念。

那是2011年12月底的一个傍晚,我独自走上济南市东北部菠萝山的山顶。雨后的天气格外清朗、清晰,虽然刚过立冬,气温已经下降,还没寒气逼人。满山的树林开始落叶,野草已经枯黄。我贪婪地呼吸山顶的清风。这风无拘无束、自由自在,从哪里来,到哪里去,无法问津和关心。我尽情地感受着风中传递而来的种种信息和深秋的味道及诱惑。我手扶一棵枝条遒劲、周身长满尖刺的山枣树,凝望北部低洼处,好像没多长时间就蹿出一片高楼。星星点点的灯光开始点缀城市夜晚靓丽的脸庞。这时我突然发现:城市的灯光是有层次的,有上有下,上的辉煌,下的暗弱,就像热带雨林或者东北大森林一样,有高大风光的乔木,也有匍匐卑微的地衣和灌木。

夜幕降临,城市高处的灯光总是先亮起来,亮出一份豪气、一种得意。城市高处的灯景璀璨壮观,可谓五光十色、缤纷多姿,张扬现代大都市迷离又温馨的夜生活。十字路口,高高的路灯光线强烈,将所有过往的行人与车辆照得清晰、亮堂;高架桥上的灯火,远远望去就是五彩的游龙,光怪陆离;高档小区每个窗户里都吐射出绮丽光芒,幸福的故事弥漫在其中;还有城市上空那一射千里的景观灯,更留下一座城市动人心魄的惊鸿一瞥。

城市高处的灯,如舞台上时装模特儿飞扬的裙裾,吸引了多少羡慕的目光啊,让你不得不叹服一个城市的美丽与奢华。而低处的灯总是亮得迟一点,有点迟钝甚至羞涩,或许站在城市高处的人,根本无暇顾及城市低处的亮灯,更无暇观察低处灯光下的人生。低处的灯光没有秘密,生活在城市低处的人生活是公开的,门窗没必要及时关闭,也不必要掩饰什么。主人整日为了基本的生活生存而奔忙,没什么家当,也就更谈不上多少隐私保护了。

生活在低处的人有自己的生活形态和方式。夏季的一个黄昏,我走进一个建筑工棚时,只见工棚的门和窗都敞开着,锈痕斑斑的铁锁就挂在简易的门鼻上。在建筑工地打工的汉子们还没回来,当然也可能结束了一天劳作,正在回工棚的路上,所以棚顶上唯一的那盏灯泡还没睁开眼睛;门口那个卖小炒的商贩,早已摆好各种肉鱼、青菜及作料,但并不急于为自己的摊位接上灯火;工棚的西侧是个出租屋,这对夫妻五十岁左右,妻子是多年前跟丈夫进城在这个小区里捡废品的,丈夫虽然回来了,可也没舍得开灯,仍在黄昏的余光中归类地捆扎收回来的废报纸、塑料布什么的,忙得没工夫抬头……伴随一阵嘈杂的说话声和散乱的脚步声,周边工棚的灯陆续亮了。那灯光有些昏暗,甚至颤晃着。灯光映照着他们沾满泥土的衣服和乱蓬蓬的头发,每个人的脸上都汗津津的。灯光下,水龙头哗哗地响动,肯定是在洗脸、擦脸或者漱口。有人敲击着铝皮做的饭盒准备去吃饭,还有人大声吆喝着凑钱去买酒喝……

低处灯光下的人生是嘈杂的,更是卑微的,却是我们这个城市真实而鲜活的生活。小贩已经揿亮灯泡、点燃煤气灶,开始叮叮当当地炒菜,还一边高喊着菜的价格,夸耀着菜的品质和自己的手艺。有位老太太在街旁放着一张半米高的饭桌,把在冷水中浸泡过的西瓜切成长条块,"又甜又脆,两块钱一块"。几位民工笑着坐下,伸手拿起西瓜就啃,只是把瓜皮各自放在一边,便于数瓜皮的块数付账。老太太用低矮的灯光和凉爽的西瓜为农民兄弟降温,为这个火热的城市夏夜降温。这时收废品的出租屋内,灯终于亮了。女人正在用方言大声地训斥孩子:"和你败家的爹一个熊样,倒了油瓶都不扶,就知道吃!"男人光着膀子边喝着酒,边眼盯着电视,新闻联播正在报道国家主席习近平在美国西雅图参观波音公司商用飞机制造厂的消息,"老娘儿们,就知道瞎叨叨,说不准，国家还得请我为波音公司造零件哪！"心中洋溢职业的神圣和满足。无论处在什么层次，哪怕社会最底层，这种自信和自恋的含金量都是很高的，令人敬佩，值得点赞！

　　物质世界五光十色，光怪陆离，诱惑多多。城市在节节拔高，少有人还愿脚踩泥泞"留得残荷听雨声"？登山者心仪巅峰，少有人还记得峡谷中"野百合也有春天"？在喧嚣舒适的生活中，我们常常喜欢仰望高处：高山、高楼，包括高扬的人生、高攀的职位……似乎只有在高处，才有我们目光的栖息地，才值得心驰神往。任何时候都不可忽略城市低处的灯光，因为它是最真实的存在，最接近和贴近大地！仔细观察城市低处的灯光，就如同外乡人那一双双疲乏、困倦的眼睛，透出辛苦和期许。他们默默无闻地在每个简陋、偏僻的角角落落闪烁不息。完整的城市，既有高处灯光下的歌舞喧哗，也要有低处灯光下的安详与宁静。城市低处的灯光下，也许就有我们的父母、弟兄姐妹，或者远房亲戚。只要有一盏灯为他们亮着，他们就会感觉到满足、享受一份属于他们的光明与温暖……

　　开春，我来到城市的郊外，不经意步入一片低处的原野，那丛生的野草、碧绿的菜畦、茂盛的庄稼、悠闲的牛羊、飞舞的蝴蝶、自由的虫鸣，还有轻轻拂面的山风、脸贴大地的野花、小河里结对洗澡的鸭子……犹如世外桃源！闲暇时分，走进街头巷尾，留意偏僻的乡村，也是一幅生动的市井图，彰显出生活的酸甜苦辣咸。那些简陋的房屋、落后的交通、昏暗的灯光、脏乱的卫生纸，价值观的扭曲以及秩序的混乱，乡村社会显现出新的黑洞或陷阱。它不仅使得那些成功逃离农村的人们，最终遁入了城市，也使得那些最终回归农村的人们，通常都带着满身的病痛与绝望。那菜场中讨价还价的热闹，那角落里相互对弈的争吵，那树下老人打太极拳的怡然自得，那三轮车夫边骑边哼唱的自由自在。虽然生活困难，可跳动着山区支教的爱心，有抢修电线和下水道的灵巧之手，有冒雨顶雪送快递的车鸣，当然还有下岗创业的大嫂、自强自立的盲人，还有棚改乔迁的喜悦、拿到医保时的欢欣……让人感叹民间野草真实的性情，原来低处的风景这么纯朴、率真与自然！城市低处和农村低处的风景紧密相连，散发着泥土的芬芳，展示着原汁原味的生活，带给我们一种温馨的、褪去浮华的存在感，洋溢着向善向上的正能量。

　　普通民众夹杂在城市的高处和低处之间。在城市里总是存在贫穷与富有、强势与弱势、聪慧与愚昧、高尚与卑劣的鲜明对比。当然，人类社会从来都是如此。每天都有大群大群的人蜂拥来到城市，寻找新的生活与希望。你看，那建筑工地上，在当空烈日的烘烤下，被晒得黝黑的男人和妇女用湿毛巾包裹住脸，在忙着搬砖头，搅拌水泥。有位实在太累了，就蜷躺在墙角阴影里的一块木板上，打起震天的呼噜。我那次路过铁路旁的铁皮房，只见房里碗、勺、盆、衣裳、塑料桶、牙膏、香烟还有夜壶等样样俱全，破旧的饭桌上铺着报纸，上面放着吃剩的食物，黑压压的一群苍蝇在飞舞狂食。铁皮屋外面的绳子上，晾晒着未干的衣服，粗布的褂子和各式的男女内裤迎风飘摆。远处是又骚又臭的公共厕所，尿液任意流淌在小巷里。生活在低处的人，为了生活，有的去打工，靠自己的力量端饭碗，有的去当混混，有的甚至去偷盗抢劫。譬如因失业而走上犯罪道路的年轻小伙子，讨要薪水不成而跳楼的民工，被鸡头威逼卖淫的少女……只要你注意阅读你所在城市的早报晚报，你会吃惊地发现，每天你身边都在上演各种各样的人生悲剧。这些剧目的导演者、表演者、传播者，大都是这些生活在城市低处的人群。当代中国，困难的群体，大都集中在农村，其实最困难的却是在城市的角落，因为他们还不如农民还有属于自己的土地，能解决基本生存。尽管社会保险和社会救助体系正在健全和完善，但政策的阳光雨露要覆盖所有地方，根绝夹缝和空白点谈何容易。

仰望是一种境界，俯视也是一种姿态。所谓低处的风景，并不是尊严的低下，人格的卑微。在低处虽然渺小，但不自惭形秽，有自己的活法；虽然弱势，但不妄自菲薄，有自己的开心。通过社会底层的这些角落，我看见了怦怦跳动的人心，以及这些人心变异与坚守的艰难过程。这令我震惊，也让我深深思考。为什么短短几十年里，那么多中国人从过去那么贫穷，一下子膜拜起金钱了呢？甚至在金钱的面前，什么尊严、道德、法规、廉耻，统统丧失了呢？对人心进行修复式的呵护、关怀、重塑与救赎，已何等重要和迫切。该重新捡起"礼义廉耻"，把这四个字挂在心中，作为行为准则，就具备了最起码的道德水准。好多时候，我们在欣赏别人的时候，我们可能已成为别人眼中的风景、羡慕的对象。走在生活的风雨旅程中，当你羡慕别人住着高楼大厦时，也许瑟缩在墙角的人，正羡慕你有一座可以遮风挡雨的草屋；当你羡慕别人坐在豪华轿车里，而失意于自己在地上行走时，也许躺在病床上的人，正羡慕你还有能力可以自由地行走……我们都是远视眼，总是活在对别人、对名权利的仰视和攀比里；又是近视眼，往往忽略身边的细微的感动与幸福。人穷，能活得有尊严与底线；财富如山，也能活得不像人，道德滑坡、心灵阴暗。多往低处、平凡中走走，看看低处的风景，能连接"地气"，就少冒"傻气"和"热气"，灵魂、境界和心态就会走到高处。

"城中村"，就是高楼大厦把原来的农村"包围"在城市中，它是城市低处的浓缩包，为城市文明提供着生存根基。我清晰记得20世纪90年代，济南市舜玉南区一片老城区改造前的景象。当时政府刚做出规划，准备搬迁改造这片小区，这信息就不胫而走。家家户户纷纷在原来的农舍上边，又加盖了一层，加重跟开发商讨价的砝码。这新嫁接的房子，或土坯的，或石垒的，或砖砌的……可谓"八仙过海"，五花八门。有的墙没上泥，依旧露着石缝或砖缝。为了占满所有空间，增加搬迁的面积，许多人家还盖了东屋、西屋、南屋，在屋后、屋前靠墙根的地方建上了一排排的小斜厦。这些密度很大的小房子，有的当伙房、作卧室；有的用来堆积杂物；有的挂上门市部、豆腐店、理发店的牌子，有的牌子竟然有房子的一半大；有的住户已经买了新楼房，把这些旧房子出租挣钱。这样一来，本来不宽敞的地方，显得更是狭窄，有的地方须侧起身才能进入。不仅房子建得凌乱，窗户也是随心所欲。高的矮的，大的小的，长的短的，宽的窄的，横的竖的，黄的黑的，木的铁的，外探的内装的……有些窗台上还摆上仙人掌、马蹄莲、菊花、芦荟、兰草、吊兰等花草，给这片灰秃秃、挤巴巴、乱糟糟的住宅区，增添了几分盎然生机。经常可以听见街头卖煤球的吆喝声，还有着蹬着三轮车、卖凉粉的女高音，在小小的、狭长巷子里传出很远、很远，深夜里还可以听见打麻将的撞击声和不依不饶的劝酒声……随着时代的变迁，老城区终将被拆迁、被遗忘，但是这座城市里那些琐碎的往事和那些被渐渐遗忘的光阴，依然留存在人们的记忆里……"城中村"，普遍是城市中独特而又尴尬的地方，低矮、低调、低落地养育着万千百姓，延续着底层的血脉。其实这是一批批普通人赖以生存的地方，或者说是他们夹在城市缝隙的古老"家乡"。

在快速城市化的进程中，处在生活低处的主要是农民工，时尚称呼为"新城市人"。他们为了生计，背井离乡，来到陌生的城市，用"沉默的声音"，创造出波澜壮阔的"中国奇迹"，他们无愧于这个时代。

改革开放前,农村人要想成为城市人,除了当兵提干、考大学、顶替在城里工作的父母,没有其他路可走。如今的城市给了他们自主创业的诸多机会,城市也因此增添了新的风景线。在每座城市的每个地方,都能看到他们忙碌的身影。他们穿上保安服装,为小区居民提供着安全保障,风雨无阻。他们穿上工装,活跃在脚手架上,忙碌在服装车间,劳作在新的高速公路工地……农民工满足城市需求的同时,也创造着城市需求,成为时下供给侧结构性改革的重要内容。他们在城里要衣食住行,买衣服,租房子,买汽车。同时,农民工还是城市与乡村融通共享的媒介与催化剂。城里修车、修电视机和电脑的技术嫁接到农村,经常需要他们来作桥梁。几亿进城务工的农民,每逢春节必定回乡下老家。挣钱谋生为什么非得进城?这举世无双的城乡间的巨大人口流动,与城乡二元结构、城乡发展差距有直接关系。这些"新城市人"成年累月的亲情分离和艰辛劳作,到底在心灵深处留下怎样的伤痛,什么样的疤痕?当然勇敢者会直面现实中遭遇的诸多挫折、打击和失败,理智者也会有自己的分析判断。但因身处社会底层,对生活有真切的切肤之痛,心头难免会有无形"层"的隔膜。

说到低处,2015年最让人牵肠挂肚的应当是山东平邑"12·25"石膏矿垮塌事故地下的矿工兄弟。这年是山东省三十多年来最冷的一个冬天。在一百多万平方米的采空区,几十名矿工被困在井下二百二十米处。那不是低层,而是地下,是地狱。地面上寒风刺骨、灯火通明,地下阴暗潮湿、一次次挑战着生存极限;家人心焦火燎、泪水洗面。最终经过长达三十六天的拼搏、克服重重艰难被成功救出。这次救援是我国地面垂直大口径钻孔救援成功的首例、世界尚数第三例,创造了矿山事故救援的范例。这些普通的矿工,幸运地跟亲人过上团圆年。生命高于一切,珍惜生命、爱护生命,救命不惜一切代价。这次救援彰显了民族精神和国家力量。面对这种景象和事实,关注此事件的西方某人权组织,最后却哑言了。这件事告诉我们:人间祸福,人生高低,命运高低,真是瞬息万变;天堂和地狱,往往是一种人生状态、一种命运转化!当你亲历家破人亡、事业破败、遭遇绝症、面对人格屈辱和委屈冤情……心也许就下了十八层地狱!面对世态炎凉、万劫不复的人生苦难,千万不可放弃庄严而神圣的信心,任何时候都不可践踏生命的诺言和对责任的承诺。坚守信仰,咬紧牙关,走出困境,就是"天上人间",就是新的希望。

　　我清楚地记得那是 2016 年 8 月 13 日的夜晚，我又独自跟随月光爬上热浪扑面的菠萝山顶。突然眼前有微弱的光亮闪过，静心一看，分明是飞舞的萤火虫。我好奇地想，整个山顶的植被已被彻底改造，竟然还有这些可爱的小精灵？它像流淌着一曲动人的音乐，在随着月光低语，那是沉默的声音，与时代和人生相依朝夕，美好与失望，悲伤和欢喜，不离不弃……我躬身坐在石凳上，摸一摸这低矮的小草、裸露的树根，享受着被重新修复的自然生态，目光盯着山下低矮处的楼群。我陡然想起沂蒙山区老家的许多旧居被废弃。有些倒塌成废墟的旧屋，被人改种了庄稼蔬菜或养了牲畜。走进城里的群体，又面临许多新的困惑和纠结，说不清道不明的乡土社会的变迁和迷茫。农家子弟吃粗食淡饭长大，穿家织粗布成人。伴随城镇化、工业化的步伐，大量的农民进城，原来的血缘、亲缘、地缘的联系被淡化，人们的道德观念，特别是生存、生活方式都有很大的改变。从乡村走出，走进城市多年，但骨子里仍是一个乡下人，时常想起农村山沟岭梁间的恣意和自由，想唱就唱，想喊就喊。一个离开了自己熟悉土地的农民，在城市会感到很茫然，甚至路该怎么走、垃圾往哪里扔都不知道，上演起现实版的"陈奂生上城"。在农村可以高声说话，如果低声说话反倒会引起别人猜疑，在城市公共场合却不能大声喧哗。有的为少走几步路，横穿马路、闯红灯，不守交通秩序，有的老习惯难改，随地吐痰、乱扔垃圾，被抓住训诫或者罚款。城市低处的人群关心的问题非常多，最最关心、关注的还是孩子的上学问题，包括教学质量、交通安全、营养餐供给，谁接谁送等。民族文化素质、文明素质由低到高的提升，是一个漫长过程，需要多少年甚至几代人的培养和文化的积淀。我们一直在努力，我们在热切期盼着。

　　汪国真曾这样歌唱："没有比人更高的山／没有比脚更长的路。"高处的理想之光、精神之火，始终召唤"人往高处走"。这些年，中国经济社会快速发展，中国人习惯于仰头奔跑，无暇顾及低处的人生与风景。人身在高处习惯于往远处看，不大关注低处的灯盏。生活在低处的人们蜗居于某个简易房屋内，外界的人不懂、不解他们的凄凉和隐痛，只有太阳公平地温暖和照亮每个房间。有人曾呼吁："停下脚步，等等灵魂。"人生是一条上下波动的五线谱，有时高，有时低，这是自然。高处低处各有千秋。高时，可以洞视远方，预判风险；低时可以头脑冷静,蓄积力量,仰望蓝天。惊蛰过后,清明就快到了。扑面而来的风,明显暖了,我手握自家的钥匙,迈开坚实的脚步,走进山下的植物园,走进澄净、清澈、舒展的大自然,侧耳聆听低处鲜花竞相开放、虫鸟自由吟唱的声音……守住低处,适可而止,有节有度,同样拥有博大和深邃,坚守着高尚与高贵。人在低处,抬腿就是登高。在低处生存的人显得弱小、卑微,可抬脚随时就走向高处,步履艰难却稳健,少了些许的风险。

站在城市的肩头,情不自禁放眼远望,内心深处拨动爱与美的曲谱,低头从城市低处捡拾一束心灵的花香鸟语。远处谁家的孩子,正挥舞一条红纱巾,在松软的草地上迎风学步、跳跃,溅起家长一片爽朗的笑声!

希望在我眼前飘舞,在我心中燃烧……

原载《北京文学》2018年11期

河滩上的植物

高维生

野地黄

紫红的钟状花萼,叶片卵形至长椭圆形。5月初,当我在杂草丛中发现这种花,观察半天,每一片叶子,每一条茎脉,就是不知此花的名字。

打开电脑文件夹,找出常见植物图片和文字说明,看到地黄的图片,它和大堤上遇见的花一样。原来它就是地黄,有名的一味中药。我有一段时间眩晕耳鸣,有怕见光的症状,一遇风就流泪。尤其是冬天要停下来,摘下眼镜,擦干净流出的眼泪。中医让我经常吃"六味地黄丸""杞菊地黄丸"。两味药中都有地黄,不起眼的野生植物,竟然有着这么大的作用。

地黄生长于红土和黄土地,喜光照充足,适宜山坡及路旁荒地,不近林子的边上,或与高秆植物间作。它是多年生草本植物,其块根为黄白色,所以得名地黄。鲜地黄、干地黄与熟地黄,经过加工以后,药性和功效有较大的差异,按照《中华本草》功效分类,鲜地黄为清热凉血药,熟地黄则为补益药。

地黄是四大怀药之一,从周朝开始,被历代列为皇封贡品。唐宋时代,经丝绸之路传入亚欧各国,明代郑和将怀药带入东南亚、中东许多国家。在魏晋时期,求仙问道的人们,重视地黄的滋补之效,它与玄参、当归、羌活称为四大仙药。

我打电话,询问东北老家的岳父,他今年八十多岁,1950年从北山学校毕业后,就去朝阳川舅舅的"复兴祥"药店学徒,1953年,回到延吉后,进入延吉市中医院坐诊。岳父年轻时拉药匣子,每天和草药打交道,熟悉各种药味,做过几年药剂师,也上山里采过药。我问地黄的情况,他说东北很少有,地黄不仅是中药,还能做药膳。这条信息,让我有了新的看法,原来吃药丸时,看到说明上有此药,不知道还能作为食物。

我第一个想到的古代诗人,就是北宋大诗人苏轼,他对中药颇有研究,这和经历有关系。他诗文书画的居重要地位,步入仕途后,一直生活动荡不定,遭十年贬谪,遍尝人生的艰难困苦。

苏轼对食物养生感兴趣,写下《服生姜法》《服地黄法》,咏过枸杞、人参、甘菊、地黄和薏苡。他对地黄特别的重视,东京对岸的怀州武陟县,是时常荡舟游历的地方。对武陟药材的熟悉,为苏轼研究地黄提供素材,他在小圃《地黄》中写道:

> 地黄饷老马,可使光鉴人。
> 吾闻乐天语,喻马施之身。
> 我衰正伏枥,垂耳气不振。
> 移栽附沃壤,蕃茂争新春。
> 沉水得稚根,重汤养陈薪。
> 投以东阿清,和以北海醇。
> 崖蜜助甘冷,山姜发芳辛。
> 融为寒食饧,咽作瑞露珍。
> 丹田自宿火,渴肺还生津。
> 愿饷内热子,一洗胸中尘。

苏东坡谪居岭南后,受到当地文人墨客的拥护爱戴,县令翟东玉和苏东坡有过一次交往。有一天,他收到了一封书信,书信中苏东坡说:"草药之中最滋养者,莫过于地黄,若用来饲喂老马,可以令其返老还童,化为马驹,白居易有诗论及此事。我今血气衰竭,一如老马,愿讨地黄为食。"在岭南诸县中,只有翟东玉的朋友,在其药圃中种地黄,苏东坡写信给翟东玉,就是想讨这味草药。

南宋的大英雄、大诗人陆游,大多人知道《钗头凤·红酥手》,描写诗人的爱情悲剧。南渡后,因主张抗金受主和派排挤,从此不在朝中做官,一生伟大的愿望难以实现,活到八十六岁。

陆游是美食家,深刻了解中医养生,对地黄特别有感情。他有一首《梦有饷地黄者味甘如蜜戏作数语记之》,写自己梦见地黄,用它来招待客人,自己舍不得吃,却要留给客人。来者也是明白人,吃地黄不觉味苦,夸赞味甜如蜜。朋友送来珍贵的地黄,打开盒子时,充满一阵惊奇,来不及炮制,迫不及待地拿起来品味。地黄的药香透昆仑,液生瑶池，药味甜如糖。孩子们高兴地说陆游，你雪白的下巴，现在生出黑须。老毛病已经不见了，丢掉拐杖，大步往前奔。清晨一阵的鸡叫声，将梦惊醒，齿颊间存留甘甜的滋味。山中的朋友们，多采地黄吃，何必去求金芝。

1985年版，我国药典的成方制剂中，近四分之一药中使用地黄，说明它在药物中的重要的作用。《本草汇言》记载："生地，为补肾要药，益阴上品，故凉血补血有功，血得补，则筋受荣，肾得之而骨强力壮。"地黄是玄参科多年生草本植物，秋季采挖，除去芦头，清理净须根的泥沙，可以鲜用，习称鲜地黄，以粗壮、色红黄者为佳。也可烘焙八成干，被称为生地黄、干地黄，块大、体重，切面乌黑油润是上品。

地黄不仅是药，早在一千多年前，百姓将地黄作为食物，腌制成咸菜，泡酒和泡茶，现今仍把地黄切丝凉拌，或煮粥而食。

民间常用地黄配以各种食物，制作滋补养生保健的食品，地黄粥类、地黄点心、地黄看馔，品种繁多，白居易对地黄的养生功效更是认可。他在《春寒》中写道：

　　今朝春气寒，自问何所欲。
　　苏暖薤白酒，乳和地黄粥。

其中地黄粥为人们所称道，查阅诸多的资料，一下午沉浸地黄中，野生的植物，具有文化背景深厚。深夜被雷声惊醒，一道闪电划破夜空，接着是细密的雨声，节奏鲜明的响起。我坐在床上，望着窗外的黑暗，想着大堤上的地黄，它能否经得起惊天动地的雷雨。

清晨上大堤上步行，我急忙地赶路，去看雨淋过的地黄，现在的情况怎么样。风不大，挟着潮湿气扑来。鸟儿的鸣叫从林间传出，路边的野草中的地黄，安然地长在大地上，这点风雨，对于它只是经历。我提着的心放下来，蹲下身子，察看经雨水洗过的地黄，一派清新，呈小喇叭状的花冠，在吹奏一首晨曲，歌颂义一大的到来。

难得注意的个性

花冠喇叭形，粉红色和白色，外面有柔毛，褶上无毛，有不明显的浅裂。当朋友在微信圈里发了一组常见，又叫不上名的植物，其中有一张田旋花，它和喇叭花好似双胞胎，细看不一样。如果不是偶然看到图片的文字说明，我一直蒙在鼓里，错误地把田旋花误认为喇叭花。

田旋花和喇叭花的叶子不同，它是柳叶状，喇叭花是掌状。田旋花为旋花属，双子叶植物，为多年生草质藤本。

我去黄河大堤上步行，路边的草丛中散落许多田旋花，在董家界碑附近，堤的斜坡上，生长大片的这种花。每天走过都停下脚步，观察一会儿，清晨的阳光不充足，露珠在薄花瓣上滚动。有几次，我对花有些猜疑，因为小时候，我家后园的板障子上，爬了一些喇叭花。暑期放假，我去天宝山姥姥家，几乎到处看见喇叭花。早晨和姥姥蹚着露水，去菜地摘菜，往往被花迷住，采一些花挂在窗前。姥姥家的大花猫，见此情景，顽皮地扑上去，把花撕得粉碎，弄得炕上是残落的花瓣。

上高中时，读过叶圣陶的《牵牛花》。他在文中说："前一晚只是绿豆般大一粒嫩头，早起看时，便已透出二三寸长的新条，缀一两张长满细白绒毛的小叶子，叶柄处是仅能辨认形状的小花蕾，而末梢又有了绿豆般大一粒嫩头。"作家笔下的牵牛花，漫出新生的气息。后来又读郁达夫《故都的秋》中言道："静对着像喇叭似的牵牛花（朝荣）的蓝朵，自然而然地也能够感觉到十分的秋意。说到了牵牛花，我以为以蓝色或白色者为佳，紫黑色次之，淡红色最下。最好，还要在牵牛花底，教长着几根疏疏落落的尖细且长的秋草，使作陪衬。"

没有经过北方秋天的人，绝不会知道秋的滋味。在苏州、上海、杭州，这样的大城市里，混在人群中为了生存奔波，难得注意秋的性格，只能觉得一丝清凉。秋的气味，秋的色彩，秋的诗意，秋的悲凉都感受不透。秋是生命过程的一个季节，秋风吹拂身上，重游旧地，目睹树叶飘零，想起一些旧事情，时间的逝去，使他的内心满怀悲戚。回忆昔日的人情物事，历经多舛人生的郁达夫，内心所剩只有悲凉。

牵牛花，民间俗称喇叭花、勤娘子，看到勤字就能想到所包含的意义。它是勤劳的花。当新一天太阳升起，公鸡啼过头遍，盘绕草棵上的牵牛花，开出喇叭似的花来。牵牛花令我回忆过去的事情，情感是复杂的，既有旧事刺激的异常兴奋的快感，又漫生出酸涩。在时间的流逝中，发生很多的事情，姥姥早已不在人世，我也人过五十，只有记忆中的牵牛花，仍然鲜活年轻。

我一直未能辨认田旋花，它不是牵牛花。去年晚秋的时候，拍了几张图片发上微信，写几句赞美的话，引得朋友们一阵话语声。春天的时候，大地上的田旋花，还没有走出来，炫耀自己的风采。终于弄清庐山真面貌，由于过分相信自己的经验，造成玩笑似的差错。

　　我查找田旋花的资料，它有双面的性格。对小麦、玉米、棉花、大豆、果树等植物有危害。在大发生时，成片的生长，密被铺在地面，抑制作物的生长，造成作物倒伏。据《哈萨克植物志》第七卷（1964年）记载，本种为田间有害杂草，马吃二十六克鲜草可致死，种子毒性大，在我国文献中记载，也有家畜食鲜草下痢的文字。另一方面，田旋花是中药，可以治病救人，祛风止痒、止痛。主风湿痹痛、牙痛、神经性皮炎。可通过根茎和种子繁殖、传播，种子由鸟类和哺乳动物取食进行远距离传播。

　　我为自己认识一种野花，而感到快乐，同时也有惭愧，今后不论走到何方，只要有田旋花，就不会把它当作牵牛花了。已经是5月，每天去黄河大堤上散步，观察田旋花的生长，它还没有得意地开放。

麦蒿

　　从南方回到北方，一时适应不了，刚下飞机，就被阳光刺得眼睛不舒服。在北碚的两个多月里，那里的天气潮湿，阳光不是这么暴烈，阴郁的天空是常态，所以回北方，面对阳光难以接受。

　　清晨又回到过去的日子，上黄河大堤步行。两边的树木光秃秃的，树上未拱出绿芽，隐隐浮出绿意，过不了几天就会钻出来。大地上有的野草蹿出，夹杂在干枯的野草中，显出一分旺盛的生机。昨天我还在北碚，嘉陵江边绿色盎然，玉兰花凋谢，紫荆花开了，紫藤开得灿烂。江水一夜间猛涨，江水淹没空旷的河滩，流水声节奏鲜明，那是天然的合唱。

　　再过几天就是清明节，万物竞相复苏，从大地钻出，顶着一头新绿。这个时候，我去年认识的麦蒿该出来，这个时候不但可以吃，还有药用价值，有一定的祛痰定喘、强心利尿、通肠润便的功效，麦蒿有种子含硫甙、脂肪油，对治疗慢性支气管炎，有一定的功效。

　　麦蒿的食用方法很多，凉拌、热炒、做汤、做馅都很有特色，一定要烫出涩味。我在大堤上散步，每天都和它相遇，有时停下来，不知它叫什么名字。十几年前，河滩地种下大片的麦地，早春季节，乍暖还寒的时候，麦苗返青，麦蒿不甘落后，从冬眠的大地中醒来，快速地生长。一棵棵舒展嫩绿的枝叶。麦子拔节的时候，它蹿得老高，开出纤弱的小黄花。有一天清晨，我在麦地边上走，身上的钥匙不小心掉落，回家走到半路，摸兜时发现不见。返身往原路回去，在一片麦蒿边上，它安静躺在地上。我望着野菜，那时不知道它的名字，闻着野性的清香。

　　一条蜿蜒的小路，向庄子的深处伸展，我认识护理树林的老董头。儿子开一家汽车修理厂，为了他每天消磨时间，承包河务局这片林地。只要天气不坏，他扛着铁锨在林中转悠。隔一段时间，背着喷雾器，扳动摇杆，把药喷向林木，杀光扑来的虫祸。我们相遇时，常停下脚步聊几句，谈天气，我问《庄子》里过去的历史，通过他认识野草麦蒿。它的学名播娘蒿，属于十字花科植物，一年生草本。茎直立，多分枝，花淡黄色，长角窄条形，种子是褐色卵形，有细网纹。它籽角里的种子，小米一样圆，而且小，让人想到小米之细小。米蒿开出的花，黄灿灿的，一簇簇小米的颜色。

　　麦田成片的地方，那些田埂和小路上，多有麦蒿。只要走进大地的深处，稍注意就会发现，它在热烈地开放。采摘麦蒿以后，处理好麦蒿，加点韭菜，拌上肉馅，包包子也行，包饺子味道鲜美。做鸡蛋糕也可，黄绿白相间，色香味俱全。

　　几天的阴雨，南国清寒的湿，渗进所有的地方。散步的路线改变，我要穿越西南大学的校园，过一条马路，上嘉陵江边的码头。走出楼道，撑开伞，在小雨中走向江边。此时的校园里，学生们放寒假，学堂路两边的灯亮着，一棵棵不同品种的树，经过雨的淋滴，显得清新。二球双铃悬木、香樟、小叶榕、蒲葵，每次经过，我都要看一下树身上椭圆形的绿牌。天边透出一抹亮色，鸟儿的叫声清亮，划破湿淋淋的空气。循着声音的方向望去，由于树叶茂密，却无法发现它在什么地方。雨落在伞面上，发出脆亮的声音，潮湿的空气，吹在脸上有些阴冷，它和北方刀子一般的烈风，是截然相反的。如果北方冬天下雨，这是极少见的，在北碚就是平常不过的事情了。

　　我一个人走在路上，看到枯叶贴在地上，好似一枚邮票，粘在大地的信封上，等待邮递员，将它投往远方。见物思情，有时人心是脆弱的，一个小物件，能把人心中积压的往事引出来。几十年来，第一次没有在父母身边过年。去年母亲病逝以后，我对于很多东西看淡了，但一枚落叶，一滴雨，不起眼的小东西，回想母亲活着时的情景令我痛苦不堪。此时，我在嘉陵江边想写封信，把思念寄给母亲。南方的碎雨，扰乱平静的心绪。独自走在校园中，耳朵里只有雨声，听不见人的话语声。不远处走来校园环卫工，扛着一把竹扫帚，戴着尖顶竹斗笠，上面套着大塑料袋。不一会儿，就听身后，响起竹扫帚扫地的声音。

拐过前面的弯路，往左是现代诗歌研究所，路口边上矗立一座鲁迅先生的头像。先生的一双眼睛，充满刀锋般的尖锐。不管在什么环境中，这双眼睛那么精神。清晨阴雨的天气，校园里安静，我举着伞站在先生的像前，望着他目视前方的神情，在来北碚之前，我重新读他的作品，回味他笔下的每一段描写。

雨不大，节奏鲜明，我用心向鲁迅先生敬一个礼。随着年龄的增长，对鲁迅爱和恨的理解，不再停留字面上，而是心里明白了。

绿色在雨中鲜嫩，想起黄河岸边的家，每天步行的大堤上，是否和北碚一样绿意盎然，各种花竞相开放。麦蒿应该攒足精神，等待一场雨的降临，破土而出。在北碚的春日里，回想麦蒿，感觉非常亲切，也在嘉陵江边的杂草中，寻找过麦蒿的影子。可惜的是那片土地不长麦子，怎么会有麦蒿呢？

从南方回来，不顾途中的疲惫，前往黄河大堤上，急于想看春天的麦蒿，它新生害羞的样子。

原载《散文》2018年第9期

朱　雀

穆蕾蕾

　　西安是这样一座城，在其中走久了，你会发现自己变成了一口钟。迎面走来的那些事物总能伸到钟背后，随意变换着你的时空。兵马俑和阿房宫会让你突然跌到秦朝；碑林和关中大书院，会让钟针紊乱，快进或被倒退，瞬间穿越几千年。而更多时候在这座城中行走，会能感觉自己体内的时针，冷不丁又被拨到了盛唐时期的长安。

　　站在朱雀大街上，清一色仿古建筑带来的感觉最为明显。朱雀门是昔日唐皇城的正南门，明德门是整个长安城南城墙的正门，而两者之间的朱雀大街，是长安城的中轴线。朱雀门曾开城门五孔，箭楼气势巍峨雄伟。大街路宽两百米，当今纽约第五大道、洛杉矶日落大道、巴黎香榭丽舍大街，都难与其媲美。朱雀门向北至承天门，属皇城段，被称为承天门街。韩愈有著名的诗句："天街小雨润如酥，草色遥看近却无。"杜牧也有"天街夜席凉如水"之句，就指的这里。

　　朱雀大街作为中轴线，是唐朝皇帝往城南祭天所走街道，具有权力和威严的象征。每天，来自世界许多个国家的使臣商贾，都要经过明德门进入长安。甚至，连日本"精神故乡"平城京的仿唐都城"平成宫"的正门，就命名为"朱雀门"，可见朱雀大街影响之大。朱雀门等级森严，也是皇帝举行庆典活动的地方。隋朝初年，大将杨素率军扫平江南，得胜归来，隋文帝杨坚在朱雀大街亲自迎接，为其解下战袍。唐朝著名法师玄奘印度取经归来，宰相房玄龄亲自在朱雀门迎接，长安城的百姓则在朱雀门外二十里的地方夹道欢迎，玄奘法师正是把取回的经书，陈列于朱雀大街上供众人翻阅。

　　除了历史的风烟，朱雀大街还沾染着诗意的花絮。"苦吟派"诗人贾岛骑驴过天街，他信口吟诗一句"落叶满长安"。又想到"秋风生渭水"，正喜不自胜，结果却不幸撞上朝廷命官的马车，被拘留一夜。初次听到这个故事，想着时间如果可以穿越，那以我的职业正好可以给贾老拿一壶酒几个小菜，和他聊上一宿。而据说他骑驴在街上走，突然想起来两句好诗:"鸟宿池边树,僧敲月下门。"对于用"敲"和"推",一时间难以定夺而走神,就在此刻,碰到官方车马又撞在一起,被以刺客之名抓了贾先生,并带给大官人韩愈。韩愈问其原因,说建议用敲,静中有动好。看来认识了贾岛,我也能认识韩愈。当然,这繁华的朱雀大街必然还走过李白杜甫和历代无数诗人,有多少诗句名篇都写在这里,和类似的趣事发生在这里,自是不可想象。

但我来天街的目的却是寻找朱雀。西安环城公园的铁门上雕刻着浴火的朱雀,里面这么介绍朱雀:"神兽朱雀原型为四灵之一的丹凤,据《诗经·大雅·卷阿》:'丹凤鸣兮,与彼高岗,梧桐生兮,与彼朝阳。'丹凤其身覆火,终生不熄,拥有旺盛的生命力,以其形赋其神,为盛世注入无限气韵,给人间带来祥瑞灵气,寓有完美,吉祥涵意"。《楚辞》中云:"飞朱鸟使先驱兮,驾太一之象舆。"《楚辞补注》中道:"言己吸天元气得道真,即朱雀神鸟为我先导。"《毛诗陆疏广要》释之云:"龙乘云,凤乘风,……众鸟偃服也。"朱雀和龙一起构成了龙凤文化,是中国传统文化中极为重要的一部分。但更多学者认为朱雀是直接由天星变化而来,是中国远古先民对星宿的崇拜而产生的神话形象。

唐长安城有着世界上最为严整的城市布局,是中国古代都城建设的典范,历代许多文人学士进行过考证和研究。北宋的吕大防还曾将唐长安城的布局作图刻石,以期永垂后世。在古代,精神信仰在人们日常生活中占有非常重要的地位,皇帝更是追求天人感应、天人合一,替天行道的理想境界。城市布局上往往都被赋予某些象征性意义,以西安都城平面布局来看,宫城、皇城、外郭平行排列,以宫城象征北极星,以为天中;以皇城百官衙署象征环绕北辰的紫微垣;外郭城象征向北环拱的群星。因此,唐人即有诗吟"开国维东井,城池起北辰",说的就是这种布局效应。各种做事分布,更是严格坐遵循《易经》思想,甚至天上有紫薇星,皇帝也有紫薇宫,天上有朱雀玄武,地上也有。

那么磅礴巍峨的一座城,里面的精神内涵却通往虚无,就像朱雀门的朱雀,玄武门的玄武,也只是人们仰天祈福的理想。正如我手中这长八十公分,厚三十公分的城门大砖,如此真实,却也在时间中被打磨得斑驳沧桑。散步半晌,并没有找到朱雀的痕迹,却在城墙根下的石榴花下看到一堆麻雀,灰蓬蓬的样子,像是燃烧不熄的朱雀落下的灰尘。

时间打的是无影太极拳,伤万物于无形无息之间。伟大、英雄、辉煌、繁华……这些字眼在时间手心——被碾成粉末。卑微、平凡、平庸、狗熊……这些字眼，时间也最终证明它不存在。到底谁存在过？仿佛整个存在也只是时间的吐纳。也许，朱雀正是那时间的焰芯吧，它把叶子烧黄烧灰，把人烧老烧没。人们被它温暖，又被它焚熄。但只要活着，人们还是把有形插入无形中，在祈祷中喊着"朱雀"。就像眼前这护城河，它周而复始地流转，已经流成了太极，那包含有形和无形，神话和现实共存的一个圈。

原载 2018 年 6 月 16 日《新青年周刊》

孔林中的橡树

林之云

去过孔林许多次，都是以车代步，中间有几个名人的墓。

每次总是下车匆匆看了，再匆匆上车离去。这一次与以往不同，是和朋友相约专程来看这里，整整一个上午都在那里漫步。

孔林中的树木，说是有十万多株。孔子死后，他的弟子们从自己的家乡移来奇树名木，栽于墓地周围，除了柏、桧、橡、楷，朴树、枫树和杨柳都有，还有女贞、樱花、五味等。

据说，没有人能将园中的树木认全。

这里有一种树叫楷树，又叫黄连木，挺拔英俊，是珍贵树种，深秋时树叶开始变黄，敞开的树冠遮住一片天空，阳光再从叶片间散下来，光线闪烁，别有一番景色。楷树多用来象征和怀念为人师表的人，所以和模木连在一起，就有了"楷模"之说。模木更为稀少，从来还没有见过。孔子墓南两百米处，就有一棵由子贡亲手栽种的楷树。清朝期间遭到雷击，现仅存残干。

在"断碑深树里，无路可寻看"的孔林深秋中，满目都是苍凉、肃穆。只有树木的绿色，还显现着生机和活力。它们郁郁苍苍，脱离着大地的引力，年年不停年年不变地，向着天空生长。即使到了万物肃杀的冬天，它们或虬曲或笔直的枝干，也指向空中。

在孔林中，见到最多观察最多的还是橡树。可能从数量上看，除了松柏，就应该是橡树了。

这儿的橡树和别处大有不同，高大，古老，成片成林。印象里去过的泰山、蒙山和沂山，还有日照的五莲山、邹城的岗山等处，山中也多橡树，但都相对较小较细。它们还常常和果子树掺杂在一起，很容易搞混。

而孔林中的橡树，有的高达二三十米，树冠上的天空被撑得很高，看过去开阔辽远。阳光从上面照下来，金光闪烁。每到秋天，橡树并不是一下子变黄的，而是渐渐改变，有的黄了，有的还依旧绿着，甚至有的叶子，一半是绿色，一半是黄色。

在孔尚任墓西边不远，是一大片参天的橡树林，颀长深远，置身其间，仿佛置身于高山森林之内。阳光从南面照过来，一大片像树叶子连着另一片。向着阳光的那边，叶子发黄的更多一些，黄得也更很一些。它们密密地紧触着，像是要接住阳光，不让那些光掉落到地上。清风过来时，黄绿相间的叶子跟着摇晃起来，使你的视野里金光乱动。

沿林中道路西行，不断见到高挺的橡树林出现，一阵风过后，几片金黄的叶子飘飘而下，密集时更为壮观，如雪如雨。有时候风小，静静望去，一两片像树叶落下来，叶片乘着看不见的风，也承受着风的吹拂，横向轻轻摇摆，像一片脱落的羽毛，慢慢地，落进地上的树叶中，不动了。

橡树的根处，多有巨大的树瘤，疙里疙瘩，摸上去光滑无比，硬朗如石。据说这是橡树为了防止虫蚁爬行蛀咬，在进化中专门生出的防御本领。

橡树分很多种，其中，栗橡是我国的古老品种，后来的橡树多是从美国引进来的。孔林中的橡树大多就属于栗橡，树叶狭长带齿，和栗子树的树叶相近。

橡树又叫柞木，又叫栎树，结出的果实就是橡子。过去困难时期说的橡子面儿，就是这种果实磨出的面粉，味道发苦，吃多了拉不出屎来。

对于古老的橡树，《庄子·盗跖》曾经写道："昼拾橡栗，暮栖木上，故命之曰有巢氏之民。"看来不光是困难时期，在远古，我们的先人就曾以它为食。杜甫在《北征》诗中也写到过："山果多琐细，罗生杂橡栗。"唐代皮日休也有《橡媪叹》诗云："秋深橡子熟，散落榛芜冈，伛伛黄发媪，拾之践晨霜。移时始盈掬，尽日方满筐，几曝复几蒸，用作三冬粮。"清人赵翼也说过："食不如橡栗，衣不如纻麻。"贫穷的先人，或者冬天拿它做充饥，或者干脆连橡子面都吃不上。

我在一棵橡树前默立许久，从树瘤盘错的根部，顺着黑色的树干向上看去，枝干明显多了起来，粗壮的枝条伸出很远，上面长出更细的枝条。再往上，横生的枝干越来越多，整个树冠都平着展开去，形成了一棵大树独有的空间。它们和其他树一起，站在那里，从来没有移动过。它们和那些有名无名的坟墓一起，经历着这里的春夏秋冬。

因为是阴历十月初一，孔林中来上坟的人很多。不光是曲阜，全国的孔姓人，死后均可葬于此地。这天，我们碰见一个从邹县骑行四十多公里来上坟的老人，七十七岁了，身体仍十分硬朗。他皮肤黝黑，很接近橡树干的颜色。他徘徊在林中，等着和老家村里的人相会。远远看过去，他孤单的身影，游弋在茂密的草木中，就像是偶尔出现的古人。

橡树的树干一般都粗黑粗糙，开裂成一小片一小片的形状，像是历经风雨和霜雪留下的痕迹。正是这种沉凝粗壮的树干，才支撑起高大的树身和树冠，在这里，生长了一年又一年，一代又一代。

最早知道橡树的名字，还是在很小的时候，有一部罗马尼亚的电影，叫《橡树，十万火急》。记得看完整部电影，也没看到一棵真正的橡树。"橡树"在里面只是一项秘密计划的代码。再后来，到了1980年代，舒婷的《致橡树》名闻遐迩，诗中说橡树："你有你的铜枝铁干，像刀，像剑，也像戟。"

但那时候，我还没见过它。或者说，还不认识橡树。橡子面儿的事情，也只是听老人说起过，却不知究竟是何物。

而这一次，我真的看到了，在高大的橡树下，零星落着些橡子，成长形，枣子大小，一半光滑一半披毛，据说它是松鼠的最爱。

不知道为什么，在中国的古典绘画中，很少见到橡树的影子。倒是在俄罗斯，有一个画家因为画橡树而出名，他叫希什金。

希什金是俄罗斯巡回艺术展览协会的创始人之一，著名的风景画家，几和列宾、列维坦齐名。他以《在平静的原野上》《松林的早晨》等著称，专门描画各种树木和森林，其中，以橡树为创作主体的《橡树林》等广为人知。他笔下的橡树古老苍劲，自成一体。在画作《三棵橡树》中，几株硕大的橡树，依次而立，横亘于原野，树冠博大，树影沉重而庄重，和大地为伍。

如果有人能够画出孔林中的橡树，应该也别有一番风范。

时近中午，孔林里出现三三两两上坟的人群，散落在树林深处。从路上漫步而过，不时还能看见新添的坟头，褐黄色的土高高地堆起，新鲜如橡子面儿的颜色。

死亡的事情天天发生，死亡在这里，多了一份别处没有的高贵和安宁。

走到孔林的最西端，看见洙水河道长长地延伸出来，不远处的洙水桥，静静地跨在没有河水的河上。再往东北不远，就是著名的孔子墓，它是这座巨大园林的中心和源头。

这时候，一阵呼天抢地的哭声传来，又一个逝去的孔家人来到这里，可以将饭做得有滋有味，生津爽口，要不然，饭就嚼不出个味来。

母亲是泡浆水菜的高手，她做的浆水菜，总是口味纯正，酸性浓郁，非常可口爽口，就算不用盐，这种菜吃起来，也特别有滋味，因此，在没有零食可吃的时候，我们就会时不时地打开浆水菜的坛子，捞上几片吃吃，慰口润心。

做浆水菜的原料很多，有白菜、青菜、莲花白，还有芥菜、萝卜缨子，这些蔬菜都是泡制浆水菜的原料。当然，在菜蔬欠缺的时候，也会在山上采来一些野菜泡制浆水菜，比如说野韭菜啦、藤叶啦、野芹菜啦、石腊菜啦，等等。

关于石腊菜，这里我要说一点的是，石腊菜是一种高寒山区才有的菜，它性寒，多长在海拔一千多米以上的山坡上和沟坳里，这种菜由于性寒、耐旱、耐夏，它常被泡制浆水菜的人所青睐，因为用这种菜泡制的浆水菜夏天时不会腐败，泡上一大坛子，可以吃整整一个夏天。因此，每年的夏天，就有妇女成群结队相约进到深山大沟里采摘石腊菜，打上一蛇皮袋子，回来泡了，分送亲戚与诸友同食。

其实，在艰苦年月里，印象最深的还是白萝卜缨子，也就是萝卜叶子，估计是因为它的叶子长而成撮，形似红缨，所以，人们又叫它"萝卜缨子"。母亲年年都会种莲花白，种萝卜，这是母亲经年不变总种的菜，莲花白常用来腌菜，而萝卜拔了之后，这萝卜缨子便成了我们每年做浆水菜的主要原料。

每年的冬天，进九之后，母亲就开始操劳着腌菜，捞浆水菜，对于农人，多是深懂节令的，知道什么时候该干什么，掌握得丝丝入扣。母亲常说，进九后做的菜好吃，爽脆，不易变质和腐烂。因此，一进九，母亲就开始忙碌了，她匆匆地腌了菜，就开始操弄着捞浆水菜了，母亲召集我们家里的人，一起将萝卜拔了，切下萝卜缨子，准备开始捞浆水菜。

一些家庭图简单，都会将萝卜缨子整个的捞了，待吃了再切，而做事细致讲究的母亲，总会不厌其烦，将萝卜缨子切成半寸长的小段，一棵一棵的洗，一棵一棵的切细，然后一篮子一篮子的倒在锅里用滚开的水捞至半熟，然后用篮子盛起，沥干水，倒进缸里，一篮子一篮子的压实，最后压上一个圆形的薄石板，将菜全部的压在石板底下，再灌进调制好的浆水饮子，至此，一缸浆水菜就算做成了。

第二天，揭开浆水菜的缸，菜已变黄，发脆，并且浆水已经能牵起可以将饭做得有滋有味，生津爽口，要不然，饭就嚼不出个味来。

母亲是泡浆水菜的高手，她做的浆水菜，总是口味纯正，酸性浓郁，非常可口爽口，就算不用盐，这种菜吃起来，也特别有滋味，因此，在没有零食可吃的时候，我们就会时不时地打开浆水菜的坛子，捞上几片吃吃，慰口润心。

做浆水菜的原料很多，有白菜、青菜、莲花白，还有芥菜、萝卜缨子，这些蔬菜都是泡制浆水菜的原料。当然，在菜蔬欠缺的时候，也会在山上采来一些野菜泡制浆水菜，比如说野韭菜啦，藤叶啦，野芹菜啦，石腊菜啦，等等。

关于石腊菜，这里我要说一点的是，石腊菜是一种高寒山区才有的菜，它性寒，多长在海拔一千多米以上的山坡上和沟坳里，这种菜由于性寒、耐旱、耐夏，它常被泡制浆水菜的人所青睐，因为用这种菜泡制的浆水菜夏天时不会腐败，泡上一大坛子，可以吃整整一个夏天。因此，每年的夏天，就有妇女成群结队相约进到深山大沟里采摘石腊菜，打上一蛇皮袋子，回来泡了，分送亲戚与诸友同食。

其实，在艰苦年月里，印象最深的还是白萝卜缨子，也就是萝卜叶子，估计是因为它的叶子长而成撮，形似红缨，所以，人们又叫它"萝卜缨子"。母亲年年都会种莲花白，种萝卜，这是母亲经年不变总种的菜，莲花白常用来腌菜，而萝卜拔了之后，这萝卜缨子便成了我们每年做浆水菜的主要原料。

每年的冬天，进九之后，母亲就开始操劳着腌菜，捞浆水菜，对于农人，多是深懂节令的，知道什么时候该干什么，掌握得丝丝入扣。母亲常说，进九后做的菜好吃，爽脆，不易变质和腐烂。因此，一进九，母亲就开始忙碌了，她匆匆地腌了菜，就开始操弄着捞浆水菜了，母亲召集我们家里的人，一起将萝卜拔了，切下萝卜缨子，准备开始捞浆水菜。

一些家庭图简单，都会将萝卜缨子整个的捞了，待吃了再切，而做事细致究讲的母亲，总会不厌其烦，将萝卜缨子切成半寸长的小段，一棵一棵的洗，一棵一棵的切细，然后一篮子一篮子的倒在锅里用滚开的水捞至半熟，然后用篮子盛起，沥干水，倒进缸里，一篮子一篮子的压实，最后压上一个圆形的薄石板，将菜全部的压在石板底下，再灌进调制好的浆水饮子，至此，一缸浆水菜就算做成了。

第二天，揭开浆水菜的缸，菜已变黄，发脆，并且浆水已经能牵起

浆水菜的诱惑

徐祯霞

夏天,酷热难耐,嘴里没味,不想吃东西的时候,总是很想念浆水菜。这个时候,我就会满大街地去寻找浆水菜,吃上一碗浆水菜的手擀面,或者是一碗浆水鱼儿,那甭提有多爽了,顿时身心舒畅,满心清凉,夏日的酷热一扫而光。

在西北,吃浆水菜,已经成为一种习惯和本能,尤其是70后长大的孩子,对这种记忆隽永而刻骨铭心,家家都有吃浆水菜的传统和习惯,个个孩子都是吃着浆水菜长大的,这种口味积久成习,已经成了舍不去的味觉习惯。

时下,满桌的美味佳肴,还是最喜欢桌子上的那盘浆水菜凉粉和浆水菜糍粑,当别的菜还是满桌子满碗分毫未动的时候,那一盘浆水菜的菜肴竟是席间人眼中最可口的美味与美食,人们趋之若鹜,三下两下,顷刻间便被一扫而光。

可见,北方人对浆水菜的钟爱。

浆水菜,是一种书面语,其实在很多的地方的城市和农村,是叫"酸菜"的,戏文里有唱道:"翠花,上酸菜啦!"说的就是这道浆水菜。在中华人民共和国成立前,浆水菜是普通老百姓餐桌上的家常菜,也是老百姓日常生活中必备的食用菜,因为其口味显酸味,人们亲切地称之为"酸菜"。

酸菜是一种经过发酵后泡制成的菜,无盐,呈酸味,做得好的浆水菜,其中的酸水,就是一种口味很好营养极丰富的饮料,淡淡的,酸酸的,清凉凉的,细腻,润滑,口感特别好。在夏天的中午,烦热之时,喝上半碗,顿时清凉无比,通体舒畅。因为经过发酵,它含有丰富的乳酸菌,因此,也是一种很好且极富营养的家常饮品。

在我小的时候,日子还很艰苦,浆水菜便成了家中必备的菜,即使其他什么菜没有,都不可以没有浆水菜,特别是在冬日,青黄不接的时候,啥菜都没有,只要有一坛浆水菜,就可以做饭,会烹饪的人,仍然家里人用哭声表达着挽留之情。在这里，那哭声似乎因为园林阔大、坟墓遍地，而少了几分悲怆和哀伤，反倒更像是歌咏般的惜别。

然而，那哭声，还是袅袅地向上升去，直到升至树林上空。那里，古木参天，各种树都有，其中，就有很多棵高大的橡树。

此时已是黄昏，阳光斜照过来，透过橡树叶一路洒下。一阵风过来，金黄的叶子又落了下来，像是呼应着那哭声的召引。

已经到了深秋，叶子总会落下来的。就像一位女诗人所写的那样：

一片叶子落下来

一夜之间只有一片叶子落下来

一年四季每夜都有一片叶子落下来

叶子落下来

落下来。听不见声音

就好像一个人独自呆了很久，然后死去

我看着那些叶子，从高高的空中静静下落，真的感觉到有一些时间随同那些叶子一同降落。就像是一个人，来到世间，忙忙碌碌，从小到大，从嫩黄到初绿，再到翠绿到油绿，直到秋天，开始变得苍绿，然后，开始变黄。

最后，它们在风中落下来。即使没有风，到了一定时候，它们也会静静地飘落。就像是一个人离开尘世，没有任何声响。

孔子的弟子们所栽种的那些橡树，可能早已作古，现在我们看到的，只是它们的子子孙孙。在这里，它们还将生育出更为年轻的树木，和后来者做伴，和风雨做伴，和天空为伍。

我们看到，一拨又一拨游人，在导游的引领下，踏上洙水桥，到孔子墓去，瞻仰这位伟大的先人。他就像是生长千年的楷树或者橡树一样，巨大的树荫，遮蔽着天空，荫蔽着一代又一代中国人。

每个人都是一棵树，而孔子是最大的那一棵。因此，孔林也就成为中国最大的一片树林的国度。

原载《青岛文学》2018年第3期

近橡树干的颜色。他徘徊在林中,等着和老家村里的人相会。远远看过去,他孤单的身影,游弋在茂密的草木中,就像是偶尔出现的古人。

橡树的树干一般都粗黑粗糙,开裂成一小片一小片的形状,像是历经风雨和霜雪留下的痕迹。正是这种沉凝粗壮的树干,才支撑起高大的树身和树冠,在这里,生长了一年又一年,一代又一代。

最早知道橡树的名字,还是在很小的时候,有一部罗马尼亚的电影,叫《橡树,十万火急》。记得看完整部电影,也没看到一棵真正的橡树。"橡树"在里面只是一项秘密计划的代码。再后来,到了1980年代,舒婷的《致橡树》名闻遐迩,诗中说橡树:"你有你的铜枝铁干,像刀,像剑,也像戟。"

但那时候,我还没见过它。或者说,还不认识橡树。橡子面儿的事情,也只是听老人说起过,却不知究竟是何物。

而这一次,我真的看到了,在高大的橡树下,零星落着些橡子,成长形,枣子大小,一半光滑一半披毛,据说它是松鼠的最爱。

不知道为什么,在中国的古典绘画中,很少见到橡树的影子。倒是在俄罗斯,有一个画家因为画橡树而出名,他叫希什金。

希什金是俄罗斯巡回艺术展览协会的创始人之一,著名的风景画家,几和列宾、列维坦齐名。他以《在平静的原野上》《松林的早晨》等著称,专门描画各种树木和森林,其中,以橡树为创作主体的《橡树林》等广为人知。他笔下的橡树古老苍劲,自成一体。在画作《三棵橡树》中,几株硕大的橡树,依次而立,横亘于原野,树冠博大,树影沉重而庄重,和大地为伍。

如果有人能够画出孔林中的橡树,应该也别有一番风范。

时近中午,孔林里出现三三两两上坟的人群,散落在树林深处。从路上漫步而过,不时还能看见新添的坟头,褐黄色的土高高地堆起,新鲜如橡子面儿的颜色。

死亡的事情天天发生,死亡在这里,多了一份别处没有的高贵和安宁。

走到孔林的最西端,看见洙水河道长长地延伸出来,不远处的洙水桥,静静地跨在没有河水的河上。再往东北不远,就是著名的孔子墓,它是这座巨大园林的中心和源头。

这时候,一阵呼天抢地的哭声传来,又一个逝去的孔家人来到这里,长长的透亮的水晶丝。母亲就会欣喜地说,浆水菜捞好了,可以吃了。

于是,这缸浆水菜就会伴着我们度过一个漫长的清冷的冬天。

在那时,生活是单调且乏味的,但是母亲却能将浆水菜做出诸多的滋味,母亲给我们做浆水捞面、浆水面片、浆水鱼儿,还给我们做酸菜粉条包子、酸菜米儿面、酸菜糊汤、酸菜拌汤。母亲的一双巧手,总能让生活变化多端,滋味无穷,甚至有时,一锅酸菜洋芋片,或者是一锅酸菜洋芋丝,甚至是一锅酸菜洋芋蒸饭,都能让我们吃得心花怒放,乐不可支。

奇怪的是,我们见天吃酸菜,上顿吃下顿吃,一年四季吃酸菜,可是,我们个个身体都健健康康,没见谁老有这病那病的,天天忙着干活,天天忙着劳动,还劲头十足。可是在时下年月,人们的生活多丰富呀,顿顿鸡鸭鱼肉,满桌子满碗的各类红红绿绿的菜肴,可是人们却经常这毛病,那毛病不断,是吃的太好,太丰富,还是养尊处优,养坏了?抑或者是现在的食品安全保障太低,各类假冒伪劣食品太多,导致了人们的健康系数降低?

后来,接触了一些医药常识,谈到人要多食用碱性的食物,碱性的食物对人的身体健康有好处,而且还能防癌抗癌,因为人体常处于酸性环境中,只有人体内保持酸碱平衡,人才会不生病,或者说是少生病。这又让我联想到了我们常常吃的浆水菜,用萝卜缨子泡制的浆水菜,萝卜缨子呈碱性,因而我们常年吃,月月吃,非但没有吃坏,反而仍一直健康着,这可能跟萝卜缨子本身的特性有关,任何一种蔬菜,我们只要掌握了它的食用特性,合理地加以烹饪,都会对人的健康有益的。

住进城里以后,最初的几年,我仍然会学着母亲的习惯做浆水菜,因为三口之家,人少,已没有那么大的食用量,再加上现在的饮食结构的调整,各类蔬菜街上都有卖的,生活也便不再以单纯的浆水菜为主了,所以也不再像母亲那样一次做上一大缸。我买了一个小坛子,咖啡色的,上面有着些奶白色的图案,小巧精致,上面有一个碗形的盖,可以将这一坛子浆水菜封闭很严严实实,这样密闭严实的菜不容易坏。

别看浆水菜是一种很普通的菜,但想要做好,却非常不容易,从小到大,我吃过很多人家的浆水菜,有的酸味太淡,有的酸味过浓,有的根本就没有酸味,有的略带酸味,却又夹杂是坏味和臭味,想要吃上一口正宗的纯正的可口的浆水菜,还真是一件不容易的事。因此,在某地吃到哪家的菜好了，就会忍不住地夸赞，这个酸菜好，味正，好吃。主人家就会开心地说，好吃，就多吃点！夸酸菜，其实，也是夸做饭人的手艺。

而母亲捞的酸菜，一般情况下，都不会坏，或者说是很少坏，主要是母亲做事肯动脑子，讲方法，又不怕麻烦。冬天天冷，气温低，菜不易坏，耐放，可以多做一些。而一到夏天，气温高，菜不耐放，不能捞太多，所以，就现捞现吃，而且碎菜容易浮出水面，一浮出水面，天一热，接触空气，就氧化了，菜就疲了，软了，不好吃了，于是，母亲就会捞制整菜，将一棵一棵的菜实实地用圆石板压在坛子里的水下面，以使菜能够与空气完全隔绝，因而就不会坏，并且总能保持脆生生的，保持着酸菜最纯正的口味。就算不吃，母亲也会天天拿着筷子在浆水菜坛子里搅动几下，母亲说，勤搅动，菜不坏。母亲这是遵循"流水不腐"的道理。我沿袭了母亲的传统和做法，做些浆水菜，分享给机关大院里的人们，大家没时间做的，吃到爽口的浆水菜，偶尔开开胃，也会很开心。

再后来，因为工作忙，孩子住校，家里常住人口减少，再加上偶尔又在单位上吃饭，食用浆水菜的时候便日少，浆水菜少了没法制作，做多了，又吃不了，因此，便不再做浆水菜了，即便如此，对于这种口味这种味觉总是无法割舍，它始终诱惑着我，让我一想那酸酸爽爽的浆水菜，就会满口生津，思念不止。思念极了，就去街上买上一斤，或者说是去哪个口味好的餐馆吃上一碗，以解相思之渴。

或许，或许，在有生之年，浆水菜一直都会是我无法变更的诱惑，它诱惑着我的思绪和味蕾，让我一想到它，就想到母亲，一想到它，就情不自禁，一饱衷肠。

而我的思念与渴盼，一如岁月般余味悠长。

浆水菜，你是我的诱惑，你是否也是多数北方人的诱惑呢？

想必，有北方人的地方，都是有浆水菜的！

原载《雪莲》2018年第9期

水坑记

刘亚荣

一

南方人的水塘,带着一股子诗意,一个"塘"字,就把俗常的水坑升华到有文化内涵的地步。南方水塘那满池的荷花、蒲草,和活蹦乱跳的鱼虾,也让北方的大坑望尘莫及。我的家乡,大部分水坑就叫大坑,土得掉渣,像没人怜惜的野孩子。我也觉得叫它大坑更合适,它有时候没水,裸露着干涸的坑底,那些翘起的泥片颇像屋瓦,踩上去,嘎巴嘎巴地响。远看,鳞片一样,平坦的坑底像一条首尾被埋着的大鱼。唯有孟尝村中间的那个大坑,因为赋予了传说,被称为官坑。这些大坑,是村庄的肺,不仅是肺,小时候,雨水勤,村子里的大坑,有蓄水排涝的功能,不至于让本就贫瘠的村庄再成为泽国。

奶奶家往南,隔一户人家,一溜三个大坑。路左的坑小,路右的坑最大,底比较平坦,是孩子们玩耍的好场所。沿着这条朝向西南的路,直角往西,是四队的场院,南侧也有一个大坑,占据了四队的东南和整个南面,成了天然的"护场河"。这条路是去四队的必经之路,不同的是,拐到西面的路边,也是南面坑的北沿,长着几棵大柳树,与北边大坑沿上的柳树,成围剿之势,把个大水坑围了个严严实实。蓝的天,白的云,绿的水,也有些诗情画意。

每次大雨后,这几个大坑满了,水会溢到路上,偏偏这路面是胶泥的,一走一滑,走起来战战兢兢的。如果不是有要紧的事到场里找娘,我万万不敢走这。但这个大坑忒仁义,坑虽大虽深,却从来没淹过人,也从没伤过人。

平时,这个大坑蛮诱人的。且不说大柳树上的鸟,也不说那可以换零钱的知了皮。我喜欢在傍晚带着空罐头瓶,拿着小木棍,去找知了龟,给姥姥喂鸡。这个大坑周围几乎不长草,光溜溜的地上布满了小圆孔,洞口圆乎乎的,是知了龟自己爬出去的,口沿不整齐的,自然是被孩子们用手指头或木棍捅坏的。每次大雨来临之际，大柳树的树身都湿漉漉的，褶皱里的苔藓上都能滴下水。这时候，蛤蟆拼命地叫着，仿佛在是在宣告它是先知，预示着雨要来临。

坑北沿的柳树还小，却一棵挨着一棵，这树得地利，是天然生成的。我喜欢攀着这些小树，看浅水处的"鱼虱子"，它们和大姥爷毛衣上的虱子神似，只是颜色要好看得多，有着靓丽的黄橙色。找到能站稳脚的地方，我还会用手捞起这些黄澄澄的小玩意。捞起来也没用，太小，鸡也不吃。看一会儿，还扔到坑里。

与这些鱼虫相比，我更喜欢"鲎"。这在当时，是我们眼里的神奇之物，稍硬的壳，分为两片，像一个人背披着盔甲，长着胡须，有长长的尾巴，记得它的脚有好几对，捞起来，也数不清楚。不知道，大坑干涸时，这鲎藏在了哪里。如今它更像一个隐者，早隐到逝去的时光里，我只是凭着记忆，还原它的样貌，我们喊它"海马"，至今也不知道它的真实名字。我写"鲎"，是看过生活在浅海里的鲎的图片，它们有着相似的样貌，也许是近亲。

刚下过雨的大坑，相对是安静的，只有蛙鸣，连鸟也不知道去了哪里。淘气的孩子们的兴趣，不会在此时黄兮兮的水中，且水深，那家大人也不会让孩子冒险，情愿孩子去远一些的潴龙河摸鱼玩耍。麦秋，大人们放心地在场里干活，孩子们泡在大坑里，谁家孩子打架，母亲们都听得清清楚楚。

东边的坑里长着浮萍，还有一丛一丛的苘麻，很多年头它们都占据着这个坑。苘麻开花很好看，深黄色，它结籽的托很特别，有小孩子做十二响，蒸百岁用它的托点胭脂，雪白的散发着麦子香味的大馒头上像盛开着一朵花。苘麻有一股子奇怪的味道，籽不难吃。大坑水浅的时候，我们会踏着坑底裸露出来的土堆，结伴去坑里采几个，坐在大坑的水簸箕上啃着吃。

大坑干枯的时候，我们在坑里玩耍，翻开泥片，挖出很多"胶泥石"。它一般都有一拃长，像一根用泥土捏成的曲曲弯弯的铅笔，表面疙疙瘩瘩，又像巨型蚯蚓吐出来的一串泥巴，折断它，会露出铁锈色的芯，除了泥土味儿，似乎带着铁腥味儿。胶泥石的名字，不记得是谁先说出来的，也许是世世代代传下来的。很多年后，我常常思索，当年的胶泥石到底是什么，肯定不是龙骨之类的东西。当我得知，家乡正处于战国时期燕赵的边界线附近，也是宋辽拉锯的地方，还有明朱棣的争帝位之战，导致这里空无人烟。这大坑也许是古战场，在这三四米的地下隐藏着战争的遗迹。这包裹在泥土中，吸附着泥土的铁质的内核，也许就是兵器的遗骸。从孟尝村西行二十多里，有个大宋台，传说是穆桂英的点将台。孟尝村的名字就来自孟尝君，这里是他的立足之地。中华人民共和国成立前还建有他的庙宇，有神像被人们供奉。而我们刘家人正是明初由山西迁来，村子里的他姓人家，祖上也多是由山西迁来，我家族的迁移史，是有家谱记录的，可惜刘家家谱不慎在"文革"中遗失。当我看过一些关于家乡历史的书籍，这个迷迷糊糊的结论逐渐清晰。

二

这大坑，不仅是盛放童趣的地方，这里还泡过编簸箕的柳条、杆子，也泡过红麻。说到底，这坑水浸泡的是生活，这浑浊的水里，也蕴涵着酸甜苦辣。

这坑里泡的最多的是柳条。坑四周的人趁阴天下雨，出不了工，在家里偷着编几个簸箕，换粮食，或者零花钱。天好的时候，会趁生产队集合等候的工夫，编几道绳。所以，常常会看到坑沿下泡着一捆一捆的柳条，这是干部们睁一只眼闭一只眼的事儿，粮食不够吃，总不能眼看着饿死人。

爹差点没死去。刚分家，没多少粮食吃，爹的胳膊上长了一个大火疖子，扛着肿疼，在晌午该睡觉的时候编簸箕，午饭吃了两个用簸箕换来的桃子。火疖子总不好，爹实在忍不住了，才去村里的卫生所拿药，没想到吃了长效磺胺，过敏，眼睛肿得睁不开，手指间都蹿出了大水泡，差点要命。

我家当时借住在北头大娘家，离生产队有点远，爹晌午加班编簸箕的时候，会让我们听着钟声，钟响三遍就要下地了。爹就趁这工夫多编几道绳。

北院的猪圈旁长着一棵毛桃树。桃子不大，也不多，桃毛却很多，但也是妹妹的好吃头，我也喜欢吃，但每次吃完都刺痒得要命，抓得出血痕。那时候小，也不懂是桃毛过敏。每次想吃桃，娘就从树上摘下来，洗洗，给我们吃。那次娘没在家，我也小，摘不到桃。我们俩就趴在地窖子口（一般与北方的白菜窖大小相仿，有方便上下的门。湿潮，编簸箕不伤柳条。）叫爹给摘，爹说等会儿，差两道绳就好了。这时候，生产队的钟响了两遍了，妹妹小，哭着大声喊着要吃桃，爹不理她，她气得在地窖子口搓搓脚，哭起来没完。钟响三遍，爹拿着根柳条从地窖子爬上来，啪啪打了妹妹两下，下地去干活了。妹妹没受过这委屈，差点背过气去。直到现在还狡赖爹从来没打过人，却抽过她两柳条。她那时候不过三两岁，我奇怪她怎么会记得这件事儿。爹总是一脸歉意说，最后这道绳弄不好，这半张簸箕就白编了，别怪爹，咱们得顾嘴呀。

包产到户后，粮食有盈余，我家也种过一地柳条。那个深秋，我女儿不到两岁。娘带着我女儿，喂鸡喂猪，还要刮青条。晚上，在电灯下，纳鞋底，给我女儿做棉鞋。那时候，大人们都穿上了皮棉鞋，好打理，美观，但是防寒性不如家作的棉鞋。天还不冷，娘就找工夫给我女儿做好了棉衣，为了做棉鞋，娘早在春天就打好了袼褙，花条绒鞋面、白棉布鞋里、底子绳和鞋口的黑棉布也都备好了。

没料到，鞋底还没纳好，娘就病了，仅八个月时间就离开了我们。整个冬天，病中的娘一直念叨，要知道一病不起，该给孩子做好棉鞋呀。那堆青条也没刮完。有几年，我看不得满地舞动的柳条，也尽量不走大坑那边的路。

大坑越来越小，直到消失。

下意识里，我觉得大坑掌管着村子里的秘密。人们用悲悯的眼神看它，惋惜它的消失时，说不定大坑早看到了村庄的发展和变迁，以及每个人的命运和结局。

三

大坑里，有一种被我们称作"卖香油"的黑壳虫。长长的身子，细长的腿，细长的脚，不停地在水面滑行。它们的技艺太高超，如果没有风，看不到水面有一丝波动。

淘气让他爷爷给捉，爷爷用扫帚给他捂蜻蜓，大多是黑眼睛红乎乎身子透明的翅膀，也有那种绿眼睛蓝身子的。淘气爷爷在生产队里喂牲口，农活不忙了，除了铡草，喂牲口饮牲口的，有点小闲工夫。我们在大坑里玩腻了，就跟着淘气来找爷爷。淘气爷爷住的屋子，一股子牲口棚和烟味儿，但是有时候有煮黄豆黑豆，这简直是当时最解馋的东西。淘气在大坑里呆得时间最长，上树掏喜鹊蛋，下到大坑里捉"海马"，捅马蜂窝，每天在大坑边的柳树上哧溜哧溜数个上下。新鞋子几天就有了洞，淘气娘说他是铁脚，蝎子毒（音，意为蝎子有毒的尾巴部分）都敢摸。

　　淘气的爷爷当过伪军。如果不是偶然听到，打死我也不相信。这个老人脾气很好，和电影里、书中的伪军一点也不一样。这是我当时的想法。就是他，在我们家欠队里的工分，分不到口粮的时候，站出来说用他的工分抵。我想，爷爷当伪军的事儿淘气肯定不知道。淘气是个乐天派，学习不好。好像因病休学一阵子，我记得他的手指头肚是黑的，还有裂口。淘气上树爬墙是好手，还无师自通，会折筋斗，一连翻好几个。读书不好，总被罚站，完不成作业，被老师用乒乓球拍打手心。我想，水深火热一词，用在课堂里的淘气身上正合适，课间他很活跃，玩得忘乎所以。村里成立的老调剧团救了他。

　　不爱学习的淘气，在老调剧团如鱼得水，他的嗓子天赋不太好，但是他的武功棒，那些戏曲中的招式他很快就心领神会，熟练的掌握。那时候淘气年纪小，没有扮演过有分量的角色，但是在龙套演员中他确是佼佼者。我五年级，淘气就是剧团的小演员了。村里过年开大戏，我在舞台边想看看平时的小伙伴是什么模样。淘气脸上画着油彩，身上穿着戏装，手里还握着一把木质的涂着银粉的刀，从化妆间跳出来，吓了我一跳。这不是那个在大坑里泡着的小男孩了，虽然还淘气，但浓重的油彩掩盖不住他对舞台的渴望。

　　大坑已经牵不住它。此时的大坑，也脱离了我的视线。我读初中，上卫校，差点忘了大坑。包产到户，生产队也没有了。大坑还在为人们服务，更多的人加入到编簸箕的行列中，大坑边上的树，没了。柳树是做簸箕"舌头"（簸箕底部最靠前的木板）的好材料。倒是在不多的水里泡着一捆捆柳条，簸箕舌头，杆子，有青条，也有白条。

　　总记得那个寒冬，到大坑里捞柳条。湿漉漉的柳条尤其重，大坑的沿结着冰，提着柳条走在路上，冷风吹着，手钻心得疼。紧走慢走到家，放下柳条，手都伸不直了。伸到炉火上，半晌才缓过来。我和淘气都是幸运者，都逃离了种地和下地窨子编簸箕的命运，变成吃商品粮的人。更多一起在大坑里玩耍的小伙伴，还在村子里过活。

淘气的娘，住在淘气花钱盖的三间房子里，一个人打发着岁月。见到我有说不完的话。我因而得知淘气考上戏校后，开始觉得还可以。后来剧团改制，他自己走南闯北地招呼着一帮人，爱人是同行，在西北安了家。他待的地方古时是苦寒之地，荒凉、缺水。大坑，我估计更没有，这家乡的大坑，是我们这些离乡人共同的胎衣。

那些年，孩子们成群地生，喝着风长大。大坑也遵循着自然规律，水大，或者水小，丰盈，或者干涸，固守着它的道。存在和消失，也许并不相悖，只是时间长河里的必然逻辑。

光阴是一个魔术师，消亡和改变是它的拿手好戏。大坑和大坑里玩耍的那些人，都走在老去的路上，说不清谁影响谁，谁陪伴谁。

四

大坑的周边，土质板结，颜色也较平常的黄土浅淡，有流水冲刷的纹，像毛笔勾勒的墨迹，仔细瞧，又似瓷器上美丽的冰裂。

这些裂痕的发端，串着一户户人家，其中有两个姑娘。我给她们起名叫玉兰和辛夷，她们确实像春季里的玉兰花。

玉兰和辛夷都是玉兰树所生，只是玉兰特指玉兰花，辛夷在中药房是治鼻炎的一味良药，长得毛绒绒的，像个微型毛绒玩偶。辛夷是玉兰树干燥的蓓蕾。

带着幽香的玉兰和辛夷是同龄人，都编得一手好簸箕，簸箕舌头上的钻孔疏密有致，簸箕角方圆合适，柳条和绳经纬分明，整个簸箕形状漂亮。那簸箕上雪白的柳条块儿，就像她们笑起来露出的牙。唇红齿白，一对窈窕淑女。

玉兰在北方是稀罕树种，如今是城市里随处可见的观赏树，它和迎春一起唤醒北方的春天。走在园林里，盛开的玉兰花，总让我迈不开步子，无论是象牙色的白玉兰还是紫玉兰，不仅姿态美丽，还洋溢着一股子吸引人的香气。玉兰和辛夷因而总是走进我的心里，和盛开的玉兰花相比，辛夷是含蓄的，生活中的辛夷也是，总是一副羞怯怯惹人怜爱的样子。

妙龄的年纪，每天窝在地窨子里，委实不是长久之计，但在孟尝村自打编簸箕成为一门糊口的手艺，有那姑娘能逃脱地窨子的束缚，除非嫁到外村去。玉兰、辛夷她们给自己定了任务，这也是家长同意的，每天编八个簸箕，其余时间归自己。于是，在紧张的一天之后，姑娘们钻出地窖子，长舒一口气。洗澡洗脸，搓上郁美净，换上好衣裳，溜达到村北的大堤，或者村南的公路上。

先是辛夷经媒妁之言和外村的一名男子订婚，在那个明媚的春天，桃花开着，梨树也看着就要雪一样白，辛夷结婚了。大红的喜字喜洋洋的，可是，刚要脱离地窖子的她，却去了更深的地下，且不复出来。辛夷和家人赌气喝了农药，听说她临死前在大坑周围转了好几圈。懂事的辛夷肯定是怕惊了大坑里的水。至于辛夷为啥走绝路，谁也不知道，有人说为了嫁妆，有人说因为结婚穿了姐姐结婚时的红嫁衣，被男方耻笑，也有人说她觉得活着没意思……她死在了娘家。婆家人不肯收留她，孤零零地一个人葬在了槐树林里。那时候，槐花还没开。

玉兰的婆家是他父亲敲定的，男方家在河北岸，做皮毛生意。玉兰不用在大坑里泡柳条，钻地窖子编簸箕了，并以玉兰花开的速度嫁了过去，眨眼连生了两个丫头。我在大坑边遇到她，她怀里抱着小女儿，脸上涂着粉，身上有股花露水的味道。衣服明显不合身，紧巴巴的。皮毛生意突然沉寂下去，她的日子也许不如她说的好过，但我只是听着，并不反驳。

过年回老家，见到她。头发金黄，衣服颜色艳丽，身材膨胀得像个大面包，说话眉飞色舞，指手画脚的，一副见过大世面的样子。我极力把她和村里人风言风语的她剥离，还原那个在大坑里泡柳条还要对着水照一番的清纯的姑娘。枉自叹息。

大坑的西侧，是四队的场院，是普天之下平原上无数个场院中的一个，每天都上演着辛勤劳作的活剧。四队在西孟尝村的八个生产队中，属于比较"富裕"的，不用总吃返销粮，春耕时，还可以在队里吃一顿大锅饭。曾经有两次，集体桐油中毒，呕吐严重的被送往县医院。因为油大，那油汪汪的白面饼着实诱人，一层叠着一层，纸一样薄，一抖就散开。可是，谁也没闻出那是桐油的气息，谁吃得越多，谁中毒越严重，上帝给四队人开了个不大不小的玩笑。

大坑就在我们脚底下，先是被人们慢慢填平了，变成宅基地，又垒上新房子。我的鲨、鱼虱子、胶泥石和大坑一起风干为记忆。如果不是亲历，丝毫看不出这里曾经的痕迹。坑边的大柳树仿佛经历了窑变，摇身变成了大杨树,所有的旧事,都被封入时间的壳,变成一枚枚琥珀。

孟尝村中央的官坑也消失了,这个存在了不知道多少年的神奇的大坑,从一个地标沦落为孟尝村的一个地名。

大坑这个舞台,只是人生岁月的一个背景,我熟悉的人和故事都被隐在了时光幕后,我试图用文字修复和还原它们,以抵御时间的荒凉无情,固执地重建曾经的存在。它们在我眼前重现,真实又缥缈。大坑只是我自己的一个秘密,我拼接着它的碎片,织补童年少年温暖的梦。

写着写着,又觉得茫然,就像韩文戈老师诗中所说"突然我变得束手无策／因为我不能把死去与逃离的人再一一找回来"。

原载《山东文学》2018 年第 7 期

图书在版编目（CIP）数据

2018 散文年选 / 王兆胜编 . -- 南京：江苏凤凰文艺出版社, 2019.4
ISBN 978-7-5594-3119-6

Ⅰ. ① 2… Ⅱ. ① 王… Ⅲ. ① 散文集 – 中国 – 当代 Ⅳ. ① I267

中国版本图书馆 CIP 数据核字（2018）第 295684 号

2018 散文年选

王兆胜　编

责任编辑	张　倩　王　青
装帧设计	刘　俊　石晓云
责任印制	刘　巍
出版发行	江苏凤凰文艺出版社
	南京市中央路 165 号，邮编：210009
网　　址	http://www.jswenyi.com
印　　刷	南京台城印务有限责任公司
开　　本	880×1230 毫米　1/32
印　　张	11.125
字　　数	350 千字
版　　次	2019 年 4 月第 1 版　2019 年 4 月第 1 次印刷
书　　号	ISBN 978-7-5594-3119-6
定　　价	49.80 元

江苏凤凰文艺版图书凡印刷、装订错误可随时向承印厂调换